岩　波　現　代　文　庫

増補
オーウェルのマザー・グース

歌の力、語りの力

川端康雄

Yasuo Kawabata

文芸 332

JN053795

岩波書店

目次

第1章　オーウェルのマザー・グース
――『一九八四年』のために

鳥が歌い、プロールが歌い、党は歌わない。

——『一九八四年』

ヴァンスが、あの古い、耳なれた歌の文句をくりかえしたとき、まるでなにか目に見えない幽鬼がそばにいるかのように、私はぞっと寒気がした。

——ヴァン・ダイン『僧正殺人事件』

一　オレンジとレモン

『一九八四年』(一九四九年)の第一部の終わり近く、主人公のウィンストン・スミスは、ふたたび禁を犯してロンドンのスラム街を歩き、前に(これも禁断の)日記帳を買ったことのある古道具屋《ジャンク・ショップ》に入る。店内で彼は珊瑚を埋め込んだ美しいガラスの文鎮を見つけ、この古物が「現在とはまったく異質の時代に属しているように見える雰囲気」(p. 80. 一四六—四七頁)(1)を漂わせているのに心を引かれて、それを買うのだが、その際、年老いた店の主人から、あるイギリスの伝承童謡の一節を教わる。きっかけは、チャリントン氏が——それが主人の名前であるが——店の二階にある一部屋にウィンストンを案内して、壁に掛かった古い鋼版印画《スティール・エングレイヴィング》についての説明をしたことである。チャリントン氏が手にもつ石油ランプの光にほのかに照らし出されたその部屋は、ウィンストンにとって妙に魅力的に見える場所だった。マホガニー製の大きなダブルベッドが部屋の四分の一を占め、書棚があり、暖炉があり、マントルピースの上にはガラスぶたのついた古い時計が置かれ、旧式の一二時間制の文字盤の針を進めている。こうした時代ものの品々がかもしだす雰囲気が、ウィンストンのなかに眠っていた「過去への憧憬《ノスタルジア》の念といっていいようなもの、いわば祖先の記憶といったもの」(p. 100. 一四八頁)をめざめさせたのだった。壁の鋼版印画もその雰囲気の一部をかたちづくっている。主人が掲げるランプの明かりを頼りに、二人で画面をのぞきこむと、そこには、オセアニア国の一地方、エアストリップ一号の首都であるロンドンにはもはや存在しない、なつかしい建物が描かれている。「それはかつて教会でした。セント・クレメンツ・デイン[2]という名前だったのでございます」(p. 101. 一五〇頁)と主人が教えてくれる。そのあとで歌が出てくる。

主人は、自分が何かちょっと馬鹿げたことを言うのだと感じているかのように、申し訳なさそうに微笑んで、こう付け加えた。

「オレンジとレモン、とセント・クレメントの鐘が言う」

「それ、なんだい」とウィンストン。

「はあ……「オレンジとレモン、とセント・クレメントの鐘が言う」。私が子どもの時分歌った童謡でございます。そのあとどうつづくのでしたか、覚えておりません。しかしおしまいのところはわかります。「さあ来た、ろうそくが、お前を照らし、ベッドへ連れに、さあ来た、首切りが、お前の首をちょん切りに」と言うのでした。一種の踊りの歌でしたね。二人の子どもが両手を差し上げている下を、他の子どもたちがくぐりぬけまして、それで「さあ来た、首切りが、お前の首をちょん切りに」のところまで来ると、手を下ろして、下の子を捕まえたんです。教会の名前をならべただけの歌でした。ロンドン中の教会が――おもだった教会がということですが――この歌にもりこまれていたんです」(p. 101-2. 一五〇頁)

チャリントン氏は、こう言ったあとしばらくして、初めのほうの歌詞をもう一行思い出すことができる。

「さて、歌はどうつづくのでしたか。そうだ、こうでした!
「オレンジとレモン、とセント・クレメントの鐘が言う。
お前に三ファージング貸しがある、とセント・マーティンの鐘が言う――」
(p. 102. 一五一頁)

このあと、もっと他の教会の鐘が出てきて何か言うはずだが、主人はここまでしか思い出さない。けれども、彼のはなしを聞いているうちに、この切れ切れの伝承童謡の文句は、もうウィンストンの頭にすっかり入り込んでしまっている。不思議なことに、「オレンジとレモン――」と心のなかでくちずさんでみると、「じっさいに鐘の音《ね》が、失われたロンドンの鐘の音が聞こえてくるような幻覚にとらわれた。どこかにまだ姿を隠し、忘れられたまま存在しているような気がしてくるのだった。あちこちのまぼろしの尖塔から、次々と鐘のしらべが聞こえてくるように思えた。けれども、記憶しているかぎりでは、じっさいに教会の鐘が鳴るのを聞いたことは、彼には一度もなかったのである」(p. 103. 一五二―五三頁)。

ガラスの文鎮をポケットに隠し入れて古道具屋を出たあとも、ウィンストンは、教わった伝承童謡の断片を――文鎮と同様に「現在とはまったく異質の時代に属しているように見える」歌の甘美なひとかけを――ずっと反芻している。ずっと、そう、たしかに、破局をむかえて「偉大な兄弟《ビッグ・ブラザー》」を愛するようになるまで、彼はずっとそうしている。「逆ユートピア小説」というレッテルが貼られているこの作品のなかには、主人公ウィンストン・スミスがある種の渇望と熱情をもって歌に想いをめぐらせるくだりが随所に出てくるのである。**歌に執着しつづける主人公**――それがこの物語で正気を保ちつづけているあいだの、彼の常態であると言えよう。

そして、「祖先の記憶」を呼び起こす機能をもつ伝承童謡「オレンジとレモン」と、これを歌いつつおこなう伝統的な子どもの遊戯――それがじつは、『一九八四年』の説話構造の、骨格部分をなしている。

このことを『一九八四年』を論ずるおびただしい数の人たちが、ほぼ全員、見すごしてしまっているのは、私には大変奇妙なことに思われる。とくに一九八四年には、たまたま表題の年と一致した年だったということで、『一九八四年』をめぐって、なかにはこれを単なるダシにして、多量の言説が内外を問わず出回った。日本だけにかぎっても、戦後まもなく、特殊な状況下で『動物農場』と『一九八四年』が翻訳刊行(前者は一九四九年、後者は一九五〇年に刊行)されたために流布した「反ソ・反共的政治小説作家」という一面的なオーウェル像が、じつは誤解と歪曲に満ち満ちたものであったという事実が、右の二作品だけで読み取れぬ者にとっても、オーウェルが生涯にはたした仕事全体を見るなら――その上であらためて右の二作を読むなら――一目瞭然であるにもかかわらず(そして彼の他の著作や評伝の翻訳紹介によって誤解を解く条件はすでに整ったにもかかわらず)、このゆがんだオーウェル像をまったく修正を加えずに利用して『一九八四年』論(と称する文章)を書く人がいまだに続々とあらわれるのを見るのは、ひとつの驚異だった。そうした論者たちにとっての『一九八四年』観を要約するなら、それは「想像力に乏しいオーウェルが、左翼全体主義国ソ連の現実の地獄を描いたもの」(3)だと言う清水幾太郎の言葉に尽きるだろう。それ以外の読み方はありえないというのだ。そして彼らは、この清水の表現からもうかがえるように、『一九八四年』が文学作品として失敗作であったという通俗的評価を鵜呑みにしてものを言っている点でも共通する。まさに鵜呑みなのだ。作者がどのように周到に物語を組み立てているか、それを論者が探ってみた気配がまったく感じられない、にもかかわらず、「想像力に乏しい」作家の失敗作とはなから決めつけて、論者が政治的(＝非芸術的)部分と考える作者のメッセージ、というか図式をあつかってゆく。そうした安易な言説が大半だった。これはいったい、物語作品『一九八四年』に対する正当なアプローチと言えるだろうか。

ここで誤解を避けるために言っておくが、何も私は、『一九八四年』が政治的な著作であるという事実を否定して、あるいは無視して、それがもっと高次の、純粋な芸術作品(そんなものがあったらのはなしだが)である旨を論証しようと考えているのではない。『一九八四年』は、二〇世紀に書かれた最も明晰な政治思想の書のひとつであるといってよい。しかし、その政治思想は、多くの論者がするように、作品を大雑把にながめただけでとりだした図式に、「逆ユートピア小説」とか「管理社会」とか「全体主義国家」といった出来合いの符牒を機械的に当てはめることによって明らかになるものではまったくない。むしろそれは、物語作品としてのテクストの細部に、微妙なかたちで浮かび出ているものであり、テクストの細心な分析の作業を欠いては、けっして十分に理解しえぬものなのである。一個のテクストを、それが生まれ出た歴史的背景から分離した、閉じた体系としてあつかう誤謬は回避されるべきであるが、文体的細部や説話構造といったテクストの表層を形成する言語的素材を考慮しないで作品の意味が把握できるのだという素朴な(しかし根強い)誤解も、同様に避けられるべきである。むしろ後者の誤りのほうが、ゆがんだオーウェル像の修正をはばむ悪しき要因となってきたのであった。

そして『一九八四年』で伝承童謡「オレンジとレモン」が使用されることの意義が論者にほとんど問題にされないのも、この誤りに由来するものと思われる。

問題にされないのは、日本だけにとどまらない。私の目にしたかぎりでは、作品の構成と関連づけてこの伝承童謡に言及した文章は、『一九八四年』を草稿のかたちで最初に読んだ人物であるフレドリック・ウォーバーグ(『一九八四年』の出版元であるセッカー・アンド・ウォーバーグ社の社主であった)が出版の半年前に書いた業務用の報告文と、初めに引いた古道具屋の場面で主人公が店主から「オレンジとレモン」を教わる箇所にアイロニーがあることを指摘したバーナード・クリックの「批判的序文」、そしてリネット・ハンターの研究書『ジョージ・オーウェル――声の探究』(4)の三つだけである。最初のウォーバーグのは、『一九八四年』の筋書きを簡潔にまとめて関係者に紹介した「極秘文書」である(一般に公開されたのは一九七三年)。そのなかで彼はこう述べている。

第三部に移る前に、私は「オレンジとレモン、とセント・クレメントの鐘が言う」という古い伝承童謡をオーウェルが用いている、その用い方に注意を喚起しておきたいと思う。この歌は、プロットの上で大きな役割をはたすのであり、考察に値する。覚えておられるであろうが、それは「さあ来た、首切りが、お前の首をちょん切りに」という言葉で終わる。この単純な歌の使用によって、やがて極度の恐怖の効果がもたらされることになる。これは、オーウェルを恐怖小説家の最前列の職人に位置づける、秀逸で典型的なオーウェル的手法(Orwellism)なのである(5)。

この報告文のなかでウォーバーグが「考察に値する」と言うにもかかわらず、『一九八四年』におけるオーウェルの伝承童謡の使用法を考察・研究した論考が、イギリスにおいてさえも見当たらないのは、右で述べたアプローチの誤りということと別に、クリックが「批判的序文」で指摘する理由があるためなのかもしれない。その理由とは、イギリス人がこの童謡に慣れ親しんでいるから、という逆説的なものである。「オレンジとレモン」は、他の多くの伝承童謡とおなじように、幼年時から慣れ親しんでいて、ほとんど月並みのものになっている。そのために、先の場面にたしかにアイロニーがあるのだが、その効果が鈍らされている、あるいは見えなくされている、そうクリックは言うのだ。(6)もっとも、そうなったのが作者の意図に反するものだった、とクリックは言外に言っているように読めるが、あるいはこれは作者の思惑どおりのことだったのかもしれない。あえて彼が、アイロニーの所在を読者に露骨に感じさせぬように――そうさせぬようにしながら、しかし暗示をけっして損なわぬように――はかった形跡が見られるからである。

しかし、イギリス人以外の読者の場合はどうか。今度は逆の事情によってアイロニーの効果が鈍る、というより、ほとんど機能しなくなる。つまり、親しみがない、ということである。「オレンジとレモン」をかつて耳にしたことがない、ましてや、この歌を使っておこなう遊戯を知らず、この遊びで味わう感覚を経験的に把握できない、ということが、ウォーバーグのいう「オーウェル的手法」を読み取るための決定的な障害になっていると思われる。こちらのほうが作品の理解のためにずっと差し障りがあるのは当然で、作品発表以来、イギリスよりもアメリカや日本ではるかに節操のない『一九八四年』論が続出してきたことと、それは無関係ではないように思える(かくいう私も、この伝承童謡の詩句を初めて目にしたのは、この物語においてであった)。

それゆえ、本論は『一九八四年』における伝承童謡の使用法に焦点を合わせて、「歌に執着する主人公」の像をとらえようと試みるものであるが、その第一の目的は、右のような遺漏あるいは偏りを補足し訂正すること、というか、一個の物語作品の正当な評価のために必要な、きわめて常識的な知識の欠落を(それは私自身の欠落でもあったわけだが)埋めることである。

さて、英国の伝承童謡になじみの薄い私たちとしては、予備段階として、問題の歌と遊戯についての基本常識を確認することが、まずどうしても必要になる。

二　お遊戯のしかた

初めに見たとおり、「オレンジとレモン」について、チャリントン氏が最初の二行(と終わりの文句)を教えてくれた。三行目を恋人のジュリアが思い出すが、四行目まで覚えていて、『一九八四年』版の詩節を完全なかたちでウィンストンに示すのは、オブライエンの役目である。彼は、オセアニア国の階層秩序でいえば少数のエリート層である「党内局」(the Inner Party)の幹部である。オセアニア国におけるイングソック(Ingsoc＝イギリス社会主義)(7)の支配体制の転覆をはかるまぼろしの地下組織「兄弟団」(the Brotherhood)の一員であると偽って、ウィンストンを落とし穴に入れ、捕縛後の彼を教育・洗脳して、破滅させる人物である。そしてチャリントン氏も、温厚な古道具屋の主人と見えたのが、じつは「思想警察」の幹部で、あとで見るように、彼の直接の指示により、ウィンストンは思想犯として逮捕されることになる。**主人公の捕縛に直接関与する二人**

の人物が、伝承童謡を導入し、完成させる。この事実を私たちは忘れないでおこう。

さて、第二部第八章で、オブライエンはウィンストンを自宅に呼んで、自分が「兄弟団」の一員である旨を告げ、ウィンストンを「入会」させる。そのための儀式として、「一種の教理問答」(p. 179. 二六六頁)がおこなわれるのだが、それがすんだあと、帰りぎわに、ウィンストンはオブライエンに「オレンジとレモン」の歌を知っているかどうか尋ねる。するとオブライエンは、「一種の厳粛な礼儀正しさをもって詩節を完成させた」(p. 186. 二七六頁)のであった。それはこうである。

「オレンジとレモン」とセント・クレメントの鐘が言う。
「お前に三ファージング貸しがある」とセント・マーティンの鐘が言う。
「いつかえしてくれるのさ」とオールド・ベイリーの鐘が言う。
「お金持ちになったらね」とショーディッチの鐘が言う。

'Oranges and lemons', say the bells of St. Clement's,
'You owe me three farthings,' say the bells of St. Martin's,
'When will you pay me?' say the bells of Old Bailey,
'When I grow rich,' say the bells of Shoreditch.

これにチャリントン氏がウィンストンに教えた終わりの文句を加えると、『一九八四年』版の「オレンジとレモン」の歌詞が出揃うことになる。

さあ来た、ろうそくが、お前を照らし、ベッドに連れに。
さあ来た、首切りが、お前の首をちょん切りに。

Here comes a candle to light you to bed,
Here comes a chopper to chop off your head.(8)

名称等について簡単に説明しておく。(9) 一行目、セント・クレメントは、イーストチープにあるセント・クレメント・イーストチープ(クリストファー・レンによって一六八三年から八七年に再建された)を指すという説と、ストランド街にあるセント・クレメント・デインズを指すという説と、ふたつの説があるが『一九八四年』では、後者の説が採られている。セント・クレメント・デインズ教会(図1-1)は創建の時期は不明だが、一〇世紀末か一一世紀初頭に木造から石造に建て替えられた。一六六六年のロンドン大火で焼けはしなかったが、傷みが激しかったため、レンによって一六八〇年から八二年にか

図 1-1　「オレンジとレモン，とセント・クレメントの鐘が言う」――セント・クレメント・デインズ教会．クリストファ・レンによって 1680–82 年に再建，尖塔はジェイムズ・ギブズによって追加．ヨハネス・キップによる 1715 年頃の版画より．

けて再建された。その際、塔《タワー》は一五世紀のものを生かし、それを改修して用いた。その後ジェイムズ・ギブズによってその塔の上に八角形・三層の高塔《スティープル》が追加された(一七一九―二〇年)。鐘楼には響きのよい鐘がついていたが、一九四一年一二月、ドイツ軍の空襲で焼夷弾を受けて内部が火災で破壊され、鐘も大半が壊れた。その後一九五五年から五八年にかけて修復され、一九五七年に新たに一〇個の鐘が吊られた。いまはイギリス空軍のための教会となっている。現在、この教会の鐘は、日に四度「オレンジとレモン」のメロディを鳴らしている。

二行目、「お前に三ファージング貸しがある」と言う鐘をもつセント・マーティンは、シティのセント・マーティンズ・レイン(この土地に金貸しが多く住んでいた)を指していると見る説がふつうである。しかし、『一九八四年』では、トラファルガー広場(エアストリップ一号においては「勝利広場」)の北東の角に面するセント・マーティンズ・イン・

ザ・フィールズ教会を指すものとされている。一三世紀にはすでに創建されていたこの教会は一六世紀に再建されたのち、一七二二年から二六年にかけてジェイムズ・ギブズによって再度建て直された。コリント式の六本の柱をもつ前廊《ポーティコ》があり、その上部に破風がついている。その真後ろ、建物の西側に塔《タワー》および手の込んだ尖塔《スパイア》がのびている。これも第二次世界大戦中にドイツ軍の空襲で被害を受けたが、その後修復された。教会の鐘の音には(少なくとも現在のものには)「オレンジとレモン」に近いメロディがふくまれている。[10]「ファージング」は英国の旧硬貨。一ファージングが四分の一ペニーに相当した。ちなみに、'be not worth a farthing'(一文の値打ちもない)という成句がある。

三行目、オールド・ベイリーは、ニューゲイト街の西端から南にラドゲイト・ヒルに通じる通りの名、その地にある中央刑事裁判所の通称にもなっている。近くに債務不履行者が送りこまれたフリート監獄が一八四六年まであった。ここには現在教会は見当たらないが、すぐ近くのセント・セパルカー教会には鐘楼がある。

四行目、ショーディッチは、シティの北に接する地域。ハイ・ストリートの東側に教区教会であるセント・レナード教会がある。一二世紀に創建され、一七三六年から四〇年にかけて建築家ジョージ・ダンス(父)によって再建された。この教会も第二次大戦中にドイツ軍の空襲によって損害を受けたが、その後修復された。高さ六〇メートル近い塔が特徴的である。縦長の石造の鐘楼《クーポラ》、その上部に細い頂塔《ランタン》と小さな尖塔《スパイア》がある。鐘楼には一三個の鐘が吊られている。

したがって、以上の固有名詞はすべてシティの内外にあって、たがいに鐘の音で呼応しあえる距離にあるわけである。

終わりの二行、「ろうそく」は「ろうそくを手にもった人」を意味する換喩。ろうそくをもって、ベッドまで連れて行ってくれる人。そしてこの「ベッド」は断頭台、もしくは墓場を示す隠喩と思われる。

この歌で子どもがどのように遊ぶのか。チャリントン氏がウィンストンにした説明で、大まかなところはつかめるが、若干の資料に依って、その典型的な遊び方を紹介しておく。(11)

最初に、子どもたち(主として、七歳から九歳までの子)のうちで、大きいほうの子二人が、他の子には内緒で、どちらが「オレンジ」でどちらが「レモン」になるか決める。それからその二人がむかいあって、両手を組んでアーチを作り、「オレンジとレモン」の歌を歌う(図1-2)。歌っているあいだ、他の子どもたちが(それぞれ前の子の服をつかみながら)一列にならんで、アーチの下をくぐりぬけてゆく。くぐりぬけて「オレンジ」と「レモン」の一方をひとまわりして、ふたたびアーチをくぐり、今度はもう一方の側をまわって、またアーチをくぐる——これをくりかえす(図1-3)。アーチを作っている二人は、歌のクライマックスにあたる最後の二行(「さあ来た……お前の首をちょん切りに」)

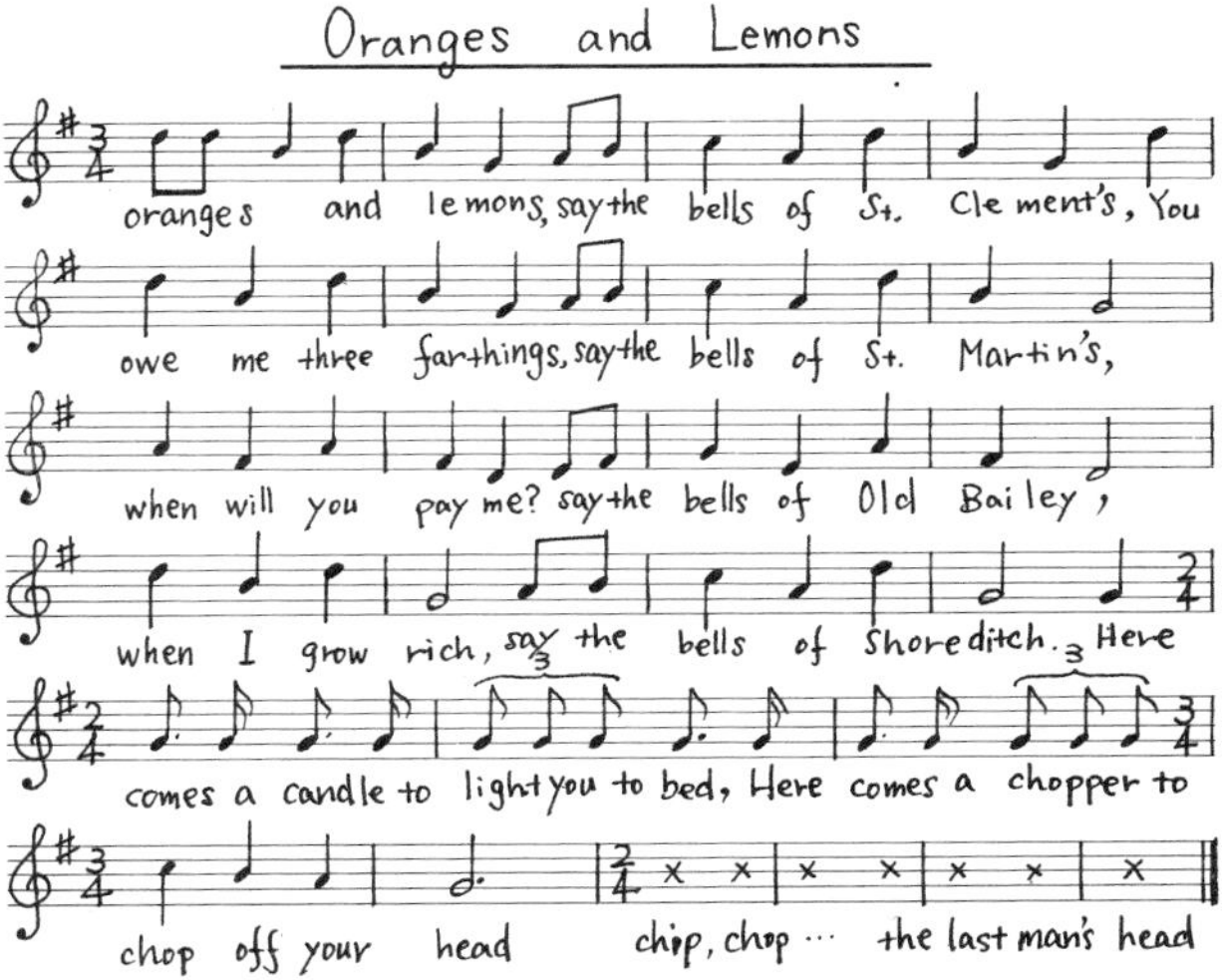

図 1-2 「オレンジとレモン」の楽譜

に来るとテンポを早めて歌い、そして、'Chip, chop, the last man's head'（チョキ、チョキ、最後の人の首）という文句を不吉な感じを込めて唱え、最後の'head'でアーチにしていた両腕をぐっと引き下ろす[12]。たまたまそのときアーチを抜けようとしていた子どもがそれで捕まることになる。捕まった子は、捕まえた二人から、「オレンジ」側につくか、「レモン」側につくか（ほかの子には内緒で）聞かれる。そして、自分の選んだ「オレンジ」もしくは「レモン」が二人のうちのどちらかわかると、その子の背後につく。これでひとめぐり。それからまた歌をはじめて、最後の一人が捕まるまでおなじ遊びをくりかえしてゆく。「オレンジ」側と「レモン」側に全員所属が決まると、両者が「綱引き」(tug of war)競争をして優劣を決する(「綱引き」といっても、綱を使わず素手で引っ張りあう)。

もちろんこれ以外にもヴァリエインョンがあるが、以上が典型的な「オレンジとレモン」の遊び方である。

さて、この遊戯をする子どもたちが味わうであろう、胸が浮き浮きする怖さとでも名づけたい感覚について、想像をめぐらしてみたい。そのスリルが、斬首刑(図1-4)の模倣に存することは、言うまでもなかろう。イギリスのフォークロア研究の第一人者であるオーピー夫妻(ピーター・オーピーとアイオーナ・オーピー。以下、単にオーピーとする)も、その著作『うたゲーム』でこの遊びを取り上げたなかで、「大人が奨励する社交ゲームがあるにもかかわらず、戸外に出た子どもたちは、いまでも折にふれて「オレンジとレモン」(13)をして遊ぶ。おそらくこの遊戯が何人もの殺人を奨励するのに喜びを覚えるのであろう」と言っている。じっさい、「虐殺」の進行を早めるために歌を端折ってしまい、

Oranges and lemons, say the bells of St Clement's.
I owe you five farthings to-chop-off-your head.

図 1-3(上)　「オレンジとレモン」で遊ぶ子どもたち(イラスト・井川恵理)
図 1-4(下)　斬首刑の一場面．ジョージ・クルックシャンク画《ジェインの処刑》．ウィリアム・ハリスン・エインズワース『ロンドン塔』(1840年)の口絵より．薄命の主人公レイディ・ジェイン・グレイがまさに処刑されようとする場面．「それから斧が落ち，かつて人の肩にのっていた最も麗しく賢明な頭のひとつがこうして落ちたのだった」．

と歌って、さっさとアーチ(首切りの斧)を落としてしまう場合もあるのだそうだ。[14]

オーピーによると、「オレンジとレモン」における処刑の模倣を「血なまぐさい過去の名残」と見る学者がおり、「ロンドン・ブリッジ」と共通の起源をもつのではないかという示唆がなされているのだという(両方とも、アーチ・ゲームであって、遊戯の形式としては同類に入る)。[15] 一九世紀末に大著『イングランド・スコットランド・アイルランドの伝承遊戯』をまとめたアリス・ゴムもこの遊戯歌に「血なまぐさい過去の名残」を読み取る一人で、歌のなかの出来事は、処刑された謀叛人の首や手足をいくつかの町に分配するという、しばしばおこなわれた習わしに負っているのかもしれぬと指摘し、「この種の陳列はどの土地にもましてロンドンで頻繁になされた。罪人の処刑場への行進には、通例、鐘の音と松明《たいまつ》がともなったのだった。単調に歌う終わりの行の「さあ来た、ろうそくが、お前を照らし、ベッドに連れに」はこのことを指し示しているのだと考えられなくもない」[16]と述べている。また、他の学者は、ヘンリー八世のたびかさなる(六度の)結婚と、妻たちの早い死(そのなかには、王の命で処刑された者が二人ふくまれる)に言及した歌なのではないか、と解釈する。もっとも、オーピーは、こうした解釈には概して否定的な態度をとっていて、「おしまいの二行が特別な意味を有しているかどうかはともあれ、その二行は、この歌の初出形(一七四四年頃)には見られない」[17]と、右の解釈に実証性が乏しい事実を示して、この歌の歴史的起源について空想にふける私たちに対して、水をさすことを忘れていない。夫妻の挙げる文献的根拠にしたがうなら、遊戯歌「オレンジとレモン」が中世に起源をもつという説を固持するのは、どうしても無理なのである。むしろ遊戯の形態のほうがはるかに古いものらしくて、これがのちに、偶然に「オレンジとレモン」の歌と結びついたのかもしれない、そうオーピーは推測する。(18)

しかし、少なくとも、現在伝承されている、終わりの二行が入った遊戯歌としての「オレンジとレモン」には、これとおなじアーチ・ゲームの形式をとる「ロンドン・ブリッジ」と同質の、不思議な、無気味な(それゆえ子どもを魅了する)雰囲気がまとわりついていて、それがこの伝承童謡の生命力になっていると見ることは、けっして実体のない空想ではないだろう。その「ロンドン・ブリッジ」について、オーピーが断定的に述べた言葉を、ここでどうしても引用したくなる。

たえず架けなおさなければならない、ある神秘的な橋と、遊びながら——その遊びにも恐怖がかすかな影を落としている——無心に唄を歌っている子供たちと、そういうイメージを喚起するこの唄ほど人の想像力をゆり動かす唄はまれである。……これは昔むかしの暗い恐ろしい儀式の記憶をとどめているといって差し支えない数少ない——おそらく唯一の——例である。(19)

ここでいう「恐ろしい儀式」とは、「ロンドン・ブリッジ」の終わりのほうに出てくる橋の「番人」を用いた供儀のことを指す。つまり、橋の材料に何を使っても(粘土と木でも、煉瓦とモルタルでも、鉄と鋼でも、金と銀でも)すべて失敗してしまう困難な橋梁工事を成功させるために、土台に人を生き埋めにして不寝番をしてもらう――つまり人柱を用いた史実が「ロンドン・ブリッジ」に歌われているとオーピーは読み解くのだ(この歌の起源の古さは、たかだか一八世紀中葉までしかたどれない「オレンジとレモン」とちがって、文献の上でも確証される)。そのような「昔々の暗い恐ろしい儀式の記憶」をこの歌がとどめていて、それが人の想像力をかきたてるというのである。平野敬一は、このオーピーの説を紹介したあとで、「ジャックとジルの唄にしろロンドン橋の唄にしろ、その表面の軽い遊びの底に、なにかぶきみな集団的無意識といったものがひそんでおり、その名づけがたいぶきみなものを垣間見させるところに、わたくしはマザー・グースの世界のおそろしいほどの生命力と土俗性をみるのである。なぜ一見あんなつまらない唄がいつまでも伝承されるのだろうか。なにか伝承者の意識をこえたものが働いているから、としか言えないような気がする[20]」と書いている。

おなじように、「オレンジとレモン」のような、一見たわいない遊戯歌がなぜいまなお伝承されているか、という問いに対しても、右の答えが適用できるだろう。さきほどの「ロンドン・ブリッジ」についてのオーピーの言葉をもじって言うならば、「オレンジとレモン」の、はした金を借りてそれを返済できぬために斬首刑を受けるという歌の中身と、それを清澄で軽快な三拍子のメロディで何の屈託もなく歌っている子どもたちと――そしてロンドンのあちこちの教会の尖塔から鳴り響いてくる耳に快い鐘の音と、いつ自分が首をはねられるか、恐怖しつつ夢中で遊んでいる子どもたちと――そうした対照的なイメージを喚起するこの伝承童謡は、それが何を記憶しているのか知りたい、歌の発生地点までたどり歩きたい、と切望させるほどまでに、人の無意識の門を叩くものであるといって差し支えないだろう。その意味で「オレンジとレモン」もまた、典型的な「マザー・グース童謡」なのである。

こういう伝承童謡・遊戯歌を、オーウェルは『一九八四年』のなかで使っている。それが物語構造において重要な役割をはたす、と言った。どのようにか。それをつぎに見てみよう。

三　最後の人の首

『一九八四年』の第二部の終わりで、ウィンストンは、恋人のジュリアと一緒に古道具屋の二階の例の小部屋にいるところを、思想警察の一団に突然踏み込まれて、捕縛される。

その部屋は、二人の逢引きのために、店主のチャリントン氏からウィンストンが借りていた。そこを借りる前は、田舎の森のなかの空地――「ほとんど黄金の国といってもいい」(p. 129. 一九〇頁)とウィンストンが讃えた場所――と、三〇年前に原子爆弾が落ちてほとんど人が住みつかなくなった地域にある「廃墟と化した教会の鐘楼」(p. 134. 一九七頁)が二人が会うための場所だったのが、「ほんとうに自分たちのものである隠れ場所を、屋内に、手近な所にもちたいという誘惑が二人に強くあった」(p. 145. 二一四頁)ために、プロール街の小部屋を借りるという「党員が犯しうる犯罪のなかで一番隠しようのない罪」(p. 143. 二一一―一二頁)をあえて犯してしまったのだった。それが「自分から進んで墓のなかに入り込んでゆくようなもの」(p. 146. 二一五頁)であることも、自覚してはいたのだったが。それでもその部屋を借りたのは、初めに見たように、そこがオセアニア国のなかで例外的に、過去との対話を可能ならしめるかけがえのない空間として、彼にアピールしていたからだった。チャリントン氏に最初にこの部屋を案内してもらったとき、ウィンストンはどう感じたのであったか。

〔部屋を借りるという思いつきは〕無謀でとんでもない考えで、そんなことは思った途端に断念すべきものだった。だが、この部屋は、彼の内部の、過去への憧憬の念と言っていいようなもの、いわば祖先の記憶といったものをめざめさせていた。このような部屋にいて、裸火のかたわらで肘掛け椅子に身を沈めている――両足をフェンダーの上にかけ、やかんが暖炉にかけてある――そのようにしているのがどのような気分であるのか、彼にはじつによくわかるように思えた。一人きりで、安心しきって、だれにも監視されず、つきまとってくる声もなく。耳に入る音といえば、やかんの鳴る音と、時計の針の親しみのある音だけで。(p. 100. 一四八頁)

「だれにも監視されず、つきまとってくる声もなく」(with nobody watching you, no voice pursuing you)とは、ウィンストンたち党員の住居の内部の壁面にかならずしつらえてあるテレスクリーンを通して、自分の気づかぬうちに素行が監視され、声を盗聴される(テレスクリーンには、こちらで消すことのできぬマイクとスピーカーが内蔵されている)ことがないということだ。つまり、いたるところで「偉大な兄弟《ビッグ・ブラザー》があなたを見守って〔監視して〕」いる(The Big Brother is watching you)」(p. 3. 八頁)、このオセアニア国のなかで、古道具屋の二階の部屋は、異空間の装いを帯びている。そこは、ウィンストンが驚いたことに、「偉大な兄弟」が「見守って〔監視して〕」いない場所なのだ――とウィンストンは思った。だからこの部屋を初めてながめたとき、彼は思わず、「テレスクリーンがない!」とつぶやいてしまう。それに対するチャリントン氏の、「あれですか。あんなものはつけたことはありません。高すぎますしね。それに、どうも必要を感じたことがありませんし」(p. 101. 一四八—四九頁)という言葉も、ウィンストンをさらに安心させるものだった[21]。「自分から墓に入るようなもの」と思うのとうらはらに、捕まらずにすむかもしれぬという一縷の望みもあった。「この部屋にたどりつくのは、困難であり、危険でもあったが、部屋そのものは聖域(sanctuary)であった」(p. 158. 二三三—三四頁)。そしてその部屋は、ウィンストンが手に入れたガラスの文鎮にしばしばたとえられる。「文鎮は彼のいる部屋なのだった。そして(文鎮のなかに埋め込まれた)珊瑚はジュリアと彼自身の生命《いのち》で、それはクリスタルの中心にあってある種の永遠のなかに固定されているのだった」(p. 154. 二二六—二二七頁)。

　そしてこの部屋でウィンストンは捕えられる。彼にとって「妙に魅力的に見え」た部屋のたたずまいを思い描きつつ、捕縛のくだりを見よう。窓ぎわには、部屋の四分の一を占める(ジュリアとウィンストンの使う)大きなダブルベッドが置いてある。床にはラグが敷いてある。小さな書棚。暖炉。その脇に、長く使わずにいて汚れた肘掛け椅子。マントルピースの上には旧式の(文字盤が一二時間制の)置時計。ガラスの文鎮がテーブルの上に置いてある。そして壁に掛かっている絵は、セント・クレメント・デインズの教会を描いた古い鋼版印画だ。チャリントン氏がウィンストンに教えた伝承童謡のなかでは、この教会の鐘が「オレンジとレモン」と言うのだった。つまり、この版画は、伝承童謡「オレンジとレモン」を具象化・視覚化したものなのである(この部屋には「オレンジとレモン」の歌が壁に飾ってある、と言ってもよい(22)。

窓辺にウィンストンとジュリアが立って、外をながめると、澄みわたった青空の下、プロール階級(23)の中年の女が、歌を口ずさみながら、せわしなく洗濯物を干しているのが目に入る。プロールに対するウィンストンの(同時に語り手の)期待と賛美の言葉が語られる。彼らプロールの連中にこそ未来がある、それに対して、自分は生ける屍だ、とウィンストンは思う。それでジュリアに「私たちは死人だ」(We are the dead)と言うと、彼女も「私たちは死人ね」と素直にくりかえす。すると——

「お前たちは死人だ」と鉄の声が彼らの背後で言った。

二人は飛ぶように離ればなれになった。ウィンストンは自分の内臓が氷になったように思えた。ジュリアの眼の、虹彩のまわりが、まっ白になっているのが彼には見えた。彼女の顔色は乳白状の黄色に変化していた。頬骨の上にまだ残っていたルージュの跡が、まるで下地の膚《はだ》とは無関係であるかのごとく、鋭く際立っていた。

「お前たちは死人だ」と鉄の声はくりかえした。

「版画の裏側からだわ」ジュリアが小声で言った。

「版画の裏側からだ」とその声が言った。「そこにじっとしていろ。命令するまで一歩も動くな」

はじまった、とうとうはじまった。二人はたがいに見つめあって立っているしかすべがなかった。命がけで逃げ出すとか、手遅れにならぬうちに家から飛び出すとか——そうした考えは二人にはまったく浮かばなかった。壁からの鉄の声に逆らうなど、思いもおよばなかった。留め金が外れたようなパチンという音がして、それからガラスの割れるガチャンという音がした。例の版画が床に落ちてしまい、そのうしろにテレスクリーンがあらわれでた。

「これじゃ連中、私たちがまる見えだわ」ジュリアが言った。

「これでわれわれ、お前たちがまる見えだ」その声が言った。「部屋のまんなかに来い。背中合わせに立て。両手を頭のうしろに組め。くっつくな」

二人はふれあってはいなかったが、ウィンストンには、ジュリアの体が震えているのが感じ取れるように思えた。あるいはそれは自分の震えにすぎなかったのかもしれない。歯がガチガチ鳴るのは何とか抑えられたが、膝のほうは思いどおりにいかなかったのだ。下のほうでは、家の中でも外でも、ブーツの踏み荒らす音がした。庭には人が大勢いるようだった。何かが敷石の上を引きずられていった。女の歌声は急にやんでしまっていた。洗濯桶を庭のむこうに投げつけたかと思われる、物が転がるガランという音が長くつづいた。それから怒気をふくんだ叫び声が入り混じり、最後にひとつの苦痛の悲鳴がした。

「家が包囲されている」ウィンストンは言った。

「家は包囲されている」その声が言った。

ジュリアのかちかち歯を鳴らす音が彼に聞こえた。

「私たち、さよならを言ったほうがよさそうね」

「お前たち、さよならを言ったほうがよさそうだ」その声が言った。それからつぎに、もうひとつのまったく別の声が入り込んできた。か細い、理知的な声で、ウィンストンはその声を前に聞いたことがあるような気がした。それはこう言ったのだ。

「ところで、その問題にふれているあいだに申し上げるが、「さあ来た、ろうそくが、お前を照らし、ベッドに連れに。さあ来た、首切りが、お前の首をちょん切りに！」」

ウィンストンの背後で、何かがガチャンとベッドの上に落ちた。梯子の先が窓に突っ込み、窓枠を突き破ったのだ。窓からよじ登ってくる者がいた。階段を、ブーツを踏み鳴らしてこちらに押し寄せてくる音がした。部屋は黒い制服を着た頑丈な男たちで一杯になった。鉄の鋲を打ち付けたブーツをはき、手に手に警棒をもって。

(pp. 230-31. 三四〇―四二頁)

そのなかの一人が、テーブルの上のガラスの文鎮を取り上げて、暖炉にぶつけ、粉々に砕いてしまう。なかに埋め込んであった「ピンクの小さな波状」の珊瑚のかけらが、「ケーキからこぼれた砂糖菓子の薔薇のつぼみのように」敷物の上を転がってゆく(p. 232. 三四二―四三頁)。

そして最後に、ウィンストンが前にどこかで聞いたと思った声の持ち主が登場する——チャリントン氏である。文鎮の破片を拾えと部下に命令する彼の言葉づかいからは、以前の「下町なまり(the cockney accent)がすっかり消えていた」(p. 233. 三四四頁)。六〇過ぎの、弱々しい、白髪の老人であったはずが、黒い髪を生やし、しわもなく、まったく別人になっている。

それは隙のない、冷酷な顔をした三五歳ほどの男だった。ウィンストンの頭にふと浮かんだことだが、彼は生まれて初めて、思想警察の一員を、それと知ってながめているわけであった。(pp. 233-34. 三四五頁)

これが第二部の結びの言葉である。

ブーツを踏み鳴らす音、粉微塵にされるガラスの文鎮、といった象徴的表現に注意を要することは言うまでもないが、私たちとしては、ここで何よりも「オレンジとレモン」の用法を見なければならない。「鉄の声」(an iron voice——冷酷この上ない声であり、同時に、耳ざわりな金属音ということだろう)は、窓辺にたたずんでプロールの女の動きをながめていたウィンストンとジュリアの背後から聞こえてくる。それは壁から、セント・クレメント・デインズの鋼版印画の裏側からだ。その絵が(おそらく紫檀《したん》の額縁もろとも)音をたてて床に落ちると、テレスクリーンがむきだしになる。「鉄の声」はテレスクリーン(についたスピーカー)から流れていたのだった。この部屋にいれば「だれにも監視されず、つきまとってくる声もなく」安心していられると思ったのが、いや、思わされたのが、巧妙なわなであったとウィンストンはようやく知るのだ。「オレンジとレモン」と言って鳴る鐘をもつセント・クレメント教会を描いた版画の裏に隠れて、じつは「偉大な兄弟があなたを見守って」いたわけであるから。

そしてつぎに、わなをじっさいに仕掛けた人物の一人であるチャリントン氏の声——「ウィンストンが前に聞いたことのあるような気がした声」——が、テレスクリーンをとおして、「さあ来た、ろうそくが、お前を照らし、ベッドに連れに。さあ来た、首切りが、お前の首をちょん切りに！」という文句を発すると、それを合図に、思想警察の一団が一気に部屋に踏み込んでくる。もちろんこの文句は、古道具屋の主人に変装していたときのチャリントン氏が、鋼版印画を見せながらウィンストンに断片的に教えた

「オレンジとレモン」の終わりの文句だ(このとき、老主人は、最初の行だけ口にして、「このあとどうつづくのでしたか、覚えておりません。しかしおしまいのところはわかります」と言って、これを教えたのだった)。バーナード・クリックが指摘するアイロニーとは、このことである。伝承童謡「オレンジとレモン」は、ウィンストンの「過去への憧憬《ノスタルジア》の念」を呼び覚ますものとしてあるのと同時に、初めから、ウィンストンの破局を暗示するものとして、いわば惨事の予型として、彼の前に差し出されてもいたのだった。たしかに、ウォーバーグの言うとおり、「この単純な歌の使用によって、やがて極度の恐怖の効果がもたらされることになる」わけである。

そして、ウィンストンとジュリアが逮捕される右の場面が、「オレンジとレモン」の遊戯の、「チョキ、チョキ、チョキ、最後の人の首!」と言って、アーチにしていた二人の子(つまり「オレンジ」と「レモン」)の両腕が突然おろされ、くぐりぬけようとしていた子が捕えられる瞬間に意図的に重ね合わされていることは明らかである。つまり、そこには遊戯のクライマックスの動作の模倣がはっきり見られる。

さらに言うなら、物語の第一部後半から第二部終わりまでの筋の運びじたいが、この遊戯の模倣なのだ。

その根拠をいくつかあげてみよう。

遊戯に欠かせぬ歌が、どのようにあらわれてくるのだったか。まず、第一部第八章で、チャリントン氏が、初めの一行――「オレンジとレモン、とセント・クレメントの鐘が言う」――だけを口にする(「このあとどうつづくのでしたか、覚えておりません」と弁解して)(pp. 101-2. 一五〇頁)。遊戯の仕方を簡単にウィンストンに説明したあと、第二行――「おまえに三ファージング貸しがある、とセント・マーティンの鐘が言う」――を思い出すことができる(あるいは思い出すふりをする)(p. 102. 一五一頁)。第二部第四章、古道具屋の二階の小部屋で、ジュリアが、蒸発した祖父から幼い頃教わったと言って、三行目――「いつ返してくれるのさ、とオールド・ベイリーの鐘が言う」――まで暗唱することができる(p. 153. 二二五―二二六頁)。そして第二部第八章、オブライエンの自宅で、ウィンストンの「兄弟団《ブラザーフッド》」への入会の「儀式」がすんだあと、オブライエンが「最後の一行」――「お金持ちになったらね、とショーディッチの鐘が言う」――を覚えていて、「詩節を完成させる」(p. 186. 二七六頁)。つまり主人公の捕縛というクライマックスにむかって、だんだん歌が進行してゆく仕組みになっている。

その間、まぼろしの鐘の音が頻繁に響いていることも指摘できる。たとえば、第二部第一章、ウィンストンがジュリアと初めて待ち合わせる場所。そこは「勝利広場の記念碑の近く」、旧ロンドンで言えばトラファルガー広場である。女を待ちながら、ウィンストンは、ネルソン提督に代わって「偉大な兄弟」の立像が南方をにらんでいるこの広場を歩いている。

彼は広場の北側までゆっくりと歩いてゆき、セント・マーティン教会を認めて、ほのかな喜びとでもいったものを感じた。ここに鐘があった昔には、「おまえに三ファージング貸しがある」と鳴り響いていたのだが。(p. 120. 一七六頁)

古道具屋の小部屋を借りる前の二人の密会の場所は、地方の「廃墟と化した教会の鐘塔」(p. 134. 一九七頁)であったのだし、借りることになった小部屋には、「オレンジとレモン」の歌を目に見えるかたちにした鋼版印画が飾ってあって、つまりこの部屋で物語が展開するあいだは(第二部の約半分がそこを舞台とする――エマニュエル・ゴールドスタインの本をウィンストンが読むのも、この部屋でなのだ)セント・クレメントのまぼろしの鐘の音がつねに響いているわけである。その上で、この版画にさらに強勢が置かれる表現が出てくるのだが、その際、それが象徴する歌と同様に、「過去への憧憬の念」を呼び覚ますのと、主人公の不幸な結末を予示するのと、二重の役割をもって提示される。一方で、それはエアストリップ一号ではめったに見ることのできぬレモンやオレンジという果実についての恋人たちの思い出を引き出すだろう(p. 153. 二二六頁)し、他方で、それは二人にとって忌まわしい対象と関連づけて言及されるだろう。第二部第四章、古道具屋の二階の小部屋のなかで、ウィンストンが最も恐怖を感じるネズミ――第三部クライマックスの、一〇一号室の場で、オブライエンが主人公に対する最後の拷問の手段に使うのがネズミだ――が出たのをジュリアが見つけ、それを告げて彼を顔面蒼白にさせる(p. 151. 二二三頁)。それはどこに出たか。

「ここだわ、あのけだものが鼻づらをつきだしたのは」彼女は版画の真下にある羽目板をけとばした。(p. 152-53. 二二五頁)

また、ジュリアはこうも言うだろう。

「この版画の裏には、きっと南京虫がいるわ。いつか取り外してきれいにしておきましょう」(p. 153. 二二六頁)

部屋にいて二人はじっさいに南京虫の大群に悩まされるわけだから、この台詞も一応文字どおりに受けとれるわけだが、しかしやはり裏の意味も隠されている。こうした台詞によって、版画に対して、一抹の不安が――一種の恐怖のイメージが――はっきりそれと自覚されぬまま、読者のなかに生じるようにはかられているといってよい。これはもちろん、版画が代理をつとめる歌「オレンジとレモン」に対するイメージと同型なのである。なつかしさと怖さ、まぼろしの鐘の音へのあこがれとみずから墓穴を掘る感覚――この対照的なイメージをそこから喚起できるように、周到に語りが仕組んであるのだ(この重層性こそが、本来、伝承童謡の属性なのだろうが)。

そして、第一章から第二章の最後まで、「オレンジとレモン」がだんだんと歌われてゆくあいだ、両手の指をたがいに上で組んでアーチを作っている二人の「鬼」の遊戯者、すなわち「オレンジ」と「レモン」がいる。それはチャリントン氏とオブライエンなのである。「オレンジとレモン」の歌を最初に導入するのがチャリントン氏で、完成させるのがオブライエンだという、先に見た事実も、この照応を裏書きする。遊び方を思い出してみればよい。歌を歌うのは、アーチを作っている「オレンジ」と「レモン」の役割なのだ。そして遊戯で「オレンジ」と「レモン」になるのは子どもたちのうちの「大きいほうの子二人」だという説明も思い起こされよう(たとえば、七歳の子がアーチを作って、九歳の子がそれをくぐる、というのでは、ゲームに支障が生じるし、第一、迫力に欠ける)。オーピーの説明で言うなら、'two of the bigger players'[24] が――つまり大きいお兄さんやお姉さんが――「オレンジ」「レモン」になる。

オブライエンとチャリントン氏の体格はどのように描かれているか。

まずオブライエン。第一部第一章で主人公の同僚として紹介される最初から、彼の巨体は強調されている。「オブライエンは、大きなどっしりした男(a large burly man)で、首が太く、粗野でユーモラスで残忍そうな顔立ちをしていた」(p. 12. 二〇頁)。きわめて知的な人物であるが、物腰の優雅さと対照的に「プロボクサー並の体格」(p. 13. 二二頁)をしている。第二部第六章、勤務先の真理省の廊下を歩いていたとき、ウィンストンは「自分よりも大きな人間(someone larger than himself)が彼のすぐ背後に歩いてきているのに気づいた」。それはオブライエンで、彼はウィンストンを自宅に誘うために近づいてきたのだった。面とむかったとき、ウィンストンは「逃げ出したいという衝動しか覚えぬようだった」(p. 164. 二四二頁)。第二部第八章でウィンストンがジュリアとともにオブライエンの住居を訪ね、対面したとき、「彼〔オブライン〕のがっしりとした体格が二人の上に聳え立った」(p. 177. 二六二頁)。こうした体格の大きさがオブライエンの描写で頻繁に強調され、第三部の主人公の教育・洗脳の場面では、「彼〔オブライエン〕の特大の体(the bulkiness of his body)」(p. 182. 二七一頁)と、責めさいなまれて骸骨のように痩せ、背が曲がって小さくなったウィンストンの体がはっきり対照をなす。ウィンストンはオブライエンの「がっしりとしているが優雅な姿形が行きつ戻りつするのを見ていた。オブライエンはあらゆる点で自分よりも大きな存在だった(O'Brien was a being in all ways larger than himself)」(p. 268. 三九六頁)。

そしてチャリントン氏。彼の場合、古道具屋の主人であったときは、「六〇そこらと見える、弱々しい、背の曲がった」(p. 67. 一四四頁)老人として登場するのだが、しかし、それは偽装だった。第二章の終わりで、ウィンストンを捕まえに来たチャリントン氏を見て、彼は目をみはる。「チャリントン氏であることはまだ確認できたのだが、もはや同一人物ではなかった。体をすっくと伸ばして、前よりも大きくなったように見えた(His body had straightened, and seemed to have grown bigger)」(p. 233. 三四五頁)。つまるところ、オブライエンもチャリントン氏も、「オレンジ」と「レモン」をつとめるのにふさわしい体格を与えられているわけである。

彼ら「オレンジ」と「レモン」が、アーチを作り、ロンドンのあちこちの鐘が呼応しあう歌を歌い、「さあ来た、ろうそくが、おまえを照らし、ベッドへ連れに……」と不吉な感じで唱え、そして「最後の人の首」を首切り斧(両腕)ではねるのだ。犠牲者が連れていかれる「ベッド」とは、第三部で彼がオブライエンの手で教育・洗脳を受ける「愛情省」内の監房を指す。そこでの大半の時間、ウィンストンは、じっさいに、「板一枚のベッド(a plank bed)」(p. 253. 三七三頁)にくくりつけられて、身動きのできぬようにされているのである。(25)

その場所で「最後の人」ウィンストンは壊滅させられる。第三部第三章、オブライエンはウィンストンに言う。「もし君が人間だとするなら、ウィンストンよ、君は最後の人間なのだ(You are the last man)。君が属していた種族は絶滅して、われわれがその後継者なのだ」(pp. 282-83. 四一九頁)。「君は最後の人間だ(You are the last man)。……君は人間精神の守護者だ。君自身のありのままの姿を見せてやろう」(p. 283. 四一九頁)。そう言って、責め苦を与えて骨と皮ばかりになったウィンストンを裸にして鏡の前に立たせ、「君は腐敗してゆく。……それが最後の人間だ(That is the last man)」(p. 285. 四二二頁)と冷酷に言い、ウィンストンを泣かせる。ここはもちろん深刻な箇所なのだが、オブライエンの口にする「最後の人間」(the last man)には、遊戯でアーチを落とす瞬間に言う文句「最後の人の首」(the last man's head)が掛けられているのではないかと私は思う。さらに、この作品につけられる可能性が十分あったもうひとつの題名――「ヨーロッパで最後の人間」('The Last Man in Europe')[26]――じたいに、それがさりげなく響かせてあったように思う。

――だいたい、こんなところだ。本章の最初に述べた、「オレンジとレモン」が『一九八四年』の説話構造の骨格部分をなしている、という読みの根拠は、以上に指摘した点に求めることができる。

しかし、これが物語における伝承童謡の使用法の、すべてというわけではない。

四　じょちゅうは　にわで　ほしもの　ほしてる

説話構造の面から、今度は物語に描かれた世界の中身(説話世界)に眼を転じて、その面での伝承童謡の用法をながめると、支配の装置としての歌と、解放のための歌という一対の重要なモチーフが浮かび上がってくる。これをつぎに見ておきたい。

『一九八四年』が出版された数日後、『タイムズ文芸附録』一九四九年六月一〇日号に長文の書評が出た。これは匿名であったが、ジュリアン・シモンズが書いたものであることが確認されている。(27)『ビルマの日々』をはじめとするオーウェルの以前の著作に言及し、彼がそれまでにはたした仕事との連続性に注意をうながして『一九八四年』を論じた、大変バランスのとれた書評で、病床のオーウェルがこれを読んで感謝の手紙を書いたほどであるが、書評の最後のほうで作品の欠点を列挙している箇所があって、それが私にはひとつも欠点と見えなかった点で、シモンズの論に疑問が残った。なかでも彼は、作品にダメージを与えている最大の欠点として、「男子生徒的センセーショナリズムを趣向としている点」を挙げている。『一九八四年』には「根深い男子生徒っぽさ」があって、その典型が、主人公ウィンストンの抵抗を最後に完全に打ち砕くネズミの拷問のくだりであるといい、その他の「男子生徒っぽさ」の例として、「兄弟団《ブラザーフッド》というメロドラマ的発想」と、「得がたい、望ましい過去を象徴させるために伝承童謡を使用していること」をあげている。[28]「男子生徒っぽさ《スクールボーイッシュネス》」というのは、『一九八四年』にたしかにあるひとつのトーンをうまく言い当てた表現だと思う。じっさい、第三部でのオブライエンとウィンストンとのやりとりは、教育熱心な学校教師と反抗的な生徒との関係を思わせる。[29]とはいえ、それを質《たち》が悪い欠点と見るシモンズの評価に、私は異論がある。むしろそれを、硬直したリアリズムにおちいらぬための一種のカリカチュアの手法――おそらくディケンズに学んだと思われる手法――として積極的にとらえるべきだと思うからである。[30]しかし、ここでは問題を伝承童謡の使用法の理解にしぼって考えてみる。

「オレンジとレモン」が「得がたい、望ましい過去の象徴」として使われていると見るのは、まちがいではないが、そしてこれが作品を一読して、最も見て取りやすい見方なのであるが、それだけでは一面的である。そしてその使用によって作品の美質が損なわれていると見るのは、明らかにまちがいである。「オレンジとレモン」は、物語の単なる添え物にすぎぬものなのではない。この伝承童謡が物語に占める位置と役割は（前章で見た説話構造面での役割以外の点でも）もっと本質的なものである。なるほど、第一部の終わりでウィンストンがチャリントン氏からこの歌の断片を教わったとき、それは古道具屋の二階の部屋のたたずまいと同質の働きを主人公におよぼす――つまり、彼の内部に眠っていた「過去への憧憬の念といっていいようなもの、いわば祖先の記憶といったもの」(p.100. 一四八頁)をめざめさせる働きをする。歌に執着しつづける主人公にとって、その働きこそが「オレンジとレモン」のすべてで、そのかぎりでこの歌はたしかに「過去の象徴」である。しかしながら、ここでの「過去」とは、現在とかかわる契機をもたぬ静的な事実の単なる塊なのではなく、主人公のいだく「過去への憧憬の念」も、現実逃避のための甘い夢想としてしりぞけられるべきものではない。「過去への憧憬の念」や「祖先の記憶」といった言葉には、そうした次元を超えた意義が担われていることに注意しなければならない。この点を押さえた論考として、アーヴィング・ハウの「一九八四年——権力の謎[31]」を挙げることができる。そのなかで彼は、オーウェルのものの見方にある保守的傾向を適確に評価している。ハウによると、オーウェルの保守主義《コンサーヴァティズム》とは、政治じたいよりはむしろ感受性にかかわる性質のもので、それは、民衆が日々営むくらし方に対する正当な理解、人びとが受け入れている基本的な人間関係のあり方やものの感じ方に対する積極的な理解・共感なのだという。『一九八四年』で最も心を打つのが、主人公がイングソックの体制が確立する以前の過去の断片をしきりに呼びもどそうとするくだりである。自分を大切にしてくれた母親を回想すること、壊された教会の元のかたちを想起してみること、そして、「取るに足らぬ歌だが、しかし連想に富む」古い童謡の断片を復元しようとはかること——こうした部分に、作者の「保守的」傾向があらわされているのだとハウは見る。

こうした保守的なものの感じ方は、オーウェルの初期の著作にすでに出ているものであるが、これを、彼の民主的社会主義の信念と矛盾するものと取る読み手がいる。社会主義というものが、過去の完全な抹消だとか、官僚エリートによる恐怖政治を手段とした「ユートピア」の押しつけの試みといったものとして見られるのなら――事実、権威主義的左翼と反動的右翼はそう見ているわけだが――たしかにそう取るのは正しいだろう。しかしながら、オーウェルの理解する民主的社会主義とは、過去にあった真正なものを延ばして、私たちの自由を広げ、私たちの文化を深める努力のことなのであった。『一九八四年』のなかにオーウェルがあらわした保守的感情は、彼の社会主義的見解と対立するものではない。それどころか、それは、社会主義的見解を支えるものと見ることができるのである。少なくとも、そう望まれる。(32)

ここでハウが用いる「保守的」という言葉は、見てのとおり、現体制・現政権への雷同というニュアンスをともなう一般的な意味とは異なる。過去の事物へのこだわりという「保守的感情」をもつ『一九八四年』の主人公は、過去の抹消を自己保存の根本的手段とするイングソックの支配層の体制をおびやかす、一人の革命分子なのである。日記帳や、ガラスの文鎮や、伝承童謡に象徴された過去とは、現在と対話を交わし、現在の相対化をはかる過去である。言いかえるならば、それは、権力機構が押しつける非歴史的な現在ではなく、不断に生成・成長・変容をとげる歴史的現在を人びとに奪還させるための発条《ばね》としての過去、もっと言えば、そこに未知の未来が秘められた過去なのである。**未知なる他者性としての過去**――これこそが、オセアニア国の支配体制が全力を傾けて抹消せんとしたものであり、逆にウィンストン・スミスが命がけでよみがえらせようとはかったものにほかならない。彼が手に入れたガラスの文鎮は「党員が所有するにしては奇妙な品であり、身に危険をおよぼすものでさえあった。古い事物はどんなものでも、そう、そう言えば美しいものならどんなものでも、つねに漠然と疑惑をもたれたのだった」(p. 99. 一四七頁)。隠れ家に恋人と二人きりでいるとき、ウィンストンはこの古物を手に取り、「柔らかな、雨水のような淡い色をしたガラスのかたちに魅せられて」いる。そこでの二人の会話――

「それ、何だと思う?」ジュリアが尋ねた。
「べつに何だとも思わないな。つまりね、何かに使われたものとは思えない、ということさ。そこが気に入っているんだ。これは連中が改変するのを忘れた、歴史のひとかけなんだ。百年の昔からのひとつのメッセージなんだよ、その読み方さえわ

かったらね」(p. 152. 二二四頁)

ウィンストンが執着する過去の断片は、すべてこうしたものである。一見何の意味もなく何の役にも立たないものに見える(ノンセンスな)伝承童謡から彼が聞き取ろうとするのも、過去からの「メッセージ」――未知の声を秘めた、祖先の声なのである。主人公にとって、そうした「歴史のひとかけ」として「オレンジとレモン」はあり、チャリントン氏から教わる他の伝承童謡の断片――「二四羽のクロウタドリや、角《つの》が曲がった牛や、かわいそうなコック・ロビンの死について歌った童謡(33)」(p. 123. 二三三頁)――も、いわば解放のまぼろしを(そして危機の意識を)刻印した貴重な「史料」として主人公の前に提示されている。そのことを彼は察知しているのである。歌を「保守的」になつかしむとき、彼はその解読法をつねに模索しているのだ。「その読み方さえわかったら」と切望しつつ。

物語において、主人公のこうしたラディカルな姿勢と表裏一体をなすのが、支配体制による歌の抑圧という政策である。歴史性を帯びた事物を所持することが例外なく重罪となるこの世界では、伝承童謡も当然禁圧の対象に入る。というか、過去に連綿とつづいてきた伝承の鎖そのものが断ち切られてしまっていて、オセアニア国の住民にはそれを知る可能性が閉ざされてしまっている。もとより、罪を犯しようがないわけである。

そして、「祖先の記憶」――過去における未知なる他者の記憶――をとどめたそれらの歌(これを「フォークロア」と呼ぶことができる)に取って代わって、あるいは、断ち切ったそれらの生命がよみがえらぬための予防策として、そうした他者性など微塵ももたぬ新曲が組織的、恒常的に生産され、プロール階級にむけて供される。ウィンストンのつとめる真理省には「プロールむけの文学、音楽、劇、娯楽全般をつかさどる一連の部局」があり、そこでは「スポーツ、犯罪、星占い以外にはほとんど何も載っていないくだらぬ新聞、扇情的な五セント小説、セックスばかりの映画、そして作詞機(versificator)という名の特殊な万華鏡のごとき機械によってまったく自動的に作られるセンチメンタルな歌謡曲が製造されていた」(p. 46. 六八―六九頁)。この「作詞機」でできた歌の影響力は絶大である。「ただのはかない想いだったわ/四月の一日のようにすぎてしまったわ/だけど、まなざしと、ことばと、それがかきおこした夢と/それがあたしの心をさらってしまったの」といった歌詞の曲が何週間もロンドンではやっているし(p. 144. 二一三頁)、また、「憎悪週間」のテーマ・ソングとして作られた新曲(題は「憎しみの歌(the Hate Song)」)がテレスクリーンからひっきりなしに流れている。「それは厳密には音楽とは呼べない、太鼓を叩く音に似た、野蛮な、ほえるようなリズムをもつ歌だった。行進する足音に合わせて、何百人もの声がいっせいにこれをがなりたてると、それは恐ろしいものだった。プロールたちはこの歌が気に入ってしまって、真夜中の街頭では、いまなお流行中の「ただのはかない想いだったわ」と張り合って歌われていたのである」(p.155. 二二九頁)。この官製歌謡曲こそが、民衆の体制変革への欲求の表徴であり解放のまぼろしの象形である伝統的な歌のよみがえりを阻止するものなのだ。支配の装置として十全に用立っている歌。それは、まさしく、民衆文化としてのフォークロアを疑似フォークロアの捏造・散布によって徹底的に破壊し、そうすることで支配の土台をいっそう堅固にせんとはかる、文化戦略のひとつにほかならない。

かくのごとく徹底した文化の管理体制がこの国家に完備しているのであるから、そのなかにいる主人公が、たとえ断片的であるにせよ、伝承童謡に接することができるのは、奇跡的な事態であると言ってよい。それができるのは、嘘のようである。なぜなら、それは、貫徹しているはずの権力機構に致命的な遺漏があることを示すものなのだから。そしてそれはたしかに嘘だった。

「オレンジとレモン」を知っていて、ウィンストンにそれを教える二人の人物、すなわちチャリントン氏とオブライエンは、「国体の護持」を任とする人間であって、主人公の「危険思想」――「ニュースピーク」で言うところの「思想犯罪」(thoughtcrime)――を洗い立てるために、わなとしてその歌を持ち出してきたのだった。権力機構の遺漏などではなかった。そのことが判明するのが、前節に引用した第二部最後の場面で、「さあ来た、ろうそくが……」と言って、古道具屋の主人の変装を脱いで思想警察の指導者の姿にもどったチャリントン氏が、ウィンストンとジュリアを捕まえに来るくだりである。主人公にとって、解放のための歌と信じられていたものが、じつは支配の装置としての歌に巧妙に変造されていたことが、ここではっきりわかる。だから、ここは、主人公が(そして読み手が)、イングソックによる**フォークロア(=民衆文化)の収奪・転用**の実態をまざまざと確認させられる箇所であり、狂ったインテリ層が作った国家の完全無欠さを文字どおり痛感させられる箇所なのである。

そして、ひとつの忌まわしい倒錯がここに明瞭にあらわれていて、それが物語られる世界の陰惨さにさらに強勢を加える。いかなる倒錯か。「ノンセンス」という属性をもつ伝承童謡を、すなわち、本来、主人公のような正気の人間の持ち物であるはずの「ノンセンス・ポエトリー」を、センスを欠いた(ノン-センスな)狂人が手中に収めている、という倒錯である。オーピーが、『オクスフォード版伝承童謡辞典』の「オレンジとレモン」の項の末尾に、「ジョージ・オーウェルの『一九八四年』のなかで、忘却された歌「オレンジとレモン」の引用が、得がたい、望ましい過去を象徴させるために使われている」とだけ記して、物語でのこの歌の複数の使用法の、一面しか見(られ)なかったのも、このあたりに理由があるように思う。「オレンジとレモン」が、「六ペンスの歌」や「コック・ロビンの死」や「ジャックの建てた家」などとともに、自動機械で粗製乱造された歌謡曲と同列の支配の装置に、狂人の道具に変質させられているというもうひとつの面は、伝承童謡に関して、想像しうるかぎりで最も不幸な末路なのであり、伝承童謡をことのほかいとおしむ人にとって、それは見るに堪えない無惨な図だからである。けれども、こちらの面も見ておかねば不十分であるということは、やはり強調しておかねばならない。こうした重層性が、語られる世界のなかでの「オレンジとレモン」に備えられているのである。もっとも、「最後の人間」を追い詰める出口なしの体制の構築という、物語上の要請があるために、「得がたい、望ましい過去」の象徴という面、変革への夢をはらんだ歌という面は、それが結局支配の道具と化した主人公への好餌であったという確認からくる幻滅によって、最後に相当差し引かれてしまうことになるのだが。結局、そこで与えられる歌とは、すべて、骨抜きにされたニセのフォークロアでしかないのである。機械生産物である「ただのはかない想いだったわ」のような。

ところが、今度は逆に、支配の装置として供給されるこの「ただのはかない想いだったわ」が、別種の力を帯びて立ちあらわれる不思議な瞬間が物語に書きとめられている箇所がある。

それはどこか。

ジュリアとの逢引きの場として、古道具屋の二階の小部屋を初めて使用する日、ウィンストンは、彼女を待ちながら、窓の外をながめている。窓の下の中庭から歌声が聞こえている。

六月の太陽はいまだ中空高くにあり、陽の光に満ちた中庭では、ノルマン建築のようにがっしりした女が、筋骨たくましい赤い前腕をむきだしにし、粗麻布の前掛けを腰にして、洗濯桶と物干し綱とのあいだをどたどたと行き来していた。四角い白いものを、いくつもいくつも、洗濯ばさみで止めている。それが赤ん坊のおしめであるのがウィンストンにはわかった。洗濯ばさみを口にくわえているとき以外は、この女は、ずっと、力強いコントラルトの声で歌っていたのだった。

ただのはかない想いだったわ
四月の一日のようにすぎてしまったわ
だけど、まなざしと、ことばと、それがかきおこした夢と
それがあたしの心をさらってしまったの

ここ数週間、ロンドンでしつこくはやっている歌曲だった。音楽局の一課によって、プロールのために出された無数の同工異曲の曲のひとつだった。どの歌詞もみな、人の手をへずして、作詞機という名の装置によって作り出されたものである。

ところが、この女は、とても音楽的に歌ったので、その恐ろしくくだらぬ歌が、ほとんど快いしらべに変わっていった。(pp. 144-45. 二一三頁。傍点は引用者)

ここが不思議な箇所である。国家権力が、自己保存の一手段として、民衆を飼い馴らしておくために流通させた「作詞機」製の歌を、女は「ほとんど快いしらべ」に変えて歌ってみせて、主人公を感動させるのだ。当局が伝承童謡に対しておこなったのとは逆の方向に、歌を変質させてしまっている。送り手の思惑には入っていない、まったく別の質をもつ歌に転用して、彼女は歌っているのである。すなわち、不毛な抑圧の歌を、女は、歌う身ぶりの力によって、滅び去った伝承童謡が備えていたたぐいの、民衆の夢の発現形態としての歌に、再生させている。

だから、ウィンストンがここで目撃しているのは、**フォークロア(＝民衆文化)の発生の現場**にほかならないのである。そもそも、洗濯をする女というのは伝承童謡でなじみ深いモチーフなのであり(「六ペンスのうた」(**図1-5**)を見よ)、つまりそれはまさしくフォークロアの領域に属する情景ではないか。第二部第一〇章で、ウィンストンとジュリアが逮捕される直前にも、女は、中庭でおなじように洗濯をしながら、おなじ「たわいもない歌」(p. 227. 三三五頁)をウィンストンの耳に快いものに転じて歌っている。彼は、この女に対して「神秘的な畏敬の念(the mystical reverence)をいだく(p. 229. 三三八頁)。それ

図 1-5　「じょちゅうは　にわで　ほしもの　ほしてる」── ウォルター・クレイン画『六ペンスのうた』(1876 年頃) より．あいにく，クレインの描くこの「じょちゅう」の容姿は，『一九八四年』に登場するプロールの女性に比べて華奢で優美すぎる．

は、彼女が属する階級の人間全体に対する彼の感情である。「心と腹と筋肉のなかに、いつの日かこの世界を転覆させる力を蓄えている民衆」への共感・期待の念である。彼女の姿が、プロールの総体に対する主人公の(もしくは語り手の)つぎの讃歌を自然に引き出す。

もし希望があるとすれば、それはプロールのなかにこそある。……未来はプロールのものである。そして、彼らの時代がやってきたときに、彼らの建設する世界が、この党の世界とおなじような、自分にとって、ウィンストン・スミスにとってよそよそしい世界になりはしないのだということ――それを自分は確信できるだろうか。できるのだ。なぜなら、少なくとも、そこは正気の世界となるであろうから。平等のあるところには、正気がありうるのだ。遅かれ早かれ、そうなるだろうし、力も意識的なものに変わるだろう。プロールは不滅だということ、この中庭の勇ましい姿を見れば、そのことは疑いようがない。最後には、彼らはめざめるだろう。そして、その日が来るまで――それは千年先のことかもしれないが――彼らは、あらゆる逆境をのりこえて、生きつづけ、党がもちあわせていない、そして殺すこともできない生命力を、肉体から肉体へと伝えていくであろう。鳥のように。……

鳥が歌い、プロールが歌い、党は歌わない。世界中のいたるところで、ロンドンやニューヨークで、アフリカやブラジルで、国境の彼方にある立入禁止の謎の土地で、パリやベルリンの街角で、はてしのないロシアの平原の村々で、中国や日本の市場で、――いたるところに、おなじような、頑強で征服しがたい姿が立っている。労働と出産のために不格好になり、生まれてから死ぬまで働きつづけながら、依然として、彼女らは、歌っているのである。あの強力な腰から、いつの日か、意識をもった種族が生まれ出るにちがいない。(pp. 229-30. 三三八―四〇頁)

洗濯をする女の歌に触発された、ウィンストンのプロールに対するこうした夢想がしばらくつづいたあと、場面は突然暗転し、前節で引いた悪夢の場面、すなわち、「首切り」の登場によるウィンストンとジュリアの捕縛の場面になる。主人公が万事休すとなるこのときに、女の歌もやんでしまう。否、やめさせられてしまう。この部分をもう一度引いておくとこうである。「何かが敷石の上を引きずられていった。女の歌声は急にやんでしまっていた。洗濯桶を庭のむこうに投げつけたかと思われる、物が転がるガランという音が長くつづいた。それから怒気をふくんだ叫び声が入り混じり、最後にひとつの苦痛の悲鳴がした」(p. 231. 三四一頁)。引きずられてゆく「何か」とは、洗濯をしていた女で、最後の「苦痛の悲鳴」とは、彼女が思想警察の暴行を受けて発する声であることが暗示されている。最終的に、かならず歌はやめさせられる——これも、現実にまだ存在していないにしても、「それに対抗して戦わないでおけば㉟」出現する恐れが十分にある完璧な国家権力を物語の上で構築するための作者への要請である。それでも、庭で干し物を干している、マザー・グースの世界から抜け出してきたようなプロールの女が、支配の装置としての歌を「解放歌」に変えて歌ってしまう思いがけない瞬間の痕跡は、「オレンジとレモン」についてウィンストンがいだくまぼろしと同様に、正気を保ちつあいだの彼の記憶から——そして正気を保ちつづける読者の記憶から——けっして除去されることがないのである。

『一九八四年』における以上のような歌の意味・価値の意図的な錯綜、揺れ動かしは、この歌のダイナミズムは、刮目《かつもく》に値する。シモンズが見たような、作品にダメージを与える無用なものなどではけっしてない。これを欠いてしまったら、物語が決定的に貧しくなるような、肝心かなめのオーウェル的スタイルなのである。

五　うたえ　うたえ　六ペンスのうたを

そして、念を押しておかねばならないが、いま見た物語世界内での歌の用法は、前々節で見たプロット面での用法と重ね合わせて考察される必要がある。便宜上、前々節で説話構造、前節で物語世界の内部と、ふたつに分けて『一九八四年』における伝承童謡の用法を探ってみたが、もとより私たちは、このように截然と区別して物語を読み進めるわけではない。ふたつのレヴェルを同時に感得しながら作品を味読しているのである。「オーウェル的スタイル」が最終的に狙うのは、この両者の配合、というか衝突から生じる効果なのだとここで言っておきたい。

たとえば、ウィンストンとジュリアが捕えられる場面――

それからつぎに、もうひとつのまったく別の声が入り込んできた。か細い、理知的な声で、ウィンストンはその声を前に聞いたことがあるような気がした。それはこう言ったのだ。

「ところで、その問題にふれているあいだに申し上げるが、「さあ来た、ろうそくが、お前を照らし、ベッドに連れに。さあ来た、首切りが、お前の首をちょん切りに！」」(p. 231. 三四一―三四二頁)

チャリントン氏が、インテリゲンチャ特有の「か細い、理知的な」声で「オレンジとレモン」の終わりの文句(思想警察の一団が部屋に踏み込む合図となる文句)を口にするこの箇所は、説話世界のレヴェルで見るならば、「祖先の記憶」を刻印する伝承童謡を、イングソックが支配の装置に巧妙に変質させて用いていたことが明らかになる箇所である。フォークロアの力を頼りにして、主人公が権力機構に対して反抗を試みたのが、そのフォークロアじたいを当の権力が収奪していたという陰惨な事実――主人公が結局敵の掌の上で踊らされていたにすぎなかったのだという事実――が明らかになる箇所である。「ただ権力だけ、純然たる権力だけ(only power, pure power)」(p. 275. 四〇八頁)の追求を唯一の動機とするイングソックの支配体制の堅牢さ、隙のなさを主人公に思い知らせて、変革への彼のほのかな夢想を完全に粉砕する箇所である。ここで、伝承童謡を主人公に教える二人の人物、チャリントン氏とオブライエンは、党支配の永続のために「最後の人間」(the last man)を追い詰め、虐待し、洗脳するエイジェントの役目を負うている。

しかし、ひるがえって、説話構造のレヴェルで見るならば、この箇所は、伝承童謡「オレンジとレモン」を歌いながらおこなう伝統的な子どもの遊戯の、クライマックスの瞬間の模倣なのであった。さらにまた、それまでの筋の運びじたいがこの遊戯の過程の模倣であったことをさりげなく、しかしはっきりと告知する箇所でもある。そして、伝承童謡を主人公に教え(歌い)聞かせる二人の「大きな」人物、チャリントン氏とオブライエンは、二人でアーチを作り、「オレンジとレモン」を歌い、アーチを落として、「最後の人の首」(the last man's head)をちょん切る「首切り」、すなわち、くぐりぬける子どもを捕まえる「鬼」としての「オレンジ」と「レモン」の役割を演じているのだ。物語られる世界のレヴェルでは、主人公が彼ら二人によって「オレンジとレモン」を餌に踊らされているのだが、説話構造のレヴェルでは、逆に、彼らも語り手によって「オレンジとレモン」のゲームで踊らされているのだと言える。

『一九八四年』は逃げ道のない、かぎりなく絶望的な世界を描いている、それゆえこれは作者オーウェルの絶望を語ったペシミスティックな書物である、という短絡した結論をくだす論者には、まったく目に入っていないようであるが、伝承童謡「オレンジとレモン」でみずから遊ぶ物語作者がいるということ、これが肝心である。なぜなら、彼の遊ぶその仕方のなかに、物語る世界に対する確とした姿勢が表示されているから、それがまさにオーウェルの「レトリカルな構え[36]」を形成しているからだ。「オーウェル的」(Orwellian)という、現在辞書に定着した語[37]でもって人びとが想起するような、「反共的小説作家」の青白いこわばった表情でむやみに「否」と首をふっているのではなく、ネガティヴな世界を語りつつも、物語ること＝遊ぶことによって、つねに作者のポジティヴな構えを示しているからである。これが肝心である。

　伝承童謡に潜在する力(フォークロアの力)に鼓舞され、息を吹き込まれて、オーウェルは、物語をはじめる。そして、物語の最後まで、その力が、彼の構えを揺るがぬものに保っている。物語作者オーウェルのこのポジティヴな構えこそが、語られる不自由な世界の閉じた円環に、穴を穿つのだ。穿たれた穴から、別の世界からの(別の関係性、別のコミュニケーション形態、別の文化、別の政治を有する、〈未だ・無い〉世界からの)一条の光が、思いがけず、射し込んでくる。

　まったく思いがけず、である。洗濯をするあの愛すべき女性が、抑圧的な歌曲を、彼女が祖先から受けついだ歌う身ぶりの力(フォークロアの力)によって「ほとんど快いしらべ」に変えてしまうときの思いがけなさと、それはよく似ている。

(1)　テクストは George Orwell, *Nineteen Eighty-Four*, with a Critical Introduction and Annotations by Bernard Crick(Oxford: Clarendon Press, 1984)を使用した(以下、*1984, OUPedn.* あるいは『オクスフォード版』と略記する)。これはその後オーウェル全集に収められたピーター・デイヴィソン編の本文 *The Complete Works of George Orwell*, 20 vols., edited by Peter Davison (London: Secker & Warburg, 1987–98) (以下、CW あるいは『全集版』と略記する), vol. 9, *Nineteen Eighty-Four* を一足早く使ったもの。クリックの手になる長文の「批判的序文」および一〇三項目にわたる詳注が大変実質的で有益である。

しかし、本論の引用箇所は、全集版のページ数で示す。さらに、邦訳版(『一九八四年[新訳版]』高橋和久訳、早川書房、ハヤカワepi文庫、二〇〇九年)の当該ページも附した。前者を算用数字、後者を漢数字で、引用文のあとに注記する。ただし訳文は拙訳。

(2) チャリントン氏は、「セント・クレメンツ・デイン」(St. Clement's Dane)と言うが、正しくはセント・クレメント・デインズ(St. Clement Danes)である。セッカー・アンド・ウォーバーグ社の一九四九年刊の初版本と一九五〇年刊の選集版(Uniform Edition)で 'St. Clement's Dane' となっていたのを、ペンギン文庫の旧版(一九五四年に刊行され、以後一九八九年に新版が出るまで多く版を重ねた)は 'St. Clement Danes' に「訂正」している(第二部第四章でこの地名がもう一度出てくるが、ここもペンギン文庫の旧版[p. 119]は 'St. Clement Danes' に直している)。しかし全集版(およびそれに準じたオクスフォード版とペンギン文庫の新版)は、これが故意の「まちがい」である可能性があるとして 'St. Clement's Dane' のかたちを残している。『全集版』の「校訂注」(Textual Note, p. 340)を参照。たしかにオーウェルのタイプ原稿は 'St. Clement's Dane' となっている。George Orwell, *Nineteen Eighty-Four: The Facsimile*

of the Extant Manuscript, edited by Peter Davison (London: Secker & Warburg, 1984), p. 79.

クリックの注によると「そこ〔セント・クレメント・デインズ〕は、オールドウィッチとフリート・ストリートが交わる地点、シティ・オヴ・ロンドンの境界線にあり、昔の『トリビューン』紙のオフィスに面していた。したがって、オーウェルがそのようなまちがいをすることはありそうもない」(*1984, OUPedn.*, p. 440)。たとえて言うならそれは、東京のお茶の水の出版社に勤務した経験のある人間が自分の著作で「お茶水」と表記するようなものなのである。補足すると、オーウェルは一九四三年一一月末から四五年二月まで、『トリビューン』紙の文芸編集者をつとめた。そのオフィス(ストランド街二二二番地)はストランド街の西端、フリート・ストリートに接する地点の道路南側の建物の二階にあり、その建物を背にして道路左手五〇メートルほどのところにセント・クレメント・デインズはある。編集者として勤務した期間、通勤の折にはかならず、セント・クレメント・デインズが、というか、建物は一九四一年にドイツ軍の空襲による火災で(響きのよい鐘とともに)破壊され、当時はまだ修復もなされていなかったので、その廃墟(!)が、目に入ったはずである(いまでも建物の外部、とりわけ東側の面に「電撃爆撃《ブリッツ》」の痛々しい跡を見ることができる)。オーウェルが「セント・クレメンツ・デイン」としたのは、「エアストリップ一号において、どれほど記録と記憶が朽ち果てているかを示すため」(*ibid.*)であろうとクリックは読む。私もそう取る。

(3) 清水幾太郎『ジョージ・オーウェル「一九八四年」への旅』文藝春秋、一九八四年、二八五頁。他に、同種の典型的な言説としては、以下のものがあった。香山健一「『一九八四年』の真実と幻――ジョージ・オーウェルの世界を検証する、逆ユートピアへの旅」『文藝春秋』

一九八四年二月号。志村速雄「ジョージ・オーウェルが怒るぞ！　まかり通る『一九八四年』の歪曲」『諸君！』一九八四年三月号。

（4）　Lynette Hunter, *George Orwell: The Search for a Voice* (Milton Keynes: Open University Press, 1984), pp. 191-224. そこでハンターは二カ所にわたって「オレンジとレモン」に言及している。「読者がこの姿勢〔つまり主人公が最後には何かを獲得するのではないかという期待感〕をとるように誘われるのは、店の二階にある寝室の快適なインテリアの細かい描写と、店主のチャリントンが口ずさむ伝承童謡の喜ばしい性質——それはあまりにもありふれたものなので私たちが疑念をいだくことのないものでもある——によってである。この部屋の「ノスタルジア」と、「オレンジとレモン」の最後の行の「首切り」と、ウィンストンの頭にその歌が呪文のように何度も浮かぶこと……に読者は警戒するべきである。だが、少なくとも一読しただけではそれに気づかない」(p. 202)。「この場面〔第二部の最後の章〕の冒頭では、チャリントンの部屋のくつろいだ温かさと正常さが語られ、私的な幻想が強調される。これが警察によって暴力的に中断させられる。その際、警察は「オレンジとレモン」のしめくくりの二行をくりかえし、ウィンストンの文鎮を破壊する。これらのしるしが簡単に破壊されてしまうことは、読者がのちに欲求のイメージと現実のイメージを区別するために重要なものである」(p. 213)。このように「オレンジとレモン」のアイロニカルな用法を指摘してはいるものの、私が本稿で主張するような伝承童謡の重層的な使用法にまでは目が行き届いていない。それでも、ハンターのこの研究書は、オーウェルのレトリックを論じた書として貴重なものである。そこで、彼女の研究アプローチを簡単に紹介しておきたい。

「すぐれた散文は窓ガラスのようなものだ」('Why I Write', CW, vol. 18, p. 32.「なぜ書くか」岩波文庫版『オーウェル評論集』小野寺健編訳、一九八二年、一二〇頁。『象を撃つ――オーウェル評論集1』川端康雄編、平凡社ライブラリー、一九九五年、一二〇頁)というオーウェル自身の有名な言葉を真に受けているためなのかどうか、オーウェルの直截簡明な文章にレトリックは皆無である、という誤解の上に立って、オーウェルの文体を等閑に附し、もっぱら伝記的・人生論的なアプローチから彼のあらわした「真理」を探ろうとする倒錯した論考がいまだに跡を絶たない。それがオーウェル研究の主流だと言っても過言ではない。

ハンターはこうした風潮を難じて、「あまりに多くの評釈者が、まさにオーウェルが疑問を呈した立場から著作を読んでおり、その結果、おのれの読みを狭くし、自家撞着におちいっている」(p. 4)と批判する。「オーウェルが疑問を呈した立場」とは、「中立的論理と中立的言語の使用がおのれの意見を人に課すための主要な源泉であり、それが「絶対的真理」に達する唯一の方途だと主張する、一七世紀以来西欧で支配的となった合理主義的認識論の立場だという。「合理的、分析的論理と単声的言語(a univocal language)の観念」が、レトリックを周辺に追いやった(p. 2)。中立的・単声的言語は、対象物を完璧に指示するのだから(言葉=物だから)、「説得の術」であり「言葉のあや」であるレトリックは無用であるとするそれは観念である。近代の自然主義文学を支えたのは、まさにこの立場にほかならないのであり、そしてオーウェルはここを疑問視した。彼は「言葉と対象〔物〕は等価ではないし、両者が唯一の適切で確固とした関係を保つわけでもないのであり、言語と文学は、世界の物質性(materiality)の一部にすぎぬのであること」(p. 7)を認識していた。だから、オーウェルが、「正当な声」(a valid voice)

を求めて仕事をつづけていったのであるにしても、その「正当な声」とは、「単に良い信念を説くという問題ではなく、成熟した、懐が深い、レトリカルな構えにかかわる問題なのである」(p. 11)。この「レトリカルな構え」を見ることによって、近代の合理主義的・二元論的世界観に依った作品理解の限界を認識し、読者とテクストじたいとの相互作用を可能ならしめるような、もうひとつ別の読み方を切り開くことができる。――ハンターが『ジョージ・オーウェル――声の探究』の刺激的な序章で述べていることをいささか乱暴に要約すると、およそ以上のことになろうか。そしてハンターは、本論に入って、テクストを綿密に読み解いてゆくのだが、オーウェルの「レトリカルな構え」に注目した彼女の解析によって浮かび上がってくるのは、オーウェルの「声」が、きわめて多音声的《ポリフォニック》で対話的(読者とテクストとの相互通話をうながし、読者を受け身のままにしておかずに、語られる問題に巻き込んでゆくという意味で、対話的)だという事実である。

(5) 'Fredric Warburg's Report on *Nineteen Eighty-Four*' in *1984, OUPedn.*, p. 148. この文書は、F・ウォーバーグの回想記 Fredric Warburg, *All Authors Are Equal* (London: Hutchinson, 1973)で初めて公開された(pp. 103-6)。また、Jeffrey Meyers (ed.), *George Orwell: The Critical Heritage* (London: Routledge & Kegan Paul, 1975)(以下、*The Critical Heritage* とも略記)にもこの文書が収録されている(pp. 247-50)。

ただし、ウォーバーグが『一九八四年』における伝承童謡の役割に注目した点は評価できるが、「極度の恐怖の効果」を生むという面だけを見て、歌がもつポジティヴな意味を見逃している点で不備がある。『一九八四年』を書いたオーウェルは「何の希望ももっていない、少なくとも、読者が希望をもつことを——希望のともしびがかすかに光ることさえも——許さない」(*1984, OUPedn.*, p. 147) としか読めなかったことによるそれは限界なのだろう。

(6) *1984, OUPedn.*, pp. 35-36.

(7) 'Ingsoc' が 'English Socialism' の略語であるということ(cf. p. 241. 四八一頁)を文字どおりに受け取って、『一九八四年』はイギリス労働党および社会主義全般を攻撃した著作であると解するむきが(とくにアメリカで)多かった。だが、これは誤解である。『ライフ』一九四九年七月二五日号)と『ニューヨーク・タイムズ・ブック・レヴュー』(同年七月三一日号)に発表された作者の声明文(ただし、いずれも全米自動車労働組合幹部のフランシス・A・ヘンソンに送った声明文をアレンジしたもの)のつぎのくだりを参照されたい。

私の最近作の小説は社会主義やイギリス労働党の攻撃を図ったものではなく(私はその支持者です)、中央集権的経済が陥りやすい誤謬、すでに共産主義やファシズムにおいて部分的に実現している誤謬を暴露しようとしたものです。私が描いたたぐいの社会がかならず現れるだろうとは思いませんが、(もちろんあの本が風刺だという事実を考慮してのことですが)あれに似たようなものが出現しうると私は確信しています。私はまた、全体主義的な思想がすでにどこでも知識人の頭のなかに根を張っていると確信しており、こういう思想が論理的帰結としてどうなるかを見ようとしたのです。本の舞台をイギリスに置いたのは、英語を話す種族といえども生来他の人間よりまさっているというわけではなく、全体主義というものは、それに対抗して戦わないでおけば、どこでも勝利を収めることがある、という点を強調したかったからなのです。(*CW*, vol. 20, p. 135. 強調は原文)

（8）　オーピー夫妻の『オクスフォード版伝承童謡辞典』(Iona & Peter Opie (eds.), *The Oxford Dictionary of Nursery Rhymes* [Oxford: Oxford University Press, 1951]．以下 *ODNR* と略記する)が載せるヴァージョンをはじめとして、『一九八四年』版の四つの教会のほかに、さらにふたつを詠み入れたかたちが、私があたった文献を比較したかぎりで見ると、最も広く流布しているものらしい。すなわち、「お金持ちになったらね、とショーディッチの鐘が言う」のあとに、

「それはいつになるのさ」とステップニーの鐘が言う。
「いつのことやら、知りませぬ」とボウの大きな鐘が言う。
When will that be? say the bells of Stepney.
I'm sure I don't know, says the great bell at Bow.

とつづくかたちである(*ODNR*, p. 337)。

さらに、オーピー夫妻の編になる他の伝承童謡の選集、*The Oxford Nursery Rhyme Book*, assembled by Iona and Peter Opie (Oxford: Oxford University Press, 1955) および *The Puffin Book of Nursery Rhymes*, gathered by Iona and Peter Opie (Harmondsworth: Penguin Books, 1963) にふくまれるヴァージョンは、それぞれ一四と一五の教会を詠み込んでいる。チャリントン氏の説明のなかの「ロンドン中の教会が――おもだった教会がということですが――この歌にもりこまれていたんです」という台詞からすると、彼が「子どもの時分歌った童謡」には、このくらいの数が出てきたのかもしれない。とすると、オブライエンが「完成」させて主人公を喜ばせたかたちは、じつは不完全なもので、「セント・クレメンツ・デイン」と同様に、記

録と記憶の消滅という事態を指示する一例となっていると見るべきなのだろうか。たとえば二行目の‘You owe me three farthings’の‘three’は、オーピーのをはじめ、たいていの版で‘five’となっている。この‘three’について、『全集版』の編者デイヴィソンは、校訂注のなかで「たいていは「五」なのであるが、おそらくはこの登場人物のあやふやな記憶を示すための意図的なまちがいであろう——もちろん、この詩を復元するのには困難があるわけである」(CW, vol. 9, p. 340)と注記している。あるいはそうなのかもしれない。

しかしながら、伝承童謡の性質上(それは口承文芸・フォークロア全般の性質であろうが)、近代文学のテクストとちがって、「ひとつの正しいかたち」などというものは存在しないわけだから(伝承されているさまざまなかたちが、すべて「正しい」と言うべきであるから)、『一九八四年』版の「オレンジとレモン」が不完全であるとは断言できない(じっさい、デイヴィソンも断言はしていない)。二行目の‘three’がたいていの版で‘five’になっているからといって、前者がまちがっているとはみなせないのである。アリス・ゴム編によるイギリスとアイルランドの伝承遊戯の集成 *The Traditional Games of England, Scotland, and Ireland*, 2 vols. collected by Alice Bertha Gomme (London, 1894 [vol. 1], 1898 [vol. 2], reprinted by Dover Publication, New York, 1964)の「オレンジとレモン」の項(vol. 2, pp. 25–35)に掲げられている一六種のヴァージョンを見ると、たしかに「五ファージング」のかたちが多くて、一〇のヴァージョンでそうなっているが、「三ファージング」もふたつある(ヴァージョン六と一五)。他にも「四ファージング」「五シリング」「一シリング」がひとつずつふくまれる。ペンギン文庫の旧版の日本語注(『英潮社ペンギンブック・14』高田久壽編注、英潮社、一九六七年)で、注釈者が、オーピーの(*ODNR*)版を掲げて、「元の形は*five* farthingsになっている」(三四頁)と書いたのは、近代文学の枠組みにとらわれてしまったからだろう。伝承の「正しさ」という問題に関しては、平野敬一『マザー・グースの世界――伝承童謡の周辺』エレック選書、ＥＬＥＣ(英語教育協議会)出版部、一九七四年、一八八―八九頁を参照されたい。

何にせよ、遊戯歌として、『一九八四年』版は十分に用をなす。ちなみに、アリス・ゴムが載せた「オレンジとレモン」の一六のヴァージョンのうち、三つ(ヴァージョン八、一一、一四)は『一九八四年』版よりも少ない五行からなっている(Gomme, *op. cit.*, vol. 2, pp. 29-31)。

(9)　「オレンジとレモン」で歌われている教会と地名については、以下を参考にした。Ann Saunders, *The Art and Architecture of London: An Illustrated Guide* (Oxford: Phaidon, 1984). Mervyn Blatch, *A Guide to London's Churches* (London: Constable, 1978). Nikolaus Pevsner, *The Buildings of England: London*, vol. 1 (The Cities of London and Westminster) (Harmondsworth: Penguin, 1957). Ben Weinreb and Christopher Hibbert, *The London Encyclopaedia* (London: Macmillan, 1983, revised ed., Papermac, 1993). 鷲津名都江『マザー・グースをたずねて』筑摩書房、一九九六年、二三―二六頁。鷲津名都江監修・文『マザー・グースをくちずさんで――英国童謡散歩』求龍堂、一九九五年、五九頁(これには「オレンジとレモン」に登場する教会が写真入りで紹介されている)。

(10)　教会の鐘も、よく聴くといろいろな響きがある。セント・クレメント・デインズの鐘の音もセント・マーティンズ・イン・ザ・フィールズ教会の鐘の音も以下のＣＤで聴くことができる。*Church Bells of England: Traditional Change Ringing from Some of England's Most Fa-*

mous Peals(London: Saydisc Records, CD-SDL 378, 1989).

(11) とくに参考にしたのは、注(8)であげたOpie, *ODNR* と Gomme, *op. cit.* そしてオーピー夫妻の「イギリスの子どもの遊戯」三部作の二作目にあたる『うたゲーム』(Iona and Peter Opie, *The Singing Game* [Oxford: Oxford University Press, 1985]〔以下 *SG* と略記する〕)の三つである。

なお、「オレンジとレモン」の歌を収録した音声資料は多くある。参照したなかで日本で出ているものを以下に列挙しておく。平野敬一編『続マザー・グース童謡集 カセットテープ』W・アイザックス歌、ELEC、一九七七年。百々佑利子監修『マザーグースとあそぶ本』(CD付き)ラボ教育センター、一九八六年。

(12) Opie, *SG*, p. 55. この最後の文句も、ヴァリエイションがある。'Chop, chop, chop, chop, chop!'(*ODNR*, p. 338)'The last, last, last, last man's head'(Leslie Daiken, *Children's Games throughout the Year* [London: B. T. Batsford, 1949], p. 94. および Gomme, *op. cit.*, p. 27) など。だが、確認したかぎりでは 'the last man's head' という文句を使うかたちが多い。

(13) Opie, *SG*, p. 55.

(14) *Ibid.*

(15) Opie, *ODNR*, p. 338.

(16) Gomme, *op. cit.*, vol. 2, p. 35.

(17) Opie, *ODNR*, p. 338.

(18) Opie, *SG*, p. 57.

(19) Opie, *ODNR*, p. 272. 訳文は、平野敬一『マザー・グースの世界』(前掲)一四―一五頁に引用された平野訳を使用した。

(20) 平野敬一『マザー・グースの世界』(前掲)一五頁。

(21) クリックによると、チャリントン(Charrington)という名前じたいが、イギリスのビール醸造業者の名であり、また、地方に支社が多くあるロンドンの有名な石炭業者(この社の荷車が街でよく見られた)の名とおなじであるため、温かみとやすらぎを(イギリス人の)読者に感じさせるものになっているのだという(*1984, OUPedn.*, p. 441)。そして物語で彼だけが'Mr.'という敬称を冠せられている。

(22) この版画は「鋼版印画」(steel engraving)だと書かれている。スティール・エングレイヴィングとはライン・エングレイヴィング(line engraving)、つまり線刻彫版画の一種。ライン・エングレイヴィングとは「版画を刷る目的でビュラン〔彫刻刀〕を用いて彫版すること。これは凹版法であり、絵柄を版の表面に刻み、彫り込んだ線にインクをつめ、強い圧をかけて刷る。版には通常、銅版が使われる」(『オックスフォード西洋美術事典』講談社、一九八九年、一一六四頁)。一五世紀半ばにイタリアとドイツで使われるようになり、一六世紀初頭にデューラーらによって技法的に完成された。銅版の代わりに鋼版を用いるスティール・エングレイヴィングは、繊細な線と微妙なトーンを可能にするものとして、一九世紀前半に広く用いられた。だが銅版に電気分解でスティール・メッキをする技術が発明されたことによって衰退し、一九世紀末には完全に廃れてしまった(同書、一一六六頁)。『オクスフォード英語辞典』によれば steel engraving の文献初出は一八二四年。したがって、「鋼版印画」という語そのものが一九世紀(とくに第二、第三の四半世紀)を連想させるものだということになる。

それからガラスの文鎮についてもここで見ておきたい。それをウィンストンが見つけるのは、第二部第二章、彼が古道具屋の店内をながめていたときのことだった。

ちっぽけな店内はたしかに足の踏み場もないほど物であふれていたが、少しでも値打ちがあるものはそこにはほとんどなかった。埃をかぶった無数の額縁が四方の壁のまわりに積まれていたので、ひどく手狭だった。ウィンドーにはトレーに入った留めねじと締め釘、擦り切れた鑿《のみ》、刃のこぼれたペンナイフ、まともに動いている様子さえ見せない錆びた懐中時計、その他種々雑多なくずが置いてあった。かろうじて片隅の小さなテーブルにだけは、おもしろそうなものが入っていそうなガラクタの山があった。漆塗りの嗅ぎ煙草入れだとか、瑪瑙《めのう》のブローチといったようなものである。ウィンストンがそのテーブルのほうにむかうと、丸くてなめらかなものがランプの明かりに照らされて柔らかい光を発しているのが目にとまった。彼はそれを手に取った。

それは重いガラスの塊で、片面は丸く、もう一方の面は平らで、ほぼ半球体をなしていた。ガラスの色合いにも手ざわりにも、雨水のような独特な柔らかみがあった。その中心には、丸い表面によって拡大されて、薔薇の花かイソギンチャクを思わせるような、不思議なピンク色の渦巻状のものが入っていた。

「これは何だい」とウィンストンは魅せられて言った。

「珊瑚ですね、それは」と老人[チャリントン氏]は言った。「インド洋で採れたものにちがいありません。昔はそれをガラスのなかに埋め込んだものです。作られて百年はくだりませんね。見たところではもっと古いものでしょう」

「美しいものだね」とウィンストン。

「美しいものです」と老人はほれぼれとして言った。「ですが、近頃はそうおっしゃる方は大分少なくなりました」(pp. 98-99. 一四五―四六頁)

文鎮(paperweight)というのは古くからあるが、装飾的なガラスの文鎮は一九世紀に考案された品である。耐熱性の素材を使ったカメオ(つまり浮き彫りをほどこした瑪瑙や貝殻)をガラス玉のなかに入れる技法(sulphide あるいは crystallo-ceramie と呼ばれる)は一九世紀初頭にフランスの磁器・カメオ製造業者のバルテレミ・デスプレによって開発され、イギリスではガラス製造業者のアプスリー・ペラットが一八一九年に特許を取って製造した。その後、一九世紀中に「千花模様」(millefiori)や不透明白ガラス(latticinio)を用いたガラス文鎮の技法も使われるが、カメオを入れるものが最初のガラス文鎮だった。大きさは直径三インチ(七・六センチ)ぐらいのものがふつうである。以下を参照。George Savage, *Dictionary of 19th Century Antiques and Later Objets d'art* (London: Barrie and Jenkins) 1978, pp. 237-38).

したがって、百年以上たった品だと言うチャリントン氏の言葉を思い合わせると、ウィンストンが手に入れる珊瑚入りの文鎮も、先の鋼版印画とおなじく、少なくともヴィクトリア朝(一八三七―一九〇一年)の中期以前に作られたものだということになる。これらはチャールズ・ディケンズ(一八一二―七〇年)と同時代の品、というふうに押さえておいてよいだろう。ちなみに、現在ではこうしたヴィクトリア朝のアンティークの愛好家が増えているが、いわゆる「ヴィクトリアン・リヴァイヴァル」(ヴィクトリア朝の文化的産物への趣味の復活)の動きが本格化するのはオーウェル没後のことであり、彼がこれを書いた一九四〇年代はヴィクトリア朝の美術工芸はおおむね古臭いものとして片づけられていた、という事実を指摘しておきたい(そう言えば、モリス商会も一九四〇年につぶれている)。右の引用で「近頃はそう〔美しいと〕おっしゃる方は大分少なくなりました」というチャリントン氏の言葉は、「一九八四年」のみならず、一九四〇年代当時の現状でもあったわけである。

『一九八四年』に出てくる「古道具屋《ジャンク・ショップ》」に込められた感情価値についても注意が必要である。オーウェルは、一九四五年の暮れから四六年の初めにかけて(このとき彼は『一九八四年』の構想を練っているところだったのだが)、ロンドンの夕刊紙『イヴニング・スタンダード』(*Evening Standard*)の土曜版に、イギリス人の日常生活を題材とした短いエッセイを連載していた。そのうちの一回分が「ただのがらくた——だがだれがそれに逆らえよう?」("Just Junk—but who could resist it?")と題するエッセイだった(一九四六年一月六日号)。中身はまさに古道具屋《ジャンク・ショップ》礼賛とでもいうべきものである。これはソニア・オーウェルとイアン・アンガス編の『オーウェル著作集』(*The Collected Essays, Journalism and Letters of George Orwell*, eds. Sonia Orwell and Ian Angus, 4 vols. [Harmondsworth: Penguin Books, 1970]〔以下、*CEJL* と略記〕)から漏れており(これらの連載で *CEJL* に収録されたのは「イギリス料理の弁護」と「一杯のおいしい紅茶」のみ)、そのため一般に知られずにいたが、一九九五年に小野寺健がこれを掘り起こして訳出してくれた(オーウェル「ガラクタ屋」『一杯のおいしい紅茶』小野寺健編訳、朔北社、一九九五年/中央公論新社(中公文庫)、二〇二〇年)。そのなかでオーウェルは、「古道具屋」(junk shops)と「骨董屋」(antique shops)とをつぎのように区別している。

骨董屋というのは、清潔で、品物もきれいにならべてあって、実質の倍くらいの値段がつけてあり、ひとたび中へ入ろうものなら、うるさくつきまとわれ、ついに買わされてしまう店である。

ジャンク・ショップのほうは、ショーウィンドーもうっすら埃《ほこり》をかぶっていて、置いてあるのも捨ててもいいようなものが珍しくなく、たいてい奥の部屋で居眠りをしている主人は、まるで売りつける気もない。（朔北社版、九〇―九一頁／中公文庫版、九三頁）

こう言ってジャンク・ショップで見つかる掘り出し物が列挙される。「パピア・マシュ（箱、盆などの製造に用いる紙粘土状の模擬紙）でできた嗅ぎ煙草入れ、ラスター（真珠の光沢をもつ陶磁器）でできた水差し、一八三〇年前後の先込め式ピストル、瓶の中に造った船の模型などがある。こういうものは今でも造られてはいるが、古いものがいいのだ。ヴィクトリア朝の瓶は形が美しいし、グリーンのガラスの微妙な色合いがいい」。そのリストのなかには、「底に絵がはいっているガラスの文鎮」があり、また「そのほかにもガラスの中に珊瑚を封じこめたものもあるが、これは例外なくべらぼうに高い」と述べている（朔北社版、九二頁／中公文庫版、九三―九四頁）。

(23)　『一九八四年』にかぎらず、他の作品でも、労働者階級を意味する語として、オーウェルはしばしば「プロール」(the Proles)という語を用いている（『空気をもとめて』(*Coming Up for Air*)のなかで、あの愛すべき主人公ジョージ・ボウリングはたびたび「プロール」という言葉をつぶやく）。彼が影響を受けた一人であるアメリカの作家ジャック・ロンドンの用語を借用したものと思われる。Cf. Bernard Crick, *George Orwell: A Life* [Harmondsworth: Penguin

Books, 1982], p. 216.〔以下、*A Life* と略記する〕邦訳版バーナード・クリック『ジョージ・オーウェル――ひとつの生き方』全二巻、河合秀和訳、岩波書店、一九八三年、上巻、二七〇頁。「プロレタリアート」という用語を使わなかったのは、当時のイギリス共産党(「正統」左翼)のイデオロギーとオーウェルの社会主義の理念が一線を画していた事実を示す。一部で誤解されているような労働者階級の蔑称ではない。庶民、民衆とも訳せる。

(24) 'In the game[...]two of the bigger players determine in secret which of them shall be an "orange" and which a "lemon".' Opie, *ODNR*, p. 337.

(25) 「彼は、何かキャンプ用ベッドに似た感じのする物の上に横たわっていた。ただそれは普通のキャンプ用ベッドよりも高くて、また、どういう具合にか、身動きのできぬように体を固定されていた」(p. 251. 三七一頁)。ここで「最後の人」ウィンストン・スミスは破滅させられるのであるから、この「ベッド」はまさに「断頭台」にほかならない。

さらに、この「ベッド」は、古道具屋の二階の、恋人たちが使うベッドに重ね合わされている。チャリントン氏がこの部屋にウィンストンを初めて案内するくだり(第一部第八章)にそれはさりげなく示されているのである。この「老人」は石油ランプをともして(時刻は夜の九時頃である)、それを手にもち、ウィンストンを導いて、一階から「すり減った急な階段をゆっくりとのぼってゆき、狭い廊下を通り抜けて、通りには面していないが、丸石を敷いた中庭と林立する煙突を見下ろす部屋に入った」(p. 100. 一四七頁)。そしてチャリントン氏は「部屋全体を照らし出すために、ランプを高く掲げて」(p. 100. 一四八頁)ウィンストンが部屋のなかを見渡せるようにしたのだった。そのあとで「オレンジとレモン」の最初の一行とともに、最後の文句「さあ来た、ろうそくが、お前を照らし、ベッドへ連れに。さあ来た、首切りが、お前の首をちょん切りに」を口にする。この文句で言われるアクション(あるいは予行演習)をチャリントン氏はちょうど実行したところだったのだ。もちろんここでの石油ランプは「ろうそく」の代用品である。ランプを手にもつチャリントン氏が、ウィンストンを照らし、ベッドに連れに行く——このとき、もうすでに、恋人たちがそのなかでまどろみながら自由を夢見るべッドは、「愛情省」内の拷問用ベッドに通じるアイロニカルな存在と化している。

(26)『一九八四年』は、最初『ヨーロッパで最後の人間』という題で構想された。一九四三年に書かれたと推定される『一九八四年』の粗筋の冒頭に、'For "The Last Man In Europe"'(「『ヨーロッパで最後の人間』のために」)と記されている(Literary Notebook 2, fol. 34, The Orwell Archive at University College London: *CW*, vol. 15, p. 367; cf. Crick, *A Life*, p. 582. クリック『ジョージ・オーウェル』(前掲)下巻、三六〇頁。*1984, OUPedn.*, p. 137)。

作品の完成(一九四八年一一月初旬)間際の一九四八年一〇月二二日付のウォーバーグ宛の手紙には、「表題はまだはっきり決めていませんが、『一九八四年』か『ヨーロッパで最後の人間』か、どちらにしようかと迷っているところです」(*CW*, vol. 19, p. 457.『オーウェル著作集』全四巻、鶴見俊輔ほか訳、平凡社、一九七〇—七一年〔以下、『著作集』と略記〕第四巻、四三二頁)とあって、この表題を執筆のあいだ捨て去っていなかったことを明かしている。脱稿後三カ月たった一九四九年二月四日付のジュリアン・シモンズ宛の手紙で、ようやく「われわれはまだ表題をはっきり決めていませんが、『一九八四年』とつけられることになるだろうと思います」(*CW*, vol. 20, p. 35.『著作集』第四巻、四五八頁)と告げている。最終的にオーウェルは表題の決定を出版社に委ねたのではないかとクリックは推測している。そして出版社側では、「ヨーロッパで最後の人間」と「一九八四年」のふたつを比べてみて、前者が物語の内容を漏らしすぎるきらいがあるのに対して、後者は逆に、意外性があって、ある種の期待を買い手にいだかせる、そう踏んで後者を選んだのではなかったか(cf. *1984, OUPedn.*, p. 19)。

ここで私は、いささか表題にこだわりすぎているように思われるかもしれない。しかし、言うまでもなく、表題もテクストの一部をなすのである。あるいは(ミシェル・ビュトールが『絵画のなかの言葉』〔清水徹訳、新潮社、一九七五年〕のなかで書いていたように)本文という「長いテクスト」に対して、表題は「短いテクスト」とでも呼べる役割を担い、「このふたつがそれぞれ極となって、そのあいだに意味の電流が流れる」のだと言える(同書、一九頁)。私たちのテクストの場合、あの「オーウェル年」には、「一九八四年」という「短いテクスト」がむしろ「長いテクスト」を凌駕した現象が見られたのだった。オーウェルがスペイン戦争に参加した経験を追想した著作を(『動物農場』や『一九八四年』と同様に)「反共プロパガンダ」作品としか読めなかった人びとが、『カタロニア讃歌』(*Homage to Catalonia*)という「短いテクスト」をまったく無視して邪説空説を立てたのは、それと逆の現象である。

ともあれ、初めて構想が生まれた一九四三年(と作者自身が右に引いたウォーバーグ宛の手紙で言明している)から、おそらく脱稿にいたるまで、「ヨーロッパで最後の人間」という表題で発表することを念頭に置きながら作者は物語を書き進めていたのであろうから、それは「短いテクスト」の異型として、テクスト全体の意味を照らし出すひとつの鍵として、十分考慮に値するのだと言っておきたい。

そして、オーウェルが「ヨーロッパで最後の人間」に、そして本文中でオブライエンがウィンストンを指して言う「最後の人間」に、伝承童謡・遊戯歌「オレンジとレモン」の最後の文句(「最後の人の首」)を反響させていた、という自説の補強として、テクスト外のふたつの点を指摘しておく。

ひとつは、オーウェルの他の著作で、イギリス伝承童謡のフレーズを題名にしたものがあるということである。すなわちそれは、一九四一年にパンフレットのかたちで刊行され、多くの読者を得た『ライオンと一角獣――社会主義とイギリス精神』(Orwell, *The Lion and the Unicorn: Socialism and the English Genius*[London: Secker and Warburg, 1941]. *CW*, vol. 12, pp. 392-434.『著作集』第二巻、五四―一〇四頁(小野協一訳)。『ライオンと一角獣――オーウェル評論集4』平凡社ライブラリー、一九九五年、所収)である。オーウェルの社会主義運動への確信を語り、'patriotism'(「愛国心」と訳すと誤解を生むので厄介な語)こそが「イギリス革命」を支えるものとなるだろうと説いたこのラディカルな著作のなかで、表題の「ライオンと一角獣」が伝承童謡からの引用であることを、作者はわざわざ断っていない。「[イギリスの社会主義運動は]いたるところに時代錯誤や未解決の問題を残し、判事のばかげた馬毛のかつらや、兵士の帽子のボタンのライオンと一角獣の模様もそのまま残しておくであろう」という一節はあり([*CW*, vol. 12, p. 427.『著作集』第二巻、九七頁、平凡社ライブラリー版『ライオンと一角獣』一〇二頁]、ここで、ボタンの模様の「ライオンと一角獣」とは連合王国と王室の紋章のことをひとまず指している)。しかしこの文句を見てイギリス人の大方が最初に連想するのが、幼年時から親しんでいる伝承童謡の「ライオンと一角獣」であることは疑いない。

著者があえて断るまでもないことなのだ。以下の二連からなる歌がそうである。

ライオンといっかくじゅう
　おうかんほしがりおおげんか
ライオンぶったいっかくじゅう
　まちじゅうぐるぐるおいまわし

The lion and the unicorn
　Were fighting for the crown;
The lion beat the unicorn
　All round about the town.

だれかがやったよ、しろパンを
　くろパンやったひともいる
ぶどうパンやるひともいて
　そうしてまちからおいだした

Some gave them white bread,
　And some gave them brown;
Some gave them plum cake
　And drummed out of town. (Opie, *ODNR*, p. 269)

パンフレット『ライオンと一角獣』が刊行された一九四一年当時の世界状勢を念頭に置くこと。そしてオーウェルにとっては、「ライオン」と「いっかくじゅう」を「どっちもまちからおいだした」市民の叡知ということが、この伝承童謡のポイントだったのだと私は思う。

　もうひとつは、伝承童謡のイメージをプロットに応用したり、さらには、歌の一節を表題に取ったりした推理小説が、オーウェルが活動した二〇世紀の第二の四半世紀に続出したことである。いま、思いつくままに列挙してみると、ヴァン・ダインの『僧正殺人事件』(*The Bishop Murder Case* 一九二九年——ただし、題名は関係なし)、エラリィ・クイーンの『お婆さんが御座ったとさ』(*There Was an Old Woman* 一九四三年。後年『生者と死者』と改題された)。そしてアガサ・クリスティの『一〇人の黒人少年』(*Ten Little Niggers* 一九三九年。邦題は

『そして誰もいなくなった』)、『五匹の子豚』(*Five Little Pigs* 一九四二年)、『ひとつ、ふたつ、はこうよおくつ』(*One, Two, Buckle My Shoe* 一九四〇年。邦題は『愛国殺人』)といった作品が挙げられる。

さらに、「オレンジとレモン」を使用した推理小説も存在する。それはイギリスの推理小説家グラディス・ミッチェルの『さあ来た、首切りが』(一九四六年)である(Gladys Mitchell, *Here Comes a Chopper*[London: Michael Joseph, 1946])。もちろんこの表題は「オレンジとレモン」の歌の終わりの行にふくまれる詩句であり、この作品には首のない少年の死体が出てくる。タイトル・ページには、題名の下にエピグラフとして‘Here comes a candle to light you to bed. / Here comes a chopper to chop off your head!’の二行が記されている。これが刊行された一九四六年と言えば、まさしくオーウェルが『一九八四年』の執筆に本格的に取りかかった年である。この書名を知っていたならばそれはオーウェルにとって気になるものだったはずである。入手して読んでいても不思議ではないと思うのだが、あいにく確証はない。

いずれにしても、「イギリス風殺人の衰退」(‘The Decline of the English Murder’, *Tribune*, 15 February 1946; *CW*, vol. 18, pp. 108–10. 『著作集』第四巻、八九―九二頁。『ライオンと一角獣――オーウェル評論集4』所収)の著者が、推理小説界のこうした流行に無関心であったとは考えにくい。オセアニア国のなかで、「ノンセンス」という属性をもつ伝承童謡が、コモン・センスを欠如した(ノン-センスな)人間の所有物になっている(この問題は、次節で述べるが)という倒錯した世界など、私は『僧正殺人事件』の犯人を連想するのだが、これは突飛な連想だろうか。「『一九八四年』におけるジェイムズ・バーナムの影響」とか、「ザミャーチンの影響」といった論考はあっても(それが大事なのは当然だが)、「推理小説と『一九八四年』」といった「低俗」なテーマを論じた文章は見当たらぬので、以上のことを言うのは、若干心もとないのである。大変オーウェル的なテーマだとは思うのだけれども。『一九八四年』の影響源を広範囲にわたって洗い出したウィリアム・スタインホフの力作『ジョージ・オーウェルと「一九八四年」の源泉』(William Steinhoff, *George Orwell and the Origins of* 1984[Ann Arbor: The University of Michigan Press, 1975])も、こうした点には注目していない。これは望蜀の嘆というものか。

ついでながら、最初に言及した『一九八四年』の粗筋をふくむオーウェルの創作ノートには数篇の詩(というか戯れ歌)が記されているが、そこには伝承童謡「コールの王様」('Old King Cole')のつぎのようなふざけた替え歌がふくまれている。

コールの王様はとても陽気な人/とても陽気な人だった/真夜中に明かりをご所望/お便所に行くために//古い納屋の戸口には月が照ってはいたけれど/ろうそくが消え/コールの王様は穴に落ちた/それでおしまい

Old King Cole was a merry old soul, / And a merry old soul was he, / He called for a light in the middle of the night/ To go to the W.C.// The moon was shining on the old barn door./ The candle had a fit./ And old King Cole fell down the hole/ And that was the end of it. (Orwell Archive, Literary Notebook 2, fol. 10; *CW*, vol. 15, p. 364)

(27) *The Critical Heritage*, pp. 251–57.

(28) *Ibid.*, p. 256.

(29) たとえば第三部の洗脳の場面でのつぎのくだりを見よ。
オブライエンは考え込むようにして彼〔ウィンストン〕を見下ろした。かつてなく、彼は強情だが見込みのある子どもに骨を折る教師の態度になった。
「過去の支配についての党のスローガンがある。暗唱してみたまえ」と彼は言った。
「過去を支配する者が未来を支配する。現在を支配する者が過去を支配する」とウィンストンは従順に暗唱した。(p. 260. 三八三頁)
彼〔オブライエン〕は間を取り、しばし、見込みのある生徒に質問を発する学校教師の態度にもどった。「人は他者への権力をどのようにして誇示するのかね、ウィンストン?」
ウィンストンは思案し、「相手を苦しめることによって」と言った。
「そのとおり。相手を苦しめることによってだ」(p. 279. 四一三頁)
『一九八四年』のオセアニア国における支配権力の「教育学的」性格については、以下の論考を参照。関曠野「「一九八四年のオーウェル」『資本主義――その過去・現在・未来』影書房、一九八五年、所収。
(30) シモンズの書評が出た直後の彼宛の手紙(一九四九年六月一六日付)の冒頭でオーウェルはこう書いた。
『TLS』〔『タイムズ文芸附録』〕で『一九八四年』を書評したのは君だと思う。あのようにみごとに、しかも好意のこもった書評をしてくれて、君にお礼を言わなくてはいけない。あんなわずかな紙面で、あれ以上に本の意味を上手に解説することはとてもだれにもできなかったことだろう。もちろん「百一号室」が低俗な手だという点、君の言う通りだ。書きながらぼくにもよく分かっていたのだが、あれ以外にぼくの望んでいた効果に近いものを出す方法が分からなかったのさ。(CW, vol. 20, p. 137.『著作集』第四巻、四八五―八六頁、小池滋訳。引用文は小池訳を使用)

シモンズに欠点だとして指摘された箇所に関して、慎ましい返答をしているわけではあるが、「一〇一号室」の「低俗な手」が、作者が望んだ効果を最大限に出すための意識的手法であった旨がここで言明されている。故意に「俗悪」な「男子生徒」的雰囲気を活用したと言っているわけである(シモンズはそれを単に悪趣味としか見なかったわけだが)。

たとえば、一〇一号室をめぐるこんなくだり――

ドアが開いた。将校は小さな身ぶりで骸骨のような顔をした男を指さして、「一〇一号室だ」と言った。……

「同志よ！　将校さんよ！」と男は叫んだ。「あそこに連れて行かなくったっていいでしょう。もう洗いざらいしゃべったじゃありませんか。これ以上、何を知りたいってんです。告白することはもう何にもありませんよ。何にも。おっしゃってくださいな。何だって白状しますから。文書にしてもらえりゃ、署名もします。何だってしてます！　一〇一号室だけはご勘弁を！」

「一〇一号室だ」と将校は言った。

もともと男の顔色は青白かったのだが、それがさらに、ウィンストンには信じられないような色合いに変わった。それは、はっきりと、まごうことなく、緑色となったのである。

「何をされたってていいんです」彼はわめいた。「何週間も飢えさせられています。始末をつけて殺してください。撃ち殺してください。縛り首にしてください。懲役二五年の刑でも結構。他に告発して欲しいやつはいますか？　おっしゃってくださりゃ、お望みのことをしゃべりますから。だれだって構やしませんし、そいつに何をなさったっていい。私には妻と三人の子どもがいます。一番上は六つにもなっていません。全員を捕まえて、私の前で喉笛を掻き切ったって一向に平気です。私はじっと見ていましょう。でも、一〇一号室だけは、ご勘弁を！」

「一〇一号室だ」と将校が言った。(pp. 248–49. 三六五―六六頁)

クリックは、このくだりが、英国のパブリック・スクールの更衣室内で(まさに男子生徒たちのあいだで)いまなお流布している、馬鹿げた、サディスティックな気味のある戯れ歌「サー・ジャスパーと乙女」('Sir Jasper and the Maiden')を無意識に模写したものだと指摘している。それだからいっそう、この箇所は滑稽さと紙一重になっているのだと(*1984, OUPedn.*, p. 50)。男の顔が恐怖のあまり、「はっきりと、まごうことなく、緑色となった」(It was definitely, unmistakably, a shade of green)」という表現などにも、場面の深刻さにそぐわぬ馬鹿馬鹿しさがあることはたしかである。典型的なカリカチュア的表現だとそれは言ってよいだろう。

また、右に引用したすぐ前の箇所(おなじ「愛情省」内の監房の場面)で、「骸骨のような顔をした男」に、別の男がパンを恵んでやろうとして、阻止されるところがある。テレスクリーンを通じて、パンを与えた男の名が呼ばれる。

「バムステッド！」と〔テレスクリーンの〕声が怒鳴った。「二七一三号のバムステッド・

　J！　そのパン切れを捨てろ！」(p. 247. 三六四頁)

バムステッドという名で、読者はだれを連想するか(あるいは読者がだれを連想するとオーウェルは考えたか)。だれあろう、それは、米国の漫画家チック・ヤングの有名な新聞連載漫画『ブロンディ』(*Blondie*)で、主人公ブロンディの亭主として登場するダグウッド・バムステッド(Dagwood Bumstead)なのである(図1-6)(*1984, OUPedn.*, p. 447)。こうした命名法も、明らかにカリカチュアを意図してのものだったのだろう。

図1-6　(ブロンディ)「あーあ，ダグウッド，時々思うんだけどあたしたちの結婚，まちがってたのかしらね．……お義母様にあんなに恨まれているんだもの」
(ダグウッド)「気にするんじゃないよ．……いつかお袋だって僕みたいに君のこと愛するようになるさ」
チック・ヤングの新聞連載漫画『ブロンディ』より(1933年).

　このように、物語のなかのきわめて深刻な箇所に、オーウェルが「低俗」な冗談をしきりに混入していることは、もっと注目されていいことだと私は思う。そしてそれは「ドナルド・マッギルの芸術」や「少年週刊誌」(いずれも『ライオンと一角獣――オーウェル評論集4』に収録)をはじめとする、オーウェルの一連の民衆文化論と重ね合わせて考察される必要があるだろう。

「ディケンズに学んだと思われる手法」と私は書いたが、そう言えば、オーウェルが小説家ディケンズの特質を表現したつぎの言葉は、それを書いた当人にそのまま当てはまるものではなかろうか。すなわち、「ディケンズはバーレスク〔まじめな主題をわざとふざけて描く手法。戯作調〕への誘惑にどうしても抗うことができず、本来なら深刻であるはずのところでもかならずこれが出てしまう」のであると('Charles Dickens', *CW*, vol. 12, no. 597, p. 50.「チャールズ・ディケンズ」横山貞子訳、『鯨の腹のなかで――オーウェル評論集3』平凡社ライブラリー、一九九五年、一七六頁。小野寺健訳、岩波文庫版『オーウェル評論集』〔前掲〕一二九頁)。ついついふざけてしまうオーウェル。

そしてこの度し難い(?)傾向は、オーウェルの欠点なのではけっしてなく、彼の「レトリカルな構え」を作る重大な要素になっているのだと附言しておく。

(31)　Irving Howe, '1984—Enigmas of Power', in *1984 Revisited: Totalitarianism in Our Century*(ed. by I. Howe), New York: Harper & Row, 1983, pp. 3-18. アーヴィング・ハウ編『世紀末の診断――一九八四年以後の世界』蔭山宏他訳、みすず書房、一九八五年、三―二六頁。

(32)　*Ibid*., p. 17.『世紀末の診断』二四頁。

(33)　「二四羽のクロウタドリ」(four and twenty blackbirds)は「六ペンスのうた」('Song of Sixpence')に出てくる句(「うたえ、うたえ、六ペンスのうたを／ポケットはむぎでいっぱい／二四羽のクロウタドリ／パイに入れてやかれた」Opie, *ODNR*, p. 394)。「角《つの》が曲がった牛」(a cow with a crumpled horn)は、代表的な「つみかさね歌」(accumulative rhymes)である「ジヤックが建てた家」('This is the House that Jack Built')中の一句(*ibid.*, pp. 229–31)。「かわいそうなコック・ロビンの死」(the death of poor Cock Robin)は言うまでもなく「だれがコック・ロビンを殺したのか」('Who killed Cock Robin?')ではじまるコマドリの殺害と葬式の歌に言及したもの(*ibid.*, pp. 130–1)。

(34) Opie, *ODNR*, p. 339. ここの「得がたい、望ましい過去を象徴させるために」(to symbolize the unattainable and desirable past)という表現じたいは、前に引いたシモンズの書評中の表現と同一であり、両者が書かれた時期から察するに、おそらくオーピーはシモンズの書評から直接借用したのであろう。

(35) 注(7)を参照。

(36) Cf. L. Hunter, *op. cit.*, pp. 108 ff. また、注(4)を参照されたい。

(37) 『オクスフォード英語辞典』(第二版)では'Orwellian'は、「ジョージ・オーウェルの著作、とくに彼の風刺小説『一九八四年』(これは彼の時代の政治状況から自然に生じるものとして彼が理解した全体主義国家の一形態を描いた作品であるが)に特徴的・示唆的な」(Characteristic or suggestive of the writings of 'George Orwell', esp. in his satirical novel *1984* which portrays a form of totalitarian state seen by him as arising naturally out of the political circumstances of his time)と定義されている。また『リーダーズ英和辞典』(研究社)では'Orwellian'は「オーウェル(風)の、《特に》『一九八四年』の世界風の《組織化され人間性を失った》」とあり、また'Orwellism'は「《宣伝活動のための》事実の操作と歪曲」と説明されている。本書第8章「『オーウェル風』のくらしむき」を参照。

第2章　『動物農場』再訪

――「イギリスのけものたち」のフォークロア

『動物農場』がロンドンのセッカー・アンド・ウォーバーグ社から刊行されたのは一九四五年八月一七日。日本がポツダム宣言を受諾して無条件降伏した直後のことだった。出版直後からこれがベストセラーとなり、また現在までに数十カ国の言語に翻訳され、広く読まれてきた(1)。日本では最初の翻訳が一九四九年(昭和二四年)にGHQの認可を受けた「第一回翻訳許可書」として出され、現在では角川文庫版(高畠文夫訳)など何種類かの版で読むことができる。

『動物農場』のウクライナ語版へのオーウェル自身の序文によれば、この物語を書いた動機は「ほとんどだれにでも簡単に理解できて、他国語に簡単に翻訳できるような物語のかたちでソヴィエト神話を暴露すること(2)」だった。たしかに「おとぎばなし《フェアリー・ストーリー》」という副題のついた『動物農場』の簡素平明な英語散文による動物寓話の形式は、他国語への翻訳をとおしての異文化への受容を非常に楽にしたと言え、ソヴィエト体制をひとつの典型とする全体主義的心性という二〇世紀の大問題を全世界に提起するのに有用だったと思う。

しかし、『動物農場』でさえ、翻訳によって抜け落ちる部分がないとは言えない。それは微妙で、一見瑣末とも思える細部に見られることで、大まかなプロットそのものには何ら影響がないのだが、そうした細部のズレが案外と物語世界の読み方に作用するように思えてならない。それで、まずはその瑣末な一点にこだわることからはじめたい。

一　めえ　めえ　めんようさん

「四本足いい、二本足わるい」(こう訳すことじたいに問題があるのだが、ひとまずこうしておく。原文は'Four legs good, two legs bad')というスローガンが『動物農場』のなかに頻繁に出てくる。物語は、ジョーンズ氏という暴君的な人間の農場主を追放し、動物たちの革命が思いがけず成功すると、彼らのうちで最も知能が高くて組織力がある豚たち、とくにナポレオンとスノーボールが指導者となって農場の運営を組織してゆくのだが、まもなく豚の特権化が進行し、権力闘争の末にナポレオンの独裁体制が確立し、結局は革命以前と同様の、ある意味ではもっと不自由で悪質な社会になりはてる、という筋書きである。さて、革命直後に動物たちは彼らの憲法にあたる「七戒《しちかい》」を制定し、それを「動物農場のすべての動物たちがこれからずっと守っていかなければならない不変の法」として、納屋の壁に大書する。だが動物たちのなかで知能が劣るものにはこれでもまだ難解だというので、「四本足いい、二本足わるい」という文句を作り、これを「七戒」

の上にもっと大きな文字で書く。この文句に羊たちは大喜びした、と説明されている。

ひつじはこの格言をひとたびおぼえてしまうと、たいへん気にいって、原っぱに寝そべるときなど、みんなして「四本足いい、二本足わるい」「四本足いい、二本足悪い」ととなえはじめ、何時間もえんえんとこれをつづけて、けっしてあきるということがありませんでした。(p. 22. 四六頁)[3]

指導者のナポレオンは、この羊の習性を利用して、集会で彼に不利な意見や疑問が出そうなときにそれを圧し潰してしまうようにしむける。ところが、革命後の農場の変質の最終局面でこのスローガンが正反対の内容のものに変更される。つまり、「二本足で歩くものはすべて敵である」「四本足で歩くもの、あるいは羽根があるものはすべて友だちである」という「七戒」の第一条、第二条をなしくずしにして、豚たちが直立して歩き出す場面で、羊たちは突如として「四本足いい、二本足もっといい!」(Four legs good, two legs better!)と言いだすのである(p. 89. 一六〇頁)。当初のスローガンを羊たちは気に入っていたというのに、よくも簡単に逆の意味をもつスローガンに移れたものであるる。しかしこれはいかにも羊にふさわしいことなのだ。

『一九八四年』ほどではないにしても、『動物農場』についての評論や研究論文はこれまでに数多く出ている。そのなかで、私にとってとりわけ忘れがたいひとつが、これは評論というよりはコラム記事に近いものなのだが、アナトール・A・ゴシュコフという人が月刊『翻訳の世界』一九七七年四月号に寄せた「誤訳・悪訳はなぜ起こるか」という短い一文である。そこで著者は、『動物農場』(著者の表記では『動物農園』)の日本語訳を見て、「何か物足りない」気がしたという。なぜ物足りないかというと、「訳者が動物の本能や家畜の生態、さらに英国において家畜に付与されている性格づけといったものを全然知っていないから」だという。この物語の登場人物(というか、登場動物)は、「例えばレーニンを表すメージャー、スターリンはナポレオン、トロツキーはスノーボールなど、実際の人間をパロディにしているが、うまく動物の性格も当てはめている」。そしてゴシュコフは、物語に出てくる羊の群衆心理を描写する役割を例に出して、こうつづける。

羊は英語で baa-baa と鳴くが、この小説ではコーラスの役割を羊が受け持っている。指導者が何かを言ったり、新しい歌を歌った場合、それに対して、もしもミーティングで質問しようとしたり野次ろうとする者が出てくると、とたんにこの羊が baa-baa と言いだしたり「インターナショナル」にかわる動物の国歌のようなものを歌いだして、他の者の話を drown out、つまり聞こえないようにしてしまう。そういう役割を羊に与えている。

スコットランドや英国の田舎へ行くと、羊の群が車道の真中を歩いている光景にぶつかる。百とか二百の羊の群が歩いていると、地面が見えないくらいになる。この羊の群の行進をよく観察していて気づいたことだが、一番目の羊が何かの拍子で跳び上がると、同じ場所で次から次へと、やってくる羊が全部そこで跳び上がる。大きな石でもあるのだろうと思って、全部が通過した後で見ても何もない。ただ前の羊を盲目的に、忠実に見習ったにすぎない。

こうした羊の持つ習癖をオーウェルは実にうまく作品の中に生かしているのである。ところが日本語訳の本では、そうしたフィーリングというものを、必ずしもうまくつかんでいないために、原文で読んだ時の面白さが欠けているのである。(4)

この文が発表された時点で、初訳の永島啓輔訳(『アニマル・ファーム』大阪教育図書、一九四九年)以下、佐山栄太郎訳(『対訳オーウェル1　動物農場』南雲堂、一九五七年)、牧野力訳(『動物農場』国際文化研究所、一九五七年)、吉田健一訳(『動物農園』中央公論社版『世界の文学53　イギリス名作集・アメリカ名作集』所収、一九六六年)、工藤昭雄訳(『動物農場』筑摩書房版『世界文学全集69　世界名作集(二)』所収、一九六九年)、高畠文夫訳(『動物農場』角川文庫、一九七二年)と六種の訳が出ていた。(5)ゴシュコフが「物足りない」と感じた日本語訳がどれなのか、この文章には明記されていないが、『動物農園』と表記しているところから見て、おそらく吉田健一訳を指しているのだろうと想像できる。イーヴリン・ウォーやジュール・ラフォルグの訳をはじめとして多くの名訳を世に出した吉田健一の訳を引き合いに出して「誤訳・悪訳はなぜ起こるか」とは、いささか乱暴だという気がしないでもないが、同時に、「英国において家畜に付与されている性格づけ」が翻訳で十分に伝わっていないという指摘はたしかにあたっていると思った。言いかえるなら、それはこの動物寓話に見られる英国での「動物のフォークロア」を翻訳で細大漏らさず伝えることがいかにむずかしいかという問題である。そして、これはかならずしも吉田訳だけの欠点ではないと私には思えた。

動物たちの会合で指導者が何か言ったりする場合に反論が出そうになると、「とたんにこの羊が baa-baa と言いだしたり」するとゴシュコフは書いている。正確には、すでに見たように「四本足いい、二本足わるい」もしくは物語の終わり近くではそれをひっくりかえした「四本足いい、二本足もっといい」(いずれも吉田訳による)というスローガンをくりかえすのである。ゴシュコフがこれを'baa-baa'と言っていたと記憶しているのは、けっして誤解ではない。なにしろ、これらのスローガンに羊の(英語の)鳴き声が入っているからだ。原文をならべて見てみよう。

Four legs good, two legs bad!
Four legs good, two legs better!

たしかにふたつのスローガンは正反対の意味をもち、その点では「四本足いい、二本足わるい」「四本足いい、二本足もっといい」という日本語訳で何らまちがいはないのだが、'bad'と'better'が羊の(イギリスの羊の、と言うべきか)発声上好ましいbの子音をもっており、それゆえ'better'にしても'bad'とおなじように羊の気に入り、喜んで受け容れられるものだということが、この訳ではまったく伝わらない。吉田訳以外の訳でもそれは同様で、「四ツ足善し、二ツ足悪し」「四ツ足善し、二ツ足さらに善し!」(永島訳)、「四本脚はよい、二本脚わるい!」「四本脚はよい、二本脚はもっとよい!」(高畠訳)、「四足良い、二本脚悪い!」「四足良い、二本脚もっと良い!」(工藤訳)、「四本足よし、二本足だめ」「四本足よし、二本足もっとよし」(開高訳)という具合に、おなじ水準の訳文になっている。私はここでの'bad'が'better'に移り変わる遊びの要素が捨てがたいと思うのだが(じっさい、私が聴いた原書の朗読音声のひとつでは、この'bad'と'better'を誇張して発音し、羊の鳴き声をはっきりと模写していた)[6]、これらの訳ではそれがあっさり消去されている。その要素も訳文に残そうとするなら、たとえばこんなふうに訳してみたらどうか。

よつあしいい、ふたつあしだめー！
よつあしいい、ふたつあしめーっぽういい！(7)

これでは訳文がふざけすぎで、「ソヴィエト神話を暴露すること」を狙って書かれた『動物農場』にはふさわしくないと思うむきもあるかもしれない。しかし、あとで見るように、じっさいにはこうしたふざけた遊びの要素がこの物語の随所に出てくるのであり、それらが物語世界の独特のトーンを作り出すのに大いに与《あずか》っているのである。この羊のスローガンを読むと私はいつもふたつのことを連想する。ひとつはイギリスの伝承童謡(マザー・グース)のなかの「バア、バア、ブラック・シープ」('Baa, baa, black sheep')や「リトル・ボー・ピープ」('Little Bo-Peep')といった、羊が登場する歌である。ひとまず前者だけ、谷川俊太郎の訳と原文をならべて引いておく。これはマザー・グースのなかでもひときわ人気が高い歌である。

めえ　めえ　めんようさん
ようもうあるの？
あるとも　あるとも

Baa, baa, black sheep,
Have you any wool?
Yes, sir, yes, sir,

ふくろに　みっつ
ごしゅじんさまに　ひとふくろ
おくがたさまに　ひとふくろ
もうひとふくろは　こみちのおくの
ひとりぼっちの　ぼうやのためさ

Three bags ful;
One for the master,
And one for the dame,
And one for the little boy(8)
Who lives down the lane.

この訳詩の冒頭の「めんよう(綿羊)さん」の原文は「ブラック・シープ」で、字義どおりに訳すなら「黒羊」になるが、あえてそれを捨てて「めえ　めえ　めんようさん」と、羊の鳴き声を模した原文の頭韻の効果を伝えることを優先させている。マザー・グースの訳し方として、この取捨選択は正しいと思う。

もうひとつ連想するのは、ルイス・キャロルの『鏡の国のアリス』の第五章「羊毛と水」で女王様が突然羊に変身してしまう場面である。以下に高山宏訳と原文の該当箇所を引いておく。

「ああ、めっぽう結構じゃ！」と叫んだ女王様ですが、するうちにもその声はどんどん金切り声になっていきました。「めーっぽー！　めーっ！　めーえーえーっ！　めーえーえ！」　最後の言葉はとうとう長いめーだけになってしまい、まるで羊そつくりでしたから、アリスがびっくりしたことったら。
'Oh, much better!' cried the Queen, her voice rising into a squeak as she went on. 'Much be-etter! Be-etter! Be-e-e-etter! Be-e-ehh!' The last word ended in a long bleat, so like a sheep that Alice quite started.[9]

アリスが女王様を見ると、その体が突然羊毛にすっぽりくるまれてしまったみたいだった。何がなんだかわけのわからないアリスは、薄暗い店のなかにいて、勘定台のむこうに眼鏡をかけた年よりの羊が一頭、肘掛け椅子に座って編み物をしているのを見る（**図2-1**）。このような女王様の羊への変身の過程が 'better' という語の使用によって表現されているのであり、「バア・バア・ブラック・シー

図 2-1　ジョン・テニエル画《羊に変身した女王様とアリス》. ルイス・キャロル作『鏡の国のアリス』(1871 年)より.

プ」を「めえ　めえ　めんようさん」としたように、『鏡の国のアリス』の日本語訳では当然のように羊の（日本語での）鳴き声に即して訳されている。もしもこれが「〔女王様の怪我をした指が〕ずっとよくなった！　よくなった！　よくなった！」と訳してあったりしたら、翻訳者の神経を疑ったところだろう。

ところが、すでに見たように、『動物農場』の日本語訳は'Four legs good, two legs bad!', 'Four legs good, two legs better!'を「四本足いい、二本足わるい」「四本足いい、二本足もっといい」と訳してすませていられる。思うにそれは、『鏡の国のアリス』が言葉遊びやノンセンス、不条理な論理ゲームを主要素とする童話であるのに対して、『動物農場』がソヴィエトの歴史を絵解きした政治小説であるというように、両者をたがいにまったく異質の文学テクストだと理解しているからではないだろうか。(10)

最初の日本語版が一九四九年にＧＨＱの認可を受けた「第一回翻訳許可書」として出されたものだということを冒頭で言った。時代は冷戦の初期だった。それがオーウェルの著作が日本の一般読者に紹介された最初だったのであり、おなじく「総司令部民間情報局第十回翻訳権の許可書」として一九五〇年に翻訳刊行された『一九八四年』（吉田健一・龍口直太郎訳、文藝春秋新社）とあわせて、政治的な文脈のためにテクストの読みを狭く限定する結果となった。これ以後、オーウェルを否定する場合でも肯定する場合でも、もっぱら自身の政治的イデオロギーによって判定をくだす流儀が一般化し、その傾向がオーウェルの主要な著作がすべて翻訳された現代でも完全には消えていない。日本におけるオーウェルの受容の初期段階からこのような政治的な歪みにとらえられてしまったことは、いろいろな意味で不幸なことだったと思う。[11] オーウェルの物語世界にアリスの童話と重なる部分がたしかにあるのに、[12] それを見えにくくしてしまっているのは、そうした歪みと無関係ではなさそうである。

たとえば、「七戒」の第七条の「すべての動物は平等である」が物語の最後では一文が加えられて「すべての動物は平等である。しかしある動物はほかの動物よりももっと平等である」(All animals are equal. But some animals are more equal than others)という唯一の戒律になる(p. 90. 一六一頁)。「平等」を比較級にして意味を転倒させてしまうこのノンセンスの手法は、まさにルイス・キャロル的な「論理学」の換骨奪胎ではないだろうか。さらにいえば、それはマザー・グースの一連のノンセンス歌に連なるものでもあり、じっさい、いま見た羊のスローガンのように、『動物農場』の物語世界にはマザー・グースの世界を髣髴させる部分が少なくない。じっさいに羊の群れを観察してみると、たしかに先頭の羊の動きを馬鹿正直に真似るところがあるとわかるし、その生態は万国共通だろうが、その特徴の一部がさらにマザー・グースによって誇張されて描かれて、英語圏独特のイメージとして定着していると思われる。つぎはマザー・グースの代表的な歌のひとつ「リトル・ボー・ピープ」の第一連である。

ETHEL PARKINSON
Little Bo-Peep who lost her sheep
And could'nt tell where to find them.
Left them alone and they came home,
But they'd left their tails behind 'em.

図 2-2　エセル・パーキンスン画《リトル・ボー・ピープ》(1911 年).

ボー・ピープちゃんの羊がまいご
みんなどこかにいっちゃった
ほうっておきなよ、かえってくるさ
おしりにしっぽをつけたまま

Little Bo-peep has lost her sheep,
And can't tell where to find them;
Leave them alone, and they'll come home,[13]
And bring their tails behind them.

放っておいても帰ってこないので、ボー・ピープは捜索に出かけ、なんとか見つかったものの、羊たちはしっぽをどこかに置き忘れてきてしまった。それをまた見つけ出して、もとどおり羊たちにくっつけてやる。この歌はマザー・グースの絵本ではまず欠かせないもので、羊飼いの杖をもった少女ボー・ピープが羊をさがしまわるけなげな姿がウォルター・クレインやケイト・グリーナウェイをはじめ、多くの画家たちによって描かれている(図2-2)。そうした挿絵を見るにつけ、羊飼いの仕事をするにしてはボー・ピープちゃんはいかにも頼りない人物だと感じるのではあるが、ひるがえってみると、羊はこんなちっちゃなボー・ピープにまで世話をしてもらわなければならない、もっと頼りない動物なのである(「リトル・ボーイ・ブルー」('Little Boy Blue')という歌では、羊番の少年は干し草の山の下でぐっすりと寝込んでしまっている[14])。『動物農場』の羊の群れはボルシェヴィキの青年共産主義同盟を指すという解釈がある。あるいはスターリンに盲従した「愚民」のたとえであるという説明もある[15]。それがまちがいだとは言わないが、ただ、こうしたマザー・グースの羊のイメージと重なり合うかたちで『動物農場』の羊たちが造形されているのだという点を見すごして、安直にモデルと同一視してしまってよいのだろうかという疑問を私はもつ。

二　猫と委員会

いささか羊にこだわりすぎた。つぎに他の動物たちについても見てみよう。

猫が一匹物語に出てくる。メス猫で、名前はない。牛や馬などの家畜たちと比べて公共心に欠け、自分勝手で不誠実である。物語冒頭、豚の長老のメージャー老が演説する深夜の集会の場で、最後にやってきたのがこの猫だった。「ねこはいつものように、いちばんあたたかいところはどこかしら、とあたりを見まわして、やがて、〔輓馬《ばんば》の〕ボクサーとクローヴァーのあいだにぎゅっともぐりこみました。その場所でねこはメージャーの演説のあいだじゅう、おはなしは一言も聞かないで、ゴロゴロと気持ちよさそうにのどをならしていました」(p.3. 一〇頁)。その演説の最中にメージャーが「動物はみんな同志だ」と説いているそばから野ねずみと犬の追いかけっこの騒動がはじまったため(ついでながら、概してはつかねずみ《マウス》を捕るのは猫で、それより大きな野ねずみ《ラット》を捕るのは犬だというのが英語文化圏の常識である)、ただちに「野ねずみは同志であるか、それとも敵であるのか」という動議がかけられ、投票がおこなわれた結果、圧倒的多数をもって野ねずみは同志だということになった。反対票は犬の三票と猫の一票だけだったが、じつは猫は賛否両方に投票していたことがあとでわかったのだった(p.6. 一六頁)。

それから革命後に動物たちがそれぞれ懸命に農作業についているのに、猫はこれをなまける。「ねこの態度はいささか変でした。まもなく明らかになったことですが、なにかしなければならない仕事があるときには、ねこはぜったいみつからないのでした。何時間もゆくえをくらまし、それから食事のときや夕方仕事がすんだころに、なにげない顔をしてあらわれるのでした。でもねこはじつにみごとないいわけをして、いかにもやさしくのどをゴロゴロとならすものですから、べつにわるぎはないのだと信じるしかありませんでした」(p. 19. 四〇頁)。このように調子がよく、また「動物主義」への忠誠心も皆無であるにもかかわらず、この猫は豚のスノーボールが組織した「野生同志再教育委員会」にかかわる。このスノーボールは委員会の読み書きの指導にあたるだけでなく、組織作りにも熱心で、雌鶏のためには「鶏卵生産委員会」、雌牛のためには「尻尾清潔連盟」、羊には「羊毛白化運動」など、多数を組織して疲れを知らなかった。「野生同志再教育委員会」もそのひとつで、野ねずみと野うさぎを馴らすことを目的とした組織だった[16]。そんな委員会に猫が参加するとは、場ちがいもはなはだしい。「猫とバイオリン」の組み合わせならわかるが、「猫と委員会」とは奇妙である。だが、猫がそこに参加したのには、きわめて猫らしい理由があったようだ。以下のくだりを読むとその動機がよくわかる。

ねこはこの〈再教育委員会〉にくわわって、数日間はとても活発にはたらきました。ある日彼女が屋根の上にすわって、もうすこしで手がとどきそうなところにいる数羽のすずめにはなしかけているすがたが見られました。「動物はいまはみんな同志なのよ。だからすずめさんたちだって、そうしたければ、この足にとまったってかまわないのよ」。そうねこは言うのですが、すずめたちはやはり近づいたりはしませんでした。(p.20. 四三頁)

「数日間はとても活発にはたらきました」とあるので、猫はそのあとはやめてしまったのだろう。このくだりから即座に連想されるのはつぎのマザー・グースの歌である。

六匹のはつかねずみ　すわって糸を
　つむいでた
ねこがとおりかかってのぞきこんだ
「みなさんなにをしているの?」
「とのがたの上着を織っているところ」
「入って糸を切ってあげようか?」
「そいつはごめんだ、ねこのおくさん、

Six little mice sat down to spin;
Pussy passed by and she peeped in.
What are you doing, my little men?
Weaving coats for gentlemen.
Shall I come in and cut off your threads?
No, no, Mistress Pussy,

わしらの頭をかみ切ってしまうから」
「まさか、そんなことはしない
糸つむぎをてつだうだけよ」
「そうかもしれない、だけどなかには
いれない」

you'd bite off our heads.
Oh, no, I'll not;
I'.. help you to spin.
That may be so, but you don't come in.(17)

図 2-3 「はいっていとをきってあげようか」「そいつはごめんだ，ねこのおくさん，ぼくらのあたまをかみきってしまうから」──ポター作・画『グロースターの仕たて屋』(1903 年)より．

すずめがはつかねずみになっているだけで、油断させて取って食おうとする猫と、誘いにはけっしてのらない相手とのあいだの似たやりとりが見られる。これは文献初出が一八四〇年頃にさかのぼる伝承歌だが、ビアトリクス・ポターの『グロースターの仕たて屋』(一九〇三年)にも出てくるので(ただし、そこでは最後の二行が省略されている)、オーウェルはそれをとおしてこの歌に親しんでいたのかもしれない(**図2-3**)。ちなみに少年時代に彼はポターの『こぶたのピグリン・ブランド』(一九一三年)を妹と愛読したという。[18]いずれにせよ、「ろっぴきのはつかねずみ」とオーウェルの描く猫の委員会活動のくだりとの類似は私には偶然だとは思えない。[19]

三　豚の足の用途

つぎに、「動物のなかでいちばん頭がいいとみんなにみとめられていた」(p.9. 二三頁)豚に注目したい。

『動物農場』の冒頭で「動物革命」の理念を提示するのは豚であるが、その理念を裏切るのも豚である。四頭の豚が重要な役をふられている。まず、第一章で、動物たちに人間の桎梏《しっこく》から解放された革命後の世界の夢を提示するメージャー老(Old Major＝老少佐)。彼は「品評会で入賞したミドル・ホワイト種のボアー」(the prize Middle White boar)で、品評会のときは「ウィリンドン誉《ほま》れ」(Willingdon Beauty)と呼ばれていた。「当年とって一二歳。ちかごろはだいぶ太りぎみですが、まだまだ堂々としたふうさいのぶたで、牙《きば》が一度も切られたことがなかったというのに、かしこくてやさしそうな顔つきをしていました」(p.1. 七—八頁)。「ミドル・ホワイト(中型白色)種」というのはイングランド北部ヨークシャーで改良された白色豚[20]の中型。中ヨークシャーともいう。ちなみにヨークシャー種は大(ラージ・ホワイト)、中(ミドル・ホワイト)、小(スモール・ホワイト)の三型がある(図2-4)。日本にも輸入されている。肉質がよく、精肉、加工に適する(大は加工用、中は精肉用)。「ボアー」(boar)とは去勢していない雄豚。つまり種豚である。精肉用の雄豚は生後まもなく(商品価値の維持のため)去勢してしまい、生体重が六〇キロから七〇キロに発育した頃(だいたい生後半年で)屠殺されるのだが、ボアーであるがゆえにメージャーは寿命をまっとうできる。[21]「わしは一二歳で、四〇〇ぴきをこえる子をもうけた。それがぶたの本来の一生というものじゃ」(p.5　一四頁)と彼は言う。ヨークシャーの成豚の生体重は二〇〇キロから二五〇キロになるから、メージャーも二〇〇キロを超えているのだろう。

第一章は深夜の納屋でのこのメージャーの演説が中心となる。第二章の冒頭でメージャー老が集会の三日後に大往生をとげたことが告げられ、その遺志を継ぐ指導者として登場するのがスノーボールとナポレオンである。いずれも農場主のジョーンズが販売用に育てていた若いボアーだが、この二頭は対照的な性格をもつ者として紹介される。

ナポレオンはおおがらでかなりどうもうな顔つきをしたバークシャー種のぶた《ボアー》でした。この農場でただ一頭のバークシャー種で、はなしはあまりじょうずではありませんでしたが、自分のやりたいことを押しとおすことでは定評《ていひょう》がありました。スノ

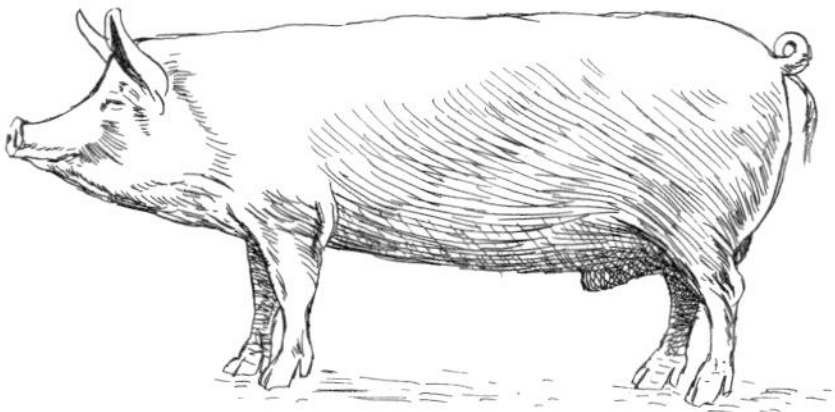

図 **2-4**(上)　ヨークシャー種(白豚)
図 **2-5**(下)　バークシャー種(黒豚)
(イラスト・川端尚子)

ーボールはナポレオンよりも活発で、しゃべるのがうまく、器用でもありましたが、ナポレオンほどのかんろくはありませんでした。(p.9. 二三―二四頁)

補足すると、バークシャー種というのはその名のとおり、もともとイングランド南部のバークシャーで精肉用に品種改良された豚である。体重二〇〇キロから二五〇キロになる中型種。肉質はやや脂肪が多いが、精肉、加工ともに適し、日本でも明治期以来導入されている。被毛は黒色。ただし鼻面と足の先端、それに尻端部は白く(「六《ろっ》白《ぱく》」という)、また体にも多少白い斑点がある。体型はずん胴で短足、鼻も平たくて短く、耳が大きく立っている(**図2-5**)。この黒豚は他の種と比べてたしかに獰猛で我が強そうな風貌をしており、ナポレオンという名はいかにもふさわしい。さて、一方のスノーボールは何種であるかということが書かれていない。しかしその名前（「雪玉」の意）は白色種を示唆しており（メージャーとおなじヨークシャー種であろうか）、この点でもナポレオンとスノーボールの対照は際立っている。さらにいえば、「この農場でただ一頭のバークシャー種」とあることから、ナポレオンがこの農場で唯一の黒豚であるということが十分に考えられる。

　メージャー亡きあと、ボアーはこの二頭だけであり、他の雄豚はみなポーカー（pok-er）、つまり去勢された食用豚だった。そのなかに重要な役割を演じる豚が一頭いる。

> その〔食用豚《ポーカー》の〕なかでいちばんよく知られていたのがスクィーラーというなまえのこがらな太ったぶたでした。ほっぺたがまんまるで目がきらきらひかり、すばしっこく、かんだかい声をしていました。舌がじつによくまわり、なにかむずかしいことを言うときには左右にとびはねてしっぽをふりまわすくせがあり、それがなぜかとても説得力《せっとくりょく》をもちました。スクィーラーは黒を白といいくるめることができる、そんな評判でした。（p.9. 二四頁）

「ディベート」の才に長けたこのスクィーラーは、むろんピルキントン氏やフレデリック氏といった外部世界の人間との商談の際にも重宝されたであろうが、むしろ動物農場内部の豚たちの利権を拡大し擁護するために、知能が劣るほかの動物たちを詭弁を弄して言いくるめることに力を発揮する。ソ連でいえば『プラウダ』紙の編集長をつとめたブハーリンに見立てられるが(ただしブハーリンは一九三八年に「粛正」されている)[22]、ナチス・ドイツの「国民啓発・宣伝」担当大臣のゲッベルスをも想起させる。平成の日本を騒がせたカルト集団の「外報部長」もまさにこの類型に収まるだろう。平等に分け合うべき牛乳を不正に豚たちが着服したこと(革命の翌朝に得られたバケツ五杯の牛乳が忽然と姿を消したが、それが豚の食事に混ぜられていたことが判明した。これが、革命後の農場で起きた最初の不正行為であった)と、さらに落下したリンゴも豚が独占したことを説明するスクィーラーの言葉はその典型的なものである。

「同志諸君!」とかれはさけびました。「まさか諸君は、われわれぶたが利己主義と特権意識によってこれをするのだと思っているのではあるまいね? われわれの多くはじつは牛乳とリンゴがきらいなのだ。わたしだってきらいだ。われわれがこれを摂取するのは、ひとえに健康を維持するという目的ゆえにほかならない。牛乳とリンゴには(同志諸君よ、これは科学によって証明されていることである)、ぶたの健康に欠くべからざる物質が含有《がんゆう》されているのである。われわれぶたは頭脳労働者だ。この農場の管理運営のいっさいがわれわれに依存している。日夜われわれは諸君の幸福を見守っている。われわれが牛乳を飲《いん》し、リンゴを食するのは、まさしく諸君のためなのだ。われわれぶたが義務を遂行しなかったらどうなるか、諸君にはおわかりだろうか？　ジョーンズがもどってくる！　そう、ジョーンズがもどってくるのだ！　よいか、同志諸君よ」とスクィーラーは左右にはねまわり、しっぽをふりながら、ほとんどうったえるような調子でさけびました。「諸君のなかでジョーンズに帰ってきてほしいと思うものは、まさかひとりもいないだろう？」(p. 23. 四七─四八頁)

こう説得されて、動物たちはもはや文句を言えず、以後牛乳とリンゴのすべてを豚たちが独占することを許したのだった。その後の豚たちの恣意的な支配の過程で、スクィーラーはこれと同質の理屈(というか屁理屈)を出してゆく。そうした場面でのスクィーラーのレトリックには、左右のステップと尻尾をふる独特な身体動作がかならずともなっている。それはまるで催眠術で使う振り子のような効果をもつようである。(23)

豚の身ぶりで興味深いのは、スクィーラーだけではない。物語の要所要所で、豚の身体的特徴をふまえてそれを強調・滑稽化した描写が出てくる。とりわけ豚の足がさまざまな用途に用いられていることに気づく。たとえば、革命が成功した翌朝の農場の名称変更と「七戒」の掲示のくだりがそうである。リーダーシップをとるスノーボールとナポレオンが動物たちを集合させ、仕事の前にすべきことがあるという。豚たちはこれまでの三カ月間、読み書きを自習していたのだと説明し(じっさいに豚は家畜のなかでも記憶力と学習能力がすぐれているという評判である)(24)、本通りに通じる門扉のところまでみなを連れてゆき、「それからスノーボールが(字を書くのがいちばんじょうずなのはスノーボールでしたので)前足の指と指のあいだに刷毛《はけ》をはさんで、門のいちばんうえの横木の「荘園農場《マナー・ファーム》」の文字をぬりつぶして、かわりに「動物農場《アニマル・ファーム》」という文字を書きました」(p. 15. 三三―三四頁)。それがすんでから一同は農場の建物にひきかえし、大納屋の端の壁に梯子をたてかけ、「動物主義」の原則を要約した「七戒」を壁面に書きつける。これを書くのもスノーボールの仕事である。「どうにかこうにか(なにしろぶたがはしごにのってバランスをとるというのはなまやさしいことではありませんから)スノーボールははしごにのぼり、仕事にとりかかりました。スクィーラーが二、三段下にペンキつぼをもってひかえていました」(p. 15. 三四頁)。その「七戒」の中身もここで確認しておこう。

七戒

一、二本足で歩くものはすべて敵である。

二、四本足で歩くもの、あるいは羽根があるものはすべて友だちである。

三、動物は服を着るべからず。

四、動物はベッドで寝るべからず。
五、動物は酒を飲むべからず。
六、動物はほかの動物を殺すべからず。
七、すべての動物は平等である。（p. 15. 三四―三五頁）

スノーボールはこれをとてもきれいに書いた。つづりも、'friend' が 'freind' と書かれ、sの字がひとつさかさまになっている以外は正確だった。これを終えたスノーボールがペンキの刷毛を投げ捨てて、みなを干し草刈りの仕事にむかわせようとしたとき、さきほどから具合の悪そうな三頭の雌牛が大声で「モーモー」と鳴いた。この間《かん》の騒動で丸一日乳を搾られていなかったために、乳房が張り裂けそうになっていたのだった。それに対処するのがこれまた豚である。

ちょっとかんがえてから、ぶたたちはバケツをもってこさせ、それから牛の乳しぼりをしました。ぶたの足がこの仕事にうってつけだったものですから、その仕事はかなりうまくいきました。まもなく、あわだつクリームたっぷりの牛乳がバケツに五杯分もとれました。（p. 16. 三六頁）

じっさいに乳搾りを経験した人ならすぐにわかると思うが、牛の乳をうまく搾るには例の太くて長い乳首を指のあいだにはさんでリズミカルに圧力を加えなければならない(**図2-6**)。指を締めるのにけっこう力を要する。力が足りないと乳が出切らず、それが重なると乳の出が悪い牛になってしまう。その乳搾りに豚の足(当然前足であろう)を使わせるというのはすばらしい妙案であって、たしかに豚の足(trotter)のあの二またになった主蹄は、刷毛をもって字を書く作業よりもはるかに乳搾りにむいているように見える(**図2-7**)。このあたりは家畜の特徴をよく理解しているオーウェルならではのユーモラスな描写だといえよう。

しかし同時に、「七戒」が初めて出てくる場面でこのようにくりかえし強調される豚の足は、じつは以後の動物農場の変質とそれにともなう「七戒」の改変のいわば伏線の役割もはたしている。思い出していただきたいが、「すべての動物は平等である」という理念からはじまった動物農場から豚の全体主義体制への変質の最終段階は、豚の直立歩行によって画されるのである。相当にグロテスクなその場面(第一〇章)を、ここで見ておこう。

……ある気持ちのよい夕方、動物たちが仕事を終えて農場の建物にもどってきたとき、きもをつぶしたうまのいななきが中庭から聞こえてきました。動物たちはびっくりしてその場に立ちどまりました。それはクローヴァーの声でした。彼女がもう一度ヒヒーンと鳴いたので、動物たちはみなおおいそぎで走り、中庭にかけこみました。そしてみんなはクローヴァーが見たものを見たのです。

ぶたが一頭、うしろ足で立って歩いているのでした。そう、それはスクィーラーでした。そのしせいで大きなずうたいをささえるのにはまだじゅうぶんなれて

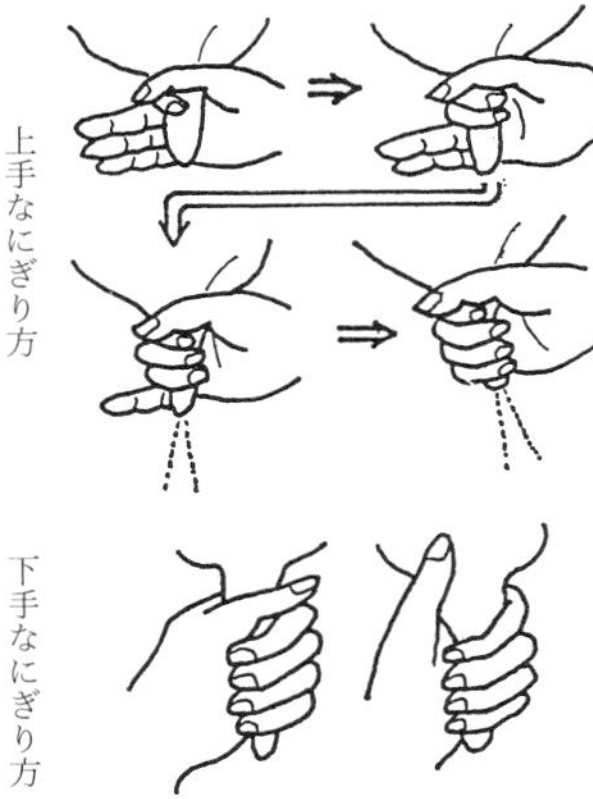

図 2-6　牛の乳しぼりのこつ．『図集　家畜飼育の基礎知識』(農山漁村文化協会)より．

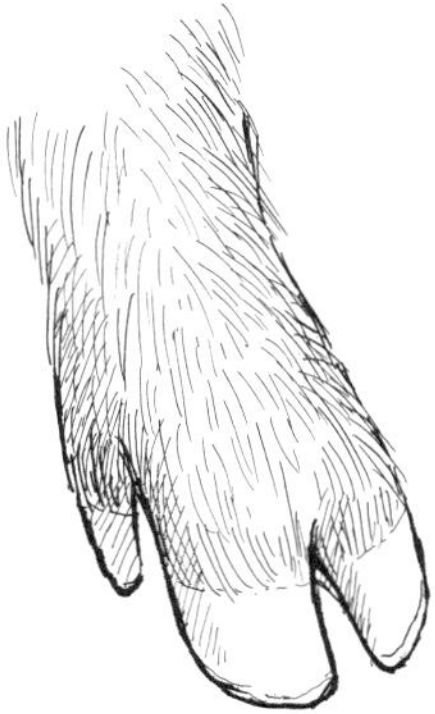

図 2-7　豚の足の細部(イラスト・川端尚子)
偶蹄目に属する豚の指は前足，後足ともに 4 本ある．いずれも第 1 指(親指)が欠けていて，第 3 指と第 4 指の主蹄(前部)と，第 2 指と第 5 指の副蹄(後部)からなる．主蹄とくらべて副蹄は小さくて，歩行のときは地面につかない．『動物農場』で豚たちが牛の乳搾りをするのは，むろん主蹄(つまり人間の中指と薬指)のあいだに乳首をはさむことによってであろう．

いないらしくて、いささかぎこちなかったのですが、しっかりとバランスをとって、中庭をゆっくり歩いています。そしてすぐそのあと、家の戸口からぶたがぞろぞろと列をなして出てきました。みんなうしろ足で立って歩いています。歩きかたのじょうずなぶたもいますが、すこしよろよろし、つえにすがりたいようすのぶたもいます。それでも全員が中庭をしゅびよくひとまわりしました。そして最後に、いぬのおそろしいほえごえと、黒いおんどりのかんだかい「コケコッコー」という声がして、ナポレオン自身が、ごうまんな目つきであたりを見まわしながら、どうどうと立ってあらわれました。けらいのいぬたちがそのまわりをはねまわっています。かれは前足に鞭《むち》をもっていました。(pp. 88-9. 一五八—五九頁)

他の動物たちはそれを見て唖然とし、しばらくはショックで口もきけなかったが、「二本足で歩くものはすべて敵である」という「七戒」の第一条、あるいはもっと単純な「よつあしいい、ふたつあしだめー!」(Four legs good, two legs bad!)のスローガンに照らしてみても、これはあんまりなので、さすがにこのときばかりは抗議の声が出かかりそうになる。するとその瞬間に「よつあしいい、ふたつあしめーっぽういい!」(Four legs good, two legs *better*!)という羊たちのすさまじいスローガンがはじまり、それが五分間つづき、羊たちが静かになったときにはすでに動物たちは抗議をする機会がなくなってしまっている(pp. 89-90. 一五九―六〇頁)。

もちろん、童話のなかには、豚その他の動物が最初から直立歩行するものはいくらでもある。絵本で描かれるものはそのほうが多いだろう。たとえば前に言及したビアトリクス・ポターの『こぶたのピグリン・ブランドのおはなし』では、市《いち》に旅立つピグリンにむかってベティトーおばさんが「わなとととりごやに気をつけるんだよ。ベーコン・エッグにされるってこともあるからね。かならずうしろあしで立ってあるくんですよ」[25]と忠告し、ピグリンはしっかりと立って歩いてゆき、物語のなかでそれが普通の状態として描かれる(図2-8)。マザー・グースの「笛ふきの息子トム」では、トムの不思議な笛の音で、「ぶたたちでさえ、うしろ足で立ってトムのあとをおいかける」[26]図2-9はその場面を描いたウィリアム・フォスターのイラストである。また、レズリー・ブルックの絵本『三びきのこぶた』(一九〇四年)では、こぶたたちは最初から直立している(図2-10)。それればかりでなく、三びきめのこぶたの場合などは、れんがで器用に家を造って住み、ベッドで眠りさえするのだ[27]。

それに対して『動物農場』では、動物はすべて四本足であって直立歩行をしないというのが約束事になっている。説話構造と物語世界の内部というふたつのレヴェルでこの約束事が作用している。前者について見るなら、動物たちは言葉を発してコミュニケーションをはかれるということ、笑うことさえもできるということ、しかしけっして二本足で歩行することはできぬということが、冒頭から最後の第一〇章に入るまで動物寓話としての語りの形式的前提をなしている。革命直後の動物たちの農作業の描写では、「うしろ足で立つ必要がある道具をつかえる動物がいないのはたいへんこまったことでした」(p. 17. 三七頁)とあるし、風車の建設のくだりでは、「石を割るためには鶴嘴《つるはし》と鉄梃《かなてこ》をつかうほかすべがないと思われましたが、うしろ足で立てる動物はいないので、だれにもそうした道具はつかえません」(p. 40. 七六頁)と書かれている。通常の寓話であれば結末までこの形式上の論理が貫かれるはずのものなのである。

他方、物語世界のレヴェルで見るなら、二本足はひとえに抑圧者たる人間、「ものを生み出さずに消費する唯一の動物」(p. 4. 一三頁)である人間の属性であって、けっして二本足に堕さぬこと、四本足でありつづけることが同志的連帯の成立条件であり、革命の理念の根幹をなしている。それはさきほど引いた「七戒」の第一、二条に明記されているとおりであるし、スクィーラーも「人間の顕著な特徴は手なのであり、その機能を自《じ》家薬籠中《かやくろうちゅう》のものとしてやつらはあらゆる悪事をなすのだ」(p. 22. 四五頁)と言っている。ナポレオンが外部の人間世界との取引をはじめた関係で、弁護士のウィンパー氏が農場を出入りするようになり、動物たちはそれを恐怖の目で見守っているが、それでも「四つ足のナポレオンが、二本足で立っているウィンパーに指図をしているようすを見ると、動物たちは誇らしい気持ちになり、この新しいとりきめもいくらか納得でき」(p. 44. 八

図 2-8 「かならず　うしろあしで　立って あるくんですよ」 ── ビアトリクス・ポター作・画『こぶたのピグリン・ブランドのおはなし』(1913 年).

図 2-9 「ぶたたちでさえ，うしろあしで立ってトムのあとをおいかける」 ── ウィリアム・フォスター画『笛ふきの息子トム』(1890 年頃)より.

図 2-10 「むかし，あるところに，おかあさんぶたと，三びきのこぶたがいました」 ── レズリー・ブルック画『三びきのこぶた』(1904 年)より.

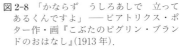

一一八二頁)たのだという。ナポレオンが四本足でいるかぎり革命は裏切られない、と動物たちは確信しているわけである。他の豚のみならず、そのナポレオンみずからが「手」(と化した前足)に鞭をもち、二本足でのったりと歩き出す第一〇章の場面は、それだけにいっそう他の動物たちには驚天動地の出来事なのだった。そして読み手にとっても、この箇所はその直前まで一見整然としているように見えた物語形式のひとつの重要な柱が崩されてしまう場面として衝撃的なところである。説話構造と物語世界内の両面でいちどきに異化効果が用いられているのだと言ってもいい。

しかしながら、いま見たように、早くも「七戒」が提出された時点で豚たちの二本足への志向が暗に示されていたのであった。いや、そう考えてテクストを見直すと、すでに物語冒頭のメージャーじいさんの演説のなかで前足が手として使われていたことに気づく。「人間はみんな敵だ。動物はみんな同志だ」とメージャーが言っているそばから、穴からはいだして話を聞いていた野ねずみを犬が見つけて、捕まえて殺そうとする。そのとき、「メージャーは静粛をもとめて足をあげた(Major raised his trotter for silence)」(p.6. 一六頁)のだった(この騒動そのものは、このときのメージャーの真面目なメッセージをなかば茶化す働きをしている)。これは第六章でナポレオンが模倣する動作でもある。「最後にナポレオンは静粛をもとめて足をあげ(Finally Napoleon raised his trotter for silence)、じぶんがすでにいっさいのとりきめをしたのだと言いました」(p. 43. 八〇頁)。また第五章では、風車の設計に没頭するスノーボールは、「チョークを足の指にはさんでもち、すばやくあちこち動きまわり、あちらに一本、こちらに一本と線を引き、興奮して鼻をフガフガと鳴らしているのでした」(p. 33. 六四頁)。第九章でスクィーラーは、ボクサーの臨終の模様を(もちろん虚偽だが)「足をもちあげてなみだをぬぐいながら」(p. 83. 一四八頁)語る。テクストのなかで足の部分がこのように前景化されているのは豚だけなのであり、おのれの前足を器用な手に変えようとする豚の欲求、つまり**二本足への志向**を、オーウェルは物語の早い段階からさりげなく書き込んでいたのである。

四　馬力の悲哀

オーウェルは自伝的なエッセイ「あの楽しかりし日々」のなかで、「私の子ども時代と、二〇歳頃までの楽しい思い出の大半は、何らかの点で動物と結びついている」[28]と述べている。大人になってからも、イングランド南東部ハーフォードシャーの小村ウォリントンに田舎家を借りて住んだとき(一九三六年)には鶏や鵞鳥を飼い、また山羊を飼い、みずからその乳を搾っていた。[29]また晩年のジュラ島時代にも鶏、鵞鳥、山羊に加えて豚、ポニー等の家畜を飼った。[30]都会の喧噪を離れた田舎で畑を耕し、釣りをし、家畜の世話をすることが終生オーウェルにとっての理想のくらしだった。

動物のなかでもとりわけ彼は馬に強い愛着をもっていたように思える。彼の著作を読んでいると、しばしば思いがけないところで馬の言及にぶつかる。エッセイ「右であれ、左であれ、わが祖国」で第一次世界大戦の開戦時(当時オーウェルは一一歳だった)の思い出を書いているが、そのひとつが、彼の住む町の馬全部が陸軍に徴発されたときに「市場で一人の御者が、長年働いてくれた自分の馬を取られて泣きだしてしまったこと」[31]だった。H・G・ウェルズを批判したエッセイ「ウェルズ・ヒトラー・世界国家」では、「初期の作品全体をとおして、ウェルズは馬に激しい非難を浴びせているが、それに象徴されるように、彼は、人生の闘争的、狩猟的、壮士的側面に抜き難い憎悪の感情をいだいている」[32]と書いている。調べたかぎりでは、「初期の作品全体をとおして」ウェルズが馬を非難しているというのは誇張であるように思えるが、オーウェルにはウェルズについてそうしたイメージがあったようだ。また、オズバート・シットウェルの自伝『大いなる夜明け』の書評では、シットウェルが馬嫌いだということをわざわざとりあげている。[33]これもシットウェルの本にあたってみると、馬についてはさりげなく書いてあるだけである。それなのに、その記述がオーウェルの記憶に強く刻まれたらしくて、短い書評のなかでわざわざ馬嫌いのエピソードを持ち出している。馬の好き嫌いを人を見るひとつの基準にしていたようにも見える。これはいかにもオーウェルらしいことだ。[34]

そうした馬に対するオーウェルの愛着は、『動物農場』での輓馬《ばんば》のボクサーのあつかい方に最も顕著に示されている。じっさい、豚に比べて格段に知性が劣り、そのために悲劇的な最期をとげるのだが、農場でいちばんの力持ちで、また心根がやさしいこの馬は、動物農場に住む動物たちのなかで最も哀愁を誘い、また最も愛すべきキャラクターとして描かれている。第一章の大納屋での深夜の集会でボクサーが連れの雌馬クローヴァーとともに入場してくる場面で、ボクサーの特徴が以下のように簡潔に説明される。

〔ボクサーとクローヴァーは〕ちいさな動物がわらのなかにかくれているのをふみつぶしてはいけないというので、ゆっくりと歩き、毛のふさふさした大きなひづめをそおっとおろしました。……ボクサーはとても大きなおすうまで、体高《たいこう》がおよそ一八ハンド〔約一八三センチ〕もあり、ふつうのうまの二頭ぶんの力がありました。鼻に白いすじが一本通っていて、そのためにいささか間が抜けて見え、じっさい、頭がすごくよいというわけではありませんでしたが、それでも、ねばり強い性格で、はたらく力がなみはずれているので、みんなから尊敬されていました。（p.2. 八―九頁）

この描写は、ボクサーがイギリス原産のシャイア種(Shire)に属する馬であることを示している(**図2-11**)。輓馬《ドラフト・ホース》としては、他にベルジアン(Belgian)体高〔つまり地面からき甲までの高さ)一六〇—一七〇センチ)、ユトランド(Jutland 体高一五二—一六〇センチ)、ペルシュロン(Percheron 体高一五〇—一七〇センチ)、サフォーク・パンチ(Suffolk Punch 体高約一六〇センチ)といった種があるが、これらはいずれも体高の点でシャイア種におよばない。そのシャイア種の体高は一七二センチから一八三センチ、体重は八〇〇キロから一二〇〇キロある(ちなみに競馬用のサラブレッド種は約一六〇センチ、四八〇キロ)。アラブ種やサラブレッド種の重量の倍はある。世界で最も大きい馬である。毛色は鹿毛《かげ》、青鹿毛がふつうで、青毛、葦毛もある。あしくびに白い房毛(フェザリング)が生え、ふさふさしている。また、顔面に目の上から鼻腔にかけて縦に白いすじ(ストライプ=流星鼻梁白)が通っていることが多い。肩と背がたくましい。臀部も盛り上がっている。首は長く、やや湾曲し、額は広く、目は小さくてやさしい。数百年前には軍馬として使われ、農用としても、機械に取って代わられるまでは、長期間にわたって使われた。動作は緩慢だが、その重量から想像できるように、シャイア種は非常に馬力がある。大きめのシャイアなら、五トンの荷を引くことができる。その馬力のわりに性格は柔順であり、重い荷を引かせる調教が容易なことで知られる。子どもでも安心してあつかえる。(35) こうしたシャイア種の馬の特徴の多くがボクサーの性格づけにうまく取り入れられている(雌のクローヴァーは、ボクサーほど細かく描写されていないが、おなじく輓馬である)。そのシャイア種のなかでも、ボクサーは最大級なのである。

その性格の柔順さ、忠誠心の強さは、革命運動の指導者となった豚に対しても変わらない。「ぶたたちのもっとも忠実な弟子は二頭の輓馬《ばんば》、ボクサーとクローヴァーでした。この二頭は自分でものをかんがえるのは大のにがてでしたが、ひとたびぶたを自分の先生だとみとめると、かれらのはなしをすべて吸収し、それをかんたんなことばでほかの動物たちに伝えたのでした。納屋での秘密集会にはかならず出席し、その集会のおしまいにいつも歌われる「イギリスのけものたち」の音頭をとりました」(p. 11. 二六―二七頁)。革命直後の牧草の収穫作業のくだりでは、この二頭はみずから刈り取り機や馬鍬《まぐわ》を体につけ、その後ろについた豚に「ハイ、同志!」とか「ドー、同志!」などと言ってもらいながら仕事をした(p. 17. 三八頁)。とりわけボクサーは「わしはもっとはたらくぞ!」をおのれのモットーとし(途中から「ナポレオンはいつでも正しい」

図 2-11　シャイア種の馬(イラスト・川端尚子)

というモットーも加わるが)、老いて力が弱るまで、なみはずれた馬力(ボクサーの体高は一八三センチとあるから、体重は一二〇〇キロはあるだろう)を発揮して他の動物たちを鼓舞し、農場の生産力増進に貢献するのである。

そしてボクサーが「頭がすごくよいというわけでは」なかったことは、アルファベットの学習のエピソードで説明される。

クローヴァーはアルファベットをぜんぶおぼえましたが、ことばをつなぎあわせることができませんでした。ボクサーはDの文字までしか進めませんでした。大きなひづめで地面にA、B、C、Dと書いてみて、さてつぎの文字はなんだったか、両耳をうしろにねかし、(36) ときにはまえがみをふりたてながら、文字をにらんでけんめいに思いだそうとするのですが、どうしても出てきません。たしかにE、F、G、Hまでおぼえたこともなんどかあったのですが、それをおぼえたときには、かならずA、B、C、Dを忘れてしまっていたのです。けっきょくかれは最初の四文字でがまんしようと心にきめ、毎日一、二度は記憶を新たにするためにそれを書いてみるのでした。(p.21. 四四頁)

むろん豚たちは完全に読み書きができる。ロバのベンジャミンも、「読むに値するものなどない」(p. 21. 四四頁)という理由でその能力をほとんど使わないのではあるが、豚に劣らずによく読める。それについで山羊のミュリエル、そして犬たちが読める。馬の識字能力はそのつぎの順位に入り、その馬のなかでもボクサーは、クローヴァーにかなわないし、自分の名前のつづりだけを覚えてそれを飾り文字にして喜ぶナルシストの雌馬モリーにもいささか劣る。もっとも、その他の動物たちはAの文字以上には進まないし、羊や鶏や家鴨《あひる》などのように、「七戒」さえも暗記できないもっと知能の劣る動物もいる。ボクサーの場合、農場随一の体力と弱い知力のアンバランスが際立っているため、その弱点が目につくのであるが、しかし時として彼は、物語中で起こる歴史の歪曲、もしくは過去の捏造にはある種の抵抗を示し、簡単にそれを受け入れることをしない。

たとえば第七章で、スノーボールが初めからジョーンズのスパイであった、だから〈牛小屋のたたかい〉のときもすでに裏切り者だった、というスクィーラーの説明を聞いて、ふだんは質問することなどめったにないボクサーも困惑する。彼は「前足を下におりまげてすわり、目をとじて、なんとかがんばってかんがえをまとめ」て、「わしはそれを信じない」と言う。スノーボールが〈牛小屋のたたかい〉で勇敢に戦ったことを自分は「この目で見た」からだというのがその理由である(p. 54. 九八頁)。それに対してスクィーラーが事実を歪曲して、スノーボールが戦闘中に逃亡し、ナポレオンのほうが勇敢に戦った様子を生き生きと説明して、「同志諸君、それをおぼえていないのか」と言うと、他の動物たちはそれを記憶しているような気がしてくるが、ボクサーだけはまだ納得しない。「わしはスノーボールがはじめから裏切り者だったとは信じない。それからあとでかれがしたことはべつだが、〈牛小屋のたたかい〉ではりっぱな同志だったと信じている」と言う。それでスクィーラーは伝家の宝刀として、それは同志ナポレオンが「定言的《ていげんてき》に」(categorically)言っていることであると説明して初めてボクサーは承服する。[37]「ああ、それならはなしはべつだ！　同志ナポレオンがそう言うなら、それは正しいにちがいない」(p. 55. 一〇〇頁)。

「わたしはもっとはたらこう」とともに「ナポレオンはいつでも正しい」をモットーとするボクサーの盲信がわざわいして、結局歴史の歪曲を許してしまう結果になるわけであり、ここにボクサーの愚鈍さが出ているのであるが、他方、「この目で見た」という実感にボクサーが他の動物以上にこだわるところが注目される(「わしらはみんな、かれ〔スノーボール〕が血を流しているのを見たぞ」(p. 54. 九九頁)ともボクサーは言う)。この輓馬は、いわば自分の経験が最も深く身体化されているのであり、スクィーラーの詭弁をもってしても、それを崩すのは容易ではないのである。それがあってボクサーはスクィーラーにとって警戒すべき動物となる。「かれ〔スクィーラー〕はひじょうにいやな顔つきをして、ぎらりとひかる小さな目でボクサーを見たのでした」(p. 55. 一〇〇頁)。

その四日後にボクサーは「粛清」の標的にされてしまう。ナポレオンが「かんだかいブーブー声」を発すると、たちまち子飼いの犬たちがとびだして、ナポレオンに異論をとなえたことのある四頭の豚を捕まえ、さらに三匹がボクサーに襲いかかる。

ボクサーはいぬたちがおそってくるのを見て大きなひづめをつきだし、一ぴきを空中で受けて地面に押さえつけました。そのいぬはキャンキャンいって助けをもとめ、ほかの二ひきはしっぽをまいて逃げました。ボクサーはいぬをふみころしたらいいのか、それともはなしてやったらいいのか、わからなかったので、ナポレオンの顔を見ました。ナポレオンは顔色が変わったように見えましたが、ボクサーに放してやれときびしい口調で命令しました。それでボクサーはひづめをもちあげ、いぬは傷を負って泣きながらこそこそと逃げていったのです。(p.56. 一〇二頁)

そのあと、捕まった四頭の豚が裏切りの罪を認めたため犬に喉をかみ切られて殺され、さらに鵞鳥や羊が続々と罪を「白状」して処刑され、かくしてナポレオンの足元に動物の死骸が山と積まれ、ジョーンズの追放以後には一度もなかった血なまぐさい臭いがたちこめる。それがすんだあと、ボクサーは長くて黒い尻尾をふりながら、時々驚きの小さないななきをあげてこう言う。

「わけがわからん。わしらの農場でこんなことが起きるなんて信じられん。わしら自身になにかいけないところがあったせいにちがいない。わしの見るところでは、これを解決するにはもっとはたらくことだ。明日から、わしは丸一時間早く起きることにするぞ」(p.57. 一〇五頁)

ボクサーは犬を自分にけしかけたのがナポレオンであったことを認識できない。このときは犬にまさる力をもっていたので難なく対処できたが、その後、老化(といっても人間でいえば五〇歳くらいであろうが)に加えて風車建設の過労がたたり、体が弱り果ててしまうと、豚たちは彼を廃馬処理・膠《にかわ》製造業者に売り払ってしまう(第九章)。仲間の動物たちがそれに気づいて、だまされてボクサーがのせられた箱馬車を必死で追いかけて、「鼻に白いすじがついた顔」(p.82. 一四六頁)を箱馬車の後ろの小窓に見せたボクサーに、とびだして逃げるように言うが、力のなくなったひづめは馬車を蹴破ることができず、結局ボクサーは連れ去られてしまう。この箇所で鼻(顔面)の「白いすじ」(the white stripe シャイア種の特徴である流星鼻梁白)に言及しているのは、明らかにボクサーの愚鈍さを象徴したものであろう。ある意味ではその愚鈍さがボクサーの破滅を招いたのであり、彼の最期は、状況を的確に把握できずにナポレオンに盲従してしまったことの自業自得だという見方をするむきもある。たしかに、動物たちのうちで体力面では最強であったボクサーは、そうしようと思えば豚の専制を阻止する潜在的な力を有していた。[38] なにしろナポレオンの恐怖政治を支える子飼いの犬たちをボクサーはいとも簡単に蹴散らしたのであるから。その犬たちが尻尾を巻いて逃げてきたときには、ナポレオンは「顔色が変わ」って狼狽したように見える。しかしこの張本人のナポレオンにボクサーは犬の処理をどうしたらよいのか伺うのである(p. 56. 一〇二頁)。

このボクサーとナポレオンの関係は、宮沢賢治の童話「オツベルと象」の資本家オツベルと白象の関係を連想させる。如才のないオツベルは、稲こき器械を据えつけた自分の小屋にまぎれこんできた大きな白象に仕事を頼む。「二十馬力」の力をもつ白象はそれを喜んで引き受けて、しばらくは、「ああ、稼ぐのは愉快だねえ、さっぱりするねえ」とか、「ああ、つかれたな、うれしいな、サンタマリア」などと言って、オツベルの頼む仕事をまったく苦にしない。だが、白象の力に内心恐怖しつつも、オツベルはその善意につけこんで次第に苛酷になる。白象は食料の藁も減らされて酷使され、衰弱する。十日の月を仰ぎ見て、「苦しいです。サンタマリア」と言うのを聞いて、オツベルはさらに象につらくあたる。

ある晩、象は象小屋で、ふらふら倒《たお》れて地べたに座り、藁もたべずに、十一日の月を見て、

「もう、さようなら、サンタマリア。」と斯う言った。

「おや、何だって？　さよならだ？」月が俄《にわ》かに象に訊《き》く。

「ええ、さよならです。サンタマリア。」

「何だい、なりばかり大きくて、からっきし意気地《いくじ》のないやつだなあ。仲間へ手紙を書いたらいいや。」月がわらって斯う云った。

「お筆も紙もありませんよう。」象は細ういきれいな声で、しくしくしくしく泣き出した。

「そら、これでしょう。」すぐ眼の前で、可愛《かあい》い子どもの声がした。象が頭を上げて見ると、赤い着物の童子が立って、硯《すずり》と紙を捧《ささ》げていた。象は早速手紙を書いた。

「ぼくはずいぶん〔ひどい〕眼にあっている。みんなで出て来て助けてくれ。」


その手紙が象の仲間たちのいる山に届くと、彼らは「グララアガア、グララアガア」と大挙して駆けつけ、オツベルを踏み殺し、白象を救い出す。みんなで「まあ、よかったねやせたねえ」と言って鎖と分銅をはずしてやると、「ああ、ありがとう、ほんとにぼくは助かったよ」と白象はさびしく笑って言う。[39]

『動物農場』のボクサーには最終的にこのような救いが来ないのであり、その点で彼のほうが白象よりも悲劇的である。それでも、両者とも、善意となみはずれた体力をもちながら、それを他者に悪用されてしまう無力な存在であるという共通項をもつ。いずれも悪意ある他者に傷つけられやすく、しかし他者を傷つけることが生来できない。オツベルに酷使されて白象はなかなか笑わなくなり、「時には赤い竜《りゅう》の眼をして、じっとこんなにオツベルを見おろすようになってきた」が、オツベルへの不満の表現はそこまでであり、反抗することはない。ナポレオンに対するボクサーの献身ぶりはすでに見たとおりである。また、第四章の〈牛小屋のたたかい〉での人間相手の戦闘場面で、敵の一人の脳天に彼のひづめが命中して気絶してしまったとき、殺してしまったと思ったボクサーは、「わしは、たとえ人間のいのちであっても、うばいたくないのだ」(p. 28. 五六頁)と涙をいっぱいにためて後悔する。

　宮沢賢治の作品においては、白象の存在は詩篇「雨にも負けず」のなかでうたわれている「デクノボー」の一変種と見ることができる。この象も、「慾ハナク／決シテ瞋《イカ》ラズ／イツモシヅカニワラッテヰル[40]」存在なのである。そしてボクサーはといえば、「デクノボー」のイギリス版である「とんまのサイモン」(Simple Simon)の同類なのではあるまいか。

　とんまな《シンプル》サイモンは同名のマザー・グースの主人公である。その歌のなかのサイモン君は、道で出会ったパイ売りに金もないのに「ちょっとあじみをさせとくれ」と言ったり、母親のバケツの水に釣り糸をたれて鯨を釣ろうとしたり、アザミにスモモが実っていないかと調べて指をトゲに刺したり、あるいは篩《ふるい》で水を汲もうとしてこぼしてしまったりする愚か者である。[41] 平野敬一によれば、このサイモン君は「昔からイギリスの呼売り本(chapbook)の主人公になったり、一七世紀のバラッドに登場したりして、イギリス人にとっては、なじみの深い人物」であり、もうひとつの伝承童謡のゴータム村の「おりこう」たちとおなじく、「イギリス人がこよなく愛好する愚か者の一典型」であるという。[42] 伝承童謡の絵本で描かれる頻度が高いこともその人気のほどを証明していると言える。レイモンド・ブリッグズの描いたサイモン君をひとつここに紹介しておこう(**図2-12**)。善良で人がよいが愚鈍なこのサイモン型のキャラクターは、たとえ自分の置かれた状況を見誤ったとしても、めぐり合わせ次第で幸運をつかむこともあるだろうし(雌牛を数粒の豆と交換してしまうという愚行をおかしながら、豆の木によって思いがけず富を得たジャックのように)、あるいは逆に、状況への無知がわざわいして悲劇的な最期をとげることもあるだろう(おなじくレイモンド・ブリッグズの作になる『風が吹くとき』の老夫婦(**図2-13**)のように)。[43] ボクサーは後者の部類に入る。ボクサーの場合も、スターリンを賛美するばかりで、彼の押し進めた集団農場化や粛清裁判の問題を認識するに足る批判力をもてなかったプロレタリアートを指すとか、あるいはソヴィエトの初代元帥で粛清されたトハチェフスキーを指すというように、ソヴィエト史の実在の人物との対応が多くの論者によって指摘される。[44] 寓意の「主意」についてのこうした読解について、私は否

図 2-12　レイモンド・ブリッグズ画《シンプル・サイモン》(1962 年). くじらをねらってバケツに釣り糸をたれているサイモン君.

図 2-13　(ジェイムズ)「クイズでもしようか？このちっちゃなおめめで見えるのは……」(ヒルダ)「いやよそんなの, 子どもじゃあるまいし」
── レイモンド・ブリッグズ作・画『風が吹くとき』(1982 年)より, 被爆の翌日のひとこま('I spy with my little eye' はイギリスの幼児のなぞなぞあそびの出だしの文句).

定するつもりはないし、無用な読みだとも思わぬけれども、ものすごく馬力があって、かぎりなく善良で、そしてとても愚鈍なこのボクサーが、イギリス人が伝統的に愛好する愚か者の類型をイギリス原産の馬に重ね合わせてできたキャラクターであるという点にも、多少は注目しておく必要があるのではないかと思うのである。

五　ロバの知恵

つぎに、動物農場のなりゆきについて独特のスタンスをとっているロバのベンジャミンについて考えてみよう。物語冒頭の深夜の集会の場で、ベンジャミンはつぎのように紹介される。

うまたちにつづいて、白やぎのミュリエルとろばのベンジャミンがやってきました。ベンジャミンは農場でいちばんとしよりの動物で、いちばんのつむじまがりでした。めったに口をきかず、たまに口を開くときはたいていなにか皮肉を言うためでした。たとえば、神さまはわしにハエを追っぱらうためにしっぽをくれたが、それよりはしっぽもハエもないほうがよかったなあ、とよく言っていました。この農場ではかれだけが笑いませんでした。わけを聞かれると、おかしいものなどなにもないからさ、と言うのです。それでも、みんなのまえではっきりと言いはしませんでしたが、ベンジャミンはボクサーのことが大好きでした。日曜ともなるとこの二頭は果樹園のむこうの小牧場《パドック》に行って、ならんで草を食べ、なにもしゃべらずにいっしょにすごしていました。（p. 2. 九―一〇頁）

家畜ロバは野生のアフリカノロバに由来する。家畜化の起源地は北東アフリカと推定され、家畜化に貢献した野生種として現存するのがヌビアノロバとソマリノロバというふたつの亜種だとされる。役用《えきよう》のロバとして、キプロス（Cyprus キプロス原産、体高約一三〇センチ）、シシリアン（Sicilian シチリア島原産、体高一四〇センチ）、ミニチュア（Miniature シチリア島とサルディーニア島原産、体高七〇―九〇センチ）、マジョルカン（Majorcan スペインのマリョルカ島原産、体高一五〇センチ）などがあるが、ベンジャミンの身体的特徴が細かく書かれているわけではないので、どれというふうに特定することはむずかしい。テクストでロバにあたる語は「アス」（ass）でなく「ドンキー」（donkey）が使われている。通常はラバの生産用畜種であるポアトー（Poitou フランス原産、体高一四〇―一五〇センチ）がドンキーと呼ばれるようだが、オーウェルはとくにポアトーに限定しているわけではないようである。大きさは品種によって異なるが、体高は九〇センチから一五〇センチ、体重は平均二六〇キロである（**図２-14**）。馬に比べれば非力でスピードもないが、耐久力

図 2–14　家畜ロバ(イラスト・川端尚子)

は抜群である。長い耳が特徴的だが、これは体の熱を発散させ、熱さを緩和するのに役立つ。痩せた土地でも栄養の乏しい草を大量に消化して体調を維持できる。また一日一回水を飲むだけで必要量を満たすことができ、乾燥した過酷な環境で体重の三〇パーセントの水分を失っても耐えられる。つまり粗食とわずかの水で生きてゆけるわけであり、それゆえに輓曳《ばんえい》・荷役用の家畜として重宝される。ただし、この家畜は、一度へそをまげると、てこでも動かなくなるというやっかいなところがある。[45] その強情な性格は古代からよく知られており、すでに『イリアス』で強情者の比喩として使われているのが見える。[46] 英語では'(as) stubborn as a donkey'(ロバのように強情な)という成句もある。またマザー・グースのなかにも、「私の飼っているロバが動かなかったら、私はそいつを叩くだろうか」という一節があり、これもそうした強情な性格をふまえている「笛ふきの息子トム」で「怒った男がロバをぶっている」のも、ロバが言うことを聞かないからだろう(図2-15、2-16[47])。ベンジャミンはまさにこの性格を備えている。

ところが、ロバのフォークロアにおけるもうひとつの重要な属性である愚鈍さのほうはベンジャミンは免れており、そこが注意を引く。西ヨーロッパではロバは愚鈍な動物の代表となっているし、ラテン語その他の言語で、ロバという語は「馬鹿」の代名詞の

Tom saw a cross fellow was beating an ass,

図2-15 「おこったおとこがロバをぶっているのをトムは見た」――ウィリアム・フォスター画『笛ふきの息子トム』(1890年頃)より.

And the poor donkey's load was lightened full soon.

図2-16 「すると〔トムが笛をふくと〕ロバの積み荷はすぐに軽くなった」――フォスター画『笛ふきの息子トム』より.

ようになっている。(48) 英語でも'(as) stupid as a donkey'(ロバのように愚鈍な)、'make an ass of oneself'(自分をロバにする＝馬鹿なまねをする)、'play the ass'(ロバを演じる＝馬鹿なまねをする)などの成句がある。だが『動物農場』のベンジャミンは、強情ではあっても、けっして愚鈍ではない。この農場での動物たちの知能の高低は読み書き能力によって示されているわけだが、ベンジャミンは「どのぶたにもおとらずに読むことができました」(p.21. 四四頁)とあり、この点でA、B、C、Dまでしか覚えられないボクサーとはちがう。ロバに愚鈍さのイメージがつきまとっているにもかかわらず、じっさいのロバは馬よりも賢いと言われ(そういえば、馬と比べてロバは頭でっかちである)、オーウェルはその生態をふまえて両者を描き分けたのではあるまいか。

この馬とロバの対比をさらに進めると、革命後のボクサーが「わしはもっとはたらくぞ！」と「ナポレオンはいつでも正しい」をモットーとして、人間が主人だった時代よりもいっそう勤勉に働くのに対して、ベンジャミンは反乱後も以前とまったく変わらない。猫やモリーのようになまけるわけではないが、かといってボクサーのようにみずから超過勤務を買って出るというのでもなく、ジョーンズがいた時代とおなじように、のろのろと気むずかしい顔で仕事をおこなう。反乱とその結果については彼は何も意見を言わない。第三章で、ジョーンズがいなくなって前より幸福ではないかと聞かれると、ベンジャミンは「ろばは長生きする。あんたらはだれも死んだろばを見たことがあるまい」(p. 19. 四一頁)と言ってみんなを煙に巻くのである。[49] 第五章では、風車建設の問題をめぐってスノーボールに賛同する推進派と、それに反対して食糧増産を優先すべしとするナポレオンたちの二党派に分かれ、動物たちはこのどちらかに与《くみ》するのだが、ベンジャミンだけがそのいずれにも属さない。「かれは、食糧がたっぷりになるということも、風車が仕事を節約するということも信じようとしませんでした。風車があろうがなかろうが、くらしはこれまでどおりだろう。つまりひどいもんだろう。そうかれは言うのです」(p. 34. 六五頁)。

ベンジャミンの基調はシニシズムである。このキャラクターで連想されるマザー・グースの歌がひとつある。それは「ソロモン・グランディ」である。

ソロモン・グランディ　Solomon Grundy,
月曜に誕生　Born on a Monday,
火曜に洗礼　Christened on Tuesday,
水曜に結婚　Married on Wednesday,
木曜に発病　Took ill on Thursday,
金曜に重体　Worse on Friday,
土曜に死亡　Died on Saturday,

日曜に埋葬　Buried on Sunday.
これでおしまい　This is the end
ソロモン・グランディ　Of Solomon Grundy.[50]

オーウェルは一九四五年に「ノンセンス・ポエトリー」という短いエッセイを書いていて、そこでこの詩に言及している。そこでオーウェルは、人がほとんど無意識のうちに引用する民謡の一節(「一個一ペニー、二個でも一ペニー、ほかほか十字パン」(One a penny, two a penny, / Hot cross buns!)とか「ポリー、やかんをかけとくれ、みんなでお茶にしよう」(Polly put the kettle on, / We'll have tea)などのような)はかならずしも無意味なものではなくて、日々くりかえされることがらについての、「音楽による論評のようなもの」なのだという。そうした詩は、うわべはふざけているように見えるけれども、「じつは深刻な厭世観を、農民の墓地の知恵をあらわしているのだ」。そう言ってこの「ソロモン・グランディ」を紹介し、「これは暗い話だが、驚くほどあなたや私の身の上話とそっくりではないか[51]」と評している。「農民の墓地の知恵」(the churchyard wisdom of the peasant)とは言い得て妙であり、たしかにそこには人生の実相についてのペシミスティックでリアルな認識がある。そしてシニカルなベンジャミンも、この知恵を身につけているのである[52]。

だりである。

そんなシニカルなベンジャミンが物語のなかで一度だけ必死の行動に出る。第九章で、過労と老化のために働けなくなったボクサーが廃馬処理業者の箱馬車で連れ去られるくだりである。

　動物たちみんなが、一頭のぶたに監督されてカブ畑の草とりをしていたとき、ベンジャミンが声をかぎりにいななきながら、おやしき《ファームハウス》のほうから全速力でかけてきたので、みんなびっくりしました。ベンジャミンが興奮するのをみんなが見たのは、これがはじめてでした。それどころか、かれが全速力で走るのも、これまでだれも見たことがなかったのです。「はやくはやく！　すぐにきてくれ！　ボクサーがつれていかれる！」そうかれはさけびました。（p.81. 一四五頁）

スクィーラーの説明を真に受けて、他の動物たち（もちろん豚はのぞく）はボクサーが病院に連れていかれるものと信じ、彼がのせられた出発間際の箱馬車を囲んで「さようなら、ボクサー！」と別れの言葉を送るのに対して、ベンジャミンは馬車のまわりをはねまわり、地面を蹴りながら、「このぼんくらどもが！　あの馬車の横に書いてある文字が見えないのか？」と叫ぶ。そして静まり返ったなかで、ベンジャミンが、(53)ふだんは「読むに値するものなどない」と言って何も読まないのだが、その主義に反してあえてその文字(「アルフレッド・シモンズ、馬肉処理業、膠製造《にかわ》、ウィリンドン。皮革、骨粉商。犬舎用馬肉配達」)を声に出して読むと、恐怖の叫びが動物たち全員から発せられる(pp. 81-82. 一四六頁)。その瞬間に箱馬車が発進し、みなが追いかけて助けようとするが、結局彼は連れていかれてしまう。三日後、スクィーラーによってボクサーの死についての「公式発表」がなされる。それによれば、彼は手当ての甲斐なく病院で死に、「ナポレオンはいつでも正しい」という辞世の言葉を残したのだという(p. 83. 一四八頁)。この章の最後では豚たちがボクサーを売った金でウィスキーを箱買いして宴会をしたことが示唆されている(p. 84. 一五〇―五一頁)。

ボクサーが廃馬処理業者に連れていかれるときベンジャミンがめずらしく興奮して必死に阻止しようとしたのは、ボクサーが彼の親友だったからである。以前からずっとそうであったことは、さきほど引用した物語冒頭の紹介にあるとおりである。まもなく一二歳になろうとするボクサーが過労と老化によって衰えていくのをベンジャミンはクローヴァーに劣らずに心配していた。彼の体を気遣って「はたらきすぎないように」(p. 74. 一三三頁)うながし、「自分の体をいたわるように」(p. 79. 一四二頁)忠告する。それでも働くことをやめないボクサーはある夏の夕刻についに倒れる。助けが来るまでのあいだ、ベンジャミンは「ボクサーのわきによこたわり、なにもいわずに、長いしっぽでハエをはらってやっていました」(p. 80. 一四三頁)。その後ベンジャミンはクローヴァーと一緒に馬小屋に「ちゃんとしたわらのねどこ」を用意してやり、彼がだまされて廃馬処理業者に連れていかれるまでの二日間、夜中に彼に付き添いハエを払ってやるのである(p.81. 一四四頁)。このような愛他的で献身的な行為を彼がおこなうのは、ほとんど異例と言えるものである。つまりベンジャミンは、政治とは無縁な、個人的な友人関係においてのみ情の濃やかさを示すのだ。

ヘンリー・ミラーを論じたオーウェルの長編評論の題名を借りるなら、ベンジャミンはいわば「鯨の腹のなか」にいるのである。鯨の胎内に、「その暗く、体の大きさにぴったりのふわふわした場所に座りこみ、厚さ数ヤードという脂肪で現実とへだてられていれば、何が起ころうと完全に知らん顔でいられる。……これこそ最終的、最高の無責任状態である」[54](強調は原文)。オーウェルはミラーの作品世界が「『政治的動物』などとは完全に縁が切れて、ただ個人主義的であるだけにとどまらず完全に受身の視点」にもどっているという。「つまり世界の動きなど自分に左右できるものではなく、どんなことがあろうとまずそんな望みはいだかない、そういう視点[55]」である。たとえば第八章の最後のところで深夜に大きな音がしたので動物たちが見に行くと、「七戒」の書いてある壁の下に折れた梯子が倒れ、スクィーラーが気絶しており、白ペンキの壺と刷毛が落ちている。もちろんスクィーラーは「七戒」の改竄《かいざん》をおこなっていて転落したわけだが、動物たちにはこれがどういうことなのか見当もつかない。ただし老ベンジャミンだけは別だった。「ベンジャミンは、なるほど、そうか、といったようすで、はなづらをふってうなずき、わかっていたようですが、なにも言おうとしませんでした」(p. 73. 一三一頁)。彼は「自分の長い生涯のすべてを細かいところまでおぼえている」(p. 87. 一五六頁)と言っているとおり、農場のなかで唯一、豚たちの支配の欲求について意識的であり、歴史の改変・捏造の過程についても十分に記憶している。とはいえ、その貴重な記憶力と知力を政治的に生かして、農場の民主化のために働こうなどという気はまったくない。「世の中はそれほどよくも悪くもなっていない。これからもそうだ。飢えと苦労と失望というものがくらしの不変の法則なのだ」(p. 87. 一五六頁)と断言し、不機嫌に仕事をつづけるだけなのである。豚たちの特権化と専制の進行に異義を唱えなかった点で、このような静寂主義は当然肯定されるべきものではない。それを黙認したことは、消極的なかたちではあれ、農場の変質に荷担したことになるわけだから。ベンジャミンがこの知性を積極的に用いて、それを親友のボクサーの体力と組み合わせたら、動物農場には別の展開が見られたことだろうが、それは非社会的なベンジャミンの性分にあわぬことだった。

とはいえ、ベンジャミンのシニシズムには独特な価値があって、それを全面的に否定してすませるわけにはいかない。ベンジャミンも、ミラーのように、「世界の動きを前へ押しすすめようとも後ろへ引きもどそうともせず、かと言って、ぜったいに無視もしないのだ。……彼はローマが燃えていても手をこまねいている。だが多くのそういう〔進歩主義的な〕人間と違うのは、手をこまねいてはいても、目は炎を直視しているところなのである」[56]。「鯨の腹のなか」にいて、「世界の流れに身をまかせて、それに抵抗したり、それを左右できるような格好」はせず、「ただそれを受け入れ、それに耐え、記録する」こと[57]。このシニカルで聡明なロバは、『北回帰線』の著者のやり方で、正気を保ちつづけているのである。

ただし、このロバの知恵が『動物農場』でオーウェルが行き着いた立場であるとみなすのは早計である[58]。そう論ずる人も少なくはないのだが、シニシズムや諦観がこの物語の主調であるとは私は思わない。これまで、『動物農場』における動物像を、それらの動物の本来の生態、およびそのフォークロアと関連づけて考察してきて、その問題についてもいくらか示唆してきたつもりである。その点をさらに掘り下げるために、最後に『動物農場』における「歌」のあつかい方を考えてみたい。

六　歌の力

オーウェルと同年代のイギリスの歴史家にA・L・モートン（一九〇三―八七）という人がいる。その著作のひとつに『イングリッシュ・ユートピア』(*English Utopia*, 1952)があり、『イギリス・ユートピア思想』という題で邦訳が出ている。私事で恐縮だが、これは私には懐かしい本である。というのは、もうだいぶ昔の話だが、大学の卒業論文にウィリアム・モリスの『ユートピアだより』をとりあげてモリスのユートピア思想を論じた際に、この本のなかで強調される「お菓子の国《コケイン》」のモチーフに学ぶところが多かったからである。「お菓子の国」(Cokaygne)とは、一四世紀初頭にイギリスで作られた二〇〇行ほどの作者不詳の詩の題名で、モートンに言わせると、これがイギリスのユートピア文学の原型になったものだという。そこはあらゆることが実現する国であり、「酷使されていた農奴、窮迫のあまり、いつも食うことだけに苦闘せねばならなかった人びとのユートピア」[59]である。モートンの著作は、まずこの詩の分析からはじまり、トマス・モアの『ユートピア』、フランシス・ベイコンの『ニュー・アトランティス』、ジョナサン・スウィフトの『ガリヴァー旅行記』などをへて、モリスの『ユートピアだより』にいたる系譜をたどっている。現世的な地上楽園、「不思議なものがいっぱいあふれている、永遠の青春と常夏《とこなつ》の島、歓喜と友愛と平安の島国」[60]が描かれているこの「お菓子の国」は、民衆のユートピア思想の初源的な発現形態であり、「ユートピア思想の弁証法的発展の出発点に立つ」[61]ものである。

実をいえば、「お菓子の国」は、表現形式としては空想的だったとはいえ、そこには近代社会主義のもっとも根本的な概念を予想させるものがある。社会主義は、それが現実ばなれした机上の青写真でない以上、当然、民衆の欲望や希望のなかからうまれる。その生命、そのアクチュアリティ、その究極の勝利への確信は、まさしくここに由来するといえよう。階級なき社会は、科学的知識によって実現される「お菓子の国」である。社会主義は「お菓子の国」、ことに魂をも破滅させるような無限の苦役をともなうことなしに、豊饒が可能であるという信念と一致している。(62)

これを書いたモートンはイギリス共産党の活動家であった。マルクス主義者、それもE・P・トムスンやレイモンド・ウィリアムズらのニュー・レフトの人びと以前の、「オールド・レフト」である彼が「ユートピア」を積極的に論じた点に関しては私は共感を覚えた。というのも、当時(一九七〇年代)はまだよく読まれていたヘルベルト・マルクーゼにならって、私も、社会主義思想なるものに可能性があるとすれば、その方向は、フリードリッヒ・エンゲルスのいう「ユートピアより科学へ」ではなく、逆に「科学よりユートピアへ」という道筋で把握するべきものであると確信していたからだった。(63)

図式的な説明をするなら、前者の「ユートピアより科学へ」というのは、『反デューリング論』(一八七八年)にあるように、初期資本主義体制下の労働者の搾取への抗議としてあらわれたサン・シモン、シャルル・フーリエ、ロバート・オウエンらの社会主義理論を、「非歴史的」で「非科学的」で、革命主体(プロレタリア)をつきつめることも、経済学的観点に立って資本主義から社会主義への「必然的転化」を解明することにも失敗した「ユートピア的」理論だったとし、それに「弁証法的唯物論」を適用して「科学的」社会主義に発展させなければならない、という理論を意味した。それに加えて、「科学的社会主義」には「ユートピア的」概念が入る余地はないということがいつのまにか「正統」的マルクス主義における暗黙の了解事項となっていた。つまり「科学」＝「善」、「ユートピア」＝「悪」という二律背反である。日本でエンゲルスの例の本(*Die Entwicklung des Sozialismus von der Utopie zur Wissenschaft*)の題名が『空想から科学へ』と訳されて通用していた(いる)のはそれを如実にあらわしている。その結果生じたのが、「ユートピア」なき「科学」の物神化という事態であり、「ユートピア」を構想することがいわばタブーと化したがために、共産主義の「輝かしい未来」がスタティックな予想図として強制されるという逆説が生じた。だから、旧左翼の論者でユートピアを肯定的な概念としてとりあげるのはめずらしかったのであり、それで、イギリスにおける社会主義思想の展開を見るための積極的な語としてこれを用いる著者に共感を覚えたわけである。その「お菓子の国」の思想の頂点にあるとするウィリアム・モリスの『ユートピアだより』を論じた第六章(「ウィリアム・モリスの夢」)は、モリスのユートピア思想についての貴重な論考であると、いまでも私は思う。

ところが、当時もいまも、この本をとおしてモートンに根本的に同意できぬ点がある。それが最もはっきりと実感されるのが、二〇世紀のユートピア、あるいは逆ユートピアを論じた最後の第七章での議論である。とりわけオーウェルにふれたくだりがそうだ。モートンは口をきわめてオーウェルを批判している。いや、罵倒しているといったほうがいい。それをいくつかひろってみると、こうである。

オールダス・ハックスリーの『猿と本質』(一九四八)やジョージ・オーウェルの『一九八四年』(一九四九)のような作品では、いかにも率直な反動をみることができる。すなわち、ユートピアの「実現」にあらがおうという決意、どのような変化も悪くなるだけだから、したがってわれわれは、いかに腐敗していても現体制のすべてにしがみついていなければならぬという、深い確信がみられるのである。(64)

それ〔ハーバート・リードの『グリーン・チャイルド』のヴィジョン〕は、未来にほとんど希望をもたぬヴィジョンであるといってよかろう。しかし、ハックスリーやオーウェルのそれのように恥ずべき幻影ではない。(65)

〔『一九八四年』で〕オーウェルが巧妙に行なっているものは、ブルジョア社会の崩壊にともなって生じる、もっとも低劣な恐怖と偏見を利用することである。かれの目的は、事態を論証することではなくて、読者の心に、社会主義を実現しようとするいかなる試みも必ず腐敗と苦痛と不安の世界をまねかざるをえぬ、という愚劣きわまる確信をいだかせることである。これをはたすためには、いかなるひどい中傷も、いかに卑しむべき工夫もゆるされるのである。『一九八四年』は、すくなくともイギリスにとって、今日にいたるまでの反革命擁護の決定版といってよかろう。(66)

このようにオーウェルを痛罵して、最後に「ソ連の自然と気候とを変えつつあるスターリン計画」を紹介し、それを「労働階級の力」による「ユートピアの実現」として称賛し、この本は終わっている。(67)これは無惨としかいいようがない。『一九八四年』を「反革命擁護の決定版」と読む見方への反論は前章で書いたのでここではくりかえさない。ここでまず言っておくべきなのは、ソ連と共産党を批判したオーウェルを、機械的に保守反動、反社会主義のイデオローグと決めつける偏見に、このモートンもおちいっていたということである。最初にこれを読んだときに私が思ったのは、おなじ主題で私が書くとしたら、結論はモートンのそれと正反対にするだろう、ということだった。そして、「お菓子の国」の系譜の、二〇世紀の展開のなかで、オーウェルをその系譜に反する者でなく、むしろその流れの中心にいる作家として、見直すであろう。じっさい、モートンのいう「お菓子の国《コケイン》」のモチーフはオーウェルの物語のなかで重要な構成要素として使われているのである。それも肯定的・積極的な概念としてである。『動物農場』では、それは何よりも「イギリスのけものたち」(Beasts of England)という歌に表明されている。具体的に見ていこう。

この歌は第一章の動物たちの秘密集会の場でメージャー老によって紹介される。歌詞を逐語訳すると以下のとおりである(便宜上、各連に番号をふっておく)。

一、イギリスのけものたち、アイルランドのけものたち、世界各地のけものたちよ、黄金の未来についてのわたしの楽しい知らせを聞いておくれ。

二、いつかその日はやってくるさ、横暴な人間が倒され、イギリスの実り多き田野をけものだけがあゆむ、その日が。

三、われらの鼻から鼻輪が消え、われらの背から馬具が消え、馬銜《はみ》も拍車も永久《とわ》に錆《さ》びつき、残酷な鞭《むち》もふるわれなくなる。

四、想像もできないほどの富が、小麦に大麦、オート麦に干し草、クローヴァーに豆にトウチシャが、われらのものになるよ、その日には。

五、イギリスの田野は明るくかがやき、みずうみはさらに清く澄み、吹く風もさらに心地よくなるよ、われらが自由になるその日には。

六、その日のためにみんなでがんばるんだ、その日が来るまえに死んでしまおうとも。うしもうまも、がちょうもしちめんちょうも、みんな自由のためにはたらくのさ。

七、イギリスのけものたち、アイルランドのけものたち、世界各地のけものたちよ、黄金の未来についてのわたしの知らせをよく聞いて、広めておくれ。(pp.7-8.一八—二二頁)

メージャーからこの歌を教えられて、動物たちは熱狂する。メージャーが歌いきらないうちから、動物たちは自分で歌いだした。「いちばん頭が悪いものたちでさえ、もうふしと歌詞のいくらかをおぼえてしまい、ぶたやいぬのようなかしこい動物などは、ほんの数分で歌詞をぜんぶ暗記してしまいました。それから、二、三度おさらいをしたあと、農場の動物たち全員による「イギリスのけものたち」のものすごい斉唱《せいしょう》がはじまりました。うしはモーモー、いぬはワンワン、ひつじはメーメー、うまはヒンヒン、あひるはガーガーと、歌いました。みんなこの歌がすっかり気に入ったものですから、五回つづけて歌いました。じゃまが入らなかったら、一晩中だって歌いつづけていたことでしょう」(p.8.二二頁)。「じゃま」というのは、農場主のジョーンズがこの歌声で目をさまし、狐が忍び込んだものと勘ちがいして、散弾を一発発射したことである。そのため動物たちはやむなく解散して眠りにつく。しかし、これ以後、この「イギリスのけものたち」は動物たちの革命歌もしくは精神歌の役割をはたし、反乱後も動物たちの心の支えとなるのである。

さて、この歌の解釈についても、「インターナショナル」のパロディと見る説をはじめ、諸説あるが、私にとっては、何よりも「お菓子の国」の詩との連想が強い。歌詞は非常に素朴かつ具体的なものであるが、ここには、圧制と収奪からの解放(第二、三連)、豊饒、物資的富の享受(第四連)、過酷な自然から快適な自然への変化(第五連)と、「お菓子の国」で歌われる民衆的ユートピアの基本要素がそろっている。それが貧者の楽園であることは、第四連の物質的富の享受の表現が、食欲の充足という一点に集中していることに端的に示されている。これも、いつも食うことに苦闘しなければならなかった貧しき者たちのユートピアなのだ。「お菓子の国」でこれに対応する詩句を一部引くと、こうである。

壁はみんな肉入りのパイで／魚　肉　その他すばらしい食肉など／ほっぺたの落ちそうなもので出来ている。／教会　回廊　私室　会堂の屋根は／みんな菓子パンで作られている。／尖塔は王様たちの召し上がるあのすてきな／うまそうなプディング。／だれでも　ほしいだけ／遠慮なく　たらふくたべる。／……なんとあきれたことに／くし焼きのがちょうが／「がちょうの　焼きたて　の　ほやほや！」／となきながら飛んでゆくのだ。／どのがちょうもニンニクをまぶされて／どんなごちそうよりもうまい。／陽気なひばりは／シチューにされ／アラセイトウ　肉桂《シナモン》の粉などをまぶされて／人びとの口のなかへまっさかさまにとびこんでくる。／だれもが腹いっぱい飲める／勘定のためにあくせくする必要がないのだ。[68]

民衆の実際的な必要と欲求に発するこうした豊饒のイメージは、当然きわめて現世的なものである。来世での救済にすがるという宗教的発想とは無縁なのであって、現世で、圧制と貧困から解放され、仲間たちとともに、実りのあるくらしを心ゆくまで楽しめる幸福、それが「お菓子の国」の民衆的ユートピアの中身なのである。『動物農場』で「イギリスのけものたち」の歌詞に動物たちが熱狂したのは、そこにこうした夢が歌い込まれていたからにほかならない。

それと対照的なかたちで、この歌が提示された直後の第二章で、ジョーンズ氏に飼われている大鴉《おおがらす》のモーゼズが「氷砂糖山」の夢を語る。これは、一転して、死後の救済の夢である。「氷砂糖山というふしぎな国があるのをわしは知っておるぞ。動物はみんな死ぬとそこにゆくのだ。空高く、雲のすこし上にそれがある。氷砂糖山では一週間に七日が日曜日で、一年中クローヴァーが咲き、生垣には角砂糖とアマニカスが生えている」(pp. 10–11. 二六頁)。大鴉(raven)には従来不吉なイメージ、死の連想がつきまとっているわけだが、それがここでは来世での救済を説く宗教家の役柄に応用されている。さらに旧約聖書に出てくるヘブライの指導者(モーセ)の名にちなむモーゼズ(Moses)という名が、いっそう抹香臭いイメージを強めている。彼が語る「氷砂糖山」にしても、労苦と飢えからの解放が強調されている点では「お菓子の国」の歌詞とおなじだが、来世の夢であるという決定的なちがいがある。「動物主義」を広めようとする革命前の豚たちは、そのような「氷砂糖山」など存在しないのだと、他の動物たちに懸命に言い聞かせなければならない。また、「動物主義」の理念をなしくずしにしてゆく革命後の豚たちは、モーゼズの教義が利用可能であるのを見て取って、むしろそれを奨励することになる。

ところで、「イギリスのけものたち」が「荘園農場《マナー・ファーム》」の動物たちに伝えられたいきさつについては、非常に不思議な説明がなされている。第一章の深夜集会が開かれたのは、メージャー老が「昨晩ふしぎな夢(a strange dream)を見たので、ほかの動物たちにそれを伝えたい」(p. 1. 七頁)という希望があったためであった。じっさいの集会では、メージャーは、夢の話はあとまわしにして、抑圧者たる人間の打倒にむけての動物たちの団結の必要を長々と説く、長いアジテーションがすんでから、最後にようやく夢の話になる。その夢の中身とは、当該の歌についてなのだ。

「さて、同志諸君、ここでわたしはゆうべ見た夢について話そう。その夢をみんなにうまく説明することはできない。それは人間がこの世から消えてしまう未来の夢だった。しかし、その夢のおかげでわしはずっとむかしに忘れていたことを思いだした。ずいぶんむかし、わしがまだ子ぶただった時分に、わしのおふくろやほかのめすぶたたちは、ある古い歌をよく口ずさんでいたものじゃった。もっとも、その歌でおふくろたちが知っていたのは、ふしまわしと、出だしの三語だけじゃった。おさないころわしはそのふしを知っていたが、その後は長いこと忘れておった。ところが、昨晩、それが夢のなかでよみがえったのだ。それだけでない。歌詞もまたよみがえってきた――これは、おおむかしの動物たちに歌われ、何世代ものあいだ忘れられていた歌詞にちがいない。同志諸君、これからその歌を歌ってきかせよう。わしはもうおいぼれで、声もしゃがれているが、諸君にこのふしを教えたら、あとは自分たちでもっとうまく歌えるじゃろう。「イギリスのけものたち」という歌じゃ」(pp. 6-7. 一七―一八頁)

こう言って、すでに引いた歌がこのあと紹介される。大昔の動物たちに歌い継がれてきたのだが、いつしか伝承もあやふやになり、子豚だったメージャーが母親たちから聞かされたときには、メロディと歌詞の出だしの三語――つまり「イギリスのけものたち」(Beasts of England)という三語――しか伝えられていなかった歌。それが「夢のなかでよみがえった」というメージャーの説明は意味深長である。あたかもその歌は、伝承の糸が断ち切られたように見えながら、代々動物たちの遺伝子のなかに埋め込まれたまま、無意識のうちに継承されてきたものだと言うかのようである。この歌は民衆の夢の発現形態としての歌として、つまりは、フォークロア(＝民衆文化)のひとかけらとして提示されているものと読める。

そのメロディの説明についても注意したい。それは「「クレメンタイン」と「ラ・クカラーチャ」をあわせたような、胸がわくわくしてくるようなふしでした」(p.7. 一八頁)と書かれている。「クレメンタイン」はアメリカのポピュラー・ソングの「いとしのクレメンタイン」のこと。パーシー・モントローズ作の作詞作曲(一八八四年)とされるが、もとはアイルランド民謡だともいわれる。日本では「雪山讃歌」(「雪よ岩よ我らが宿り……」)で知られるメロディである。英語の原詩は一九世紀半ばのゴールドラッシュの時代を背景として、金鉱探しの娘クレメンタインを歌っている。その歌詞を見ると、「イギリスのけものたち」と同一の詩型をもっていることがわかる。両者の第一連を韻律分析して比べてみよう。ˊは強音節、×は弱音節を意味する。イタリックの箇所は脚韻を踏んでいる部分である。

In the | cavern, | in the | canyon
Exca- | vating | for a | *mine*
Dwelled a | miner, | Forty | niner
And his | daughter | Clemen- | *tine*.

Beasts of | England, | beasts of | Ireland,
Beasts of | every | land and | *clime*,
Hearken | to my | joyful | tidings
Of the | golden | future | *time*.

いずれもひとつの連《スタンザ》が四行からなり、各行が強弱四歩格(trochaic tetrameter)、つまり強音節と弱音節のリズムをもつ単位(foot)が四つつづくかたちであり、二行目と四行目の末尾のみ弱音節が欠ける。その二行目と四行目で脚韻を踏む。以上の形式がぴたりとそろっているわけであり、たしかに、「イギリスのけものたち」は「クレメンタイン」のメロディでそのまま歌える。試してごらんになるといい。

もうひとつの「ラ・クカラーチャ」('La Cucaracha' オーウェルは 'La Cucuracha' と表記)も、

軽快なメロディで広く親しまれている。これはメキシコの民謡。「クカラーチャ」とはスペイン語でアブラムシの意味で、メキシコ革命（一九一〇―一七年）の時代に兵士たちのあとを鍋釜さげてついて歩く女性たちがこう呼ばれた。また人気者の女性兵士たちを指すあだ名にもなった。今日ではこの歌はメキシコ革命を象徴する歌として知られている。[69]そしてこの曲については、オーウェルが一九四〇年に出したパンフレット『ライオンと一角獣――社会主義とイギリス精神』のなかで言及しているのが見られる。その箇所をここで見ておこう。それが出てくる文脈は、『動物農場』での「イギリスのけものたち」の歌の意味にかかわると思えるからである。『ライオンと一角獣』は三つのパートからなるが、その第三部「イギリス革命」('The English Revolution')の終わり近くでその歌が出てくる。

> 一年以内に、ことによると半年以内にでも、われわれ〔イギリス国民〕がまだ〔ナチス・ドイツに〕征服されてさえいなければ、われわれはかつて存在しなかった何か――イギリス独特の社会主義運動の勃興を見るであろう。これまであったものといえば労働党だけで、それは労働者階級が創り出したものではあったが、根本的な変革をめざしてはいなかったし、ドイツの理論をロシア流に焼きなおしたマルクス主義の方は、イギリスにはうまく根づかなかった。ほんとうにイギリスの民衆の心に

触れるようなものはひとつもなかったのだ。イギリスの社会主義運動の歴史を通してみてもひとつとしてみんなが口にするような歌——たとえばラ・マルセイエーズとかラ・クカラーチャ——は生み出されなかった。もしイギリス土着の社会主義運動というようなものが現れれば、マルクス主義者たちは、既得権を握っている他のすべての連中と同じように、それを目のかたきにするであろう。(70)(強調は原文)

ソ連型の共産主義を批判することが、当時の大方の左翼知識人たちには、政治的反動、反革命の言辞としか聞こえなかったのであって、そのなかに前述のモートンもふくまれる。だが右の文でも明らかなように、オーウェルは社会主義者としての立場から、しかも——少なくとも『ライオンと一角獣』の時点では——革命的社会主義者の立場から発言している。彼はここで「イギリス土着の社会主義運動」の構想を述べているのであり、従来の運動には「ほんとうにイギリスの民衆の心に触れるようなもの」が、「みんなが口にするような歌」('a song with a catchy tune' つまり「心を引きつけるメロディをもつ歌」)が欠けていたが、自分の思い描くイギリス的な——兵士の帽子のボタンについたライオンと一角獣の模様も温存するような、(71)イギリス的な——社会主義革命のためにはじつはそれが不可欠なのだと示唆している。その一例として「ラ・クカラーチャ」が引かれているのである。

まさしくそのようなものとして、「クレメンタイン」や「ラ・クカラーチャ」のような「胸がわくわくしてくるような」(stirring)メロディをもつ、古くて新しい「イギリスのけものたち」の歌は、荘園農場の動物たちのあいだで大流行するのである。そして反乱後に、一時は歌の中身のとおりの豊かで自由な共同体が達成されたかに見えたが、時間の経過とともに、当初の理想に反してかぎりなく不自由で労苦に満ちた世界に変わりはてていくのであっても、この歌が相変わらず動物たちを鼓舞しつづける。彼らの日々のくらしにとって、「イギリスのけものたち」という流行歌の風味はなくてはならないものなのだ(72)。

それなのに、というかそれゆえに、物語の途中でこの歌は突然に禁止される。

それは第七章の血塗られた「粛正」の場のあとのことである。春の夕暮れのなか、動物たちは雌馬のクローヴァーのまわりに集まる。他の動物たちと同様、クローヴァーも、ナポレオンの独裁体制への批判意識をもつことができないが、いまいる状況は当初思い描いた未来の理想社会の図――動物たちが飢えと鞭から解放され、みんなが平等で、各自がその能力に応じて働き、強きが弱きを守る動物の共和国という未来図――とはどうもちがっているということを感じ取り、無言のまま憂いに沈んでいる。どうもちがう。けれども言葉で明確に表現できない。

しまいにクローヴァーは、見つけることができないことばの代わりに少しはなってくれるのではないかという気がして、「イギリスのけものたち」を歌いだしました。まわりにすわっていた動物たちも歌に加わり、三度それをくりかえしました——これまで歌ったことがないような歌い方で、とても美しい調べで、でもゆっくりと、悲しみをこめて。

三度目をちょうど歌いおえたとき、スクィーラーが、二ひきのいぬをひきつれて、大事なはなしがあるというそぶりで近づいてきました。スクィーラーはこう宣告しました——同志ナポレオンの特命により、「イギリスのけものたち」は廃止された。今後はこれを歌うことを禁止する。

動物たちはびっくりしました。

「どうしてなの?」ミュリエルがさけびました。

「もういらなくなったからだ、同志よ」とスクィーラーがきびしい口調で言いました。「「イギリスのけものたち」は〈反乱〉の歌だった。ところが、〈反乱〉はもう完了した。今日の午後におこなった裏切者たちの処刑で幕が閉じたのだ。敵は内も外も敗北した。われわれは、未来のよりよき社会への願望を「イギリスのけものたち」に託したのだった。ところが、その社会はもうできあがってしまった。したがって、明らかに、この歌にはもうなんの意義もなくなったというわけだ」(p. 59. 一

〇七―八頁）

こうして「イギリスのけものたち」は禁歌とされる。その直後に、それに代わって、御用詩人の豚のミニマス（Minimus ラテン語で「最も小さな者」の意）が「動物農場よ、動物農場よ、／我がために汝が害されることはたえてあるまじ！」という出だしの詩を作り、日曜朝の定例の儀式のときに歌われることになった。「けれども、動物たちにとっては、なぜか歌詞もメロディも「イギリスのけものたち」にはけっしておよばないように思えました」（p. 60. 一〇九頁）。さらに、このミニマスはつぎの第八章で「同志ナポレオン」という三連の詩をこしらえる。「父なし子らの友！／幸福の泉！／残飯桶の主！　おお、穏やかで威厳ある／空の太陽のごとき／汝の目を凝視するとき／わが魂はいかに燃ゆることか／同志ナポレオン！」（p. 63. 一一三頁）と、ひたすら権力者ナポレオンを称える文句が連なる。当然ナポレオンはこれを喜び、大納屋の七戒のあるのと反対の壁にそれを書かせ、その上にナポレオンの横顔の肖像をスクィーラーに命じて白ペンキで描かせる（p. 63. 一一五頁）。

ナポレオンの独裁体制の強化・永続化をはかる手段として、恐怖政治による反対勢力の排除、法の改竄《かいざん》と歴史の歪曲、さらに文化の管理がある。反対勢力の排除はスノーボールの排斥と第七章の暗黒裁判・処刑のくだりで、法の改竄は「七戒」の漸《ぜん》を追っての書き換え、歴史の歪曲はスクィーラーの詭弁と他の動物たちの黙従によって描かれる。そして文化の管理は、いま見た「イギリスのけものたち」の禁圧と官製ソングの押しつけによって象徴的に表現されている。「未来のよりよき社会への願望」をこめた歌、動物たちの体制変革への欲求と桎梏からの解放の夢のシンボルである歌を、その夢はもう実現したのだから無用になったといって禁止することは、体制護持のためには当然必要な文化戦略だと言える。ナポレオンの観点からするなら、歌は何としても止めなければならない。放っておくと体制を揺るがしかねない潜在的な力がそれには備わっているからである。

そういうわけで、民衆的ユートピアのヴィジョンを歌った「イギリスのけものたち」の禁圧は、革命後の共同体の質の悪化の決定的な局面を示し、『動物農場』における「裏切られた革命」の主題を強調するものとなっている。とすれば、この物語でオーウェルがおこなっているのは、モートンが言うように、「社会主義を実現しようとするいかなる試みも必ず腐敗と苦痛と不安の世界をまねかざるをえぬ(73)」という「愚劣」な確信を読者にいだかせることなのであろうか。これはテクストの読みを大きく左右する重大なポイントであると思われる。それが「愚劣」な確信であるかどうかはともあれ、これまでの論者の多くはそのように理解し、『一九八四年』と同様に、未来のよりよき社会にむけての民衆の願望はつねに裏切られる運命にあるとするオーウェルの悲観的な認識を、この物語は語っていると読んでいた。[74]

たしかに、いま見たように、物語世界内での歌の用法という一面だけにかぎって見るならば、そう取れないことはない。しかしながら、これにしても、『一九八四年』の場合とおなじように、説話構造のレヴェルをもあわせて考察する必要がある。そちらのレヴェルで見るなら、「イギリスのけものたち」の歌は最後まで生きているのである。豚が二本足で歩くようになって、従属する動物たちが豚と、以前の支配者である人間とを見比べても、「どっちがどっちだか、見わけがつかなくなっていたのです」(p. 95. 一六九頁)というエンディングにいたるまで、その歌はずっと響いている。この物語の形式そのものが、流行歌の味を、あるいはマザー・グースの風合いを最後まで残しているからである。

『動物農場』を一種のパンフレット(つまり時事問題、とくに政治問題についての論説文の小冊子)と見る解釈がある。[75] たしかにオーウェルはパンフレットの伝統を意識し、その形式のもつ可能性を模索していたのであり、[76] その見方に一面の真実もあると思うが、しかしパンフレット形式と『動物農場』の語りの形式を同一視することで見すごしてしまう問題もある。作者が動物寓話という「おとぎばなし」の一形式を用い、副題にわざわざその語を添えたことの意義に注意したい。パンフレットではたしえないこと、それは「おとぎばなし」によって物語作者がひとつの歌を歌いとおすことなのだった。それによって、物語る世界に対する作者のポジティヴな構えを示すことができたのである。『動物農場』にはそうした歌の力がみなぎっている。イギリス文化における動物のイメージを押さえ、その上で『動物農場』を改めて訪ね、そこの家畜たちの像を考察したのは、それを確認したかったからにほかならない。

最後に、もう一点言っておくべきことがある。冒頭で引用したように、オーウェルが『動物農場』を書いたのは、「だれにでも簡単に理解できて、他国語に簡単に翻訳できるような物語のかたちでソヴィエト神話を暴露する[77]」ためだったという。たしかにオーウェルの気持ちとしてはそのとおりだったのだろう。だが、この説明は誤解を招きやすい。それは、彼の「おとぎばなし」がソヴィエト神話の暴露という政治的メッセージ(内容)を入れるための単なる容器(形式)にすぎないものと見る誤解である。だが私は——この問題のある二分法を便宜上認めるとして——「形式」が「内容」に作用するという逆の契機があったのだと思う。それはロバート・ダーントンが『猫の大虐殺』のなかで民話についてつぎのように述べていることとかかわる。

彼ら〔アンシアン・レジーム期のフランスの農民〕は混乱と喧噪の現実世界を、手許の材料を用いてなんとか解釈しようと試みた。その材料には、古代インド・ヨーロッパの民間伝承に由来する厖大な民話群が含まれている。農民たちはそれらの民話を単に面白いもの、恐ろしいもの、便利なものと考えただけではない。民話は彼らにとっていわば〈一緒に考える相手〉、すなわち思考のヒントだったのである。彼らは民話を自己の流儀に従って改作した。現実の断片を民話の枠内に継ぎ合わせ、社会の底辺の人間にとって現実世界がどのような意味を持っていたのか示そうとした。(78)

民話というものが農民にとって「〈一緒に考える相手〉、すなわち思考のヒント」だったという指摘が急所である。私はオーウェルとフォークロアの関係についても同様のことが言えるのではないかと思っている。つまり、彼にとって、過去のおとぎばなしや民話、あるいは伝承童謡――さらにはイギリス民衆の伝統文化全般をふくむ広義のフォークロア――は、二〇世紀前半のイデオロギー的混乱状態のなかにあって、現実世界を把握し、その意味を探るための「一緒に考える相手」であり「思考のヒント」の役割を有するものだったのではないか、ということである。いわば、マザー・グースのまなざしをもって現代の政治情勢を見ること。ソヴィエトを風刺するためにその形式を使ったというより、現代世界の病理の典型的事例を、あらかじめ得ていたマザー・グース的な準拠枠でもって把握したこと――こちらがまず先であったのではないか。

その準拠枠を読者に共有してもらうことも、『動物農場』を出したオーウェルの大事な狙いだったのではないかと、私は推測する。

(1) セッカー・アンド・ウォーバーグ社から一九四五年八月に出た『動物農場』初版の発行部数は四五〇〇部、同月のうちに一万部、翌一九四六年一〇月に六〇〇〇部増刷された。アメリカ版はニューヨークのハーコート・アンド・ブレイス社から一九四六年八月二六日に初版五万部が刊行された。さらに同年九月にこの版がアメリカの「月間優良図書クラブ《ブック・オヴ・ザ・マンス》」の推薦図書に選定されて二刷五〇万部が刷られた。ウォーバーグは一九七一年刊行の回想録『すべての作家は平等である』のなかで、その時点まで(つまり二八年間)で英米あわせて九〇〇万部が売れたと記している(Fredric Warburg, *All Authors Are Equal* [London: Hutchinson, 1973], pp. 55–56.)。ジリアン・フェンウィック著の『オーウェル書誌』によると、イギリス、アメリカ、カナダをあわせて出版後半世紀ほどのあいだに二七種の刊本が出ており、ロングセラーをつづけている事実が見てとれる(Gillian Fenwick, *George Orwell: A Bibliography* [Winchester: St Paul's Bibliography, 1908], pp. 98–114)。

『動物農場』が現在までに何カ国語に翻訳されたか、正確な数は不明。ピーター・デイヴィソンによれば、オーウェルが没した一九五〇年一月までに二〇の言語(ポルトガル語、スウェーデン語、ノルウェー語、ドイツ語、ポーランド語、ペルシア語、オランダ語、フランス語、イタリア語、グジャラート語、ウクライナ語、デンマーク語、エストニア語、スペイン語、韓国語、日本語、テルグ語、インドネシア語、アイスランド語、ロシア語)の翻訳が刊行されたという(Peter Davison, *George Orwell: A Literary Life*[London: Macmillan, 1996], p. xxiv)。フェンウィックの『オーウェル書誌』にはオーウェルの各著作について翻訳文献リストが附されており、『動物農場』については一九九〇年までに出されたものとして二六の言語による翻訳(六一点)が挙げられている(Fenwick, *op. cit.*, pp. 115–23)。そのうち、右のデイヴィソンの二〇の言語と重複しないものとして、アフリカーンス語、バスク語、カタラン語、フィンランド語、ギリシア語、ハンガリー語、マルタ語、セルボ＝クロアチア語、シンハラ語、スロヴェニア語、スワヒリ語、ベトナム語の一二の言語がある。ただし、フェンウィックのリストにはクジャラート語訳や韓国語訳はもとより、その時点で八点出ていた日本語訳さえもひとつも挙げられておらず、そのことからしてこの翻訳文献リストはかなり不十分なものであることが推測できる。他にミリアム・グロス編の『ジョージ・オーウェルの世界』の図版にはビルマ語版の表紙が出ている(Miriam Gross, ed., *The World of George Orwell* [London: Weidenfeld and Nicolson, 1971], PL 93)。以上を総計すると三三の言語という数字が出てくるが、とうていこれだけにとどまるものではないだろう。

(2)　'Orwell's Preface to the Ukrainian edition of *Animal Farm*', *The Complete Works of George Orwell*, 20 vols., edited by Peter Davison(London: Secker & Warburg, 1987–98)(以下、*CW* あるいは『全集版』と略記する), vol. 8, p. 113.「『動物農場』ウクライナ語版のための序文」オーウェル『動物農場——おとぎばなし』川端康雄訳、岩波文庫、二〇〇九年、二一六頁。

(3)　テクストはセッカー・アンド・ウォーバーグ社の全集版(*CW*, vol. 8. *Animal Farm: A Fairy Story*)を使用した。本論の引用箇所はそのページ数で示す。本論の引用文のあとにページを算用数字で示し、さらに、邦訳版(『動物農場』川端康雄訳、岩波文庫、二〇〇九年)の該当ページを漢数字で注記する。

(4) アナトール・A・ゴシュコフ「誤訳・悪訳はなぜ起こるか」『翻訳の世界』一九七七年四月号、六八―七〇頁。ちなみに、「付和雷同」を意味する英語の諺に 'If one sheep leaps over the dyke[*or* ditch] all the rest will follow'(一頭の羊が堀を飛び越せば、残りもみんなそれに従う)というのがある。

(5) その後紙媒体のものとして『動物農場』はさらに五点の訳が出された。『動物農場』新庄哲夫訳(『世界文学全集46 世界中短編名作集』学習研究社、一九七九年)、『動物農場――おとぎ話』開高健訳(『今日は昨日の明日――ジョージ・オーウェルをめぐって』筑摩書房、一九八四年所収、ちくま文庫、二〇一三年)、『動物農場――おとぎばなし』川端康雄訳(岩波文庫、二〇〇九年)、『対訳 動物農園――おとなのおとぎばなし』大石健太郎訳(一藝社、二〇一〇年)、『動物農場[新訳版]』山形浩生訳(ハヤカワepi文庫、二〇一七年)。

(6) George Orwell, *Animal Farm*, read by Timothy West (Penguin Audiobooks), Harmondsworth: Penguin, 1995.

(7) 一九九八年の平凡社選書版でこのように試訳を示したが、その後二〇〇九年に刊行した岩波文庫版の拙訳でこれを採り入れた。

(8) Iona and Peter Opie (eds.), *The Oxford Dictionary of Nursery Rhymes*, Oxford: Oxford University Press, 1951 (以下、*ODNR* と略記), p. 88. 谷川俊太郎訳・和田誠絵・平野敬一監修『マザー・グース』講談社文庫、全四巻、一九八一年、第一巻、一一一頁。

（9）　ルイス・キャロル『鏡の国のアリス』マーチン・ガードナー注、高山宏訳、東京図書、一九八〇年、九八頁。Lewis Carroll, *The Annotated Alice*, Introduction and Notes by Martin Gardner, 1960; rpt. Harmondsworth, Penguin, 1965, p. 252.

『一九八四年』でもこの描写を想起させる箇所が見られる。第一部第一章の「二分間憎悪」の場面で、「人民の敵」であるゴールドスタインの声と顔が羊のそれに変わるくだりである。「「憎悪」はクライマックスに達した。ゴールドスタインの声はほんとうの羊の鳴き声と化し、一瞬、顔も羊に変わった。それからその羊の顔がユーラシアの一兵士の姿のなかに溶け込んだ。……」(George Orwell, *Nineteen Eighty-Four*, 1949; CW, vol. 9, p. 17.『一九八四年』高橋和久訳、ハヤカワ epi 文庫、二〇〇九年、二七頁)。さらに、その直後にオセアニア国の人民がビッグ・ブラザーを礼賛してその頭文字を唱えるくだりが出てくる。

このとき、人民が低くゆるやかでリズミカルな調子で「ＢＢ！……ＢＢ！……ＢＢ！」と合唱しはじめた。最初のＢと二番目のＢのあいだに長い間をおいて、非常にゆっくりと、何度も何度もこれをくりかえした。重苦しい、つぶやくような音で、奇妙なまでに野蛮な気味があり、その背後からはだしの足を踏みならす音と、太鼓のドンドン鳴る音が聞こえてくるような気がした。三〇秒間はつづけていただろうか。それは興奮が極まったときにしばしば聞かれるリフレインだった。「偉大な兄弟」の英知と威厳を称える一種の賛美歌だということもあったが、それ以上に、自己催眠の行為であり、リズミックな音によって意図的に意識を麻痺させようとする行為なのだった。ウィンストンは背筋が寒くなった。「二分間憎悪」では彼も全員の狂乱状態を共有せざるをえなかったのだが、この「ＢＢ！

……BB!」という人間のものとは思えぬ合唱を聞くと、いつも彼は恐怖で一杯になったのだった。(*Ibid.*, pp. 18–19. 同書、二八—二九頁)

ここでの「ビー、ビー!……ビー、ビー!」という合唱が羊の「バア、バア」という鳴き声に重ね合わされていることは明らかである。バーナード・クリックはこれが『動物農場』での羊のスローガンとおなじ趣向で、「自分自身からのほとんど直接の引用」であり、「彼がふたつの書物〔『動物農場』と『一九八四年』〕を直接関連するものとみなしていた、という仮説を強めるもの」だと指摘している(George Orwell, *Nineteen Eighty-Four*, with a Critical Introduction and Annotations by Bernard Crick, Oxford: Clarendon Press, 1984, p. 434)。

(10) 'Four legs good, two legs bad!', 'Four legs good, two legs better!' の各国語訳を見比べてみると、それらも日本語訳と同様に、文字どおりの意味を優先して、言葉遊びの部分は切り捨てているのが断然多い。いくつか例を挙げておく。

(イタリア語訳)

「クアットロ・ガンベ・ブオーノ、ドゥエ・ガンベ、カッティーヴォ!」'Quattro gambe, buono; due gambe, *cattivo*!'

「クアットロ・ガンベ・ブオーノ、ドゥエ・ガンベ、メーリョ!」'Quattro gambe, buono; due gambe, *meglio*!' (*La fattoria degli animali*, traduzione di Bruno Tasso, Milano: Arnoldo Mondadori, 1992, pp. 66, 137)

(カタルーニャ語訳)

「クァートレ・ポテス・シ、ドゥエス・ポテス・ノ!」'Quatre potes sí, dues potes *no*!'

「クァートレ・ポテス・シ、ドゥエス・ポテス・**ミリョール！**」'Quatre potes sí, dues potes *millor*!'(*La Revolta dels animals*, traducció E. Cardona i J. Ferrer Mallol, Barcelona: Edicions Destino, 1984, pp. 38, 131)

(韓国語訳)

「ネ タリヌン チョッコ、トゥ タリヌン **ナップダ**」'네 다리는 좋고 두 다리는 나쁘다'

「ネ タリヌン チョッコ、トゥ タリヌン **ト チョッター!**」'네 다리는 좋고 두 다리는 더 좋다！'(Korea: Hong Shin Publishing Co., 1994, pp. 33, 93)

(ドイツ語訳)

「フィーアバイナー・グート、ツヴァイバイナー・**シュレヒト**」'Vierbeiner gut, Zweibeiner *schlecht*...'

「フィーアバイナー・グート、ツヴァイバイナー・**ベッサー！**」'Vierbeiner gut, Zweibeiner *besser*!'(*Farm der Tiere: Eine Fabel aus dem Englischen*, von N. O. Scarpi, Zürich: Diogenes Verlag, 1974, pp. 36, 136)

(フランス語訳)

「ヴィーヴ・レ・キャトル・パット、**ア・バ**・レ・ドゥー・パット！」'Vive les Quatre-Pattes, *à bas* les Deux-Pattes!'

「ヴィーヴ・レ・キャトル・パット、**オヌール**・オ・ドゥー・パット！」'Vive les Quatre-Pattes, *Honneur* aux Deux-Pattes!'(*La République des Animaux: Fable Traduite de L'Anglais*, Éditions Gallimard, 1964, pp. 41, 146)

ただしつぎのポルトガル語訳ではそれぞれ'bad'に'mau'、'better'に'melhor'の訳語をあてることによって、頭韻を生かして訳している。

「クァートロ・ペルナス・ボン、ドゥアス・ペルナス・マウ！」'Quatro pernas bom, duas pernas *mau*!'

「クァートロ・ペルナス・ボン、ドゥアス・ペルナス・メリョール！」'Quatro pernas bom, duas pernas *melhor*!'(*O Triunfo dos Porcos*, tradução de Madalena Esteves, Publicações Europa-América, 1990, pp. 33, 118–19)

(11) 一九四〇年代後半から五〇年代前半にかけてなされた『動物農場』と『一九八四年』の翻訳刊行にはアメリカ政府がかなり深く関与した。ジョン・ロダンはこう述べている。「一九五一年に国務長官のディーン・アチスンは『一九八四年』の翻訳版権を[米国が]支払うことを認可した。一九四八年の『動物農場』の韓国語訳を皮切りに、米国海外情報局はオーウェルの本を三〇以上の言語に翻訳・配布するための資金援助をおこなった」(John Rodden, *The Politics of Literary Reputation: The Making and Claiming of 'St. George' Orwell* [Oxford: Oxford University Press, 1989], p. 202)。ディーン・アチスンが一九五一年四月一一日に国務省内で出した「国務省の反共闘争における書物の関与」と題する回状には「『動物農場』と『一九八四年』は共産主義への心理的な攻撃の点で国務省にとって大きな価値を有してきた。……それがもちうる心理的価値ゆえに、国務省は公然と、あるいは内密に、翻訳の資金援助をすることが正当であると感じてきた」と記されている(*ibid*., p. 434)。『一九八四年』の米国版の出版元であるハーコート・ブレイス社の副社長は、本のジャケットに刷り込む宣伝文句をＦＢＩ長官のJ・エドガー・フーヴァーに(「全体主義の歩みを止める助けとなっていただく」ためにという理由で)依頼した(*ibid.*, p. 202)。日本での『動物農場』と『一九八四年』の最初の翻訳刊行もまさしくこのような流れのなかで米国海外情報局の主導によって推進されたと見られる。なお、これらの翻訳紹介によって日本で「反共小説作家」という浅薄なオーウェル像が固定化されていった経緯については、『オーウェル著作集』(全四巻、平凡社、一九七〇―七一年)の第三巻に附された小池滋の解説「小説家オーウェル」が比較的詳しい。少しあとになるが、Tom Hopkinson, *George Orwell* (Longmans, Green, 1953)の邦訳版(トム・ホプキンソン『オーウェル』〔(英文学ハンドブック――「作家と作品」シリーズ23)〕、平野敬一訳、研究社、一九五六年)の「はしがき」で、訳者の平野敬一はつぎのように書いている。

オーウェルは、わが国ではすでに『一九八四年』の翻訳もでており、けっして未紹介な未知の作家とはいえないが、オーウェルのいわんとするところが、どれほどただしく理解されているか、疑問である。さいきん、石川達三氏だったか、『一九八四年』のオーウェルに言及して、「大変なデマゴーグである」ときめつけていたが、これなぞひとつの典型的な評価のしかたではあるが、たいへんな見当ちがいだ。オーウェルほどデマゴーギズムを憎悪し、果敢にそれと闘ってきた作家はほとんど例がないのだから。これは虚心にオーウェルの書いたもの(とくにその諸エッセイ)を読めばわかること。自分の目で見、自分の耳できき、自分の心でたしかめることをあれほど真摯に実行してきた人間が、なんでデマゴーグであるものか。

石川氏のばあいがそうだというわけではないが、マトモに読みもせずに、もっぱら自分の政治的偏見ないし好悪からオーウェルを評価する、という例はじつにおおい――否定するばあいでも肯定するばあいでも。(pp. iii-iv)

こうした傾向がその後払拭されたかどうかは疑問である。

(12) 『動物農場』の出版直後、オーウェルは一日かけて本屋まわりをし、それが児童書の棚に置いてあるのを見つけると、それを移してもらうように店員に頼んだというエピソードがある(T. R. Fyvel, *George Orwell: A Personal Memoir* [London: Weidenfeld and Nicolson, 1982]; rpt. [London: Hutchinson, 1983], p. 194. T・R・ファイヴェル『ジョージ・オーウェル――ユダヤ人から見た作家の素顔』佐藤義夫訳、八潮出版社、一九九二年、三二四頁)。それにもかかわらず、この作品は(少なくとも英語圏では)現在子どもにも広く読まれている。それは「ソヴィエト神話を暴露する」というオーウェルの直接的な意図を超えて、『動物農場』が動物寓話としての普遍的な次元を獲得している証しである。本文はごくたまに難解な語彙も出てくるが、おおむね平易な英語で書かれているので、理解の程度はどうであれ、英語圏の一〇歳以上の子どもならそれほど苦労せずに読むことができるだろう。だいたい、子どもたちの世界にしても大人が思うほど純粋無垢なものではなくて、人間関係の軋轢《あつれき》だとか、不正だとか、(しばしば「いじめ」という名で矮小化される)暴力だとかがあるのだろうし、全体主義的イデオロギーのひな形にもしばしば直面しているだろう。この物語を読んで自分の(学校等での)経験に照らして思い当たるところも少なくないのではあるまいか。あいにく日本では、これまで出されたどの訳書の場合も、多くの子どもに読まれてきたとは言いがたい。『動物農場』の日本語訳は従来大人の読者のみを想定していたが、副題で「おとぎばなし」と銘打っている以上、そして前述のように原文はおおむね平易な英語で書かれている以上、せめて小学校高学年以上の子が楽に読める日本語訳で出してみたらよいとかねがね感じていて、それで私は岩波文庫版を「おとぎばなし訳」として出したのだった。物語そのものの楽しさ(と怖さ)ということもむろんあるが、さまざまなプレッシャーに押しつぶされそうになっている今日の日本の子どもたちにとって、この物語は——あえて陳腐な表現を使うが——非常にためになる読み物だと私は確信している。

(13) Opie, *ODNR*, p. 93.

(14) 「リトル・ボーイ・ブルー／さあ、つのぶえふきな／ひつじはまきば／めうしはむぎばたけだよ／だけどどこいった／ひつじの番する男の子は／ほしくさのしたで／ぐっすりおやすみ／ねえ、おこしてくれる?／それはだめだよ／わたしがおこしたら／あの子きっと泣いちゃうから」(Opie, *ODNR*, pp. 98–99)。

(15) Cf. John Atkins, *George Orwell* (London: John Calder, 1954), p. 224.

(16) 「ヘイ・ディドル・ディドル／猫とバイオリン／めうしが月をとびこえた／子犬がそれ見て大笑い／お皿がスプーンと逃げちゃった」(Opie, *ODNR*, p. 203)。

(17) Opie, *ODNR*, p. 306.

(18) オーウェルの幼友達のジャシンサ・バディコムは回想記『エリックと私たち』のなかでこう証言している。「『こぶたのピグリン・ブランド』はグウィニー〔ジャシンサの妹〕の本だった。エリック〔オーウェル〕と私はそれを読むには大きくなりすぎていたのだが、それでも私たちはその本が大好きだった。私が風邪をひいていたときのことだったが、元気づけてくれるために、彼が私にはじめからおわりまで二回読んで聞かせてくれたことを覚えている。ふざけているときには、私たちは「ピグリン・ブランド」「ピグウィッグ」と呼び合ったものである」(Jacintha Buddicom, *Eric and Us: A Remembrance of George Orwell*, [London: Leslie Erewin, 1974], p. 39)。

(19) 猫ではないが、マザー・グースのひとつに数えられる「くもとはえ」('The Spider and the Fly')という歌もこれと似た話になっている。「わたしのおへやにおいでなさいな／くもがはえにいったとさ／かわいいすてきなおへやです／まがりくねったかいだんのぼって／みたこともないほどすてきなおへや／いろんなきれいなものでいっぱい／もしいらしたらおみせしましょう／いえいえけっこう　はえはこたえた／さそったってむだですよ／まがりくねったかいだんのぼって／おりてきたものはいないんだから」(『えいごでうたおう ふしぎのくにのマザーグース—Hey, Diddle Diddle—』谷川俊太郎訳・葉祥明絵、サンリオ、一九九二年、CD[SACV-2041]に附された歌詞集より)。William S. Baring-Gould and Ceil Baring-Gould, eds., *The Annotated Mother Goose* (New York: Meridian, 1967), p. 316.

(20) 「白色豚」といってももちろんほんとうに白色であるわけではなく、茶系統のうちで最も薄い色をした豚ということである。

(21) 豚の生態、特徴、用途については以下を参照した。『生物大図鑑6 動物——哺乳類・爬虫類・両生類』世界文化社、一九八四年、一九六頁。『動物大百科10 家畜』D・M・ブルーム編、正田陽一監修、平凡社、一九八七年、八八—九三頁。三田雅彦・米倉久雄、佐藤安弘『図集 家畜飼育の基礎知識』農山漁村文化協会、一九八四年、五二頁以下。加藤政信『図解上手な豚の飼い方』農山漁村文化協会、一九七四年。H. Clausen & E. J. Ipsen, *Farm Animals in Colour*, translated and adapted by Gwynne Vevers & Winwood Reade, illustrated by Otto Frello, London: Blandford Press, 1970, p. 137. Kelly Klober, *A Guide to Raising Pigs: Care, Facilities, Breed Selection, Management*, Pownal, Vermont: Storey Publishing, 1997.

(22) Atkins, *op. cit.*, p. 224.

(23) 動物のフォークロアに焦点を合わせて論じている都合上、詳しく扱う余裕がないのだが、スクィーラーの詭弁は言語学的観点から詳細に考察する価値がある。これについては言語学者ロジャー・ファウラーが『ジョージ・オーウェルの言語』で示唆に富む分析をおこなっている。彼はこう言う。「豚たちの言語を、他の動物にかかわる言語と、量と文体の両面で比較しつつ見るならば、言語がこの本(『動物農場』)のアクション(筋の運び)の一部でもあること、そして言語的アクションによって象徴化された言語と権力との関係がこの寓話によって検討されているひとつの主題である」(Roger Fowler, *The Language of George Orwell*, London: Macmillan, 1995, p. 177. 強調は原文)。

(24) H・D・ダネンベルク『ブタ礼讃』福井康雄訳、博品社、一九九五年、一五三頁、一五八頁を参照。さらに、豚がその知恵を働かせて犬以上に人の役に立つ場合もあるという一例として、つぎの新聞記事(『デイリースポーツ』一九九八年二月一六日号)を引いておく。

米国ニュージャージー州ラムジーのフレッド・アブマさん宅でこのほど火災が発生、就寝中のアブマさん夫妻にそれを知らせたのはブタのペットのハニーちゃんだった。

火災は午前八時ごろにアブマさん宅の洗濯室から出火。これに気付いた体重四十八キロのハニーは、夫妻の寝室のドアをガリガリとひっかき、夫妻の目を覚まさせた。火は出動した地元消防局がすぐに消し止めた。

アブマさん宅では犬も二匹飼っているが、この騒ぎの間、二匹ともずっと寝たまま。アブマさん夫妻は「煙のにおいに気付いたのはハニーだけ。ブタは犬よりもずっと賢い」と話している。(ラムジー、ロイター＝共同)

新聞ネタをもうひとつ付け加えるなら、その一月前にはイギリスでベーコンにされる運命から遁走した二頭の豚の冒険談が連日マスコミに報道され、国民的な人気者となった。一九九八年一月八日、ウィルトシャーのマームズベリの食肉処理場から、二頭のショウガ色のタムワース種(ベーコン用)が逃げだし、柵をくぐりぬけ、エイヴォン川を泳いで(!)渡り、対岸の藪に逃げ込んだ(Bill Hoffmann, 'Fleeing Pigs Save Their Bacon,' *The Times*, 14 January 1998)。数日間にわたって追跡者の魔の手を逃れているうちにその「抜け目なさ」(smartness)がすっかり評判になった。地元警察の公式発表によると、「連中は明らかに狡猾でずる賢く、この脱走は計画的犯行と思われる」とのことである。この「二頭のタムワース」(the Tamworth Two)は、「ジンジャーとフレッド」とも「ブッチとサンダンス」とも、あるいは「ボニーとクライド」ともあだ名され、「逃走委員会」(the Escape Committee)まで組織されて助命運動がなされた。「逃げ出せるほど賢いのだから、生きるチャンスを与えるべきだ」と言うのである('Boars on Run Keep Wellwishers at Bay,' *The Times*, 15 January 1998)。『サンデイ・タイムズ』の一月一八日号にこの騒動を中間総括した長文のエッセイが載っているが、そのなかに「豚行動研究家」(とあるが、そんなのがほんとうにあるのだろうか。原文は'pig behaviourist')

のピーター・ブルックス教授(プリマス大学)のつぎのようなコメントが引用されている。「オーウェルが『動物農場』で彼ら〔豚〕を思想家・運動家にしたのはじつはなんら偶然ではありません。彼は自分の語っていることがよくわかっていたのです。奇妙に思われるかもしれませんが、豚が後足で立ち、ある問題について考えているのを私は目撃したことがあるのですよ」(Peter Taylor, 'And Pigs Did Fly', *The Sunday Times*, January 18, 1998)。

(25) Beatrix Potter, *The Tale of Pigling Bland*, London: Frederick Warne, 1913; rpt. 1987, p. 20. ビアトリクス・ポター『こぶたのピグリン・ブランドのおはなし』まさきるりこ訳、福音館書店、一六頁。引用はまさき訳による。

おなじくポターの『こぶたのロビンソンのおはなし』(*The Tale of Little Pig Robinson*, London: Frederick Warne, 1930; rpt. 1987. まさきるりこ訳、福音館書店、一九九三年)でも、市場に買い物に行くロビンソンは、買い物かごをもち、立って歩いている。

(26) 'Even Pigs on their hind legs would after him prance', Opie, *ODNR*, p. 408. *Tom Tom Was A Piper's Son*, illustrated by William Foster, London: Frederick Warne, c. 1890, p. 12.

(27) *The Golden Goose Book: Being the Stories of The Golden Goose, The Three Bears, The Three Little Pigs, Tom Thumb* with drawings by L. Leslie Brooke, London: Frederick Warne, 1904. レズリー・ブルック(文・画)『金のがちょうのほん』瀬田貞二・松瀬七織訳、福音館書店、一九八〇年、五三―七六頁。

レズリー・ブルックについては、『オクスフォード版児童文学必携』での記述を参照。ブルックの項の最後に以下のような評価がくだされている。「L・レズリー・ブルックの作品はランドルフ・コールデコットの作品と明らかに類似しており、二〇世紀におけるコールデコットの後継者と言われることが時々あった。しかしながら、彼にはコールデコットのインスピレーションと活力が欠けていて、彼の素描で一番名高いのは、そのいささか不吉な特徴である(たとえば、多くの動物たちの意地の悪い表情がそうだ)」(Humphrey Carpenter and Mari Prichard, *The Oxford Companion to Children's Literature*, Oxford: Oxford University Press, 1984, p. 85)。

ブルックの『金のがちょうのほん』の初版は一九〇四年、オーウェルが一歳の年であり、以後ロングセラーとなった。あいにく確証は得られないのだが、その人気のほどから言っても、オーウェルが幼児期にこれを(あるいはその他のブルックの豚の絵を)見ていた可能性は十分にあると思われる。もちろん「三びきのこぶた」の豚は狼におそわれて二匹が食われ、三匹目が知恵を働かせて狼を退治するはなしであり、豚は善玉であるわけだが、横目を特徴とするその「意地の悪い表情」(the leering expressions)は私に『動物農場』の豚たち――とりわけスクィーラー――を連想させる。

(28) Orwell, 'Such, Such Were the Joys', *CW*, vol. 19, no. 3409, p. 368.「あの楽しかりし日々」『象を撃つ――オーウェル評論集1』平凡社ライブラリー、一九九五年、一八二頁。

(29) Bernard Crick, *George Orwell: A Life*, London: Secker and Warburg, 1980; Harmondsworth: Penguin Books, 1982, p. 296. B・クリック『ジョージ・オーウェル――ひとつの生き方』河合秀和訳、全二巻、岩波書店、一九八三年、上巻、三七八頁。

(30) 豚の飼育については、オーウェルがジュラ島から友人に宛てた以下のような記述がある。
「生まれて初めて私は豚を飼う実験をしてみました。豚はほんとうにいやな獣で、私たちはみんなそいつが早く肉屋にいってしまえばいいと思っています」(ジュリアン・シモンズ宛、一九四八年一〇月二九日付。*CW*, vol. 19, no. 3481, p. 461.『著作集』第四巻、四三四頁)。「豚はものすごい大きさになり、来週肉屋行きです。たいそう乱暴で貪欲なものだから——台所にまで入り込んでくることがあるのです——私たちはみんなそいつを始末したいと思っていたのです」(グウェン・オショーネシー宛、一九四八年一一月二八日付。*CW*, vol. 19, no. 3499, p. 476.『著作集』第四巻、四四二頁)。

(31)　Orwell, 'My Country Right or Left', *Folios of New Writing*, no. 2, Autumn 1940; *CW*, vol. 12, no. 694, p. 269.「右であれ左であれ、わが祖国」(前掲)『象を撃つ——オーウェル評論集1』四八頁。

(32)　Orwell, 'Wells, Hitler and the World State', *Horizon*, August 1941; *CW*, vol. 12, no. 837, p. 538.「ウェルズ・ヒトラー・世界国家」『水晶の精神——オーウェル評論集2』平凡社ライブラリー、一九九五年、一一九頁。

(33)　Orwell, 'Review: *Great Morning* by Osbert Sitwell', *Adelphi*, July-September 1948; *CW*, vol. 19, no. 3418, p. 396.「書評——オズバート・シットウェル著『大いなる夜明け』」『水晶の精神——オーウェル評論集2』平凡社ライブラリー、一九九五年、二八二頁。

(34)　さらに『空気をもとめて』(一九三九年)では、主人公のジョージ・ボウリングが少年時代を送った故郷を再訪できるのは、競馬であてたへそくりを元手にしたからだった。回想の場面では、第一次大戦中に故郷の町ロウアー・ビンフィールドが荒廃していたことを伝えるくだりで、「なによりも町が空虚で荒廃したという感じを伝えるのは、事実上馬の姿がまったく消えていたということだった。使える馬はみんなだいぶ前に徴発されてしまっていた」と語っている(Orwell, *Coming Up for Air*, London: Victor Gollancz, 1939; *CW*, vol. 7, p. 118.『空気をもとめて』大石健太郎訳、彩流社、一九九五年、一六〇頁)。

オーウェルが『動物農場』の「序文」で打ち明けているところによれば、この物語を着想したきっかけは、少年が大きな輓馬を鞭で激しく打ち据えている姿を目撃したことだったという。スペインからもどったわたしは、ほとんどだれにでも簡単に理解できて、他国語に簡単に翻訳できるような物語のかたちでソヴィエト神話を暴露することを考えた。しかしながら、その物語を具体的にどう語ってゆくか、それがしばらくのあいだ思い浮かばずにいたところ、ある日(当時小さな村に住んでいた)、十歳ぐらいの小さな男の子が、巨大な輓馬《ばんば》を駆って狭い小道を進んでいるところに行き合わせた。馬が向きをかえようとするたびに鞭を当てている。そのときわたしはふとこう思った——このような動物が自分の力を自覚しさえすれば、わたしたちは彼らを思いどおりに操ることなどとうていできないだろう。そして人間が動物を搾取するやりかたは、金持ちがプロレタリアートを搾取するのと似た手口なのではあるまいか。

そこでわたしはマルクス主義の理論を動物の観点から分析する作業にかかった。('Orwell's Preface to the Ukrainian edition of *Animal Farm*', *CW*, vol. 8, p. 113.「ウクライナ語版のための序文」川端康雄訳『動物農場』岩波文庫、二一六頁)

それから、一九四四年一月以前(すなわち『動物農場』の脱稿以前)に書かれたと推測される創作ノート(それには『一九八四年』年の初期の構想がふくまれている。Cf. Crick, *op. cit.*,

p. 582. クリック『ジョージ・オーウェル』前掲、下巻、三五九頁を参照）のなかには、「生者と死者」('The Quick and the Dead') のための覚書の一部として、徴用され酷使されて瀕死の状態にいる馬「ボクサー」についてのつぎのような記述が見られる。これは、その直後に見える一九一八年のチャリング・クロス駅での帰還兵たちとそれを迎える家族たちのなかばヒステリックな雰囲気の描写と同様に、あるいは少年時代に彼自身がじっさいに目撃した光景を反映しているのかもしれない。

> 瀕死の馬（おそらく一九一八年で引退）。彼は老ボクサーで、農場で働いてきたか、あるいは、石炭の荷車を引いてきた。少年〔兵〕が彼を打って立ち上がらせようとするが、そうひどくはやらない。すると将校が到着して、「なに、立たぬか。ではわしが立たせよう」〔と言う〕。将校は短身だががっしりした男で、顔が白く、このときは無精ひげを生やしている。彼はむちをとり、しこたま馬を打つ——癇癪を起こしはしないが、よく狙いを定め、恐ろしい力で。むちが空中でびゅんと音を立て、少年はすっかり肝をつぶしてしまう。ついに悲鳴を上げて瀕死の馬はもがいて立ち上がり、そして大砲が（あるいはなんであれ）陰鬱に前進する。このすべてが、瓦礫と遠くの砲撃を背景として起こる。(Literary Notebook 2, fols. 14-15, the Orwell Archive at University College London)

（35）　馬の生態・性質・用途については以下を参照した。H. Clausen and E. T. Tipsen, *op. cit.*, p. 104. *Field Guide to the Animals of Britain*, London: The Reader's Digest Association, 1984, p. 288. Josée Hermsen, *Encyclopaedia of Horses*, Hague: Rebo Productions, 1998. Maurizio Bongiani, *The Macdonald Encyclopedia of Horses*, London: Little, Brown and Company. 『生

物大図鑑6 動物――哺乳類・爬虫類・両生類』(前掲)一八六―八七頁。『動物大百科11 ペット(コンパニオン動物)』P・R・メッセント編、一木彦三監修、平凡社、一九八七年、九八頁以下。ジュリエット・クラットン゠ブロック『馬』(「ビジュアル博物館」第三三巻)日本語版監修、千葉幹夫、同朋舎出版、一九九二年。最後の本にこんな記述がある。「ウマは生来群れをつくってくらす動物であり、群れのメンバーに対し深い愛情を示す。この忠誠心は人間の飼い主にも容易に向けられる。いったんこのようなきずながでぎあがると、ウマはいかにきびしい命令であっても、懸命になってそれに従おうと努める。その結果、ウマは過酷な使われ方もしてきた。と同時に、人間の歴史の中で、これほど深い愛情を注がれた動物もまた、まれであろう」(同書、一二頁)。

(36) 馬の耳は前後に動き、それが一定の感情を示す。クラットン゠ブロックによれば、前にむいた耳は「周囲の状況に対する関心」を示し、後ろをむいた耳は「怒りや恐れ」を示す。また、片方の耳を前、もう一方を後ろにむけているのは「何かに疑いをもっていること」を示すのだという(クラットン゠ブロック『馬』(前掲)一二頁)。ここでボクサーは「両耳をうしろにねかし」とある。「怒りや恐れ」ではないにしろ、学習した文字を懸命に思い出そうとしている様子がよく出ている。第五章でナポレオンが政敵のスノーボールを追放した直後に、毎週日曜の動物集会を廃止して、以後豚の特別委員会で処理すると宣言したときには、ボクサーでさえなんとなく心配になり、「両耳をうしろに寝かせ、何度か前髪をふり、自分のかんがえをまとめようとつとめ」(p. 36. 七〇頁)たのだった。

(37) 「「われらの指導者であられる同志ナポレオンが」と、スクィーラーが、ひじょうにゆっくりと、そして断固とした口調で言いました。「定言的《ていげんてき》に――定言的にだ、同志よ――おっしゃったのだ。スノーボールはまさしく最初からジョーンズの手先だった――そう、〈反乱〉が想定される以前から手先だったのだと」」(p. 55　一〇〇頁)。「定言的に」の原文は'categorically'で、平たく言えば「ぜったいにそうであると断言して」ということであるが、スクィーラーがここでたとえば'Comrade Napoleon said clearly that...'とか'Comrade Napoleon believes that...'などと言わずに'Comrade Napoleon has stated—categorically—categorically, comrade—that...'と言っているのは、ひとえに'categorically'がボクサーの理解不可能な語であるからにほかならない。ボクサーが承服するのは理屈が飲み込めたからではもちろんなく、崇拝する指導者ナポレオンの御墨付の説であることがわかったからなのだ。むしろ'categorically'は疑問をいだく相手を煙に巻くためにスクィーラーが持ち出してきた語なのであり、その効果を強めるために念を入れて二度くりかえしている。こうした言葉づかいで思い起こされるのは、オーウェルが一九四六年に発表したエッセイ「政治と英語」である。そこで彼は、直截簡明な言葉によって明晰に考えることこそが「政治の革新に必要な第一歩」なのであると述べ、「婉曲法と論点回避と、もうろうたる曖昧性」からなる現代政治の言葉を批判している('Politics and the English Language', *Horizon*, April 1946; *CW*, vol. 17, no. 2815, pp. 421, 428.「政治と英語」工藤昭雄訳、『水晶の精神――オーウェル評論集2』平凡社ライブラリー、一九九五年、一〇、二六頁)。「死にかけた隠喩」や「無意味な語」とともに、そうした堕落した言語の一類型に入るのが「大げさな言葉づかい」(それじたい一種の「婉曲法」だとオーウェルは見る)であり、それは「単純な言明を語り立て、かたよった判断を科学的に中正であるかのように感じさせるために使われる」(*ibid.*, p. 424. 一七頁)。そこで挙げられた具体例には形容詞 'categorical' も加えられている。

また、例の 'Four legs good, two legs bad' のスローガンをスノーボールが作ったとき、「四つ足」ではない鳥たちがこれに対してクレームをつけるエピソードがある。そのくだりはこうなっている。

とりたちは最初これに反対しました。自分たちも二本足であるように思えたからです。けれども、スノーボールはそれはちがうということを証明しました。こう言うのです。「同志諸君、鳥の羽根というものは操作手段ではなく推進手段として使用される器官なのである(A bird's wing... is an organ of propulsion and not of manipulation)。ゆえに、足と同定されるべきである。人間の顕著な特徴(The distinguishing mark of Man)は手なのであり、それはかれがあらゆる悪事をなす道具(instrument)なのだ」

とりたちはスノーボールがつかう長たらしいことばがなにを言っているのかよくわかりませんでしたが、その説明を受け入れました。そして頭が弱いほうの動物たちはこの新しい格言をそらで覚える仕事にかかったのです。(*Animal Farm*, pp. 21–22. 四五頁)

「政治と英語」でオーウェルは「悪文家、とくに科学、政治、社会問題について執筆する人たちは、ラテン語やギリシア語の語彙のほうがサクソン語のそれよりも立派であるという考えに、ほとんどつねに付きまとわれている」('Politics and the English Language', p. 424.『水晶の精神』一八頁)と指摘しているが、スノーボールの言葉づかいにも明白にその傾向が見られる。平易な単語を基本とする語りの地の文が背景にあるので、彼の用いる 'propulsion', ‘manipulation,’ ‘distinguishing,’ ‘instrument’ といった三音節あるいはそれ以上のラテン語起源の長い単語が突出し、そのコントラストのために、新たな権力者となる豚たちのグロテスクな言語使用の実態がはっきりと浮かび上がって見える。動物農場においても、政治の堕落と言語の堕落は不可分に結びついているのである。Cf. Fowler, *op. cit.*, p. 178.

(38) Cf. Robert A. Lee, *Orwell's Fiction*, Notre Dame, Indiana: University of Notre Dame Press, 1965, p. 123.

(39) 宮沢賢治「オツベルと象」『新編 銀河鉄道の夜』新潮文庫、一九八九年、一二〇―一二三頁。

(40) 宮沢賢治『宮沢賢治詩集』草野心平編、新潮文庫、一九六九年、二〇八頁。

(41) 「とんまのサイモン、パイ売りに出会った／いちに行くとちゅう。／とんまなサイモン、パイ売りにいった／パイの味見をさせとくれ∥パイ売り、とんまのサイモンにいった／まずはお金を見せとくれ／とんまのサイモン、パイ売りにいった／じつはおいらは無一文……」Opie, *ODNR*, p. 385.

(42) 「ゴータムのおりこう三人／おわんにのって船出した／そのおわんがもっとしっかりしていれば／私の歌ももっと長かったろうに」Opie, *ODNR*, p. 193. 平野敬一「原詩と解説」谷川俊太郎訳『マザー・グース』第一巻、講談社文庫、pp. 44–45.

(43) Raymond Briggs, *When the Wind Blows*, London: Hamish Hamilton, 1982. レイモンド・ブリッグズ『風が吹くとき』小林忠夫訳、篠崎書林、一九八四年。

(44) Atkins, *op. cit.*, p. 223. 開高健「24金の率直――オーウェル瞥見」『動物農場』角川文庫、二〇五頁。同書訳者解説、二五七頁。

(45) 家畜ロバの生態、特徴については以下を参照した。『動物大百科 11 ペット(コンパニオン動物)』(前掲)九〇頁以下。クラットン＝ブロック『馬』(前掲)二四―二五頁。Clusen and E. T. Tipsen, *op. cit.*, pp. 108-9.

(46) 「いうなれば、畑の傍らを行く驢馬《ろば》が、追う子供らを侮って歯牙《しが》にもかけず、棒の折れるほど打たれてもこたえぬこの強情者が、たわわに実る穀物畑に入り込んで荒らすよう」(ホメロス『イリアス』第一一歌五五七行以下。松平千秋訳、岩波文庫、全二巻、一九九二年、上巻、三五七頁。引用は松平訳)。

(47) 'If I had a donkey that wouldn't go, /Would I beat him?' Opie, *ODNR*, p. 153. 'Tom saw a cross fellow was beating an ass.' *ODNR*, p. 408. シェイクスピアの『ハムレット』にも、「のろまなロバはなぐっても歩調を早めはしない」(Your dull ass will not mend his pace with beating)という台詞がある(五幕一場)。

(48) Robert A. Palmatier, *Speaking of Animals: A Dictionary of Animal Metaphors*, Westport, Connecticut: Greenwood Press, 1995, p. 8. 西欧中世ではロバは無知(Ignorance)のエンブレムだった。ただし、ペルシア起源のミトラス教ではロバは「知恵」をあらわしたという。アト・ド・フリース『イメージ・シンボル事典』山下主一郎他訳、大修館書店、一九八四年、'ass'の項を参照。

(49) じっさいにロバの寿命は長い。馬が二五年から三五年の寿命であるのに対して、ロバの寿命は四〇年から五〇年である。前掲『動物大百科 11 ペット(コンパニオン動物)』九〇、九八頁を参照。英語で'donkey's years'(ロバの年月)といえば「長い年月」を意味するが、それはロバの耳(ears)の長さのみならず、その長寿に由来すると思われる。

(50) Opie, *ODNR*, p. 392.

(51) Orwell, 'Nonsense Poetry,' *Tribune*, 21 December 1945; *CW*, vol. 17, no. 2823, p. 452.「ノンセンスな詩」ジョージ・オーウェル『一杯のおいしい紅茶』小野寺健編訳、朔北社、一九九五年、一七一―七二頁、同、中公文庫、二〇二〇年、一七七頁。「ノンセンス・ポエトリー」工藤昭雄訳、『ライオンと一角獣――オーウェル評論集 4』二一四―一五頁。

(52) 悲観的な物の見方をするという点では、ベンジャミンはもう一頭のロバ、イーヨーのイメージと重なる部分がある。いうまでもなく、『クマのプーさん』に登場する忘れがたいキャラクターである(**図2-17**)。

　年とった灰色ロバのイーヨーは、小川の岸に立って、水にうつるじぶんの姿を、じっとながめていました。

「あわれなり。」と、イーヨーはいいました。「まさにそれじゃ、あわれなんじゃ。」

(A・A・ミルン『クマのプーさん』石井桃子訳、岩波少年文庫、一九八五年、一一五頁。原書[A. A. Milne, *Winnie-the-Pooh*]の初刊は一九二六年)


じっさいのロバの顔を見ても、たしかにどこ

図2-17　年とった灰色ロバのイーヨー．「まさにそれじゃ，あわれなんじゃ」――A. A. ミルン作・E. H. シェパード画『クマのプーさん』(1926年)より．

か悲しげなところがある。

(53) あと一度、第一〇章で「七戒」の第七条の改変された文言(「すべての動物は平等である。しかしある動物はほかの動物よりももっと平等である」)をベンジャミンは目の弱ったクローヴァーに乞われて声に出して読む(p. 90. 一六一頁)。

(54) Orwell, 'Inside the Whale', *CW*, vol. 12, no. 600, p. 107.『オーウェル評論集』(岩波文庫版)小野寺健訳、一九八二年、二〇一―二頁。引用は小野寺訳を使用(以下同様)。

(55) *Ibid.*, p. 106. 同書、一九八頁。

(56) *Ibid.*, pp. 106-7. 同書、二〇〇頁。

(57) *Ibid.*, p. 111. 同書、二一一頁。

(58) ベンジャミンの態度をオーウェルのそれと同一視する解釈は少なくない。たとえば一九四五年のクリスマスにアーサー・ケストラー宅を訪問したオーウェルを、ケストラー夫妻は「ベンジャミン」と呼んだのだという(T. R. Fyvel, *George Orwell*, p. 195. T・R・ファイヴェル『ジョージ・オーウェル』(前掲)三一五頁)。

(59) A. L. Morton, *English Utopia*, London: Lawrence & Wishart, 1952; rpt. 1978, p. 19. A・L・モートン『イギリス・ユートピア思想』上田和夫訳、未來社、一九六七年、一六頁。引用は上田訳を使用(以下同様)。

(60) *Ibid.*, p. 17. 同書、一三頁。

(61) *Ibid.*, p. 44. 同書、四四頁。

(62) *Ibid.*, p. 43. 同書、四三―四四頁。

(63) ヘルベルト・マルクーゼ『ユートピアの終焉』清水多吉訳、合同出版、一九六八年。
(64) Morton, *op. cit.*, p. 269. モートン『イギリス・ユートピア思想』二六六頁。
(65) *Ibid.*, p. 270. 同書、二六八頁。
(66) *Ibid.*, p. 274. 同書、二七一―七二頁。
(67) 「こんにち、われわれは社会主義の建設に、これまで決して試みられなかった規模にわたる人間と自然の改造を見ることができる。「お菓子の国《コケイン》」の幻想、ベーコンの諸計画、アーネスト・ジョーンズの予想などは、要するに現在、ソ連の自然と気候とを変えつつあるスターリン計画において実現されつつあるものである。……ハックスリーやオーウェルのような連中が脅威を感じつつある、労働階級の力によるこのようなユートピアの実現は、過去のあらゆる偉大なユートピア作品の根底をささえる信念、いわば人類の能力とすばらしい未来にたいする信念を、よく明証するものであろう」(*Ibid.*, p. 275. 同書、二七二―七三頁)。
(68) *Ibid.*, pp. 281-82. 同書、二八〇―八三頁。
(69) ロス・メカテーロスの演奏によるCD『メキシコの風』(ビクター、VICG-5336)に附された濱田滋郎の解説を参照。
(70) Orwell, *The Lion and the Unicorn: Socialism and the English Genius*, London: Secker and Warburg, 1941; *CW*, vol. 12, no. 763, pp. 426-27. オーウェル「ライオンと一角獣――社会主義とイギリス精神」小野協一訳、『ライオンと一角獣――オーウェル評論集4』平凡社ライブラリー、一九九五年、一〇一頁。引用は小野訳を使用(以下同様)。
(71) イギリスの社会主義政権は理論倒れでもなければ、論理的でさえないであろう。それは上院は廃止するだろうが、王制はおそらく廃止しないであろう。いたるところに時代錯誤や未解決の問題を残し、判事のばかげた馬毛のかつらや、兵士の帽子のボタンのライオンと一角獣の模様もそのまま残しておくであろう。それは階級独裁制をはっきりと打ち出しはしないであろう。その中核となるのは従来の労働党であり、その支持層は労働組合員であろうが、しかしそれは大部分の中産階級と多くのブルジョアジーの二、三男まで吸収するであろう。その指導者の大部分は、熟練工、技術者、飛行士、科学者、建築家、ジャーナリストといった新しい中間層、ラジオと鉄筋コンクリートの時代に適合できる人々のなかから出てくるであろう。とはいえ、それは妥協の伝統と、国家以上のものとしての法に対する信頼をけっして捨て去りはしないであろう。反逆者は銃殺するかもしれないが、その場合でも厳正な裁判にかけて、時には無罪放免にすることだってあるだろう。公然たる反乱は即座に容赦なく鎮圧するだろうが、言論や出版にはほとんど干渉しないだろう。それぞれ違った名前の政党が依然として存在するだろうし、革命的党派が依然としてそれぞれの新聞を発行し、そして相変わらずたいした反響も呼ばないだろう。それは国教制度は廃止しても、宗教そのものを弾圧することはないだろう。キリスト教の道徳律に対する漠然とした敬意が存続し、時にはイギリスのことを「キリスト教国」と呼ぶことさえあるだろう。カトリック教会は抵抗するだろうが、非国教会派や大半の国教会派ともなんとか折合いがつくだろう。それは、外国人から見れば驚くばかりの、時にはこれで果たしてほんとうに革命が起こったのだろうかと疑わせるような、過去に対する同化力を示すであろう。

(*Ibid*., p. 427. 同書、一〇二―三頁)

文中の「兵士の帽子のボタンのライオンと一角獣の模様」とはイギリス王家の紋章をあらわす。この「ライオンと一角獣」が書名とされているわけだが、同時にこれは、イギリス伝承童謡のひとつである「ライオンと一角獣」の歌も響かせていると思われる。同書の「編者解題」三〇二―三頁、および本書第1章の注(26)を参照。

(72)　オーウェルは流行歌を愛好した。流行歌そのものを扱ったエッセイも書いているし(Orwell, 'Songs We Used to Sing', *Evening Standard*, 19 Jan. 1946; *CW*, vol. 18, no. 2868, pp. 49–51.「懐かしい流行歌」『一杯のおいしい紅茶』小野寺健編訳、一九九五年)、また別のエッセイ(「よい悪書」)のなかでは、ミュージック・ホールの歌は、『詩華集』に収まる詩の四分の三よりはましな詩であって、D・G・ロセッティの「至福の乙女」やG・メレディスの「谷間の恋」といった高尚な詩よりは、「おいで、酒は安いよ」とか「黒いつぶらな瞳」のようなミュージック・ホールの歌詞のほうをむしろ自分は書きたい、と断言している('Good Bad Book', *Tribune*, 2 Nov. 1945; *CW*, vol. 17, no. 2780, p. 350. 同書、一九一―九二頁)。軽めのエッセイのなかでなされたこうした流行歌への愛好の表明は、おそらくその「軽い」語り口のためか、オーウェルの「政治思想」という「重い」主題をあつかう論者たちの大半が等閑視してきた問題だと私には思える。しかしオーウェルにとってこの観点、つまりフォークロア(＝民衆文化)への視点は後者の問題にも深くかかわるものであった。

(73)　Morton, *op. cit.* p. 274. モートン、前掲書、二七一頁。

(74)　「『動物農場』は諷刺と弾劾の書であり、全体としてけっして暗い作品ではないが、にもかかわらず、そこには未来への希望を見出すなんらかの手掛かりもない。……彼のインテリに対する不信は終生かわらなかったが、その反面、労働者大衆にたいする信頼だけは確固としてゆるがなかった。それが、『動物農場』が書かれたころを境として、その大衆にも夢を託することができなくなった、という私の推測があたっていたとすれば、そこにこそオーウェルの最大の悲劇があったといわなければならない」(小野協一『G・オーウェル』研究社、一九七〇年、一一九頁)。「『動物農場』はきわめてペシミスティックな動物寓話だが、このペシミズムはオーウェルがすでに『カタロニア賛歌』のなかで述べている、裏切られた理想主義に始まっている」(永島計次『ジョージ・オーウェル研究』葦書房、一九九一年、一八〇頁)。

(75) George Woodcock, *The Crystal Spirit: A Study of George Orwell*, Boston: Little Brown, 1966; revised ed., New York: Shocken Books, 1984, pp. 193-94. ジョージ・ウドコック『オーウェルの全体像——水晶の精神』奥山康治訳、晶文社、一九七二年、二三三—三四頁。

(76) オーウェルはイギリスの過去のパンフレットを収集していたのみならず、晩年にはそのアンソロジーを編み、序文を附して刊行している。George Orwell and Reginald Reynolds, eds., *British Pamphleteers, Volume 1, From the 16th Century to the 18th Century*, London: Allan Wingate, 1948.

(77) 本章の注(2)を参照。

(78) Robert Darnton, *The Great Cat Massacre: and Other Episodes in French Cultural History*, Basic Books, 1984: rpt. Harmondsworth: Penguin Books, 1985, p. 70. ロバート・ダーントン『猫の大虐殺』海保真夫・鷲見洋一訳、岩波書店、一九八六年、八二頁。引用は海保・鷲見訳による。

第3章　郷愁と抵抗

――『空気をもとめて』のために

一　「死んでる、けれどダウンしない」

『空気をもとめて』(一九三九年)の表紙をめくると、タイトルページに著者名と表題があり、それをさらにめくると、ハーフタイトルのページにひとつの引用句が印刷されているのが目にとまる。それはこう書かれている。

He's dead, but he won't lie down
POPULAR SONG(1)
(彼は死んでる、けれどダウンしない——流行歌)

まずこれに注目しよう。このような引用句はエピグラフ(epigraph 題辞)と呼ばれる。『オクスフォード英語辞典』にあたると、「エピグラフ」は、「主要な考えや感情を示すために、ある著作や章などの出だしに置かれた、含蓄のある短い引用文。モットー」(2)と定義されている。評論集などによく見られるが、小説でもめずらしくはない。オーウェル自身、単行本でこれをよく用いた。『パリ・ロンドン放浪記』(一九三三年)では「ああ、貧乏というのは何という災いだろう！」⑶というチョーサーの詩句を引いているし、『カタロニア讃歌』(一九三八年)では旧約聖書の箴言《しんげん》からの詩句(「愚かな者にはその無知にふさわしい答えをするな　あなたが彼に似た者とならぬために。愚かな者にはその無知にふさわしい答えをせよ。彼が自分を賢者だと思い込まぬために。」⑷)、また『ビルマの日々』(一九三四年)では、シェイクスピアの『お気に召すまま』の台詞(「憂鬱な木陰の下の、この近づきがたい砂漠」⑸)、『牧師の娘』(一九三五年)では『古今聖歌集』にふくまれる「来るあさごとにるわがつとめ」⑹という詩句、そして『葉蘭をそよがせよ』(一九三六年)では新約聖書のコリント書の一節を変形を加えて用いている。⑺右の定義を借りれば、それらはいずれも、これからはじまる物語の「主要な考えや感情」を示そうとしているわけである。そのなかでも『空気をもとめて』のエピグラフは、流行歌から採った詩句であり、ジャンルの点ではいちばん「低俗」なものと言える。これだけが正典《キャノン》からはずれたものなのだ。このくだけた文句がタイトルページのなかで「空気をもとめて」という「短いテクスト」⑻に添えられて、いわば「間テクスト的テクスト」として前景化されており、ジョージ・ボウリングの物語の序曲の役割をはたしている。いや、むしろ、テーマソングと呼んだほうがいいだろう。語りはじめるのにまず流行歌の一節を──流行歌である旨を断って──あえて聞かせているということ。これに注意したい。

これはイギリスの女性歌手でコメディアンのグレイシー・フィールズ(Gracie Fields 一

八九八—一九七九年。**図3-1**）の同名の持ち歌から引かれたものである。グレイシー・フィールズはイングランド北西部ランカシャーのロッチデイル出身。一九一〇年にプロ歌手としてデビューをはたし、一九一五年にロンドンのミュージック・ホールに出演、レヴュー『ミスター・タワー・オヴ・ロンドン』(*Mr Tower of London*)のヒットなどによって、一九二〇年代にはすでに大スターの座にのぼっていた。ランカシャーなまりのしわがれ声で「ウォルター、ウォルター（私を祭壇に連れてって）」('Walter, Walter (lead me to the altar)')や「天が正直な娘を守って下さるだろう」('Heaven will protect an honest girl')などのコミック・ソングを歌う一方で、「小さな老婦人」('Little old lady')や「いまこそその時」('Now is the hour')といった歌を澄んだソプラノで歌う技量もあり、芸の幅が広かった。一九三〇年代には映画界に進出して成功したこともあり、おなじランカシャーはウィガン出身のジョージ・フォーンビー（一九〇四—六一年。**図3-2**）[9]とならんで、三〇年代のイギリスで最も人気を博したエンターテイナーだった。[10]当該の歌は前者のコミック・ソングの部類に属する。これは彼女の映画主演第二作にあたる一九三二年の『明るい面を見て』(*Looking on the Bright Side*)[11]で歌われた劇中歌の一曲であり、主題曲の「明るい面を見て」のB面として同年にシングル盤（七八回転レコード）が発売されている。[12]『空気をもとめて』が刊行された一九三九年当時のイギリスの大半の読者には、このエピグラフの出所はおそらく自明のことであったろうが、いまではそうとは言えない。少なくともわが国でこれを知る人は稀であろう。それにまた、聖書やシェイクスピアの詩句のような「正典」とちがって、性格上これは出典を見つけるのが困難なものである。それを考慮して、以下に歌詞の訳と原詩の全文を記しておく。

姉さんの若い男〔恋人〕は一〇三歳。
町で最年長の若い男。
正真正銘の冷蔵肉、
頭のてっぺんから足の先まで。

図 3-1　グレイシー・フィールズ

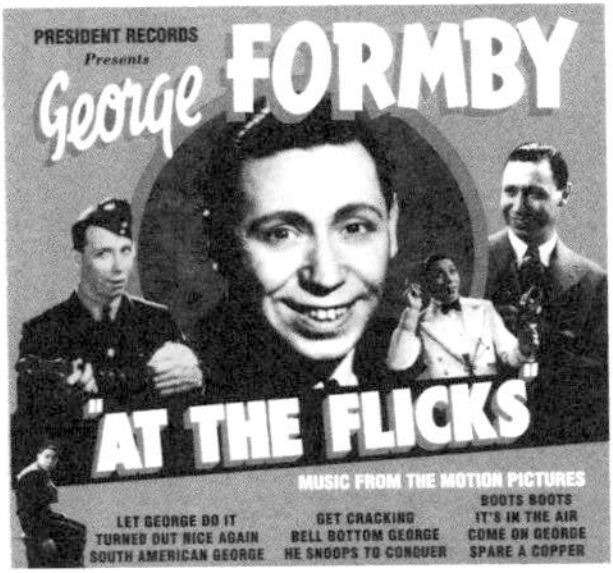

図 3-2　ジョージ・フォーンビー――アルバム『映画館にて』のジャケットより.

彼は死んでる、けれどダウンしない。

彼女は彼のジュリエット、彼は彼女のロミオ、
ただし本名はセプティマス・ブラウン。
彼の心からはロマンティックな気持ちなんて消え去っている。
だけど彼女は彼のはげ頭が大好き。
彼は死んでる、けれどダウンしない。

あるとき、恋と情熱にみちた映画の最中、
彼は言った「おいらと一緒になっとくれ」
そして、こむら返りを起こしたのだけれど、
こう言った「おいらを虜《とりこ》にしておくれ」
彼は死んでる、けれどダウンしない。

さて、昨晩遅く、きれいな墓石がならぶ
古い共同墓地でのこと、
姉さんが言った「お行儀よくなさいな」

そしたら二人とも墓のなかに落ちてしまった。
彼は死んでる、けれどダウンしない。

今やセプティマス・ブラウンには大家族。
周囲数マイルのなかで最大の家族。
二〇人も子どもをもうけて、
もっと欲しいと思ってる。
彼は死んでる、けれどダウンしない。

彼はサッカー大会の決勝に出場。
なにしろ町いちばんのセンター・フォワード。
決勝点をたたきだし、
それから失業手当をもらいに行った。
彼は死んでる、けれどダウンしない。

自分の葬式の日に、彼は遠くに出かけ、
「薔薇と王冠」亭でウィスキーをダブルで飲んでた。

葬儀屋どもは待ちぼうけ、
自分の葬儀の日をすっかり忘れてしまったので。
彼は死んでる、けれどダウンしない。

My sister's young man is a hundred and three.
He's the oldest young man in town.
And he's real cold storage meat
From his head right to his feet.
He's dead, but he won't lie down.

She's his own Juliet and he's her Romeo,
Though his real name is Septimus Brown.
From his soul romance has fled,
But she loves his old bald head.
He's dead, but he won't lie down.

In a picture show once full of passion and love,

He said, 'Be Mrs. Septimus Brown,'
And although he'd got the cramp,
He said, 'Vamp me, darling, vamp,'
He's dead, but he won't lie down.

Now late last night in the old cemetery
With all the pretty tombstones 'round,
Sister said, 'Oh, do behave,'
Then they both fell in a grave.
He's dead, but he won't lie down.

Now Septimus Brown has a large family.
It's the biggest one for miles around.
He's had children by the score.
And he thinks he'd like some more.
He's dead, but he won't lie down.

He played in the final for the football cup.
He's the finest centre forward in town.
He'd just scored the winning goal,
Then went off to draw the dole.
He's dead, but he won't lie down.

On his funeral day he was many miles away,
Drinking doubles at the Rose and Crown.
Undertakers had to wait
'Cause he'd quite forgot the date.[13]
He's dead, but he won't lie down.

姉（あるいは妹）に一〇三歳になる「死んでる、けれどダウン〔横たわろうとは〕しない」「町で最年長の若い男」がいて、求婚して結婚し、二〇人の子をもうけて、しかもサッカー選手としても大活躍し、自分の葬儀の日にもそれを忘れて酒場で一杯やっている――相当にナンセンスな、スラップスティック・コメディを思わせるような歌詞であり、これをフィールズがユーモラスに歌い上げている。台詞の部分も感じがよく出ていて、第三連のプロポーズの言葉「ビー・ミセズ・セプティマス・ブラウン」など、「ビー・ミッヒェ・セヒマヒュ・ブラウン」と聞こえ、「冷蔵肉」みたいに全身ひからびた皮膚とはげ頭に加えて、歯がぜんぶ抜けてしまった爺さんの姿がくっきりと思い浮かぶ。その爺さんが並の「若い男」以上に若々しく青春を謳歌する。西洋古典文学の伝統的なトポスのひとつに、「老いた(老成した)少年」(puer senex)というのがあるが[14]、ここではむしろ逆に、「若い老人」(senex novus)とでも呼ぶべき主題が示されている。民衆文化の領域ではこちらのほうが人気があるにちがいない。リフレインの'He's dead, but he won't lie down.'にはそうした「若い老人」の気概が込められている。このリフレインが『空気をもとめて』のエピグラフに採られているのである[15]。

このテーマ・ソングに迎えられて、語り手＝主人公のジョージ・ボウリングが登場し、語りだす。冒頭の一文はこうなっている。

> じつを言うと、その考えがおれの頭に浮かんだのは、新しい入れ歯を受け取った日のことだった。(p.3. 九頁)

「その考え」(The idea)とは、ジョージが競馬でもうけた一七ポンドのへそくりを何に使うかという思案のことであり、それは結局、生まれ故郷のロウアー・ビンフィールドを二〇年ぶりに訪ねてみようという計画となり、それがプロットの主軸をなす。それについてはあとで見るとして、ここでまず注目しておくべきなのは、「入れ歯」(false teeth)という語である。最初のセンテンスでまず老いを象徴するアイテムが(「新しい」という形容詞をつけて)出てくるのであり、この語を連結点として、エピグラフの背後にある「町で最年長の若者」セプティマス・ブラウンの物語と、ジョージ・ボウリングの物語が折り重なる。

もっとも、ジョージ・ボウリングはセプティマス・ブラウンのようななみはずれた人物ではないし、第一それほど年寄りというわけではない。一八九三年生まれで当年とって四五歳。オクスフォードシャーのロウアー・ビンフィールドというテムズ河畔の小さな町に穀物・種苗商の子として生まれ、二一歳までその町でくらしたあと、第一次大戦時に陸軍に入隊してフランス戦線へ。負傷して帰国。戦後の就職難の時期に運よく保険外交員の職を得ることができ、現在(つまり一九三八年という語りの時点)に至っている。家族は三九歳になる妻ヒルダと二人の子ども(一一歳の娘と七歳の息子)。ロンドン近郊のエルズミア通りという新興住宅地のセミ・ディタッチト・ハウス(二軒一棟の住宅)を住宅ローンを組んで手に入れて住んでいる(ローンの返済はまだ済んでいない)。故郷には二〇年間帰っていない。昔は痩せていたが、いまは九〇キロぐらいまで太り、「ファティ(ふとっちょ)・ボウリング」というあだ名がついている。まだまだ働き盛りではあるが、しかし彼は老いを感じ、生活に疲れている。物語冒頭でボウリングは憂鬱な気分でいる。それはどんよりと曇った一月の天候のせいというよりは、洗面台の棚のコップに入っている間に合わせの義歯（総入れ歯）のせいである。それは自分用の新しい義歯ができるまでの代用品として歯科医から渡されていたもので、かみあわせが悪くてひどく不快なのだ。

〔気が塞ぐのは〕そのいまいましい入れ歯のせいだった。コップの水で拡大されて、しゃれこうべの歯みたいにおれにむかってにたにた笑いかけてやがる。口に入れてみるといやな気持ちだ。渋い林檎をがぶりと噛んだときみたいな、口がひんまがるような、なんとも情けない気分になる。なんたって、入れ歯というのはひとつの境目を示すものなんだ。ほんものの歯がぜんぶ抜け落ちると、自分がハリウッド映画に出るような色男《シーク》だなどとうぬぼれることも、もう金輪際できなくなる。それにおれは四五で、しかもデブときてる。（p.4. 一一頁）

この日は仕事を休み、新しい義歯を受け取りに行くために汽車で都心に出かける。歯科医との約束の時間にまだ少し間があったので、「ミルク・バー（軽食のできる喫茶店）」に入り、コーヒーとフランクフルト・ソーセージを二本注文する。若いウェイトレスの応対の仕方が不作法で不快だが、もっとひどいのがソーセージの味だった。外で新聞の売り子がここ数日国中の注目を集めているバラバラ殺人事件の続報(「新たに両足が発見される」という見出し)を載せた新聞を売っている。それがあって、ついその事件のことを考えながら、ソーセージを口に運んでしまう。


このときフランクフルトを一本がぶりと嚙んだ。そしたら、なんとまあ!

正直言って、それがうまいだろうなどと期待してはいなかった。なんの味もしないだろうと思っていた。……

もちろん、このフランクフルトはゴムのような皮でくるまれていて、間に合わせの歯ではうまく嚙めなかった。嚙み切るのに、鋸《のこぎり》をひくみたいにごりごりやらなけりゃならなかった。そしたら突然、ポンときた。腐った梨のようにそいつが口んなかで爆発した。一種やわらかいいやな代物《しろもの》が舌全体にしみてきた。しかしその味といったらなんの。しばし、信じられなかった。それからまた一度舌を転がして、再度味をみた。こいつは魚だ。フランクフルト・ソーセージと称していながら、詰め物は魚じゃねえか。おれは立ち上がって店を出た。コーヒーには手もふれなかった。どんな味がするかわかったもんじゃない。(p. 23. 三七頁)

外に出ると新聞の売り子が新聞を彼につきつけ、「足だよう！　恐ろしい発見だよう！」と売り込む。口にはまだかじったソーセージが残っていて、どこに吐き捨てようかと思っている。現代に特有の「代用品」文化、まがい物文化の典型的な代物にぶつかって、不快な気分がますますつのるばかりである。

この物語をオーウェルが書いたのは一九三八年九月から翌年初頭にかけて、モロッコのマラケッシュに病気療養のために滞在していた期間(当時三五歳)のことだった。オーウェルの著作全体の文脈で見るなら、『カタロニア讃歌』のつぎに出した本であり、小説としては、『ビルマの日々』『牧師の娘』『葉蘭をそよがせよ』につづく第四作にあたる。これを書き出した一九三八年九月にはミュンヘン会談が開かれ、年末にはドイツでユダヤ人の組織的な迫害がはじまっていた。戦争が不可避であることが明白な危機的状況のなかで、オーウェルは、それまでの小説の主人公たち(『ビルマの日々』の植民地ビルマでの抑圧的状況に耐えきれず破滅するジョン・フローリー、『牧師の娘』の父に従順でありながら屈折し記憶喪失におちいるドロシー・ヘア、そして『葉蘭をそよがせよ』の拝金主義に反逆する栄養不良の青年ゴードン・コムストック)とは多くの点でまったく異質の、保険外交員をつとめるふとっちょの中年男ジョージ・ボウリングを主人公に据えている。すでに引用した部分からも読み取れるように、ジョージはすさまじい時代の変化についてゆけず、年老いたと感じているのであり、その老いがかみあわせの悪い義歯によってしきりに強調されている。戦争の足跡も間近に聞こえ、息がつまりそうな閉塞感にとらわれている。しかし、ゴードンのように悲壮感が前面に出ているわけではなく、ある種のふてぶてしさを示す。年老いて、もはや死んだも同然で、心身ともぼろぼろになっていると感じつつも、例の流行歌のセプティマス・ブラウンのように、ジョージはけっして「ダウンしない」のだ。

『一九八四年』や『動物農場』と比べると、『空気をもとめて』を論じた書評、エッセイのたぐいは多くないが、それがとりあげられた場合でも、批判的に論じられることが多かったように思う。その際、この物語にあらわれている「逃避主義」的な姿勢にとくに批判が集中した。しかし私の読みでは、過去への郷愁にむかう語り手＝主人公の一見「逃げ腰」と見える姿勢には、独特の抵抗の構えが隠れている。その構えを見るために、次節で説話構造について、とくにナレーションの手法の問題に注目し、そのあとで、このテクストで提示される「過去への郷愁」の質を問題にしたい。

その前に、いま引用したくだりのあとの話で、ボウリングが歯医者に行って新しい義歯を受け取って、気分ががらりと変わってしまうところも引いておきたい。鬱々として現代社会に慨嘆しているばかりではない。こんなふうに立ち直るところがこの主人公の強みなのである。

新しい入れ歯を付けたら、気分がだいぶよくなった。歯ぐきにぴったりとうまく収まっている。入れ歯で若がえったような気になるというのは、馬鹿げているように思えるだろうが、ほんとうにそうだったんだ。ショーウィンドーにむかって微笑んでみた。そう悪くはない。……人が見たら、一〇人のうち九人は、おれの歯をほんものと思うことだろう……通りかかった別の店のウィンドーで全身を映してみた。そしたら、じっさいはおれはそれほど不格好な男じゃないという気がした。たしかにちょっとは太目ではあるが、別に人を不快にさせるほどのもんじゃない。せいぜい仕立屋が「恰幅がおよろしい」という程度のもので、それに赤ら顔の男を好む女だっているってもんだ。老犬にだってまだ活力があるんだぞ——そうおれは思った。
(p. 24. 三八—三九頁)

煙草屋で好みの葉巻を買い、それからパブに入って一パイントのビールを二杯飲み、体が温まる。新しい義歯から葉巻の煙が漏れ出て、彼は「新鮮で、清々して、平和な気分」になる。その日の朝方、車中で爆撃機を目撃し、迫り来る戦争を思っていたのだが、このときまた戦争を思い、「一種予言者のような気分、世界の終わりを予見し、それでもってぞくぞくしてしまおうという気分」(p. 25. 三九頁)になる。

二　ミュージック・ホールの声

これまでたびたびくりかえしてきたように、オーウェルの物語を読むのに、伝記的なアプローチと、それに加えて、論者の所与の「政治観」をもとにして、同時代の政治状況と直結させて作品を「分析」するという常套手段による論考が大半を占めてきたのに対して、文体論やナラトロジーによるアプローチはきわめて少なかった。これはオーウェルのテクストについての根強い固定観念に由来するものだということもこれまで何度か述べてきたとおりである。とはいえ、近年にいたって、後者の方法による研究書も何点か出されるようになった。その方面の興味深い著作として、言語学者ロジャー・ファウラーの『ジョージ・オーウェルの言語』(16)をあげることができる。この節では、最初にまずこの先行研究を援用しつつ、『空気をもとめて』における語りの手法を、語り手がいかなる「声」を発しているかという点に注意しながら、見てゆきたい。

『空気をもとめて』の文体的特徴を説明するのに、ファウラーは「オーラル・モード」(oral mode)「デモティック・スタイル」(demotic style)そして「ダイアロジズム」(dialogism)という相互に関連しあう三つの要素をあげている。(17)これらを大まかに要約すると以下のようになる。

「オーラル・モード」とは、話し言葉の流儀を模した手法である。そうした口語性《オーラリティ》はオーウェルの他の多くの著作に見られるが、それがこの小説では際立っている。これはいくつかのごく単純な文体的特徴を組み合わせることで得られる。そのひとつとして、'I'd', 'There's', 'haven't', 'it's' などといった助動詞の縮約形《コントラクション》の使用があり、他に省略語法《エリプシス》(ellipsis 完全な文から、文脈によって復元しうる箇所を省略する語法)と並列《パラタクシス》(parataxis 節や句を接続詞なしにならべる語法)がある。あとのふたつの用例として、以下の「ミルク・バー」室内の描写をあげることができる。

すべてスベスベでピカピカ。……すべて装飾に費やし、食べ物には何も使ってない。ほんものの食い物はまったくない。アメリカ式の名のついた食い物のメニューだけ。……居心地最低、プライヴァシーは無し。椅子は腰高のスツール、テーブルは一種の狭い手すり板、周囲一面に鏡ときてる。

Everything slick and shiny... Everything spent on the decorations and nothing on the food. No real food at all. Just lists of stuff with American names... No comfort, no privacy. Tall stools to sit on, a kind of narrow ledge to eat off, mirrors all around you. (p. 22. 三五―三六頁)

つまりこれらはフォーマルな散文の規範から逸脱している語法(小学校の作文の授業であれば教師が当然のように訂正を加えるはずのもの)なのだが、日常の会話では頻繁に耳にする、あるいは口にするかたちなのである。それをあえて小説の語りに取り込み、これ以外にも不規則な語順や感嘆符の多用などをあわせ用いることによって、口語《オーラル》的な気分をかもしだしている。

つぎの「デモティック・スタイル」は、「民衆的文体」あるいは「庶民的文体」とでも訳せるような様式であり、くだけた(あるいは卑俗な)単語、イディオム、直喩表現の使用などによって生まれる。単語とイディオムについてはテクストの初めの一五ページのなかからファウラーは以下の例を列挙している。

false teeth(入れ歯), nipped out(はさみとった), got into(入りこんだ), shut the kids out(がきどもをしめだした), beastly(ひでえ), thank God(ありがたい), pudgy(ずんぐりした), on the fat side(でぶのほう), bellies that sag(たるんだ腹), broad in the beam(尻がでかい), in dock(ドック入りしている〔車の修理中〕), ten bob(一〇シリング), poky(みすぼらしい), cheese it(いいかげんにする), some poor bastard(どこぞのくそったれ), bunked(失せた), wallop(ぶんなぐる), whizzed(ブーンといった), bloody fool(ひでえ阿呆), ugly little devil(いやな小男), wetting our bags(小便をも

らす[18].

また、「デモティック」な直喩表現の用例としては、「うちぐらいの手狭な家で二人もがきがいるっていうのは、一パイント入りのジョッキに一クォートのビールを注ぐようなもんだ(Two kids in a house the size of ours is like a quart of beer in a pint mug)」(p. 6. 一三頁)、「がきどもはヒルみたいに父親の血を吸うんだ(the kids sucking his blood like leech-es)」(p. 10. 一九頁)、「まるのこみたいなキーキー声(a voice like a circular saw)」(p. 14. 二三頁)、「その娘《こ》はむちを見た犬みたいにひるんだ(The girl flinched like a dog that sees the whip)」(p. 15. 二五頁)といったものが挙げられる。

三つめの、「ダイアロジズム」とは、字義どおりにいえば、ダイアローグ、すなわち対話による表現法ということになるが、ここでは、一人称の語り手(ジョージ)と聞き手(読者)との対話関係を仮想しての語りの手法を指す(これはもちろんミハイル・バフチンの理論に由来する)。前節で引用した冒頭のセンテンス「じつを言うと、その考えがおれの頭に浮かんだのは、新しい入れ歯を受け取った日のことだった(The idea really came to me the day I got my new false teeth)」(p. 3. 九頁)を例にとると、冒頭の語「その考え」(The idea)には定冠詞がついていて、いかなる「考え」であるのかが自明であるかのように表現されている。じっさいには、語り手のジョージには自明なのであっても、読者にはそうであるはずがない。しかしこの定冠詞の使用は、ジョージがそのセンテンスよりも以前から相手にしている架空の聞き手にはわかっているはずのものであるということが暗示されている。その狙いは、話者の眼前に話者の考えを共有する一人の聞き手が存在しているというフィクショナルな設定を確立することである。この「ダイアロジズム」については、ファウラーが抽出した具体例をとおしてもう少し見ておく。

ジョージが聞き手にむけて直接に語りかける印象的な言葉の例は本書をとおして枚挙にいとまがない。「たとえばだな、でぶのハムレットなんてのをちょっと想像してごらんよ(Just imagine a fat Hamlet, for instance!)」(p. 18. 三〇頁)、「ちがう! まちがってもらっちゃこまるよ(No! Don't mistake me)」(p. 20. 三二頁)、「それについちゃあとであんたに話すから(I'll tell you about that later)」(p. 20. 三三頁)、「それについてあんたに説明させてくれ(Let me try and describe it to you)」(p. 23. 三七頁)。

また、つぎのように、ジョージは聞き手の反応を先取りする場合もある。「どうしておれが彼女と結婚したのかって? じゃ聞くが、あんたはなんでかみさんと結婚したんだい? (Why did you marry her? you say. But why did you marry yours?)」(p. 140. 一八八頁)[19]、「そう、どうなるかあんたにはお見通しだったろうと思うよ。だけどおれにはわかんなかったのさ。それが見越せなくて、おれはひどい阿呆だったと、あんたには言える。そうさ、たしかに阿呆だったのさ(Oh, yes, I know you knew what was coming. But I didn't.

You can say I was a bloody fool not to expect it, and so I was)」(p. 188. 二四五頁)。

　こうした架空の対話のやりとりは、「～をあんたは知ってるかい(Do you know...?)」というかたちを典型とする質問を契機とする場合が多い。「おれが住んでる通り――ウェスト・ブレチリーのエルズミア通り――を知ってるかい(Do you know the road I live in—Ellesmere Road, West Bletchley?)」(p. 9. 一七―八頁)。そうした質問は一般的な知識をめぐるものであるのがふつうである。「この手のいびりをするのには小男が多いんだが、知ってるかい(Do you notice how often they have undersized men for these bullying jobs?)」(p. 14. 二四頁)、「この手のインドぐらしが長いイギリス人の家庭というのを知ってるかい(Do you know these Anglo-Indian families?)」(p. 138. 一八六頁)、「その手のブルドッグみたいな顔した中年女を知ってるかい(Do you know that type of middle-aged woman that has a face just like a bulldog?)」(p. 218. 二八五―八六頁)。また、つぎのような断定的な陳述もある。「あのころ台所がどんなだったか、あんたは知っている(You know the kind of kitchen people had in those days)」(p. 48. 六七頁)、「あのえらく安い小さな家をあんたは知っている(You know those very cheap small houses)」(p. 189. 二四七頁)。こうした語りかけによって、ジョージは聞き手がひとつの共通の基盤を――ジョージが語る物語を解釈し、判断するための一連の価値基準を――築くようにはかっていると言える。同時に読者は、飲み屋でジョージと面とむかって話を聞いているわけではなく、印刷された小説を読んでいることを自覚しているわけだから、オーウェルのディスコースによって構築された登場人物であることを頭のすみに残しつつ、その語りに――偏見があり、知識も部分的である彼の語りに――一定の距離を置いて耳を傾けることになる。そうした偏見は話者＝語り手としてのジョージ・ボウリングが身に帯びている特徴の一部をなす。主人公としてのジョージ・ボウリングは、世界との日常的なかかわりに対処するのにそうした偏見に依拠する。しかし、彼の内部では、あとで見るように、それとほとんど正反対の一連の価値観がひそんでいる。

　オーウェルの他の物語作品には見られぬ以上のような一人称による独特な語りの声[20]は、ロシア・フォルマリストたちが「スカース」(skaz 説話)と呼ぶナレーションのスタイルに相当する。「スカース」は、話者がある役割を帯びて演技をしているように見せるような、散文による演劇的な語りのスタイルである。この概念を導入したボリス・エイヘンバウムは、そこには「まるで役者が陰に隠れているかのようだ」[21]と指摘する。その役者が扮する役柄は、まるで聴衆に物語を語るかのように、きわめて口語的《オーラル》な様態の語りを駆使する。そこでは、話しぶり、言葉遊びなどの言語の技巧が主題そのものよりも強く前景化される。「スカース」についてバフチンはこう附言している。

説話〔スカース〕の文学史的な諸問題を掘り下げるには、ここに提示した説話の理解〔つまり、説話とはたいていの場合何より「他者の発話への指向性」であり、それゆえ当然「話し言葉への指向性なのだという理解〕の方が、はるかに本質を衝いているように思われる。説話はほとんどの場合、他ならぬ**他者の声**のために、つまりまさに作者が必要としている一連の視点や評価を備えた、一定の社会性を持った声のために、導入されているように思われるからだ。とは言え、実際に導入されるのは語り手なのであり、その語り手が――それは文学的ではない、たいていの場合は社会的下層階級に、すなわち民衆に所属する人間であるが(まさしくこのことが作者には重要なのである)――話し言葉をもたらしてくれるのである。[22]

ジョージ・ボウリングという語り手が選ばれている所以がこのバフチンの言葉によって説明されているように思える。見方を変えて言うならば、ジョージという下層中流階級に属する話者は、読者に対して、寄席芸人が客に語りかけながら小話や歌を聞かせる趣向を模したものだと言って差し支えない。考えてみるなら、ファウラーが挙げた「オーラル・モード」「デモティック・スタイル」そして「ダイアロジズム」は、大衆芸能の常套的手法でもある。その意味でも、ミュージック・ホール[23]の歌姫として、また映画スターとして民衆に愛され、その反面でインテリ階層には概して嫌悪されていたグレイシー・フィールズ[24]の流行歌のリフレインがタイトルページのエピグラフに使われているのは、この小説をつらぬく語りの構えを予示するものとして、ジョージの語り口にふさわしいものであると言えるだろう。ついでながら、このジョージという名前は、もしかしたらグレイシーとならぶ一九三〇年代の大衆芸能界のもうひとりの大スター、ジョージ・ホーンビーにちなんでいるのかもしれない(25)。さらにまた、ボウリングという名字にしても、古い流行歌「トム・ボウリング(26)」の乗組員一同から愛されてその死が悲しまれる水夫の名に由来するものではないだろうか。いずれにしても、以上のレトリカルな手法を複合的に用いたジョージ・ボウリングの語りの声は、いわば「ミュージック・ホールの声」と呼べるようなものなのである。

さて、そのような声によってジョージ・ボウリングが描きだす自画像は、威勢がよく、ぶっきらぼうな中年男であり、競馬であてたへそくりの一七ポンドを煙草に使うか、ウイスキーにするか、それとも女につぎこむかと思案するところに見られるように、現世的な快楽を大いに好む人物である。恐妻家だが、隠れて浮気をしたこともあったという。例のサンチョ・パンサとドン・キホーテの対比(27)でいうなら、そうした性格からして、また「ふとっちょ」とあだ名されるその体型からしても、サンチョ・パンサ的なキャラクターの典型であるとひとまず言える。ところが、彼は、芸人が聴衆に胸襟《きょうきん》を開くような口ぶりで、そうした面は自分の一面にすぎないのだと告白する。

内側では、頭のなかじゃ、おれはかならずしもでぶじゃないんだ。……おれはがさつで無神経だし、その場その場でうまく合わせていける。……だけど、おれのなかにゃ別のおれもいるんだ。だいたいがそれは過去の遺物ってやつさ。それについちゃあとであんたに話すよ。おれはでぶだけど、内心ではやせてるんだ。でぶの人間のなかにゃかならずやせっぽちが入ってるってこと、あんたは気づいたことがあるかい。どんな石の固まりのなかにも彫刻が入ってるっていうけど、それとおんなじことだね。(p. 20. 三二―三頁)

それがつまりジョージのドン・キホーテ的な「内面」ということになる。このやせっぽちの人格こそが、まがい物の文化的産物に満ちた現代社会に憤然とし、かつ憎悪し、迫りくる戦争(あるいはむしろ戦後)を恐怖し、精神的な安らぎを希求するのだ。本書のタイトルになっている「空気をもとめて」(coming up for air)は、この内なる自己がおちいった鬱屈《うっくつ》からの息抜きをもとめるメタファーになっている。

おれはアクセルを思い切り踏んだ。ロウアー・ビンフィールドに帰ると考えただけでもう元気百倍さ。おれの気持ち、あんたならわかるよな。空気をもとめて！　たとえて言えば、でっかいウミガメが、表面に浮かんで、はなづらをつきだし、めいっぱい胸に空気を吸い込んで、それからまた海草とタコがいる海底に沈んでいくようなもんだ。おれたちはみんなゴミ溜めの底にいて息をつまらせてる。だけどおれは海面に浮かぶ道を見つけたんだ。ロウアー・ビンフィールドにもどるんだ!

(p. 177. 二三四頁)

こうして競馬でかせいだへそくり[28]の使い道は、煙草でも酒でも女でもなく、ポンコツ車を走らせての故郷再訪の旅に、つまり第一次大戦前という黄金の少年期をすごしたテムズ河畔の町ロウアー・ビンフィールドへの感傷旅行にむけられることになる。その語り口にもかかわらず、少なくともこのときは、やせたドン・キホーテの精神的欲求が、太ったサンチョの肉体的欲求よりも優先されたわけである。さて、ジョージの「ミュージック・ホールの声」の音色を確認したところで、以下の節では、その声を駆使して語られる世界の中身、帰らざる日々についての甘美な追想に目を転じてみたい。

三　ノスタルジアの価値

きっかけは言葉の響きだった。新しい義歯がぴったりと口に収まり、お気に入りのハバナ産の葉巻をふかしながらビールを二杯飲んだあと、歩いてチャリング・クロス駅近くまで来たときに、夕刊の「ゾッグ王（一八九五―一九六一年。アルバニアの王）の結婚延期」という見出しを記したポスターが目に入り、その語がとたんにジョージの記憶をかきたてる。

過去ってのは妙なもんだ。いつだって人につきまとって離れないんだから。一時間いて、一昔前や二昔前の出来事を思いださずにいるなんてことはまずないだろうね。だけどたいてい現実味はない。歴史の本に出てくるいろんなことがらみたいな、昔覚えたひとつらなりの事実にすぎない。それから、なにかふとした拍子に景色や音や臭いが、とりわけ臭いが多いんだが、きっかけになって、過去がただよみがえってくるだけじゃなくて、ほんとうに過去に入り込んでしまうことがある。このときがそんな具合だったんだ。（p. 27. 四二頁）

「ゾッグ王」という言葉で連想したのは三八年前の一九〇〇年、七歳のジョージが故郷ロウアー・ビンフィールドの教会での日曜のミサの席にいて、聖歌の一説で「バシャンの王オッグ」という句が歌われるときのことで、つまり「ゾッグ」から「オッグ」の連想になり、そこから当時の教会のありさま、参列している近親者や隣人たちの姿、そして「死と生がごちゃ混ぜになったような、あの甘ったるくほこりっぽい、かび臭いにおい」(p.28. 四三頁)がありありとよみがえり、しばらくそのなかに没入してしまう。プルーストの『失われた時をもとめて』では過去の想起の糸口になるのはマドレーヌ菓子の味覚だったのだが、『空気をもとめて』では、奇妙な響きの王の名が、「行き交う車の音だとか馬糞の臭いなんかと混じって」(p.27. 四二頁)、少年時の記憶を喚起しはじめるのである。母親のサージの服の感触、自分が無理矢理着せられた「イートンカラー」の窮屈な服装、オルガンの演奏、聖歌をリードする魚屋のシューターと建具屋兼葬儀屋の老人ウェザロールの風采、そして「バシャンの王様オッグ」で盛り上がる聖歌、聖書の断片——こうした具体的な細部を列挙して、ジョージはこう言う。

ちょっとのあいだ、おれはただ思いだしてただけじゃなく、そのなかに入り込んでいた。むろんそんな感じは数秒しかもちゃしない。すぐに夢からさめたみたいだった。我にかえれば、おれは四五で、ストランド街は交通渋滞。だけどまだ何だか余韻みたいなものが残っていた。いろいろ思いめぐらしたあとに水底から浮かび上がるような気がすることがときどきあるけど、このときは逆で、おれがほんものの空気を吸ってたのは一九〇〇年にもどったときだったという感じがしたんだ。いまだって、まあ目を見開いたわけだが、せわしげに通りすぎるアホどもにしろ、ポスターやらガソリンの臭いやらエンジン音やらにしろ、三八年前のロウアー・ビンフィールドの日曜の朝に比べたら、ぜんぶおれには現実味が感じられやしないんだ。

葉巻を投げ捨て、ぶらりと歩いていった。おれには死者の臭いがかげた。言ってみれば、いまだってかげるんだ。おれはロウアー・ビンフィールドにもどってる。時は一九〇〇年。市場の飼い葉桶のわきでは運送屋の馬が飼い葉袋をつけている。角の駄菓子屋ではウィーラーおばさんが半ペニー分のブランディ・ボールを秤にかけている。ランプリングの奥さんの馬車が行きすぎる。後ろには白いズボンをはいた馬丁の小僧が腕組みして座ってる。イジーキアルおじさんはジョー〔ジョーゼフ〕・チェンバレンをののしっている。徴兵官が、ぴっちりした青のオーバーオールに深紅の上着をまとい、トーチカ帽をかぶって、くちひげをひねりながら闊歩してる。ジョージ亭の裏では酔っぱらいがへどを吐いてる。ヴィッキー〔ヴィクトリア女王〕はウィンザー城におわし、神は天におわし、キリストは十字架に、ヨナは鯨のなか、シャデラクとメシャクとアベデネゴは業火《ごうか》に焼かれ、アモリ人の王シオンとバシャンの王オッグはたがいにむかいあってそれぞれ玉座についている——まさに何にもせずに、ただいるだけ、自分の持ち場を守ってるだけ。暖炉の薪載せ台みたいに、でなきゃライオンと一角獣みたいに。

そいつは永久に消えてしまったのか。何とも言えない。だけど、あんたに言っとくが、そこは住むにはいい世界だったんだよ。おれはそこの一員なんだ。あんただ

ってそうなんだよ。(pp. 30-1. 四六―四八頁)

これが『空気をもとめて』の第一部の結びである。引用文中の第二段落に少し注目しておこう。見てのとおり、一九〇〇年のロウアー・ビンフィールドの日曜朝の情景を描くのに、飼い葉桶のわきの馬、駄菓子屋のおばさん、行きすぎる馬車などといった同一水準のアイテムを重ねている。三八年前の田舎町全体の雰囲気を表象するために、おなじコンテクストに属し、たがいに隣接関係にあるさまざまなイメージのそれぞれを町の換喩《メトニミー》として使っている。映画風に言うならば、一連の小さなクローズ・アップ・シーンの連続によって全体を描きだそうとするモンタージュ技法ということになる。あくまでこのモンタージュは換喩的な性質のものである。これが本書をとおしてジョージが過去を回想するときの(また未来の悪夢を思い描くときの)語りの典型的な技法となっているのである。

『空気をもとめて』は四部に分かれて構成されている。つぎの第二部ではほぼすべてが回想となって、ロウアー・ビンフィールドでの少年期のくらしぶりを中心に、第一次大戦での兵役、除隊、就職、結婚というジョージの前半生を語り聞かせる。第三部では、逡巡のはてに一七ポンドのへそくりを故郷再訪の資金にあてる決意をして、妻に口実をもうけて六月半ばのある日に釣り竿をもって車で出発するまで。そして最後の第四部では、ついに帰郷はしたものの、故郷は無残なまでに変貌しており、失望を味わいつつ、夫の浮気を確信する恐ろしい妻の待つロンドン郊外の「牢獄」のような住宅にもどるまでを語る。

刊行以来出されてきた書評や研究論文を概観すると、この物語に対する否定的な評価は主として二点に集中しているように思える。ひとつは、ジョージがさまざまな事象について示す見解はオーウェルの評論でのそれと区別がつかず、フィクションというよりはジョージの一人称の語りを借りてのドキュメンタリーとでも言うべきもので、それゆえ小説として失敗しているという評価である。もうひとつは、この物語の基調となっているノスタルジアが逃避主義的な性格のものであって、そこからは未来にむけての生産的なものが何も引き出されないとする評価である。この二点をもう少し詳しく検討してみよう。

一点目について言うと、これは第二部での回想において顕著なのだが、たしかにオーウェルの一連の評論文、とりわけ民衆文化を主題とした評論であつかわれているトピックが頻繁に出てくる。たとえば第二部第二章でジョージの少年時代に家族が信じていた迷信が列挙しているくだり。「馬はかみつく。コウモリは髪の毛に飛び込む。ハサミムシは耳穴に入り込む。白鳥は羽の一撃で人の足を折る。牡牛は人を跳ね上げる。蛇は「刺す」……食後に入浴すると引きつけを起こして死んでしまう。親指と人差し指のあいだを切ると破傷風になる。卵をゆでたお湯で手を洗うといぼができる」(p. 52. 七一—七二頁)。『トリビューン』紙の連載コラム「気の向くままに」('As I Please')のある回で、オーウェルは「科学的事実として、子供時代に教え込まれた迷信の長いリスト」[29]をいろいろ紹介しており、そのなかに上記の白鳥と破傷風といぼの迷信もふくまれている。また、おなじ章のすぐあとには、ジョージの母親が日曜新聞に掲載される「切り裂きジャック」や「クリッピン事件」や「パーマー博士やマニング夫人の事件」といった名高い殺人事件の物語に大変な関心をもつエピソードが語られている(pp. 53-54. 七二—七三頁)。これは評論「イギリス風殺人の衰退」(一九四六年)で「殺人のエリザベス朝時代ともいうべき黄金時代[30]」に属するものとしてふれられており、そうした殺人事件のある意味で情趣に富む物語性・悲劇性が安定した社会の所産であるのに対して、戦争ですさんだ現代社会ではそうした事件もただ残虐なだけの無内容なものだとする見方は、ジョージの母が没頭したそうした過去の物語と現在(一九三八年)の足だけが発見されたバラバラ事件との対比によって示されているものでもある。また、第二部第六章での読書体験をめぐる回想で、ジョージが読みふけった『ジェム』や『マグネット』[31]といった少年週刊誌や、一連の通俗的な読み物は、「少年週刊誌」(一九三九年執筆、四〇年発表)や「よい悪書《グッド・バッド・ブック》(すぐれた通俗書)」(一九四五年[32])をはじめとする評論でその独特の価値が分析されているものである。こうした重なりを見て、語り手が表明する見解や感情はオーウェルがそうした評論で語るものと区別できず、なかには後者に由来するものもあり、それゆえこれは「ドキュメンタリー」にすぎないと見る論者がいる(33)。また、田舎の種苗商の息子で学歴もそれほど高くないジョージ(地元のグラマー・スクール出身)が、これもオーウェルの評論でおこなっている時局についての高度な分析を共有している点を問題視する評者もいる(34)。

　とはいえ、作者の声の現前がそれじたいで低い評価の理由になるとは言えないわけであり(たとえば、スターン本人があまりにもしゃしゃり出ているからという理由で、『トリストラム・シャンディ』がだめだということにはならない)、むしろ「作者が自身の声をどのように用いているかが批評の本来的な問題である(35)」というロバート・リーの主張は妥当である。前者のさまざまな民衆文化的アイテムの導入は、多種多様な食べ物、植物、川魚の名称とならんで、少年ジョージ・ボウリングのロウアー・ビンフィールドでの豊穣な生活空間——ほとんど祝祭空間と言ってもよいような空間——を表象するための換喩的《メトニミック》な、あるいは提喩的《シネクドキック》な構成要素として効果的な役割をはたしているのであり、その用法をよく見れば、けっして評論の素材からとってつけたように流用したものではないことが確認できる。いま「よい悪書」に言及したが、見ようによってはこの『空気をもとめて』は、H・G・ウェルズが『キップス』(一九〇五年)や『ポリー氏の来歴』(一九一〇年)などで描いた第一次大戦以前の下層中流階級のくらしの模様を下敷きにしつつ、サンチョ・パンサの体のなかにドン・キホーテの心を容れたジョージ・ボウリングのささやかな冒険をドタバタ仕立ての「よい悪書」にして(ある部分ではメタ・レヴェルの「よい悪書」にして)語りとおしたものなのだと言うことができる。(36) 上記の文化事象は、この「よい悪書」というジャンルには必須と言えるものばかりなのだ。この問題にはあとでまたたちもどることにして、もうひとつの点に移りたい。

『空気をもとめて』の基調をなすノスタルジアについてバーナード・クリックはつぎのように論じている。

また書評者たちは、ジョージ・ボウリングのノスタルジアはジョージ・オーウェルのノスタルジアとまったくおなじものであると思い込んだ。またその後これを批評した人びとは、ボウリングのノスタルジアがオーウェルの社会主義への希望と矛盾していると指摘している。しかし、これはだれも指摘していないことであるが、ジョージ・ボウリングのはなはだしいノスタルジアによってはかられたのは、彼が〔政治的に〕役にたつ人間になるのを妨げているのは何か、そして彼の階級〔下層中流階級〕が積極的で明確な政治的役割をはたすのを妨げているのは何かを示すことだったのではあるまいか。もちろんオーウェルにもノスタルジアがあったが、彼がボウリングのなかで入念に描いたような度を超したものではなかった。それゆえ、小説全体のノスタルジアは意図的にアンビヴァレントなものにされた。批評家は、オーウェルを彼の作品中の人物と同一視しすぎるきらいがある。過去には多くのよいものがあり、われわれはそれを保存すべきだ、しかし見境もなく過去にしがみついていては何の解決にもならない――この小説家はそう言っているのである。[37]

自伝的装いをもつこの物語の主人公を作者本人と同一視する単純な見方を警告している点など、当然とはいえ（オーウェルについての批評全般の傾向を考えてみれば）まっとうな指摘である。そしてこの物語のなかに過去への憧憬に対する自己批判の側面があるとする独特の読みがここで示されており、これはノスタルジアの「反動性」を冷笑的に批判する論評[38]などと比べると、よほど建設的な見方だと思う。しかしクリックは『空気をもとめて』でのノスタルジアそのものをもっぱら否定的に評価している。それがもっと明確に示されているのは、あるパネル・ディスカッションの席上での「トム・ボウリー〔ジョージ・ボウリング〕は魅力的な人物ですが、彼はノスタルジアのために腐敗しています。オーウェルは彼を腐敗させているのです[39]」という彼の発言である。だが、私は、ノスタルジアの自己批判という側面についてはある程度賛同しつつも、この物語でのノスタルジアの価値を積極的にとらえる視点が必要だと考える。自分が過去に経験した生活文化へのこだわりという「保守的感情」をもつジョージは、かならずしも現体制への無批判の賛同とイコールになるものではない。本書の初めの章で論じたように、『一九八四年』の物語世界では、ウィンストン・スミスが懸命に復元しようとはかる伝承童謡「オレンジとレモン」や珊瑚の入ったガラスの文鎮といった古い文化事象は、じつは「イングソック」の体制に対峙するための、解放のまぼろしと危機の意識を刻印した「史料」であり、未知の声を秘めた過去からのメッセージとして提示されている。そこでの過去への憧憬の念はきわめてラディカルな身ぶりなのだった。そしてウィンストン・スミスの身ぶりとジョージ・ボウリングのそれは、その体型の相違にもかかわらず、同型なのだと私は思う。ジョージはノスタルジアによって腐敗(精神的に堕落)しているのではなく、腐敗の防止手段としてノスタルジアがある——オーウェルは過去の記憶の想起によって、主人公を腐敗からまぬがれるように支えている、というのが私の見方である。[40]私のこの主張を補強するためにはジョージの回想の中身と故郷再訪の幻滅の語りをもう少し具体的に検討する必要があるだろう。

四　アルカディアと爆弾

第二節で『空気をもとめて』の語りの手法として、「デモティック」な直喩の頻繁な使用にふれた。じっさい、ジョージの語りで駆使される比喩表現は直喩が主であり、隠喩の使用は最小限に抑えられている。また前節でふれたように、回想の語りで多用されるモンタージュ的手法も基本的に換喩的《メトニミック》なものである。とはいえ、隠喩的要素が存在しないわけではなく、要所要所で巧みに使われている。ただそれは日常的散文的な表層の下に埋もれていて、意識しにくいものにされている。ひとつは魚である。魚は少年のジョージ・ボウリングが熱中した釣りの対象として出てくるものであり、それはまずパーチや鯉《カープ》やテンチといった文字どおりの魚である。だが同時にジョージはそれを第一次大戦以前という彼にとってより平安で健全だった思える過去を示すシンボルとしても用いている。

太って四五になり、がきが二人いて、郊外の家持ちとなったいまでも、釣りに行ってみたいという気がおれには半分ある。どうしてかって？　言ってみれば、おれはほんとうに少年時代について感傷的になっているからなんだ――とくにおれひとりの少年時代ってことじゃなく、おれが育った文明、いまにもくたばりそうな文明についてそう思うんだ。そして釣りはなぜかその文明ならではのものなんだよ。釣りのことを思うと、即、現代世界のものではないことがらについて思うことになる。静かな池のほとりで、柳の木立の下に日がな一日腰をおろしている――そして、静かな池を見つけてそのほとりに腰をおろしていられる――なんていう考えそのものが、戦前のもの、ラジオも飛行機もなくヒトラーもいなかった時代のものなんだ。イギリスの雑魚《コース・フィッシュ》の名前にだって一種の安らぎがある。ローチ、ラッド、デイス、ブリーク、バーベル、ブリーム、ガジョン、パイク、チャブ、カープ、テンチ。みんなちゃんと中身がある名前だ。そうした名前をつけた人びとは機関銃のことなど聞いたこともなかった。首切りにおびえたり、アスピリンを飲んだり、映画を見たり、どうしたら強制収容所に入らずにすむか、などとくよくよ悩まずにくらしていられたんだ。(p. 76. 一〇三頁)

ここで列挙されている一一種の魚の名はたしかにどれもコース・フィッシュ(coarse fish=「粗雑な魚」)、すなわち淡水産の、サケ科以外の雑魚の名であり、上層階級の趣味に属するゲーム・フィッシュ(game fish=スポーツ釣りの対象になる魚)、つまりサケ科の「高級」魚はひとつもふくまれていない。この引用の少し前に出てくる青バエのウジやスズメバチの幼虫などの生き餌を探し求めるエピソード(pp. 71-73. 九七―九九頁)からもわかるように、ジョージが少年時代に最も情熱を傾けた釣りは、コース・フィッシング(41)という民衆文化に属する営為なのであり、この物語での釣りの賛美と現代の釣りの俗悪化への慨嘆とは、そうした「低級」な釣り(「よい悪書」をもじって、「グッド・バッド・フィッシング」と読んでもいいような形態の釣り)への礼賛とその衰退への嘆きであり、同時にそれが象徴する安らかな時代への憧憬と、現代への危機意識の表明にもなっているのである。

さて、少年ジョージと仲間たちはテムズ河を主要な釣場としていたのだが、彼が一四歳の年(つまり一九〇七年)のこと、ある日ジョージは、地元にあるビンフィールド・ハウスという不在地主の大邸宅のなかの池で釣りをすることがただひとり許される。館の管理人の老人がジョージの父親に恩義を感じていて、その返礼に彼だけにそれを許可したのだった。その池は館の裏からだいぶ離れたところにある直径一五〇ヤード程度の大きなもので、周囲はブナの林に囲まれ、対岸にはペパーミントの群落があり、静謐《せいひつ》な空間である。レディングから一二マイル、ロンドンからは五〇マイルも離れていない場所に

「そのような孤独《ソリテュード》をえられる」空間があるというのが彼には驚きだった。夏休みに何度か彼は、釣り竿に弁当、それに『チャムズ』や『ユニオン・ジャック』といった少年雑誌をもち、日がな一日ここで一人きりですごす。ブリーム(ヘラブナ)がたくさん釣れた。かかりはしないが、大きなパイク(カワカマス)もいる。釣りの合間には草地に寝ころんで少年雑誌を読むということをくりかえし、そこで至福の時をすごす。「何よりもすばらしいのは、道路が四分の一マイルも離れていないというのに、ひとりきりでいられること、まったくひとりきりでいられるということだった。たまにはひとりでいるのもいいことだというのがわかる年頃にちょうどなっていたんだ」(p.79. 一〇七頁)。周囲が木

に囲まれているものだから、その池をわがもののように感じる。水面に波紋を描く魚と、頭上をすぎる鳩のほかには物音ひとつしない。やがて、そこに幾度か通ってからのある日、ジョージはその場所のさらに奥深くに、もうひとつの池があるのを発見する。

ある日の午後、魚がくわないので、池のむこう岸(ビンフィールド・ハウスから遠いほう)にいって探検をはじめた。水が少しあふれていて、地面が沼みたいにぬかるんでいて、それにブラックベリーの茂みやら木から落ちて腐った大枝のジャングルみたいなところをかきわけていかなけりゃならなかった。五〇ヤードばかりそうやって難儀して進んだところ、急に空き地になって、もうひとつの池にたどりついた。それまであるのも知らなかった池だった。幅二〇ヤードぐらいの小さなもので、枝がその上にまで覆いかぶさっているもんだから、かなり暗くなっていた。だけど水はとても澄んでいて、えらく深かった。一〇フィートや一五フィートは見通せる。しばらくぶらぶらし、男の子がやる仕方で、湿り気と泥沼の腐った臭いを楽しんだ。それからおれが見た代物には、まったくとびあがるほどたまげた。

ばかでっかい魚がいたんだ。ばかでっかいというのは大げさじゃない。ゆうにおれの腕の長さぐらいはあったんだから。そいつは水中深くをすべるように通り、影になって、むこう側のもっと深い水中に消えた。剣《つるぎ》でつらぬかれたみたいな気分だった。死んだ魚であれ生きた魚であれ、これまで見たなかでいちばんでっかい魚だったんだから。息をのんで立ちつくした。するとすぐまたひとつ巨大な魚の姿が通る。……その池にはそんなのがうじゃうじゃいた。鯉《カープ》だったのだと思う。……たまにこんなことがある。池がどういうわけか人に忘れられてしまい、何年も何十年もだれ一人釣りをせず、魚がばかでかくなってしまうってことが。おれが見た怪物は百歳の代物だったのかもしれない。そいつらのことを知ってるのはこの世でおれのほかにはだれもいなかったんだ。(pp. 79-80. 一〇七―九頁)

ここには西洋古典文学以来の「ロクス・アモエヌス」(locus amoenus)[42]すなわち「快い場所(悦楽境)」というモチーフが使用されている。少年ジョージがたどりついたこの空間は、そうした牧歌的神話と不可分に結びついた「快い場所」としてのあのアルカディアの一類型として提示されている。あるいは、何人かの論者の指摘にならって、エデンの園の神話(これじたい「快い場所」の一ヴァージョンだが)の反響を読み取ってもよいのかもしれない[43]。いずれにせよ、この池でジョージが見つけた魚は、そうした伝統に連なって豊饒のシンボルとして用いられている。ジョージは興奮し、大魚を釣るだけの十分な装備をととのえて翌週にまたそこを訪れようと決意する。ところがいろいろなことがあって、池の鯉の姿はけっして脳裏から消え去ることはないのにもかかわらず、残りの少年期のあいだには彼は結局そこに行かずじまいとなる。一六歳以後、釣りにも縁遠くなる。その池に来る機会が最後に訪れるのは一九一三年、二〇歳の夏のことで、恋人のエルシー・ウォーターズをともなってのことだった。ビンフィールド・ハウスの敷地内のブナ林を抜け、大きな池のほうのほとり、ペパーミントが群生してむせかえるような香りを発しているところに二人は腰をおろす。そのとき、その奥にあるあの秘密の池に行ってふたたび巨大な鯉を目にしたいと思う。その反面、エルシーを抱きたいという衝動にもとらわれていて、彼はしばし葛藤する。一瞬池のほうに行きかけるが、ダーク・グレーのスーツに山高帽という日曜の正装ではやぶをつきぬけることができない。結局それは断念して、エルシーを抱くほうを選ぶのである。これが自分の初めての性体験だったのだと彼は語る(pp. 107–9. 一四五—四七頁)。この求愛場面も『ダフニスとクロエー』からオーウェルより少しあとの『りんご酒をロージーと』[44]にいたる牧歌《パストラル》の伝統にしたがい、その道具立てをふまえ、リリシズムにあふれている。そしてもはや少年ではなくなったジョージは、大きな鯉が満ちているその池を見ることはもはや二度とない[45]。

四五歳のジョージ・ボウリングの数日間にわたる故郷再訪のクライマックスは、旅の三日目(一九三八年六月二〇日)の月曜午後、このビンフィールド・ホールの秘密の池を探し求めるくだりである。すでに三日間の町の散策によって、かつてのロウワー・ビンフィールドの町は無残なまでに変わり果てていることに気づいている。かつては人口二千程度ののどかな田舎町だったのが、いまはガラス工場やコンクリート工場、あるいはレコード工場や靴下工場が建ち、新築まもない安普請の家がえんえんと広がる人口二万五千はありそうな中規模の工業都市に変貌している。「住居、店、映画館、礼拝堂、サッカー場――新品、みんな新品だ。……何もかも新品で、下品なものばかり」(p. 192. 二五〇―五一頁)。穀物・種物商を営んでいた生家は「ウェンディ」というティーショップに変わっている(p. 198. 二五七頁)。町から離れた丘陵にあるビンフィールド・ハウスの館は、いまは精神病院になっていると知らされる。ボウリング一家を覚えている住民は一人も残っていないように見える。町の近郊に軍の飛行場が建設されたため、頭上に爆撃機がよく飛んでいる。通りでは小学生の一段が防空演習をしている。かつては畑だった新興住宅地を歩きながらジョージはこの地域が「郊外で火山の噴火が起きて、埋まってしまったみたいだ」(p. 211. 二七五頁)と思う。また、たまたまかつての恋人エルシーの姿を目撃するが、二五年の歳月をへてその容姿は変わり果てている。あれやこれやで失望、落胆のあまり、ジョージはそこに来てから酒ばかり飲んでいる。それでも、「あの池がまだ残っていて、あの黒い大魚がいまも泳いでいるのかもしれない。いまだに森のなかに隠されていて、あの日から今日までそれがあることをだれも見つけていないのかもしれない」(p. 223. 二九三頁)と思い、気を取り直して、釣り竿をもち車でビンフィールド・ハウスにむかう。その敷地に着いてみると、かつて一人でパイクを釣った大きな池のほうは、周囲の林が取り払われて丸裸にされ、たくさんの子どもたちが舟を浮かべたり水をかきまわしたりして遊んでいる。その周囲もまた新興住宅地として開発されてしまっているのだ。「おれは水際までふらふら歩いていった。……水は死んでいる感じだった。もう魚は一匹もいやしない」(p. 226. 二九六頁)。その場で子どもをながめているひとりの男(この町を「森の町」と呼び、周辺に大自然があってわれわれは理想の原始生活をしているのだと自慢するのを聞きながら、ジョージはこの男がビンフィールド・ハウスから迷い出た患者ではないかと疑うが、そうではなかった)にもうひとつの小さな池について尋ねたところ、そこはゴミ捨て場に使われているのだと言われる。そこに行って自分の目でたしかめて、ジョージは呆然とする。「そうだ、ここだ。たしかにおれの池だった。連中は水を抜いてしまったんだ。深さ二、三〇フィートのでかい丸穴がばかでかい井戸みたいにあいていた。すでに空き缶が半分つまっていた」(p. 229. 三〇〇頁)。車で丘を下って町にもどる途中、彼はつくづくとこう思う。

過去にもどるなんて考えとはおさらばだ。少年時代の場所にもういちど行ってみたところで、なんの役に立つっていうんだい? そんなもんありゃしないんだから。空気をもとめてか! だけど空気なんてありゃしない。おれたちが詰め込まれているゴミ箱は成層圏まで広がっているのさ。(p. 230. 三〇二頁)

そして、ジョージの幻滅にとどめを刺すように、故郷訪問の最後の日(六月二一日)の朝、ロウアー・ビンフィールドの町に突然爆弾が落ちる。

ドカーン、バーン！
最後の審判の日みたいな音、それから一トン分の石炭をトタン板にぶちまけたような音。煉瓦が崩れたのだ。おれは舗道に体が溶け込んでしまうような気がした。「はじまった」とおれは思った。「思ったとおりだ！　ヒトラーのやつ、待ちきれなくなったんだ。警告なしで爆撃機を送り込みやがった」(p. 233. 三〇七頁)

だがそれは誤解で、イギリス空軍による演習中の誤爆だったことがすぐにわかる。しかしこの一発の爆弾は、かつてジョージの伯父の店があった地域に落ち、八百屋の店を跡形もなく吹き飛ばし、八百屋の主人をふくめ三人を殺してしまった。現場を見に行ったジョージは、瓦礫《がれき》の山のなかに人間の足が――「ズボンをはき、ウッドミルン社のゴム底の靴をはいたまま」(pp. 235-36. 三一〇頁)という生々しい足が――一本ころがっているのを目にする。当初は一週間滞在するつもりでいたのだが、これでもう予定を切り上げて家にもどることに決める。ホテルをチェックアウトし、一路ロンドンにむかう車中で、ジョージはこんなふうに後悔する。

おれたちはこの先どうなるんだ？　ほんとうは万事休すなのか？　昔のようなくらしにもどれるのか、それともそれは永久に失われたのか？――おれはそんな疑問を頭にかかえてロウアー・ビンフィールドにやってきたんだ。そうさ、答えはわかった。昔のくらしは終わっていて、そんなものを探し求めるのは時間の無駄にすぎないってことさ。ロウアー・ビンフィールドにもどるすべなんかない。ヨナを鯨のなかにもどすことはできやしない。……これまでの長いあいだ、ロウアー・ビンフィールドはおれの頭のどこかにしまいこまれていた。その気になればいつでももどれる静かな片隅みたいなものとしてね。そしてついにもどってきてみたら、そんなものはないってことに気づいた。おれは自分の夢に手榴弾をぶちこんだんだ。命中しないとまずいってんで、イギリス空軍がついてきて、そこに五百ポンドのTNT火薬をぶちまけてくれたって寸法だ。（p. 238. 三一二―一三頁）

林の中の閉ざされた園にある池での魚釣りが「大戦前」の静謐で安定した持続的なくらしを象徴する行為として示されるのと対照的に、爆弾のイメージは物語の最初から迫り来る戦争へのジョージの不安の象徴としてくりかえしあらわれてくるのであり[46]、それが最終的には故郷の町にほんとうに落ちてきて、ジョージの夢を粉々に砕いてしまう。

それでは、この物語が教訓として述べているのは、クリックが示唆したように、過去への郷愁的感情は同時代のアクチュアルな状況にコミットする妨げとなり、そうしたノスタルジア病からの脱出が肝心なことだ、ということなのだろうか。そうした後ろむきの姿勢を克服することによって、ジョージが属する階級の人びとは「積極的で明確な政治的役割」をはたすことができるようになる、ということなのだろうか。ロウアー・ビンフィールドの街角で防空演習にはげむ小学生たちが掲げる「イギリス人よ、準備せよ！」だとか「われわれは準備完了。きみはどうだ」(p. 209. 二七三―七四頁)というスローガンにしたがって、来るべき戦争に備えよということか。

ジョージが語るはなしの理屈だけで判断するかぎりでは、右の引用にもはっきり表明されているように、過度のノスタルジアへの「自己批判」という側面はたしかにある。じっさい、右の言葉につづけて、ジョージは「ロウアー・ビンフィールドでの〔この四日間の〕滞在が自分に教えたこと」は、「爆弾、配給の行列、ゴムの棍棒〔拷問用〕、鉄条網、色シャツ〔ファシストの制服〕、スローガン、〔ポスターに描かれた独裁者の〕ばかでかい顔、寝室の窓から乱射される機関銃」といったものからなる近未来が確実に迫っていることなのだと言う。「逃れようはないんだ。何なら戦ってみるもよし、目をそむけて気づかぬふりをするもよし、さもなきゃ、他の連中と一緒になって、スパナをつかみ、顔をたたきつぶしにでかけるのもよし。だけど逃げ道はなしだ。どうしたって避けられないことなんだから」(p. 238. 三一三―一四頁)。ここだけをとると、故郷をあとにしてのジョージの結論は、無益な過去への郷愁的感情を捨てて、『一九八四年』の物語世界に連なる暗い未来図の不可避性を自覚せよという、黙示録的な主張であると感じられる。

しかしながら、これにしても、語りの仕掛けのほうを考察してみるならば、そうした主張に加えて、別の見方も浮かび上がってくる。物語の最後の第四部での故郷再訪の幻滅のはなしは、第二部の回想場面で微に入り細にわたって甘美に語られる描写をつぎからつぎへと突き崩すかたちで進む。過去と現在の落差は甚大で、変貌のディテールを、これでもかこれでもかとばかりに徹底的に誇張して伝え、それにしたがって、甘美な追憶のひとこまひとこまが次々と無化されてゆく。このパターンの執拗なまでのくりかえしは、ドタバタ喜劇(スラップスティック・コメディ)やコミック漫画(カリカチュア)のやり口であり、ジョージのコントラストの手法はその応用なのである。これもまた、「ミュージック・ホールの声」の持ち主にはふさわしいものだと言える。昔の恋人エルシーの美貌を覚えているジョージが四半世紀をへて対面した現在の彼女をながめて、その容姿を対比的に語る場面で用いる誇張表現など、強烈すぎて引用するのも恐ろしいくらいである。太ったジョージは人の姿格好についてとやかく言えた義理ではないのだが、「自分には少なくとも体型というものがある」(at least I'm *a* shape)と自負するのに対して、

「彼女の場合はそもそも体型というものが失せてしまってた」(she was merely shapeless)などと言うのだ(p. 287. 二八四頁)。この誇張にはグロテスクの要素が加わっている。これもまたカリカチュアの伝統に連なるものでもある。

物語の大まかな枠組みを見るならば、妻子持ちの太った中年男がへそくりをして、妻に出張と偽って数日間家を空けるが、妻は抜け目なく夫の偽《にせ》のアリバイを見破り、帰宅した夫を問いつめる、という筋書きになる。夫はへそくりを享楽(酒、煙草、女)に使うか、精神的慰安(故郷再訪)に使うか悩んだ末に後者をとったのだが、妻には後者の可能性は信じられず、夫の浮気を確信している。夫はこれに対処するために三つの選択肢を考える。

A――おれがほんとうにやってきたことをかみさんに話して、なんとか信じてもらう。

B――忘れたよ、という知らぬ存ぜぬの古い手を使う。

C――女だったと思わせておいて、観念してひどい仕打ちを受ける。

だが、ちくしょうめ！　どの道をとるかなんてわかりきってるじゃないか。

(p. 246. 三二八頁)

これが物語の結びである。(47) 役に立たぬ選択肢をわざわざ持ち出しているのが夫の動転ぶりをよく伝え(なにしろCの道しかないのだから)、くだらなくておかしい。こんなオチで最後に笑いをとって終わっているということに注意したい。この夫婦の力関係も大衆喜劇、あるいはカリカチュアの定型をふまえていることに気づく。とりわけ連想するのは、ドナルド・マッギルの漫画絵葉書である。オーウェルはマッギルの漫画を論じたエッセイで、家庭生活が描かれる場合、「セックスのつぎには、尻に敷かれた亭主というのがよく好まれるジョークである」とし、そこでの約束事として、「幸福な結婚などというものはない」というのと「議論では男が女に勝てるためしがない」という二点を挙げている。(48) また、「結婚で得をするのは女ばかり。男はみんな女を誘惑しようと狙っており、女はみんな結婚しようと狙っている。……あつあつの新婚夫婦は、つぎにはこわい顔の妻と、くちひげを生やした赤鼻の不格好な(shapeless)夫としてふたたび登場するが、その中間段階はまったく考慮に入れられていない」(49) という約束事もある。第二部第一〇章の回想で人生の大失敗としてヒルダとの結婚を語っているのもほぼこの線に沿っている。「あんたが結婚しているんなら、「いったいおれはなんで結婚なんかしちまったんだろう」と思うことがときどきあるだろう。おれだって、ヒルダについて何度もそう思ったんだ。いままた、一五年をへてあらためて思うよ、いったいなんでまたおれはヒルダと結婚しちまったんだ?」(p. 137. 一八五頁)。マッギルの絵葉書の典型的なもののひ

“Good Heavens! I dreamt I was married!!”

図 3-3　「うわあ！　結婚してる夢を見た！」 ── ドナルド・マッギルの漫画絵葉書より．

とつに、ダブルベッドで寝ていた男女のうちの男のほうがいきなり飛び起きて「うああ！　結婚している夢を見た！」と叫ぶジョークがある（図3-3）。その悪夢の怖さが男のひきつった表情（目を見ひらき、口をあんぐりとあけ、汗がとんでいる）で誇張して描かれている。ジョージもまさしくこの手のマッギルの漫画に出てくるタイプの亭主として造形されていると言えるだろう。自分は妻を殺したいと思うことが何度もあったと彼は打ち明ける。「もちろんほんとうにやるわけじゃないよ。頭のなかで空想して楽しむだけのことなんだ。だいたい、妻殺しってのはいつだってパクられちまうんだから。どんなにうまくアリバイをこしらえても、ホシは亭主だってすっかりばれちゃう。……女がぶっ殺されると、亭主がかならず最初に疑われる――結婚についてみんながほんとうはどう思ってるのか、本音がよくわかるってもんだ」(p. 140. 一八八―八九頁)。

しかし、一週間の予定を早く切りあげて四日で帰宅したのは、爆弾騒ぎが決定的であったにしても、前日の夜にラジオから流れた「奥さんのヒルダ・ボウリングさんが重体です」というSOS(近親者特別呼出)の放送をたまたま耳にして心配になったからということもあったようである。初めは妻の策略だろうと思っていたものの、エルズミア通りに近づくにつれ、ほんとうに妻の容体が悪いのではないかと不安になり、万が一死んでいたらと思うと、身の毛がよだつ思いがする。「じゃあやっぱりヒルダが好きなんだ」という聞き手の問いを先取りして、ジョージは、好きとか嫌いという問題ではなく、いわば妻は自分の身体の一部と化しているので、「ふだんだったらあいつの顔なんか見たくもないんだが、死んだかもしれぬとか考えたら、あるいは苦しんでいるんじゃないかと思っただけでも、おれはぞっとするんだ」(p. 240. 三一七頁)と弁解する。家につくとまっしぐらに安否の確認に行き、妻がぴんぴんしているのを見てほっとして――「まったくおれは喜んでいいのやら、悲しんだらいいのやら、よくわからなかった」(p. 241. 三一九頁)と本人は言うが――、それから浮気と決めつけて怒る恐るべき妻に対する不格好な亭主、といういつもの関係にもどってしめくくられる。オーウェルによれば、マッギルの絵葉書における「口うるさい妻や暴君的な姑〔妻の母〕」というジョークの定型は、じつは「結婚というものが確固としたきずなであり、家庭内の信頼関係が当然のこととされているような、安定した社会の存在を前提にしている」[50]のだという。その意味では、ジョージ・ボウリングの家庭では、なんだかんだ言っても、一九三〇年代イギリスの庶民の、昔ながらの形式の結婚生活が持続的に営まれていると言えるわけである。アイロニーと逆説と韜晦《とうかい》に満ちたこのような語りの仕掛けを考慮に入れないと、家が「牢獄」だというぼやきを真に受けて、主人公は妻も子どもも愛することができず、家庭から疎外された哀れな人物である、といった単線的な読みにおちいってしまうことになる。近代文明批判の書としてきまじめに読むのもかまわないが、これまで検討してきたような語りの構えを解さないでこの小説を論じてしまうと、決定的に抜け落ちるものがある。「爆弾が落ちてくる最中でも、バターの値段のことばかり考えている」(p. 240. 三一七頁)にちがいない妻は、じつは二人の子どもたちと同様に、ジョージにとってはそれなりに大事な心のよりどころなのである――聞き手にそれを指摘されたら、彼はそれを否定するに決まっているのだが。

「おれは死んでる」(I'm dead)と絶望的な認識をジョージは口にする(p. 208. 二七二頁)。だが語りの身ぶりを見ると、その姿勢はけっして倒れようとしないものなのだ――グレイシー・フィールズの歌う「若い老人」セプティマス・ブラウンのように、「死んでる」としても「ダウンしない」のである。「自分の夢に手榴弾をぶちこんだ」と言い、過去の記憶が破壊されたように言うけれども、彼は故郷再訪という冒険の旅から帰還したのちも過去を依然として心の片隅に保持しつづける。ジェフリー・マイヤーズは、「未来といったものが、このように暗い前兆を示しているにもかかわらず、ボウリングは来たるべき大変動に対抗しようとする。心の中に過去を保ちつづけようとするボウリングの生き方がこの恐怖に満ちた現在を生き抜いて行くための強い核になっていて、この本の中で非常に大きな力を読者に伝えるのである」(51)と急所を押さえた指摘をしている。過去への逃避の虚しさがこの本の主題なのではない。身内のなつかしい人びとのみならず、過去のさまざまな事物にはらまれた未知なる他者の声を聴き取って、それを力として非歴史的な現在の圧制に立ちむかう主人公の身ぶりを、ジャンルにおいてマッギルの絵葉書やミュージック・ホールの笑劇に連なる「よい悪書《グッド・バッド・ブック》」のかたちにして描き出したのがこの『空気をもとめて』なのだと私は考える。ロウアー・ビンフィールドに爆弾は落ちたが、過去への郷愁的感情を支えとするジョージ・ボウリングの抵抗精神は、それこそいかなる爆弾も砕くことはできない。そういう希望がこの本には語られているように思う。

（1） テクストはセッカー・アンド・ウォーバーグ社の全集版 *The Complete Works of George Orwell*, 20 vols., edited by Peter Davison (London: Secker & Warburg, 1987–98)（以下、*CW*

あるいは『全集版』と略記する), vol. 7, *Coming Up for Air*)を使用した。本論の引用箇所はそのページ数で示す。引用文のあとにページを算用数字で示し、さらに、邦訳版(『空気をもとめて』大石健太郎訳、彩流社、一九九五年)の該当ページを漢数字で注記する。ただし、引用は拙訳である。なお、'*He's dead, but he won't lie down* / POPULAR SONG' のエピグラフは、初版および選集版(Uniform Edition, 1948)ではいずれもタイトルページ(p. 3)のあとのハーフタイトルのページ(p. 5にこれだけを別個にして印刷されているが、全集版ではタイトルページに組み込まれている。

(2) 'A short quotation of pithy sentence placed at the commencement of a work, a chapter, etc. to indicate the leading idea or sentiment; a motto' (*OED*, 'epigraph, n. 3').

(3) 'O scathful harm, condition of poverte!' Orwell, *Down and Out in Paris and London* (London: Gollancz, 1933; *CW*, vol. 1), titlepage.

(4) 'Answer not a fool according to his folly, lest thou be like unto him. / Answer a fool according to his folly, lest he be wise in his own conceit. / Proverbs, XXVI, 4-5.' Orwell, *Homage to Catalonia* (London: Secker & Warburg, 1938; *CW*, vol. 6), titlepage. 引用は新共同訳(一九八七年)による。

(5) 'This desert inaccessible / Under the shade of melancholy boughs. / *As You Like It*.' Orwell, *Burmese Days* (New York: Harper & Brothers, 1934; *CW*, vol. 2), titlepage.

(6) 'The trivial round, the common task. / *HYMNS A. & M.*' Orwell, *A Clergyman's Daughter* (London: Gollancz, 1935; *CW*, vol. 3), titlepage.

(7) 'Though I speak with the tongues of men and of angels, and have not money....', Orwell, *Keep the Aspidistra Flying* (London: Gollancz, 1936; *CW*, vol. 4), titlepage.

(8) 本書第1章の注(26)を参照。

(9) ジョージ・フォーンビー(George Formby 一九〇四—六一年)はイングランド北西部ランカシャーのウィガン出身で、少年時代は競馬の騎手をしていたが、同名の父(ミュージック・ホールの有名なコメディアン)の死をうけて、その後を継いで一七歳で舞台にデビューした。当初は父の模倣だったものの、次第に自分の持ち味を出してゆき、コメディアン、歌手として大成した。出身のランカシャーなまりをもち、バンジョー・ウクレレの弾き語りによって、きわどい歌詞の歌を歌った(歌声はエノケンこと榎本健一によく似ている)。映画にも多く出演し、一九三四年から四六年までに二〇本の喜劇映画に出ている。

(10) Cf. David Bret, *Gracie Fields: The Authorized Biography* (London: Robson Books, 1995). Peter Gammond, *The Oxford Companion to Popular Music* (Oxford: Oxford University Press, 1991; paperback edn., 1993), p. 189. Donald Clarke (ed.), *The Penguin Encyclopedia of Popular Music* (Harmondsworth: Penguin Books, 1990), p. 414. Phil Hardy & Dave Laing, *The Faber Companion to 20th-Century Popular Music* (London: Faber & Faber, 1990, revised ed., 1995), p. 317.

(11) 『明るい面を見て』はバジル・ディーン(Basil Dean)監督。ウィン・リッチモンド(Wyn Richmond)、ジュリアン・ローズ(Julien Rose)らが共演。フィールズの伝記作者はこう述べている。「グレイシーの最初の映画〔一九三一年公開の *Sing As We Go*〕と同様に、この映画も大ヒットした。不景気と失業で停滞していたイギリスにあって、彼女は、みんなを元気づけるために医者が勧めるような、強壮剤そのものだったからである」Bret, *Gracie Fields*, p. 43.

(12) 'He's dead but he won't lie down' の作詞・作曲はウィル・ヘインズ(Will Haines)、モーリス・ベリスフォード(Maurice Beresford)、ジェイムズ・ハーパー(James Harper)の三人の共作。以下を参照。Roger Lax & Frederick Smith, *The Great Song Thesaurus* (Oxford: Oxford University Press, 1984; 2nd ed. 1989), p. 254. ブレットの『グレイシー・フィールズ伝』に附された「ディスコグラフィ」(pp. 201-33)によれば、一九三〇年代にフィールズが出したシングル・レコードは一五〇枚以上にのぼり、当時の彼女の国内での人気のほどが推測できる。

(13) 音声資料は一九七〇年にロンドンのデッカ・レコードから出されたベスト・アルバム(*The World of Gracie*, Decca SPA82)による。録音状態から察するに、これは一九三二年のシングル・レコードのヴァージョンと同一の(つまりオーウェルが聴いたのとおなじ)ものではないかと思う。歌詞が入手できなかったため、これは筆者自身によるトランスクリプションである。なお、この音声資料は平野敬一先生(一九二四—二〇〇七年)より提供いただいた。

(14) 以下を参照。E・R・クルツィウス『ヨーロッパ文学とラテン中世』南大路振一他訳、一九七一年、一三七頁以下。

(15) ただし、エリック・パートリッジの『キャッチ・フレーズ辞典』での記述によれば、この'He's dead but he won't lie down' という表現そのものは一九一〇年頃から流布していたとのことであり、それは「一般に考えられているように、大きな勇気を意味するものではない。むしろ大きな愚かさを——まったくの常識の欠如を——意味する([The phrase] does not, as one

might suppose, imply great courage: what it implies is great stupidity—a complete lack of common sense)」(Eric Partridge, *A Dictionary of Catch Phrases*[London: Routledge & Kegan Paul, 2nd edition, 1985], p. 61) のだという。とすると、グレイシーの一九三二年の歌は、すでに流通していたそのフレーズを、セプティマス・ブラウンの心的態度を示すものとして、意味をずらして取り込んだものだということになる。

(16) Roger Fowler, *The Language of George Orwell* (London: Macmillan, 1995).

(17) *Ibid.*, p. 150.

(18) *Ibid.*, p. 153.

(19) こういう問いから、語り手が想定する聞き手は男性(それもおそらくジョージと年齢も境遇もそうかけ離れていない男性)であることがはっきりわかる。

(20) 『空気をもとめて』以外のオーウェルの物語作品はいずれも三人称の語りによる。小説の第一作にあたる『ビルマの日々』については、オーウェルは一人称で語ることを試みたが、結局三人称に変えたのだった。Cf. Peter Davison, *George Orwell: A Literary Life* (London: Macmillan, 1996), p. 22.

(21) Fowler, *op. cit.*, p. 155. ボリス・エイヘンバウム「ゴーゴリの『外套』はいかに作られたか」北岡誠司・小平武訳『ロシア・フォルマリズム文学論集 1』水野忠夫編、せりか書房、一九八二年、三〇三頁。

(22) ミハイル・バフチン『ドストエフスキーの詩学』望月哲男・鈴木淳一訳、ちくま学芸文庫、一九九五年、三八六—八七頁。

(23) ミュージック・ホール(すなわち、歌や踊りや喜劇的な出し物を酒を飲みながら見せる労働者むけの娯楽施設、およびその演芸形式)は一九世紀半ばのイギリスに誕生してのち順調に発展し、世紀末から二〇世紀初頭にかけて、ダン・リーノやマリー・ロイドといった大スターを輩出して全盛期を迎えたのだが、第一次大戦をすぎて、映画やラジオ等の大衆メディアの普及もあり、しだいに経営不振となり、第二次大戦後にはほとんど消えてしまった。その衰退期であった一九三〇年代にひときわ光芒を放つ芸人がグレイシー・フィールズとジョージ・フォーンビーだった。映画産業の初期には喜劇映画の主役にミュージック・ホールのスターを使うことがよくあり、この二人も多くの映画に出演して高い興行収益をあげた。

なお、ミュージック・ホールについてのオーウェルの言及は多くはないが、そこには重要な指摘が見られる。たとえば第二次大戦中の一九四〇年に書いた劇評のなかで、しゃれた猥談を得意とする芸人マックス・ミラーの興行をとりあげて、オーウェルはこう書いている。「彼〔マックス・ミラー〕こそは人生のサンチョ・パンサ的な面、真の低俗を専門にしてきたイギリス喜劇人の長い系列に連なるひとりなのだ。これをおこなうには、おそらく気品を表現するよりも大きな才能が必要とされる。リトル・ティッチはその面での名人だった。……彼らが人に与える笑いとは別に、こういう喜劇役者がいることが肝心なのだ。彼らは、われわれの文明において重要な価値のある、しかもある状況の下ではわれわれの文明から抜け落ちてしまうかもしれないあるものを表現している。……マックス・ミラーのような喜劇役者が舞台におり、およそそれと同様な人生観をあらわす〔ドナルド・マッギルの〕漫画絵葉書が書籍文具店のウィンドーに見られるかぎり、イギリスの民衆文化が依然として生き残っているのをわれわれは知るのである」(*Time and Tide*, 7 September, 1940; *CW*, vol. 12, no. 684, p. 253. 強調は原文)。これは「ドナルド・マッギルの芸術」の編者注としてほぼ全文が以下に採録されている。*CEJL*, vol. 2, no. 27, p. 191.『ライオンと一角獣——オーウェル評論集 4』平凡社ライブラリー、一九九五年、一四三—四五頁。引用はこの佐野晃訳を一部修正して使用。強調は原文)。ミュージック・ホール全般については以下を参照。小野二郎「ミュージック・ホール」『紅茶を受皿で』晶文社、一九八一年所収。井野瀬久美恵『大英帝国はミュージック・ホールから』朝日新聞社、一九九〇年。

(24) キース・ウィリアムズのつぎの指摘を参照。「民衆に愛されながらも、民衆を解放したいと欲する大半の知識人には嫌悪されていたフィールズは、一九三〇年代における急進的な文化と民衆文化との事実上越えがたい溝を象徴する存在でもあった。……生き生きとしたフィールズの映画は、まじめなドキュメンタリーによっては不可能な仕方で労働者階級のくらしの実相をよく伝え得ており、それは左翼の多くの批評の足かせになるようなピューリタニズムをまぬがれている」(Keith Williams, *British Writers and the Media, 1930-45* [London: Macmillan, 1996], p. 89)。

(25) ジョージ・ボウリングの「ジョージ」は、「作者の分身」という意味でジョージ・オーウェルという作者名に重ね合わされていると見ることももちろんできる。しかしこのジョージ・オーウェルというペンネームの「ジョージ」じたいが、ジョージ・フォーンビーにちなんだものだという可能性はないだろうか。あいにく確証はないが(そして他のだれもそのような指摘をしているのを知らないが)、エリック・ブレアがこのペンネームの候補を思いついたとき、このウィガン出身の芸人のイメージが作用していたのかもしれぬということは、オーウェルの民衆文化へのまなざしを思いあわせるなら、かなりありうる話ではないかと思うのである。

(26)「トム・ボウリング」(Tom Bowling)はイギリスの劇作家・歌曲作者チャールズ・ディブディン(Charles Dibdin 一七四五―一八一四年)が作った一連の船乗り歌のなかで最も有名な歌。歌詞のさわりは以下のとおり。

ここに、二また起重機船に、かわいそうなトム・ボウリングが横たわる／われら乗組員たちの愛すべき男が。／彼が嵐の音を聞くことはもうないだろう／死が彼をおそったのだから。

Here, a sheer hulk, lies poor Tom Bowling, / The darling of our crew; / No more he'll hear the tempest howling, / For death has broach'd him to.

この歌についてオーウェルは『トリビューン』の連載コラム「気の向くままに」のある回で、「グリーンスリーヴズ」とならんで、「少なくとも最近までレコード化されていなかった」古い民謡や流行歌の一例として言及している。Orwell, 'As I Please', *Tribune*, 29 December 1944; *CW*, vol. 16, 2595, no. 85, p. 507. オーウェル『気の向くままに――同時代批評 1943-1947』小野協一監訳、オーウェル会訳、彩流社、一九九七年、三七二頁。なお、トム・ボウリングという名は、イギリスの作家トバイアス・スモレット(Tobias Smollett 一七二一―七一年)の小説『ロデリック・ランダム』(*Roderick Random* 一七四八年)にも模範的な船乗りの名として出てくる。

(27)「自分自身のなかをのぞきこんでみるならば、あなたはドン・キホーテだろうか、それともサンチョ・パンサだろうか」という問いを、オーウェルは読者にむけて投げかけている。漫画絵葉書を論じた一九四一年発表のエッセイ「ドナルド・マッギルの芸術」のなかでのことだ。その問いに対するオーウェル自身の答えはこうである。

ほぼまちがいなく、われわれはその両方である。われわれの内部には、英雄や聖人になりたいと望む部分が一方にある。だが、もう一方には、安全無事に生きてゆくのがなによりなのだと、はっきり見てとっている、背の低い太っちょがいる。この太っちょは、われわれのなかにいる非公式の自己であり、精神に対して異議申し立てをするお腹の声である。この人物の好みは、安全と心地よい寝床であり、働かぬことであり、たっぷりのビールに「色っぽい」体つきをした女である。この太っちょこそが、われわれの立派な態度を台無しにし、自分第一、妻には不実に、借金は踏み倒せ、などとそそのかしている張本人なのだ。われわれがこの男の意のままになってしまうかどうかは、また別の問題であるが。

(Orwell, 'The Art of Donald McGill', *Horizon*, September 1941; *CW*, vol. 13, no. 850, p. 29.『ライオンと一角獣——オーウェル評論集 4』一三八頁)

既存社会においては、制度の維持のために、このサンチョ・パンサ的人物は片隅に追いやられていて、けっして公的場面に浮かび上ってくることはない——それは、ほとんど万国共通といってよかろう。「社会というものは、つねに、人間から実際に得られるよりも少々多くのものを要求せざるをえないものだ」とオーウェルはさらにつづける。すなわち、既存社会がその構成員に要求するものは、「完璧な規律と自己犠牲」である。勤労にいそしみ、税金納入を怠らず、妻をけっして裏切らぬこと、さらには、男が祖国のために戦場で死ぬのは最高の栄誉なのだということ、つまり英雄となり、聖人となるべきだということ――そのような仮定をもとにして、あらゆる公式文書はできあがっている。「戦闘前の将軍の声明、総統や首相の演説、パブリック・スクールや左翼政党の団結の歌、国歌、禁酒運動の小冊子、賭博と避妊を禁ずる法王の回勅や説教」など、すべて、「完璧な規律」への絶対的従属と「自己犠牲」の精神が暗黙の前提とされて、高尚な文句が唱えられている。こうした公式的な意見の背後に、それを嘲笑する一般庶民のコーラスが聞きとれるような気もするが、嘲笑しようなどという「低級」な欲求は、通常、抑えこまれてしまっている。けれども、「人のなかにあるもうひとつの要素、つまり、われわれのだれしもが自己のなかにもつ、怠惰で、臆病で、借金を踏み倒し、間男をする例の男を完全に抑圧してしまうことはできぬし、時にはその男の声に耳を傾けてやる必要がある」(*Ibid.*, 29. 同書、一四〇―四一頁)。空の高みを飛翔する高邁《こうまい》なドン・キホーテ的精神とは質を異にする、「地をはう虫の目から見た人生の眺望(the worm's-eye view of life)」(*ibid.*, p. 30. 同書、一四一頁)もまた必要である。「気高い愚かしさ」(noble folly)だけではだめで、「卑しい英知」(base wisdom)という原理も欠かせないものなのだとオーウェルは主張しているのである(*ibid.*, p. 29. 同書、一三八頁)。

(28)　ロウアー・ビンフィールドを再訪する資金となるへそくりの一七ポンドが競馬であてたものだった(p. 5. 一二頁)、すなわち馬がもたらしてくれた恵みであったというのは意味深長である。馬が前近代的な存在であってもはや時代遅れのものとなっており、進歩主義者にうとまれていることを、馬を愛したオーウェルはたびたび指摘している。それじたいが失われつつある文化を象徴する動物なのであり、それがジョージ・ボウリングの過去への郷愁の旅を可能にしてくれたのだった。本書の第2章第四節を参照。

(29) Orwell, 'As I Please', *Tribune* 28 January 1944; *CW*, vol. 16, no. 2412, p. 81. ジョージ・オーウェル『気の向くままに――同時代批評 1943-1947』(前掲)九三―九四頁。

(30) Orwell, 'Decline of the English Murder', *Tribune* 15 February 1946; *CW*, vol. 18, no. 2900, p. 108.『ライオンと一角獣――オーウェル評論集 4』平凡社ライブラリー、一九九五年、二四五頁。

(31) Orwell, 'Boy's Weeklies', *CW*, vol. 12, no. 598, pp. 57ff.『ライオンと一角獣――オーウェル評論集 4』一四六―二〇〇頁。

(32) Orwell, 'Good Bad Books', *Tribune* 2 November 1945; *CW*, vol. 17, no. 2780, pp. 347-51.『ライオンと一角獣――オーウェル評論集 4』二二三―二三〇頁。

(33) John Mander, *The Writer and Commitment* (London: Secker & Warburg, 1961), p. 73.

(34) たとえば基本的に好意的な評価をしているウドコックでさえ、つぎのように言う。「ジョージ・ボウリングという人物は、普通小説のなかにでてくる人物の枠からはずれている。彼の属する階級と現代という時代を代表する典型として描かれているようでもあるが、ときには作者の代弁者ともいえるような役目を果たし、作者が『ウィガン波止場への道』のなかですでに表明したものと同じ考えをのべたりもする。このことから、批評家が小説作法の規則をたてにとって、この主人公はフランケンシュタイン的怪物であり、各器官がてんでばらばらになっている、とか、この人物の複雑な面をうまく説明するために経歴をいじくった跡が歴然としている、とか指摘しようとおもえば簡単に指摘できる」(George Woodcock, *The Crystal Spirit: A*

Study of George Orwell[Boston: Little, Brown, 1966; revised ed., New York: Schocken Books, 1984], p. 181. ジョージ・ウドコック『オーウェルの全体像——水晶の精神』奥山康治訳、晶文社、一九七二年、二一九頁。引用は奥山訳による)。

(35) Robert Lee, *Orwell's Fiction* (Notre Dame: University of Notre Dame Press, 1969), p. 87.

(36) 第二部第八章でジョージはこう回想している。

その時点で自分が達した精神レベルにぴったり合っているものだから、まさにこいつはおれのために書かれたものだと思えるような本にぶつかることがたまにある。そのひとつがH・G・ウェルズの『ポリー氏の来歴』だったんだ。……この本におれがどれだけ感動したか、あんたには想像もつかないんじゃないかな。田舎町の商店主の息子として生まれ育って、そんな本に出会うなんてね。……ウェルズこそがおれにはいちばん心に残る作家だったんだ。(pp. 125–26. 一六八、一七〇頁)

これについては、あるウェルズ論でつぎのような指摘がなされている。「今日、正直にいって、〔『空気をもとめて』の〕ジョージが『ポリー氏の来歴』の何にそれほど感激したのかを理解することは難しい。おそらく中産下層階級の人間の先行きの暗い逼迫《ひっぱく》した生活ぶりを私小説的に読者に親しく語りかける調子にひかれたのだろう。或いはディケンズが書き残したというかまだ描くことのできなかったスプロール化しつつあるロンドン郊外の住人の哀感が身につまされるように描かれていることに共感したのかもしれない」(橋本槇矩「H・G・ウェルズのバーベリアンとサバービア」佐野晃他『裂けた額縁——H・G・ウェルズの小説の世界』英宝社、一九九三年、二五—二六頁)。ウェルズの『キップス』および『ポリー氏の来歴』と『空気をもとめて』をさらに詳しく比較した論考としては、以下を参照。Richard J. Voorhees, *The Paradox of George Orwell* (West Lafayette, Indiana: Purdue University Press, 1961), pp. 109–10.

(37) Bernard Crick, *George Orwell: A Life* (Secker & Warburg, 1980; Penguin Books, 1982), p. 376. バーナード・クリック『ジョージ・オーウェル——ひとつの生き方』全二巻、河合秀和訳、岩波書店、一九八三年、下巻、八四—八五頁。

(38) たとえば以下のような評がそうである。「彼〔オーウェル〕は一九一四年以前の時代について、あわれなジョージ・ボウリング君とおなじくらいセンティメンタルだ。あわれなジョージ！ いまの世界は彼のような種類の人間には堪えきれないのだ」(John Cogley の評。*Commonweal* 3 February 1950, in Jeffrey Meyers (ed.), *George Orwell: The Critical Heritage*, [London: Routledge & Kegan Paul, 1975], p. 157)。

(39) Peter Buitenhuis and Ira B. Nadel (eds.), *George Orwell: A Reassessment* [London: Macmillan, 1988], p. 185. 同書に収録されているクリックのエッセイ「オーウェルとイギリスの社会主義」('Orwell and English Socialism')でも、ジョージ・ボウリングは「過度のノスタルジアにおちいっていることが妨げになって、なすべきだとおぼろげに感じていることに取りかかれない」(*ibid.*, p. 9; Crick, *Essays on Politics and Literature* [Edinburgh: Edinburgh University Press, 1989], p. 197)と指摘している。

(40) ノスタルジアについてオーウェルは忘れがたい言葉を書き残している。それは『一九八四年』の執筆中に書いた書評(オズバート・シットウェル著『大いなる夜明け』)にふくまれるくだりである。その部分をここに引いておく。

過去への郷愁の念(nostalgic feelings about the past)はその本質からして悪しきものだという考え方が、現在広く行きわたっている。過去の記憶を刻々と抹殺して、現在だけがつづく、その連続のなかに生きるべきであり、仮にも過去について考えるなら、われわれの生活が以前よりもはるかに向上していることを神に感謝するためにのみ考えるべきだ、というわけである。これはどうも私には一種の知的美顔術のように思えるし、その裏にひそむ動機は年をとることへの俗物的な恐怖であるように思える。人間が際限なく発展しつづけることなどできないこと、そしてとくに作家は、若いころの経験を否定したら、自分の遺産を捨て去ることになるということを、肝に銘じるべきである。「戦前」(つまり第一次大戦前)のあの失われた楽園を覚えているというのは、多くの点で大きなマイナスであるが、別の点ではプラスになる。どの世代にも独自の経験があり、また独自の知恵がある。たしかに知性の進歩というのもあって、その結果ある時代の思想が先行の時代より賢明になっていることがはっきり見てとれる場合があるわけだが、そうであっても、「遅れを取らぬ」ようにと無益な努力をするよりは、若くして身につけたヴィジョンに固執したほうが、ずっとよい本が書けそうである。肝心なことは、年相応にふるまうということであり、年相応にふるまうとは、自分の社会的出自について誠実になることである。(Orwell, 'Review of *Great Morning* by Osbert Sitwell', *Adelphi*, July-September 1948; *CW*, vol. 19, no. 3418, p. 397.『水晶の精神——オーウェル評論集 2』平凡社ライブラリー、一九九五年、二八六—八七頁)

オーウェルのノスタルジアについて、アロック・ライはつぎのように指摘している。「オーウェルは一九一〇年を愛した革命論者だとシリル・コナリーは言った。しかしながら、重要なのは、オーウェルが『一九一〇年』を愛したがゆえに革命論者であったということ——じっさい、彼のノスタルジアにはラディカルな推力が備わっていたこと——を見るべきだということである」。そう言ってライは「ノスタルジアのラディカルな可能性《ポテンシャル》」についてのフレドリック・ジェイムスンのこんな主張を引用している。「政治的感情《プレニテュード》としてのノスタルジアがファシズムと結びつくことがひんぱんにあるとしても、ある種のゆたかさの思い出を基礎として、現在に対して激しく執拗に不満をいだく自覚的なノスタルジアというものが、他の動機と同様に革命をうながすひとつの十分な動機になりえぬという理由はない」Alok Rai, *Orwell and the Politics of Despair: A Critical Study of the Writings of George Orwell* (Cambridge: Cambridge University Press, 1988), p. 85. このジェイムスンの言葉は、ヴァルター・ベンヤミンのノスタルジアを論じたエッセイのなかのもの(Fredric Jameson, *Marxism and Form: Twentieth Century Dialectical Theories of Literature*[Princeton, New Jersey: Princeton University Press, 1971], p. 82. フレドリック・ジェイムスン『弁証法的批評の冒険——マルクス主義と形式』荒川幾男・今村仁司・飯田年穂訳、晶文社、一九八〇年)。趣は異なるとはいえ、同時代のベンヤミンのそれと同様に、オーウェルのノスタルジアにもそうした「ラディカルな推力」が備わっていたと私も思う。

　ちなみに、イギリスの社会主義の流れのなかでオーウェルの先人として位置づけられるウィリアム・モリス(一八三四—九六年)の中世へのノスタルジアについても、そのような「ラディカルな可能性」を見ることができる。たとえばモリスの夢物語『ジョン・ボールの夢(*A Dream of John Ball*)』(一八八六―八七年)を見よ(横山千晶訳、晶文社、二〇〇〇年)。

(41)「ゲーム・フィッシング」と「コース・フィッシング」の相違については飯田操『釣りとイギリス人』で以下のように説明されている。

ゲーム(game)は、狩猟における鳥獣と同じくスポーツとして釣られる、主としてサケ科の魚である。これらの魚をフライやスプーンなどの疑似餌で釣るのがゲーム・フィッシングである。もともと、マスを疑似のフライで釣ることから起こったものであり、ゲーム・フィッシングとフライ・フィッシングはほぼ重ねて考えることができる。猟鳥の場合と同様、現在では、多くの場合リヴァー・キーパーと呼ばれる特別の管理人を置いた個人や法人の所有する釣り場で、一定の期間、限られた人たちのスポーツとして楽しまれる釣りである。

これに対して、イギリスの釣りに、コース・フィッシング(coarse-fishing)と呼ばれるものがある。コース・フィッシングの「コース」(coarse)は本来「並の」とか「下品な」という意味の形容詞であり、コース・フィッシュはサケ科以外の雑魚をさす。したがって、「コース・フィッシング」という語は、サケ科以外の雑魚を釣る意味から生まれたと考えられる。しかし、大部分のコース・フィッシングは、餌をつけて釣るベイト・フィッシング(bait-fishing)であり、このような釣りを一級下に見る意味が含まれているようにも思える。つまり、鳥の羽や獣の毛などで巧みに作り上げられた疑似餌を用いる、洗練された、見方によれば気取った釣りであるフライ・フィッシングに対して、ミミズやパンくずなどを使う、ある意味では粗雑な釣りであるという印象が絡まっているように思える。(飯田操『釣りとイギリス人』平凡社、一九九五年、一三四―一三五頁)同書のあとのほうでは、『空気をもとめて』の釣りの記述がそうしたコース・フィッシングを礼賛したものとして紹介されている(二〇七―一一〇頁)。

ついでながら、釣りとオーウェルといえば、両者について生涯にわたって並々ならぬ関心と情熱をいだいていた作家開高健が思い浮かぶのだが、『動物農場』や『一九八四年』などにふれた文章はあるにもかかわらず、オーウェル版『釣魚大全』といった趣もある『空気をもとめて』について彼が言及したことはなかったように思われる(少なくとも、それにふれた文章を私は知らない)。あいにく開高はこの小説に出会い損ねたのであろうと私は推測している。

(42) トポスとしての'locus amoenus'についてはクルツィウス『ヨーロッパ文学とラテン中世』(前掲)の第一〇章「理想的景観」を参照。

(43) Cf. Lee, *op. cit.*, p. 95. David Lodge, *The Modes of Modern Writing* (London: Edward Arnold, 1977, rpt. 1983), pp. 192–93.

(44) 『ダフニスとクロエー』はギリシアの作家ロンゴス(三世紀頃)の牧歌的恋愛小説。松平千秋訳、岩波文庫、一九八七年。『りんご酒をロージーと』(*Cider with Rosie*, 1959)はイングランドのコッツウォルド地方出身の作家ローリー・リー(Laurie Lee 一九一四―九七年)の自伝的作品。徳永順吉訳、ニューカレントインターナショナル、一九九五年。

(45) デイヴィッド・ロッジはこのエピソードをエデンの神話と関連づけてこう分析する。「この話の背後にはエデンの神話のかすかな輪郭をたどることができる。荒れ野の中心にある鯉で一杯の池とは、神聖で無垢な一種の〈楽園〉なのであり、そこから主人公は社会への順応（日曜の正装）とセクシャリティ（エルシー）へと、二重の堕落によって追放されるわけである。その〈楽園〉を（オーウェル的世界では〈贖罪〉などないのだから）彼が取りもどすことはできない」(Lodge, *op. cit.*, p. 193)。

（46）　第一部第三章以降、爆弾のイメージが頻出する。「爆撃機が一機低空飛行していた」(p. 16. 二七頁)。「おかしなことに、爆弾のことが頭からはなれないんだ。むろん、まもなく落ちてくるのはまちがいないんだが」(p. 19. 三一頁)。また、これはすでに引用したくだりだが、第一部第四章のミルク・バー店内での「フランクフルト・ソーセージ」をかじった場面はこう描写されている。「嚙み切るのに、鋸をひくみたいにごりごりやらなけりゃならなかった。そしたら突然ポンときた(And then suddenly—*pop!*)。腐った梨のようにそいつが口んなかで爆発した(The thing *burst* in my mouth like a rotten pear)。……こいつは魚だ。フランクフルト・ソーセージと称していながら、詰め物は魚じゃねえか。……ゴムの皮につつまれた腐った魚。汚物の爆弾が口のなかで爆発しやがった(*Bombs* of filth *bursting* inside your mouth)」(pp. 23–24. 三七—三八頁。強調は引用者)。ここでは「爆弾」と「魚」というこの物語の重要なシンボルが、ジョージ・ボウリングのかじるまがいもののフランクフルト・ソーセージにおいて混ぜ合わされている。これらふたつのシンボルはすでに見たように対極的な価値を有するものなのだが、このような両者の結合によって、物語の早い段階で魚のシンボルにアイロニカルな次元が潜んでいることが暗示されている(cf. Robert Lee, *op. cit.*, pp. 97–98)。その「魚」の「爆弾が口んなかで爆発」したあと、たまらずに外に飛び出したジョージに対して、新聞の売り子がバラバラ殺人事件の続報が載った新聞をつきつけ、「足だよう！　恐ろしい発見だよう！」と売り込む(p. 24. 三七頁)。この「足」は、迫り来る戦争で生じるであろう死傷者を予示するものであり、その意味でそれはロウアー・ビンフィールドに落ちた爆弾の犠牲者の足(p. 235. 三一〇頁)とパラレルをなす。

(47)　小さなことであるが、物語の最後に 'THE END' の文字が見られぬことが注目される。というのも、エッセイ集以外のオーウェルの他の単行本にはすべてそれが記されているからである。一九三九年刊の初版本も、一九四八年刊の選集版(Uniform Edition)も、最終ページに十分なスペースがあるにもかかわらず、'THE END' がない。あえて書き入れなかったとしか思えない。全集版のデイヴィソンの「校訂注」(Textual Note)を参照(p. 255)。推測するに、タイトルページの 'He's dead, but he won't lie down.' というエピグラフがもつ気概に、'The End' の文字は似合わないとオーウェルは思ったのではあるまいか。

ついでながら、『空気をもとめて』でオーウェルはセミコロンを使用しない方針で書いた。選集版の校正を終えてそれをもどす際に、セッカー・アンド・ウォーバーグ社のロジャー・センハウスに宛てた手紙のなかで「ところでこの本にセミコロンがひとつもないことにお気づきですか。当時私はセミコロンが不必要な句読点だと考え、自分のつぎの本はそれなしで書こうと思ったのでした」(一九四七年一〇月二二日付。CW, vol. 19, no. 3290, p. 436)と述べている。なぜか数カ所(おそらく手違いで)セミコロンが入ってしまった箇所もあるが(デイヴィソンの「校訂注」pp. 249-50 を参照)、この方針がたしかにつらぬかれている。ジョージ・ボウリングの「デモティック」な話法を表現するのに、中間的な間合いを示すその句読点を用いずにメリハリを出すという配慮はよく理解できるものである。

(48)　'The Art of Donald McGill', *Horizon*, February 1942; *CW*, vol. 13, no. 850, p. 25.『ライオンと一角獣――オーウェル評論集４』一二五頁。

(49)　*Ibid.*, p. 25. 同書、一二四―一二五頁。

(50)　*Ibid.*, p. 27. 同書、一三三頁。

(51)　Jeffrey Meyers, *A Reader's Guide to George Orwell* (London: Thames and Hudson, 1975). ジェフリー・メイヤーズ『オーウェル入門』大石健太郎・本多英明・吉岡栄一訳、彩流社、一九八七年、一七七頁。引用はこの訳書による。その直後に「無力ではあるが抵抗を続ける者たちが自由な心の奥底に過去を保ち続ける――これが『動物農場』と『一九八四年』においで、オーウェルの主要テーマの一つとなるのである」(一七七頁)という指摘もなされている。

第4章　葉蘭をめぐる冒険

——『葉蘭をそよがせよ』についての一考察

『葉蘭をそよがせよ』（一九三六年）は『ビルマの日々』（一九三四年）『牧師の娘』（一九三五年）に次ぐジョージ・オーウェルの三作目の長編小説にあたる。初版三〇〇〇部（定価七シリング六ペンス）のうち、二五〇〇部が製本され、二二五六部が売れたというから、この時期としてはまずまずの売れ行きだったと言える。(1) しかしオーウェルの著作全体のなかでそれほど評価の高い作品とは言えない。刊行直後の書評でシリル・コナリーは「本書は金銭について書かれているのだが、それにあまりにも取り憑かれたため、芸術作品としての調和を得損なってしまっている」(2) と述べている。またドロシー・ヴァン・ゲントは、米国版刊行直後の書評で「この小説の筋はユーモラスで哀愁に満ちており、また登場人物も愛嬌がある」としながらも、「オーウェルは、少なくともここにおいては、自身の感情と判断を完全に掌握しきれていないと感じられる」(3) と結んでいる。いずれも作家としての技量が十分に発揮されていない作品だとする評価である。

オーウェル自身、この小説について、『牧師の娘』とあわせて否定的に言及している。一九四四年、レナード・ムーア（オーウェルの著作権代理人）がペンギン・ブックスからこの小説を復刊する企画を進めようとしたところ、オーウェルはこう書いた。

ペンギン版の『葉蘭をそよがせよ』のために交渉してくださっているとは存じませんでした。その本を、また『牧師の娘』も、復刻することを私が許可できるとは思えません。どちらもまったくもってひどい本で、絶版になっていたほうがずっとましなのです。……これら二作を復刊させるなど、私には何の益もないでしょう(4)。

さらに、その翌年一九四五年三月には、セッカー・アンド・ウォーバーグ社で企画中のオーウェル選集にこの二作品を加える案に対して、再版を望まぬ旨の返答をしている。そこでは「それらは金目当ての愚かしい代物で、そもそも私は出版するべきではなかったのです(5)」とまで述べている。

これはかなり厳しい自己評価であるが、凡庸な自著を傑作だとうぬぼれる作家の言説と同様に、当然ながらこれも文字どおりに受け取る必要はない。じっさい、エッセイ「なぜ書くか」(一九四六年)のなかで、構想中の『一九八四年』(一九四九年)に言及して「それは失敗になる定めとなっている。すべての本は失敗作なのだ(6)」と述べているように、オーウェルが自作品に課した基準は相当に高いものだった。さらに、『葉蘭をそよがせよ』に関していえば、初版のテクストが著者には不本意なかたちで改変されたものであったという事情がある。すでに校正刷りになっていた段階で、版元のヴィクター・

ゴランツが名誉毀損を恐れて実在する(あるいは実在のものを示唆する)商品名や広告のコピー、地名などの大幅な変更を求め、著者はそれに従わざるをえなかった。出版社によるこの自己検閲が、著者のこの小説に対する自己評価をいっそう低めたということは十分に考えられる。変更前のテクストの状態に極力もどすという方針を取ったテクストは、初版刊行から半世紀をへた一九八七年にピーター・デイヴィソン編の全集版によってようやく陽の目を見た。現行のペンギン版もこの全集版を踏襲しているので、いまでは自己検閲以前のテクストが一般読者に提供されている。その異同については全集版巻末の「本文注」にリストが出ており、(7) ゴランツがいかにクレームを恐れていたかが具体的に示されていて興味深い。

ともあれ、オーウェル自身の厳しい評価があったにせよ、この小説には一九三〇年代半ばのイギリス社会がかかえていた問題が独特な語りによって浮かび上がっている。筆者が目下課題のひとつに据えている両大戦間期のイギリスの文化研究を進める上で、この小説は格好の素材であるように思われる。本稿はこの小説テクストを文化研究の観点から読解する試みである。その際に最も重要な鍵語となるのは、当然ながら、葉蘭(aspidistra)である。

一　「冗談」としての葉蘭

タイトルに使われているのみならず、本文中でもこの葉蘭は頻繁に言及されており、この鉢植えの観葉植物は作品全体のまさに「ライトモチーフ」[8]になっている。

主人公のゴードン・コムストックは「怒れる若者」の一九三〇年代版のような人物として提示される。彼の家柄はイギリスの社会階層のなかでも、「最も陰鬱な階層、中流階級の中、土地を所有しないジェントリー」(p. 39)[9]に属する。祖父の代、つまりヴィクトリア朝に一気に繁栄の波に乗ったものの、その波よりも速く凋落し、一九〇五年生まれのゴードンが知る一家は「奇妙なまでに退屈で、みすぼらしく、生気のない、無能な一族」(p. 40)であった。一二人兄弟だった祖父は一一人の子どもをもうけたが、その一一人は全員あわせて二人しか子どもをもうけていない。それがゴードンとその姉ジュリアということになる。父親は公認会計士として開業したものの、本来自分が望んだ職業でなく親から半ば強制されたものだったということもあり、順調にはいかず、年収が五〇〇ポンドから二〇〇ポンドに落ち込み、一九二二年、ゴードンが一七歳の年に病死している。この一家は没落しながらも中流階級の体面だけは重んじたために、他を犠牲にして長男のゴードンの「教育」のために多額の金をかけ、プレパラトリー・スクール

(富裕階級の子弟が入る初等学校)から「三流」のパブリック・スクールに彼を送る。しかし経済的な実態と裏腹に体裁ばかり取りつくろう一家の体質をゴードンは学校生活をとおしてつねに意識させられ、一六歳のとき、彼はすでに「金の神とその豚のごとき僧侶たちすべて」に敵対する立場にいる。彼は「金に宣戦布告していた」(p. 48)のだった。
　物語の冒頭(時は一九三四年一一月末)でゴードンはロンドン北部の貸本屋の帳場にいる。少し前に、「金の神」に本格的に対決すべく、広告会社のコピーライターという比較的収入のよい仕事を投げ捨てて、書店(古書販売と貸本業を兼ねる)で薄給のアルバイトをしながら詩人として創作にむかっているのだった。住まいはロンドン北西部のウィローベッド・ロードなるぱっとしない通りにある安下宿。歩いて五分のところに悲惨なスラム街があるが、それに比べればここはまともだという。

ウィローベッド・ロードそのものは、しみったれた下層中流階級の品位を保つことがはかられていた。……そのまさに三分の二ほどは、居間《いま》の窓のレースのカーテンのなか、葉蘭の葉がのぞき見をしている上に、銀文字で「アパートメント」と書いた緑のカードがあった。(p. 23)

これは第二章の冒頭部分のくだりであるが、本文中で頻出する「葉蘭」の最初の使用例がここに見える。(10) ウィズビーチ夫人が経営するこの「独身紳士」専門の下宿で、ゴードンは屋根裏の寝室兼居間を一食付きで週二七シリング六ペンスで借りている。この部屋のなかにも葉蘭の鉢が置かれている。ゴードンはこの葉蘭に対して内心敵意をいだいている。

ゴードンがマッチを擦ったとき、草色の鉢のなかの葉蘭に目がとまった。格別にみすぼらしい代物だ。葉は七枚あるだけで、新葉が出る気配はまったくない。ゴードンはこの葉蘭と一種の秘かな反目状態にあった。これを枯らしてしまおうと秘かに試みたことが何度となくあった――水をやらず、茎に煙草の熱い先端をこすりつけ、土に塩を混ぜることさえした。だが、この汚らわしい代物は事実上不滅なのだ。ほとんどどんな状況にあっても、しおれそうな病んだ存在を保つことができる。ゴードンは立ち上がり、灯油のついた指をあえて葉蘭の葉で拭いてみた。(p. 29.)

ゴードンがこれほどまでに敵意をいだく葉蘭とはいかなる意味合いを有するものであろうか。その象徴的な含意を見定めなければならないが、そのためにまず葉蘭という植物そのものの特徴を押さえておく必要がある。

葉蘭はユリ科ハラン属の常緑多年草で、原産地は中国中南部、日本には古い時代に渡来したとされる(ただし鹿児島県の黒島にも自生があるという)。「根茎《こんけい》が地中を横にはって伸び、その節から葉柄《ようへい》を直立して葉をつける。葉柄は長く一〇—二〇センチ、葉身《ようしん》は長さ三〇—五〇センチの長楕円状披針形で、幅八—一五センチ、深緑色で光沢があり、先がとがる」[11]。日陰でよく育ち、一年中葉が青々としているので、庭園に植えられる。日本では葉は生花の材料とするし、また「バラン」の名で料理を盛るのにも用いられてきた(現在ではビニール製の代用品が多いわけだが)。日本や中国では根茎は利尿、強心、去痰、強壮薬として利用される。

この植物がイギリスにもたらされたのはそれほど古くはなかったようである。『オクスフォード英語辞典』(OED)にあたってみると、葉蘭の英語名にあたるaspidistraの初出は一八二二年となっている。ちなみにこの語は本来近代ラテン語で、「盾」を意味するギリシャ語aspisとユリ科の植物の属名istraの合成語だとされる。「盾」はこの植物の葉の形状に由来するわけであろう。さて、OEDのこの語の定義はこうなっている。

> その名称の属の植物。ユリ科に属し、中国と日本が原産。鉢植えでよく育てられ、しばしば退屈な中流階級のリスペクタビリティの象徴とみなされる。
>
> A plant of the genus so called, belonging to the family Liliaceae and native to China and Japan; frequently grown as a pot-plant, and often regarded as a symbol of

dull middle-class respectability.[12]

最後の部分の「〔葉蘭〕はしばしば退屈な中流階級のリスペクタビリティ〔体面、お上品さ〕の象徴とみなされる」という説明は示唆的である。本稿が問題にするオーウェルの小説そのものがおそらくそのイメージ形成に(オーウェルがそれを創出したというのではなかったにせよ)関与したものと思われ、じっさい、OEDが掲げる用例にはこの小説のタイトルがふくまれている。

一八二〇年代初頭、ジョン・ダンパー・パークスなる人物がロンドン・中国間の航海をおこなった。帰国した際に、薔薇、菊、椿などとあわせて持ち帰ったのがイギリスに入った最初の葉蘭だったという。換気の悪い日陰の場所といった悪条件に耐えられる葉蘭はすぐに都市の中流階級の家庭で観葉植物として一般化した。とにかく寒さにも乾燥にも、煙や埃、あるいは悪い土壌にも驚くほど耐久性を有するために、「砲弾の植物」(cannon-ball plant)とか「鋳鉄の植物」(cast-iron plant)というあだ名まで付いた。ヴィクトリア朝の中流階級の家庭のリヴィング・ルームの最も暗い場所にはたいてい葉蘭の鉢が置かれているのが見られる、というほどにまでポピュラーなものになったのである。[13]

それから時代がくだって、第一次世界大戦後の一九二〇年代において葉蘭はすでにお決まりの冗談の種になっていることが確認できる。これについては、中島文雄の『英語の常識』(一九五七年)にこんな紹介がなされている。

はらん(aspidistra)と呼ばれる特異な植物、その起源と繁殖方法はわれわれの窺い知りえざるところであるが、これは郊外の住宅で盛んに育ち、甚だ頑健で駱駝《らくだ》の如く長い間水無しでやって行ける。例えば一家が休暇で不在の時など。それは死ぬだけの精神をも持たないのである。しかし一つの英国的笑種としての地位を見出した。(14)

このくだりの種本になっているのはM・V・ヒューズの英国文化を主題にした一九二七年刊行の書物『英国について』(*About England*)である。中島が依拠したと思われる原文は以下のとおり。

A peculiar plant, called an aspidistra, whose origin and means of propagation are hidden from us, thrives in suburban villas, and is so hardy that it can go, like a camel, for long periods without water, as for instance when the family is on holiday.(15) It has not the spirit even to die. But it has found a status as a national jest.

両者を比べると中島が自著でヒューズの説明をほぼそのまま引き写していることがわ

かるが、私の指摘したいのはべつにむかしの英文学者のおおらかな執筆の流儀のことではない。一九二〇年代においてすでに葉蘭が「国民的な冗談」(national jest)として定着しているという証言がここに記されているわけであり、オーウェルが一九三〇年代半ばに自分の小説の鍵となるシンボルとしてこの「冗談」の種を用い、タイトルにまでふくめていること――この事実に注意をうながしたいのである。ついでながら、中島のいう「他国人には分りにくい英国の standing joke」[16]として、ヒューズの前掲の本のなかではさらに地名としてのウィガンも冗談のひとつに加えられている。[17]言うまでもなく、ウィガンとはオーウェルが『葉蘭をそよがせよ』を書きあげたあと、ルポルタージュ執筆の調査のために一九三六年に訪れた炭鉱町であり、そのルポルタージュのタイトルは、『ウィガン波止場への道』(一九三七年)というのだった。オーウェル自身が説明しているように、「ウィガン波止場」というフレーズそのものが当時のミュージック・ホールの「お決まりの冗談」だったのである。[18]このように、オーウェルの複数の著作のタイトルに「冗談」がふくまれているという事実は、記憶にとどめておくに値する情報であるように私には思われる。

二　貸本屋の人びと

『葉蘭をそよがせよ』の第一章はゴードンが店員をつとめるロンドン北部の書店が舞台で、ショーウィンドーからながめられる戸外の情景(とくに商品広告のポスター)と、そこに出入りする何人かの客がゴードンの視点から描かれる。貸本コーナー(「保証金なしの二ペンス」で一冊借りられる)は八〇〇冊ほどの小説が部屋の三方を天井まで埋め尽くしている。本はアルファベット順に並んでいる。そこで語り手が列挙する作家名は「アーレン、バローズ、ディーピング、デル、フランコー、ゴールズワージー、ギブズ、プリーストリー、サパー、ウォルポール」(p.3)となっている。(19) いずれも当時よく読まれた作品ながら、微妙に異種混淆《こんこう》的なこのリストそのものが(少なくともこれらの名前になじんでいる同時代の読者の)笑いをとるような仕掛けになっていると言えるが、それは同時にこの直後にくりひろげられる異なる階層の客とゴードンとの珍妙なやりとりの導入にもなっている。

その貸本コーナーに常連客の二人の女性が同時に入ってくる。「中流階級の中」(middle-middle class)に属するペン夫人と、「下層階級の女性」(lower-class woman)のウィーヴァー夫人の二人である。両者の読書趣味は対照的で、「ロウブラウ」であるウィーヴァー夫人はデルの小説『銀婚式』(一九三一年)を返却し、娘が勧めるディーピングか娘の亭主が好むバローズかと迷ったあげく、またデルの『鷲の道』(一九一二年)を借りてゆく。他方、ペン夫人はゴールズワージーの『フォーサイト・サガ』(一九一六―二一年)を自分が「ハイブラウ」であるのを顕示するために表紙が見えるようにかかえつつ返却に来て、ウォルポールの『悪漢ヘリーズ』(一九三〇年)を借りてゆく。その本選びのときにペン夫人はゴードンを相手に、ゴールズワージー、プリーストリー、ウォルポールといった、「ハイブラウ」むきだと信じる作家を絶賛し、ウィーヴァー夫人がデルの名前を出したときにゴードンに目配せして軽蔑の念を示す。

ウィーヴァー夫人の背後で彼女はゴードンにむかって微笑んだ。ハイブラウがハイブラウにするように。デルですって！　なんてお下劣！　この下層階級の読む本といったら！　おっしゃるとおり、というふうに彼は微笑みを返した。彼らは貸本コーナーのほうに入った。ハイブラウがハイブラウにする微笑みを浮かべながら。

(p.9)

このくだりでは「中流階級の中」であるペン夫人も、「より下の階級」のウィーヴァー夫人と同様に戯画化されている。前者も、作家談義の空疎な言辞によって「ハイブラウ」を気どるスノビズムが愚かしいものとして描かれているのである。とはいえ、ここでゴードンの視点から描かれた「下層階級」の読書趣味への皮肉は、ひときわ辛辣である。

デル、バローズ、ディーピング——これらの作家名はおよそ八〇年をへた現在ではほとんど忘却の淵に沈んだと言えるが、いずれも当時の流行作家だった。ここで関連してくるのがQ・D・リーヴィスの『小説と読者層』(一九三二年)での議論である。「二〇世紀の英国では、万人が読めるというだけでなく、万人がじっさいに読書をしていると付け加えても過言ではない(20)」という印象的な書き出しではじまるリーヴィスのこの出世作は、一九世紀後半以来の初等教育の普及にともなってイギリス国民の識字率が飛躍的に伸びた結果としての、読書の大衆化の問題を社会学的なアプローチを援用して考察したものであった。彼女にとって読者層の増大はかならずしも歓迎すべき事態ではない。むしろ新聞ジャーナリズム、ラジオや映画などの新興メディアの悪影響をこうむって、読書趣味は低俗化した。当代のベストセラー小説は大衆の悪趣味に迎合し、またそれを助長している。そこで駆使されるイディオムは粗雑で幼稚なものになっているばかりでない。ジャーナリズムの受け売りにすぎない紋切り型の思考を示すフレーズやクリシェをまき散らしていて有害である。これは現代文明の衰退を示すものにほかならない——大まかにいえばそのような論調でリーヴィスは警鐘を鳴らしているわけであるが、そこで具体的に検証されるのが上記のバロウズやディーピングといったベストセラー作家の小説群なのである。貸本屋、鉄道駅のキオスクなどで消費されるこれらの「低俗」な読み物の悪影響に抗って、「マイノリティ」(すなわち知的エリート)は何らかの手だてを講じる必要があると説くが、リーヴィスのいだく今後の見込みは悲観的なものである。

『葉蘭をそよがせよ』における大衆小説の言及とそれを享受する人びとの戯画化は上記のQ・D・リーヴィスの論調と重なる部分がたしかにある。少なくとも「金の神」の掟に抗いつづける期間の(それがこのテクストの大半を占めるわけだが)ゴードン・コムストックは、現代社会の堕落を示すそうした文化商品を拒否し、「マイノリティ」に属するひとりの知識人として高踏的な詩の創作をめざすのである。物語の後半、飲酒事件を起こしたことが書店主のマケクニー氏の知るところとなって、ゴードンはこの書店を解雇されてしまうが、上流階級の友人ラヴェルストンの斡旋でロンドン南部の貧民街でふたたび貸本屋の店員の職につく。その「二ペンス文庫」を一目見て、ゴードンはそこが前の貸本屋よりもさらに低級なものだと知る。

〔前の勤め先の〕マケクニーの貸本屋は比較的ハイブラウだった。落ちてもせいぜいデルどまりだったし、ロレンスやハクスリーの本だってあった。だがここは、ロンドン中にわき出ていて、あえて無教養の層を狙った(「キノコ文庫」などと呼ばれる)安手の悪しき小貸本屋のひとつだった。この手の貸本屋では、書評にとりあげられる本だとか、教養のある人が聞いたことのあるような本は一冊もない。ここの本は、特別な下層の会社によって出版され、三文文士が年に四冊のペースで、ソーセージ同様に機械的に、またそれよりずっと技をかけずにつくりだしたものだ。……チーズマン氏は「本の注文」というが、それは石炭を一トン注文するような口ぶりだ。五〇〇〇冊のとりどりのタイトルからはじめるつもりだと彼は言った。棚はすでにいくつかのセクションで区切られていた——「セックス」、「犯罪」、「ワイルド・ウェスト」といった具合である。(p. 225)

ここには支配体制の永続化に資する「愚民化」の装置としての大衆文化というモチーフが語られている。これは『一九八四年』で描かれた文化戦略としての「大衆文化」の散布というテーマを予告していると言えるかもしれない。オセアニア国の支配体制においては、歴史性を帯びた文化的産物を所持することが重罪となる反面、プロール階級にむけて「スポーツ、犯罪、星占い以外にはほとんど何も載っていないくだらぬ新聞、扇情的な五セント小説、セックスばかりの映画、そして作詞機という名の特殊な万華鏡のごとき機械によってまったく自動的に作られるセンティメンタルな歌謡曲」[21]が製造されている。右の引用で語られているような一九三〇年代に増殖しつつあった「二ペンス文庫」も、ゴードンの目から見れば「金の神」の支配の土台をいっそう堅固にせんとはかる文化戦略の一装置として機能している。

語りのこの時点で、同時代の文化全般についてのゴードン・コムストックの評価と将来的展望は陰鬱なものである。頻出する爆弾のイメージに示されるように、カタストロフィを望むねじれた強迫観念にとりつかれている。しかしながら、そうした過剰なペシミズムを脱却する主人公の成長のありさまというのがこの小説の主眼なのであって、それが葉蘭に対する彼の態度の変化によって象徴的に示されることになる。そこでこの植物にふたたび話をもどさなければならない。

三　葉蘭とディーセンシー

第一節で確認したように、すでに一九二〇年代には葉蘭は「国民的な冗談」の定番のひとつとなっていた。それが『葉蘭をそよがせよ』では、ロウアー・ミドルすなわち下層中流階級の持ち物として戯画化されている。前節で引いたゴードンの安下宿のあるウィローベッド・ロードの描写では、この通りが「一種のけちくさい下層中流階級のディーセンシー」(p. 23)を有していて、この界隈の多くの家で窓辺に葉蘭の鉢が見られる。ゴードンの下宿の部屋にある鉢はすでに見た。下宿の二階の食堂にはさらに多くの鉢があってゴードンが正確に数えられないほどだ。サイドボードの上、床、補助テーブル、さらに窓辺の台にも葉蘭の鉢が置かれ、光をさえぎっている。薄暗がりのなかでまわり中が葉蘭だらけで、「どこか陽が射さない水槽のなかで、水草のわびしい葉に囲まれているような気分」(p. 30)になる。自室にもどって、この詩人は書き出したばかりの野心作『ロンドンの歓び』を苦吟するが遅々として進まない。深夜になり、通りを過ぎる車のヘッドライトが「アガメムノンの剣」のような葉蘭のシルエットをつくる(p. 38)。

こうした葉蘭の描写としばしば対になって出てくるのが「ディーセンシー」(decency)(およびその形容詞形の「ディーセント」(decent))という語である。周知のようにこの語はオーウェルの著作全般にわたるキーワードとも言えるものであり、とりわけ一連のエッセイに見られるように、通常はポジティヴな感情価値を付与して用いられる。その場合は、「人間らしさ」「品位」「まっとうさ」といった訳語を当てることができる。ところが、「金の神の掟」に反逆しているあいだのゴードンにとっては、この語は「リスペクタビリティ」と重なり合う意味内容を有し、いわば葉蘭を愛好する「お上品」で俗悪な中流階級のメンタリティを示すものとして否定的にとらえられているのである。第一〇章冒頭のくだり、飲酒酩酊で事件を起こしてマッケクニーの書店をクビになったあと、ゴードンはロンドン南部ランベスの貧民街の屋根裏部屋に転居している。

以前は彼は金の掟に対して戦っていたのだが、それでもディーセンシーのみじめな残滓《ざんし》にしがみついていた。だがいまは、彼が逃げたかったのはまさしくディーセンシーからなのだった。下へ、下へと、もはやディーセンシーなど問題ではないような世界へと、下っていきたかったのだ。(p. 227)

このように、「反逆者」としてのゴードンは自分自身を「下へ、下へ」と追いつめてゆくのだが、その際に「ディーセンシー」なるものは邪魔となる。この貧しい部屋にさえ葉蘭の鉢が備え付けられている。ある夜、暖房のない寒い部屋でぼろの布団にくるまって寝ている場面で、その葉蘭がすでに一週間前に枯れてしまっていたという記述がある。

葉蘭は一週間前に枯れ、鉢のなかで直立したまましおれていた。……こうして彼、ゴードン・コムストックは、スラム街の屋根裏部屋で、お粗末なベッドに横たわっていた。両の靴下からは足が飛び出していて、持ち金はわずか一シリング四ペンス。三〇年を生きてきて、何も、何ひとつなしとげなかった！　たしかに、いま、彼にはもう救いの見込みはなくなったのだろうか？　たしかに、彼らがどうつとめようとも、このような穴から彼を引き出してやることはできないのではないか？　彼は

泥にいたりたかった――そう、これが泥だ、そうではないだろうか？ (p. 245)

これがゴードンの陥った最底辺ということになる。みずから追い込んだ地点であるとはいえ、この時点での葉蘭と「ディーセンシー」に対する彼の「勝利」の味は苦々しい。しかし没落した「中流階級の中」の出自と屈辱的な学校体験に由来するコンプレックスの表出としてのゴードンの観念的な反逆精神をまったく共有しない恋人ローズマリーが介入してくることによって、ゴードンは考えを変えることになる。象徴的にも、第一〇章で枯れてしまったと書かれた葉蘭は、じつはまだ生きていた。第一一章冒頭、春が来て、その葉蘭は若葉を出しているのだ。「葉蘭は、結局のところ、枯れてはいなかったことがわかった。しおれた葉は落ちてしまったが、根本の近くに、二枚の退屈な緑の新芽が出ていたのだ」(p. 249)。ローズマリーの妊娠の知らせを受けて、ゴードンは結婚と広告会社への復帰を決意する。

物語中でゴードンはロンドンの町中をよく歩き、思索にふける。この点ではつぎの小説『空気をもとめて』(一九三九年)と共通する「街あるきもの」(22)という特徴を有していると言える。その「街あるき」の最後のくだりが「変心」の直後に出てくる。彼が歩いている見知らぬ通りは、みすぼらしい古い家屋が立ちならんでいる。ほとんどが貸間になっている。煙で黒ずんだ煉瓦。白く塗った階段。薄汚れたレースのカーテン。半分ほどの窓に「アパートメント」という札がかかり、ほぼすべてに葉蘭がある。「典型的な下層中流階級の通り」である。しかし――とゴードンの心中が語られる――「全体としては、爆弾で粉微塵に吹き飛ばされてしまったらよいと彼が思うような通りではなかった」(p. 267)。つづけて記述されるゴードンの想念は、『一九八四年』における洗濯をする「プロール」の女性を見た主人公ウィンストン・スミスのそれと重なるような、「オーウェル節」と呼んでもよいようなものである。

彼はこのような家々に住む人びとのことを思った。彼らは、たとえば小事務員、店員、巡回販売員、保険の勧誘人、市電の車掌だろう。金が糸を引くときに踊る操り人形にすぎないことを、連中は知っているのだろうか？　知らないに決まっている。そしてそれを知ったとして、いったいなにを気にするだろう？　彼らは生まれ、結婚し、子どもをもうけ、働き、死ぬことであまりにも忙しい。自分自身が彼らのひとりであること、この凡俗の衆の一員であると感じることは、なんとかそう感じることができるのであれば、悪いことではないのかもしれない。われわれの文明は貪欲さと恐怖にもとづいている。だが庶民のくらしのなかで、その貪欲さと恐怖が不思議なことに何かもっと高貴なものへとかたちを変えてしまう。あのなかの下層中流階級の人びと、レースのカーテンの背後で、子どもをもち、がらくたの家具と葉

> 蘭とともにいる彼らは、金の掟によって生きている、それはまあたしかだ。けれども、おのれのまっとうさ《ディーセンシー》を保つことをしおおせているのだ。彼らが解釈する金の掟とは、単なる冷笑的なものだとかブタのごとく不潔なものではない。彼らには彼らなりの基準がある、侵すべからざる道義心がある。彼らは「品位を保って」いる――葉蘭をそよがせているのだ。それに、彼らは生きている。人生のしがらみにとらわれている。彼らは子どもをもうけるが、それは聖人だとか、魂の救済者だとかが、どうあってもけっしてはたさぬことなのだ。
> 葉蘭は生命の木だ、と彼はふと思った。(pp. 267–68. 強調は原文)

現代文明の貪欲さと恐怖とをはるかに高貴なものに変容させてしまう庶民の不思議な力への賛美がここでなされている。ロウアー・ミドルの生活力への共感と、その生き方に連なろうとするゴードンの決意あるいは回心は、同時に詩人＝反逆者としての自己を断念することでもあった。彼は長く創作に打ち込んできた詩『ロンドンの歓び』の原稿を下水に投げすてる。おりしも近くの家の窓には葉蘭が見える。「汝は勝てり、おお、葉蘭よ！」(p. 269)と、ゴードンの葉蘭への「敗北」が語られる。詩人としての断念をともなうものであるとはいえ、前章の「勝利」の苦さと逆に、ここでは葉蘭をめぐる冒険のはてに「ディーセンシー」という「いわば下からの自律的な道徳律」をつかみとったゴードンの再生の喜びがある。「ディーセントなくらし」の可能性を否定する「過激なペシミズム」[23]を回避できた解放感がある。ローズマリーと結婚したゴードンは、当然のように新居のアパートに葉蘭を置くことになる(p. 276)。

四　「世界でいちばん大きな葉蘭」

『オクスフォード英語辞典』の'aspidistra'の定義に「退屈な中流階級のリスペクタビリティの象徴」とあるのはすでに見たとおりだが、このシンボリズムは、「冗談の種」としても時代がかったものであって、いまとなってはノスタルジックに回顧されるものであるということは指摘しておくべきであろう。イギリスの家庭で愛でる観葉植物はいまでは多様化し、葉蘭へのかつての熱狂は過去の話となっているのである。じっさい、一九八四年に刊行された『ノスタルジアＡＢＣ』という本は副題に「葉蘭からズートスーツまで(From Aspidistras to Zoot Suits)」とあって、この時点で葉蘭が郷愁を誘う事物になっていたことを示唆している[24]。

そうした葉蘭へのノスタルジアの一部をなすものとして、二〇世紀前半のイギリスを代表する人気歌手グレイシー・フィールズ(一八九八―一九七九年)のヒット曲「世界でいちばん大きな葉蘭」(The Biggest Aspidistra in the World, 1939)を欠かすことはできない。

その一番の歌詞を以下に引いておく。[25]

何年ものあいだ、家《うち》に鉢植えの葉蘭があったの、
広間の帽子立てのそば、飾り棚の上。
どうも大きくならないわ、それである日、ジョー兄さんが
丈夫でのっぽにしてやろうと考えた。
オークの木のドングリと掛け合わせて、
庭の塀のところに植えてみた。
ぐんぐん伸びたわ、打ち上げ花火みたいに、しまいに天に届きそう。
世界でいちばん大きな葉蘭。
てっぺんが見えやしない。それくらい高く咲いたわ。
世界でいちばん大きな葉蘭。

For years we had an aspidistra in a flower pot
On the whatnot, near the hatstand in the hall.
It didn't seem to grow, till one day our Brother Joe
Had a notion that he'd make it strong and tall.

So he crossed it with an acorn from an oak tree,
And he planted it against the garden wall.
It shot up like a rocket till it nearly reached the sky.
It's the biggest aspidistra in the world.
We couldn't see the top of it; it got so blooming high.
It's the biggest aspidistra in the world.

葉蘭の鉢が元気がないので、オークの木のドングリと掛け合わせて庭に植えた結果、それは天に届くほどぐんぐん伸びて「世界でいちばん大きな葉蘭」になったというわけである。このあと、父親がパブで酔った勢いで葉蘭の上で「類人猿ターザン」ごっこをして遊びまわったり、盛りのついた猫がそこで騒ぐのを犬が喜んで見ていたり、老いてきた葉蘭にギネス・ビールをかけて元気づけたりし、ついにはあまりに大きくなりすぎて飛行機が上空を飛ぶ邪魔になるというので、結局切り取って薪にしてしまうという落ちになる。

芸の幅が広いグレイシーの歌のなかで、これはコミック・ソングの部類に入る。その荒唐無稽な歌詞といい、リフレインの節まわしといい(特有の英国北部なまりで、hの音もたいてい抜かして歌われる)、この曲に先立つ「彼は死んでる、けれどダウンしない(He's

図 4-1 「なあ，丈夫だろう？」——ネップ画『デイリー・メイル』1941 年 5 月 7 日号より．

dead but he won't lie down)」(一九三二年)と共通するような味わいがある。そしてこの「彼は死んでる、けれどダウンしない」といえば、オーウェルが一九三九年に発表した小説『空気をもとめて』で、エピグラフに用いた歌なのであった。[26]「世界でいちばん大きな葉蘭」の場合は『葉蘭をそよがせよ』の三年後に発表された歌であるから、小説の「先行テクスト」[27]ではもちろんない。とはいえ、ゴードンが最終的に受け容れる「葉蘭的(aspidistral)」なるものに象徴される庶民のたくましい生命力とでもいったものが、この流行歌のなかにも歌い込まれているという点は強調しておきたい。

そのイメージを視覚的に確認するために、カートゥーンを一枚紹介しておく(図4-1)。日刊紙『デイリー・メイル』の一九四一年五月七日号に掲載されたもので、作者はネッブ(Neb)ことロナルド・ニーブア。[28] 第二次大戦中、ドイツ軍によるロンドン大空襲がまだやまなかった時期の一枚である。爆撃で破壊された家の瓦礫のなかで、葉蘭の鉢だけはびくともせずにいる。銃後で緊急時の民間防衛活動に当たっているヘルメットをかぶった男(あるいは家の住人であろうか)が仲間にむかって「なあ、丈夫だろう？ (Hardy things, aren't they?)」(キャプション)と語っている。あいかわらず「国民的な冗談」の種として葉蘭が使われてはいるものの、もはや「死ぬだけの精神をも持たない」嘲弄すべきものというよりは、戦時の非常事態を生き抜くたくましきものというポジティヴなイメージへと昇華されている。葉蘭に託す「ディーセント」なくらしを営む生命力に対する希望は、オーウェルひとりのものでなかったことがわかる。彼がスペイン戦争を回顧したエッセイの末尾に記した名高い詩句(29)をもじっていうならば、いかなる爆弾も砕くことはできない「水晶の精神」が葉蘭に具象化されるに至った――そのように見ることもできるのかもしれない。

最後に、『葉蘭をそよがせよ』*Keep the Aspidistra Flying* というタイトルそのものについてふれておきたい。まず指摘すべきこととして、このタイトルは'Keep the flag flying'という成句をもじっている。これは直訳すると「旗をそよがせたままにせよ」ということになるが、この場合の「旗」は愛国心の象徴としての国旗(もしくは自身が同一化する団体・組織)を指し、つまり自国(あるいは自身の属する集団)のために(旗を巻くことなく)「戦いつづけよ」「降参するな」という意味になる。そこから転用して「自分の意見・主張を曲げない。(他国にあって)自国への誇りを表明する」の意にもなる(『ジーニアス英和大辞典』)。その「旗」を「葉蘭」というシンボルに置き換えて、「しぶとく生きつづけよ」というメッセージを題名に込めている。物語を読み終えたとき、このタイトルはゴードン・コムストックが最後に受け容れる「人びと」と、さらに自分自身への応援歌であることがわかる仕掛けになっている。

さらにいえば、おそらくこのタイトルは第一次世界大戦中の一九一五年に流行った歌のタイトル'Keep the Home Fires Burning'をも響かせている。作詞がリーナ・フォードで作曲がアイヴァー・ノヴェッロによるこの歌は、第一次世界大戦の勃発によって大陸に出征したイギリス人青年たちのために、彼らが帰国するときまで残された者(妻、恋人)が暖炉の火を絶やさずに家を守っているようにせよ、という「銃後の守り」を説く歌詞をもち、そのセンティメンタルなメロディ(リフレインの出だしはまさにこの'Keep the Home Fires Burning'の句)と相まって、大戦中に大いに愛唱された。このフレーズそのものが'Keep the flag flying'をふまえていると推測されるが、これをもうひとつの「もと歌」として、オーウェルはこのタイトルを付けたと見ることができる。この点をだれかすでに指摘しているのかどうか、私は寡聞にして知らない。取るに足らないことだと言われればそれまでだが、流行歌に独特の思い入れをもっていたオーウェルのこと、口ずさめるタイトルをこの小説に採用したのは非常に意義のあることだったと私には思える。ちなみにこの流行歌については、『イヴニング・スタンダード』の一九四六年一月一九日号にオーウェルが寄せた流行歌をめぐる随想「懐かしい流行歌」で言及している。[30] この点、念のため附言しておきたい。

（1） Gillian Fenwick, *George Orwell: A Bibliography* (Winchester: St Paul's Bibliographies, 1998), p. 43.

（2） Cyril Connolly, A Review of *Keep the Aspidistra Flying*, New Statesman and Nation (25 April 1936), p. 635; Jeffrey Meyers (ed.), *George Orwell: The Critical Heritage* (London and Boston: Routledge & Kegan Paul, 1975), p. 67.

（3） Dorothy Van Ghent, 'A Review of *Keep the Aspidistra Flying*', *Yale Review* (Spring 1956) 461–63; Meyers, *op. cit.*, p. 82.

（4） George Orwell, *The Complete Works of George Orwell*, Ed. Peter Davison, 20 vols. (London, Secker & Warburg, 1986–1998), Vol. 16, no. 2480, p. 232. 以下、この文献は *CW* あるいは『全集版』と略記する。

（5） Orwell, 'Notes for My Literary Executor', Signed 31 March 1945, Typewritten; *CW*, vol. 17, no. 2648, p. 114.

（6） Orwell, 'Why I Write', *Gangrel*, [No. 4, Summer] 1946; *CW*, vol. 18, no. 3007, p. 320. 『オーウェル評論集』小野寺健編訳、岩波文庫、一九八二年、一九頁。

（7） Peter Davison, 'Textual Note', in *CW*, vol. 4, pp. 279ff.

(8) 小池滋「小説家オーウェル」『オーウェル著作集』第三巻、平凡社、一九七〇年、四〇八頁。

(9) テクストは George Orwell, *Keep the Aspidistra Flying*, *CW*, vol. 4 を使用した。本論の引用箇所は、全集版のページ数で示す。なお、この小説の邦訳はこれまで二点出ている(『葉蘭をそよがせよ』[オーウェル小説コレクション]高山誠太郎訳、晶文社、一九八四年。『葉蘭を窓辺に飾れ』大石健太郎、田口昌志訳、彩流社、二〇〇九年)。

(10) 本文中で 'aspidistra' の語は単数形、複数形を併せて都合六四度出てくる。

(11) 平凡社版『世界大百科事典』「ハラン(葉蘭)」の項より。

(12) *OED*, 'aspidistra, n.' オンライン版、二〇二〇年一〇月二八日検索。

(13) Peter Loewer, 'The Wild Gardener' (2 Nov. 2005; accessed 27 May 2012) 〈http://www.mountainx.com/garden/2002/0522wild.php〉.

(14) 中島文雄『英語の常識』研究社、一九五三年、四〇頁。

(15) M. V. Hughes, *About England* (London: M. Dent & Sons, 1927), p. 355.

(16) 中島文雄『英語の常識』三九頁。

(17) Hughes, *op. cit.*, p. 352.

(18) 一九四三年一二月二日に放送されたBBCのラジオ番組「あなたの御質問にお答えします」のなかで、「ウィガン波止場はどれくらいの長さで、それはどういうものですか」という質問に対してオーウェルはこう答えた。「ウィガンはいつでも工業地帯の醜さの象徴として咎められてきました。一時期、町の周囲を流れる濁った小運河に、いまにも壊れそうな木製の桟橋がありました。冗談のつもりで、だれかがこれにウィガン波止場とあだ名を付けました。この冗談が地元で受け、それからミュージック・ホールのコメディアンたちがこの冗談を採り入れたのです。この連中こそが、その場所そのものが取り壊されて長い時間がたってからも、ひとつの通り言葉として、ウィガン波止場を生かしておくことをやりおおせたのです」("'Your Questions Answered': Wigan Pier', Broadcast 2 December 1943; *CW*, vol. 16, no. 2384, p. 11)。

(19)　ここに挙げられた当時の大衆作家について注記しておくと、マイケル・アーレン(Michael Arlen, 1875-1956)の『緑の帽子』*The Green Hat*(1924)はグレタ・ガルボ主演で映画化された。エドガー・ライス・バローズ(Edgar Rice Burroughs, 1875-1950)は『類人猿ターザン』(*Tarzan of the Apes*, 1914)等のターザンもので人気を博した。ジョージ・ウォーリック・ディーピング(George Warwick Deeping 1877-1950)は映画化された『ソレルと息子』(*Sorrel and Son*, 1925)ほか六〇編の小説を書いた。エセル・メアリー・デル(Ethel Mary Dell, 1881-1939)は『鷲の道』(*The Way of an Eagle*, 1912)ほか、ハードボイルドものを多く書いた。ギルバート・フランコー(Gilbert Frankau, 1884-1952)は『ピーター・ジャクソン』(*Peter Jackson*, 1919)ほか。ギブズはサー・フィリップ・ハミルトン・ギブズ(Sir Philip Hamilton Gibbs, 1877-1962)、あるいはその弟のアーサー・ハミルトン・ギブズ(Arthur Hamilton Gibbs, 1888-1964)。前者の代表作は『冒険の通り』(*The Street of Adventure* 1909)、後者は『サウンディングズ』(*Soundings*, 1925)など。「サパー」はH・C・マクニール(H. C. McNeile, 1888-1937)の筆名。『ブルドッグ・ドラモンド』*Bulldog Drummond*, 1920)などの活劇風小説を発表。「中流階級の中」のペン夫人が言及するゴールズワージー(John Galsworthy 1867-1933)、プリーストリー(J. B. Priestley, 1894-1984)、ウォルポール(H. S. Walpole, 1884-1941)は、デルらと比べるとたしかに「高級」だとは言えるが、Q・D・リーヴィスはこれらの作家たちについても「偽の感受性や周囲の生活に対する鈍感さ」(Q. D. Leavis, *Fiction and the Reading Public* [London: Chatto & Windus, 1932], p. 76)を示すような小説の書き手として批判的に検証している。

(20) Q. D. Leavis, *Fiction and the Reading Public*, p. 3.

(21) Orwell, *Nineteen Eighty-Four* (1949): CW, Vol. 9, p. 46.『一九八四年』における文化戦略としての「大衆文化」の応用という主題については、本書第1章の第四節を参照。

(22) 小野二郎「オーウェル『どん亀人生』書評」『日本読書新聞』一九七二年五月一日号。『小野二郎セレクション――イギリス民衆文化のイコノロジー』川端康雄編、平凡社、二〇〇二年、二六〇頁。

(23) 見市雅俊「ジョージ・オーウェルと三〇年代の神話」『思想』六五〇号(一九七八年八月)、三〇頁。

(24) E. S. Turner, *An ABC of Nostalgia: From Aspidistras to Zoot Suits* (London: Michael Joseph, 1984).

(25) 「世界でいちばん大きな葉蘭」の作詞・作曲はウィル・ヘインズ(Will E. Haines)、ジミー・ハーパー(Jimmy Harper)、トミー・コナー(Tommy Connor)による。グレイシー・フィールズによるこの歌のレコードは数ヴァージョンある(第二次大戦中にはヒトラーを茶化した歌詞のものもある)。ここでは一九三九年のオリジナル・レコードを音源としたCD(*Gracie Fileds*. Empress, 1994. RAJCD 833)からトランスクリプトした。

(26) これについては本書第3章二〇〇頁以下を参照。

（27）「葉蘭的(aspidistral)」という形容詞はこの小説で三回使われる。「彼は叩き上げの人間だ――というか、スマイルズ風の、葉蘭的基準からすると(by Smilesian, *aspidistral* standards)、まだ叩きが不十分な人間だ」(p. 60)；「ポケットに一〇ポンドあって、いや、むしろ五ポンドあったら、葉蘭的な食堂で(in the *aspidistral* dining-room)革みたいに硬いビーフを噛んだりするだろうか？」(p. 171)。「フラクスマンのかみさんはやつを赦《ゆる》してやり、やつはペッカムに、葉蘭的な幸福へと(in *aspidistral* bliss)もどった」(p. 233)。これはおそらくオーウェルの造語である。OEDはこれを「葉蘭の、あるいは葉蘭に附随する、葉蘭にあふれている(of or pertaining to an aspidistra; abounding in aspidistras)」と定義し、この小説での三つの用例を初出例として挙げている。ついでながら、イギリスBBCの設立五〇周年を祝してピーター・ブラックが出した本はこの歌のタイトルを書名に採っている。そのジャケットの裏にはこう記されている。「葉蘭は応接間や居間などで育つ有益で装飾的な植物である。穏和な環境で栄え、株分けで繁殖する」(Peter Black, *The Biggest Aspidistra in the World: A Personal Celebration of Fifty Years of the BBC.* [London: BBC, 1972])。ラジオおよびテレビというマス・メディアの繁栄を葉蘭の繁殖力になぞらえての命名であることが見てとれる。

（28）漫画家ロナルド・ニーブア(Ronald Niebour)は一九三〇年代から一九六〇年まで『デイリー・メイル』を主要な活躍の舞台とした。第二次大戦後、ヒトラーの官邸から彼とイリングワース(L. G. Illingworth)のカートゥーンのファイルが発見されたというエピソードがある。ニーブアについては以下を参照。Mark Byant and Simon Heneage, *Dictionary of British Cartoonists and Caricaturists 1730–1980* (Aldershot, Hants: Scolar Press, 1994), p. 161.

(29) *CW*, vol. 13, no. 1421, p. 511.

(30) Orwell, 'Songs We Used to Sing', *Evening Standard* (19 January 1946); *CW*, vol. 18, no. 2868, p. 50. オーウェル「懐かしい流行歌」『一杯のおいしい紅茶』小野寺健訳、朔北社、一九九五年、一八一頁。中公文庫、二〇二〇年、一八六頁。この小野寺訳では 'Keep the Home Fires Burning' は「銃後を守れ」と訳されている。

第5章 「昨夜、映画《フリックス》へ」

――映画評論家としてのオーウェル

一　映画評論家オーウェル

オーウェルの映画評論の仕事は一般に知られていない。そもそも彼の経歴のなかに短期間であれ「映画評論家」という肩書きがふくまれていたことじたい、あまり知られていないだろう。私自身、彼のエッセイ「一書評家の告白」(一九四六年)を最初に読んだとき、映画評論に手を染めた経験に言及しているのを見て意外な気がしたものである。そのエッセイでオーウェルは、自身の書評家としての仕事の経験をふまえて、糊口をしのぐためにほとんど論評に値しない大量の本をおざなりに評する「本質的にいんちきな」仕事の害を説き、とりあげるべき本を精選して最低一千語の長めの書評を掲載するのが望ましいという提言をしている。読んでなんの感情もわかないような本の書評に明け暮れて「不滅の精神《スピリット》というお神酒《みき》を、一度に半パイントずつドブに流してしまっている」(1)書評家の情けない姿が巧みに戯画化されていて印象的である。毎週毎週その手の断片的な文章を書きつづけてゆくと、そのようなうちひしがれた人間に堕してしまう。ところが、それでも書評家の仕事のほうが映画評論家よりまだましだ、と最後に付け加えているのである。

両方の商売をやった自分の経験からいって、書評家のほうが映画評論家よりも恵まれていると言わなければならない。映画評論家の場合は自宅で仕事をすることさえかなわず、午前一一時の試写会に出かけねばならず……一杯の安いシェリー酒とひきかえに自分の名誉を売ることが期待されるのである。(2)

オーウェルの映画評論の仕事が知られていないのには明白な理由がある。それはほかでもない、ソニア・オーウェルとイアン・アンガス編の『オーウェル著作集』(『ジョージ・オーウェルのエッセイ・ジャーナリズム・書簡選集』初版一九六八年)に映画評がひとつも収録されていないからである。(3) これ以外のオーウェルのエッセイ集を見ても(たいていがその著作集を底本としているのだから当然だが)どれにも映画評は見られない。映画評論の経験があるという情報は、上記の「告白」以外では、(一九九八年時点では)クリックとシェルダンの伝記での記述以外にはほとんど見当たらない。クリックの伝記では、こう書かれている。

彼(オーウェル)はロンドンが嫌いで田舎が好きだったが、しかしフランス撤退の期間(一九四〇年五月)、(彼が最近のふたつの小説(『葉蘭をそよがせよ』(一九三六年)と『空気をもとめて』(一九三九年)で予言したように)爆撃機がまもなくやってくることが明らかなときにロンドンに移った。実質的な仕事としては、『タイム・アンド・タイド』[4]のための週一回のコラム――最初は劇評、つぎに映画評、そしてまた劇評――を書くことしかなかったのにもかかわらずである。明らかに彼はその雑誌があまり好きではなかった。過度に文学的、自由主義的、折衷的で――つまり背骨がなくて政治的態度がはっきりしないと思っていた。『タイム・アンド・タイド』はだれのためにも書いていない」と言われていた。彼はただ、危機に際してはロンドンにいなければならないと感じたのである。[5]

クリックは最後からふたつめのセンテンスに以下のような脚注を附している。

『オーウェル著作集』では、この時期〔一九四〇年春から四一年夏までの期間〕にもまして取捨選択に厳しい箇所はほかにない。ソニア・オーウェルとイアン・アンガスは、この一八カ月間に上品なヴェールをかぶせた。二人の文学的判断に意義を唱えるのはむずかしい。少数の例外をのぞけば、この時期の著作は性急に書かれ、生硬で陳腐なものである。明らかにオーウェルは、金のための仕事としてこうした評を書いており、演劇も映画もあまり好きではなかった。かなり驚くべきことであるが、かつて彼は金稼ぎのためのエピソードを使うたびに鉱滓《こうさい》から小さな黄金を拾い出したものだが、ここではその材料——映画評論でさえも——を利用して民衆文化論を書くということをまったくしなかった。ウェルズの『キップス』の映画、チャップリンの『独裁者』、ホウボーン劇場でのきわどいコメディアン、マックス・ミラー(「チーキー・チャッピー」)の評だけが、正典《キャノン》(著作集)のなかに収められてもおかしくない価値を有している。(6)

シェルダンの伝記では『タイム・アンド・タイド』の劇評と映画評について別のディテールが加えられている。それによれば、オーウェルはその仕事が好きではなく、もう「ひどい芝居(bloody play)」を見に行くのはいやだと同誌の編集者にこぼしたという。映画のほうが彼にはまだ少しはがまんできた。ただし、偏重されているアメリカ映画にはどうもなじめなかった。その理由として、第一に、アメリカ映画には暴力そのものを礼賛する傾向があること、第二に、アメリカ映画は技術はすぐれていて台詞も気が利いているにもかかわらず、それに適うような人物造形と蓋然性を出せていないこと、第三に、アメリカ映画の製作者は観客の知性を低く見積もりすぎていること、この三点を抽出している。(7) そしてオーウェルがアメリカ映画の暴力礼賛を批判した一例として、ラウール・ウォルシュ監督の『ハイ・シエラ』の評(一九四一年八月九日号)を引用し、それにつづけて、彼が絶賛した映画としてチャプリンの『独裁者』の評(一九四〇年一二月二一日号)をとりあげ、その論点を引用をまじえて比較的詳しく紹介している。[8]

とはいえ、シェルダンの伝記のなかで劇評と映画評の仕事に費やしている紙数は両者あわせて正味二ページにも満たない。『ハイ・シェラ』と『独裁者』の批評のさわりを引用してくれているのはありがたいが、他にどんな映画をどう評しているかが気になる者にとっては、隔靴《かっか》掻痒《そうよう》の感がある。いずれ刊行されるであろうピーター・デイヴィソン編のオーウェル全集の第二期のシリーズにそれらはすべて収録されるはずであるが、諸々の事情による遅延のためにこれを書いている時点ではまだ刊行されていない。[9] そこで本稿では、ロンドン大学ユニヴァーシティ・コレッジ附属のオーウェル文庫が所蔵している同紙の切り抜き[10]を利用して、オーウェルの映画評を通観し、彼の映画観の一端を押さえ、その上で、映画という新興メディアが彼の創作にいかなる作用をおよぼしているのか(もしおよぼしているとすれば)という問題まで多少ふみこんでみようと思う。このトピックについては先行研究が乏しいこともあり、日付や作品名などの基礎的なデータを連ねつつ論じてゆく。わずらわしいと思われるむきもあろうが、これまで等閑に附されてきた問題への鍬入れの試みとしてご寛恕願いたい。

二　戦争の主題

はなしの都合上しばらく劇評と映画評の仕事とをあわせて述べてゆく。『タイム・アンド・タイド』(毎週土曜日刊)にオーウェルが劇評を載せたのは一九四〇年五月一八日号から翌四一年八月九日号までで、二五回にわたっている。[11]映画評を開始するのは一九四〇年一〇月五日号で、それまでに劇評は一四回掲載していた。その後劇評も平行して進めながら、映画評を一九四一年八月二三日号まで二七回掲載している。[12]そのうち劇評と映画評をおなじ号に載せているのが六回分ある。[13]映画評は一回分をまるまるひとつの作品に費やしているのが多いが、時には複数の作品も論じており、併映作品もふくめると、二七回であわせて四五の作品に言及している。

両者を通読してまず気づくのは、戦争についての言及が多いことである。これは当時のイギリスの危機的な状況を考えてみれば当然である。劇評をはじめた一九四〇年五月はチャーチルの戦時挙国一致内閣が成立し、月末にはダンケルク撤退があった(このとき妻の兄が戦死している)。六月からイギリス国内へのドイツ軍の空襲がはじまり、八月に「ブリテンの戦い」でドイツ軍の英国上陸を阻止するも、以後たびたび激しい空爆に見舞われた。ロンドンでは四〇年九月と四一年五月に受けた大空襲の被害がとりわけ甚大だった(彼自身の空襲の経験はこの時期に書いた日記に克明に記録されている)[14]。つまりオーウェルがその仕事にあたっていたのは「ロンドン大空襲(The Blitz)」の最も激しい時期と重なっているのである。そのため、これは劇評に多く見られることだが、空爆その他の状況にふれたり[15]、また現代劇であれば、戦争の話題を盛り込む余地があるのにそれを避けている場合には批判している[16]。逆に、アクチュアルな問題を真摯にあつかった作品は高く評価している。一九四〇年八月二四日号に掲載した劇評は後者の一例である。

この劇〔『自由を取り返せ』〕は……ファシズムの心理学的研究である。これが書かれたのが五年前——多くの重大な問題が今日より不明であった時期——だということを思いあわせると、この劇が示す洞察はそれだけいっそう印象的である。……これは、専制がいかに首尾よく確立されるかについての研究というよりは、思慮深く分別のある人間がいかに専制に迎合してしまうかについての研究である。……見事な洞察力を示し、プロパガンダとしても潜在的に非常に貴重であるこの劇が、その先行作品である『サンダー・ロック』にならって、ウェスト・エンド〔の劇場〕にかけられることを私は希望する[17]。

さらに、こうした危機的な時代には、古典作品を新たな目で(現代にかかわる切実な問題として)見直せるということがある。オールド・ヴィック劇団によるシェイクスピアの『ジョン王』の公演の評(一九四一年七月一九日号)でオーウェルが書いているのはそのことである。シェイクスピアの他の戯曲と比べると、『ジョン王』には構成上いろいろと難がある、そう断った上で彼はこうつづける。

　だが、奇妙な事実だが、『ジョン王』の主題の多くは、数年前よりも、はるかに現代的《モダン》でわかりやすいものになっているように見える。往古の文学の多くについてもそれが当てはまる。たとえば『ローマ帝国の興亡』を考えてみればよい——際限のない陰謀、暗殺、裏切り、虐殺、内戦がある。少し前にはそれはなんと遠く、信じがたいことに思えたことか。そしていまではなんとすべてがなじみ深いものに見えることか！　玉座に就いた日に兄弟を絞殺するオリエントの習慣はエリザベス朝の人びとにさえ衝撃を与えたものだが、現代の独裁者たちはそれを少しだけ変形させて復活させてみせたのだった。『ジョン王』を見ていると、「これを私は前にどこかで見なかっただろうか？」という思いに終始とらわれるのである。たとえば、アンジェの城壁の前で戦っていたフランス軍とイングランド軍が突然合意に達してともにアンジェを攻撃することに決めるくだりなど、すこしも驚くべきことに見えない。イングランドを攻撃するようにフランスをけしかける法王の全権大使は、不思議なほど国際連盟を想起させるし、彼の主張がもたらした帰結も同様である。だれもが自分の経済的な利害関係に応じて法王に従ったり逆らったりする場面などは、マルクスが喜びそうなものである。クウィズリング(一八八七―一九四五年。ノルウェーのナチ党首、売国奴の代名詞となった政治家)のモチーフさえ表現されている。フランスがイングランドに侵攻したときに三人のイングランドの貴族が裏切っておきながら、最後の瞬間に急にまた逆側につくくだりがそうだ。[18]

ひとつ前に引用した「ファシズムの心理学的研究」云々の劇評は好意的な評だが、ファシズムを批判していればなんでもほめるというわけではない。たとえば『過失の限度』の評(一九四〇年八月一〇日号)では、「これは戦前の『ニュー・ステイツマン』風の「反ファシズム」劇ではあるが、ファシズムのほんとうの恐怖は一切伝えていない。……その「メッセージ」は見かけは反ファシズムなので、おそらく時事的な論評とみなされてロングランするだろうが、それには値しないものである」[19]と手厳しい。

さらに厳しい評がアメリカ映画『逃亡』についての評(一九四一年一月二五日号)である。「反ナチス映画」を標榜しながら、「政治的」になりすぎるのを恐れて、的を外してしまっているとオーウェルは批判する。「ゲシュタポの恐怖をかなり効果的に伝えているが、なぜゲシュタポが存在するのか、ヒトラーがいかにして現在の地位にたどり着いたのか、また彼がなにをなさんとしているのか――こうした点についてこの映画は一言も述べていない。そのため、これは感情的にも知的にもふつうのギャング映画と大差ないものになっている」。この映画のあらすじはこうである――一人のアメリカ人青年が謎の失踪をとげた母親を捜しにドイツに来る。母親はじつは強制収容所に入っていて、身に覚えのない罪ゆえに死刑宣告を受けたのだった。死刑執行予定日の二日前に息子は事の真相を知る。「このあたりまではこの映画はいかにもありそうなはなしである。全体主義国の悪夢のような雰囲気、一般人のなすすべもない状態、正義や客観的真理といった概念の完全な消滅……がうまく伝えられている。ところがそのあとが悪くて、ハッピーエンドにする必要のため、また観客の頭をはたらかせるものを導入したがらないものだから、この映画はでたらめになってしまう」。つまりご都合主義的なすじの展開によって、母親は死を装う薬を入手し、息子の協力を得て、まんまと見張り兵をだまして逃げおおせるのである。そんな「でたらめなメロドラマ」のために、全体主義国家の恐ろしさをひたすら強調した前半部分がナンセンスなものになってしまう。「ドイツの強制収容所から逃げ出すのがそんなに簡単ならば、ゲシュタポを気にかける必要などあるだろうか？　収容所の責任者たちが死刑囚を注意深く見張り、それからつぎに息がないのをちゃんと確かめずに死亡証明書を書くなどということが信じられようか？　あるいは、すでに政治警察の監視下に置かれている息子が収容所にバンを乗り付けて、検査も受けずに母親の体を運び去るのをおめおめ許すなどということが、信じられようか？ イギリスでさえ、空っぽの棺桶を使って偽の葬式をおこなうのはむずかしいことだろう。ナチス・ドイツではどうであろうか？[20]」

それから、戦時下の映画としてつきものだったのが、一般の映画と併映のかたちで上映された宣伝《プロパガンダ》映画だった。これについてオーウェルはある回（一九四一年二月一五日号）で興味深い論評を加えている。エンパイア座で上映されたアメリカ映画『ダルシー』を論評したあとにつづけて、併映作品の三つの宣伝映画を比較して彼はつぎのように述べている。

> 併映のプログラムは三つの短い宣伝映画で、ひとつがアメリカ、ふたつがイギリスの作品である。さきほど〔『ダルシー』の評で〕アメリカ映画の欠点のひとつを私は指摘したが、この短編（『海軍の目』――米海軍の飛行部隊を描いている）では、アメリカ人のずば抜けた技術、なにが印象的でなにがそうでないかについての彼らの理解、そして素人っぽさ全般に彼らが耐えられぬことが見てとれる。イギリスの映画（GPO〔郵政局〕制作の『ブリテンの心』と情報省制作の『神聖ならざる戦争』）のほうはひどいものである。プロパガンダがひとつの主要な武器となる命がけの戦争のさなかに、このような代物を制作して時間と金を浪費することになんの益があるというのか？

『神聖ならざる戦争』はナチズムの「反キリスト教」的性質を主題とし、それを例証するために破壊された教会の一連の映像を使い、滅んでしまった建築の栄光についてたわごとをならべている。ヒトラーはキリスト教を破壊したいと欲し、ゆえに彼の飛行機乗りが教会に爆弾を落とした、というのである。われわれの指導者たちにはつぎのことがわからないのだろうか――つまり(a)一〇〇人中九九人の人間にとって、教会の破壊より住宅の破壊のほうが重大事であること。(b)爆弾はかならずしも狙った標的に当たりはしないことは、どんなにものを知らない人間でも承知していること。(c)キリスト教であれその他の宗教であれ、教会の建物が壊されようが壊されまいが、その宗教の存亡とは関係がないのだということは、ナチズムの反キリスト教を理解する人なら知っていること。敵に対する憤怒の情をかきたてようというのなら(その感情は戦争には欠かせぬ部分ではあるが)、ドイツ人がゴシック建築に悪意をもっているなどというよりももっとましな理屈を見つけることができないのだろうか？

そして、この種の映画でコメントを入れる必要があるのなら、街角で話されているような英語を話す人間を情報省はどうして選べないのか？　母音をぼかして発音するあの恐ろしいBBCの声が、イングランド南部の狭い地域を除く英語圏の全世界に敵対し、新造の一ダースの潜水艦にもましてヒトラーには貴重なものであるということが、そのうちにわかるのかもしれない。言葉が少なくとも大砲とおなじくらい重要な戦争においては、このふたつの映画は、ウェイヴェル〔イギリスの軍人。一九三九―四一年に中東駐留軍司令官。この時点では芳しい戦果をあげておらず〕の勝利と並べられるべきみじめな業績なのである。(21)

例によって歯に衣着せずに当局の対独宣伝映画を批判しているわけであるが、それにしても、これが書かれた時期(一九四一年二月)を考えると(そして同時期の日本の言論統制の状況を思いあわせてみると)、このような批判をオーウェルが発表したこと、というか編集部がこれを掲載しえたということに多少の驚きを禁じえない。前年四〇年の夏の「バトル・オヴ・ブリテン」(ドイツ空軍とイギリス本土を防衛するイギリス空軍との攻防戦)でドイツ軍のイギリス侵攻をなんとか防いだものの、いまだドイツ軍の攻勢がつづき、「電撃爆撃《ブリッツ》」という語が日々とびかっていた時期である。イギリスのマスコミにヴェールのかかった「ソフト」な検閲が広がっていることをオーウェルは戦争中に別のところで指摘しているが、(22)検閲の元締めである情報省の神経を逆なでするような批判をここで臆することなく口にしており、こんなところにもオーウェル的な面がよくあらわれている。BBCアナウンサーの発音の批判はかなり極端な論法であり、これは明らかにパンフレット文学の常套的手法である誇張のレトリックを応用したものであろう。これが一部の読者の憤激を(おそらくオーウェルの狙いどおりに)買ったことは、その翌々週の抗議の投書に見てとれる。[23]これにかぎらず、オーウェルの文章を読んでいると、これはわざと怒らせようとしている、と感じられるようなくだりによくぶつかる。

三　アメリカ映画について

リストに示したように、オーウェルが評した映画は圧倒的にアメリカ映画(つまりハリウッド映画)が多い。言及している四五の作品中イギリス映画はわずか七点(約一六パーセント)、あとの三八点はすべてアメリカ映画(約八四パーセント)である。これはべつにオーウェルもしくは編集部が好んでアメリカ映画ばかりを選んだということではなく、当時イギリスで上映された外国映画(事実上すべてアメリカ映画)と国産映画の本数の比率を反映しているものなのである。[24]さて、すでにふれたように、このように偏重されているアメリカ映画にオーウェルはなじめなかった。その三つの理由を、映画評を具体的に引用しながら確認しておきたい。

第一に、アメリカ映画に暴力礼賛の傾向があるということ。これは『ハイ・シェラ』の評(一九四一年八月九日号)の全文を引いておくのがわかりやすいだろう。

極端なサディズム、やくざ礼賛、拳銃の撃ち合い、あごへの一撃、またギャングの雰囲気全般――こうしたものがお望みのかたにはおあつらえむきの映画。ハンフリー・ボガートが顔役で、拳銃の台座で人の顔をぶちのめし、仲間のギャングたちが焼け死んでゆくのを悠然と見ながら、「あいつらは野暮な雑魚にすぎねえ」とうそぶく。その反面、犬にはやさしく、彼の過去を知らぬ足の悪い娘に「純粋」な愛情をいだくときに、大いに胸を打たれる、という寸法になっている。最後には彼は殺されるが、彼に同情し、賛美の念をいだきさえする、ということがどうも観客に期待されているようだ。演出はまずまずの出来で、演技がとてもよい。(25)

最後に演技をほめて結んではいるものの、主眼はやはりこの映画に見られる残虐性の指摘である。これはオーウェルがエッセイ「ラフルズとミス・ブランディッシュ」(一九四四年)であつかっている問題と関連する。そのエッセイはイギリスの大衆小説家E・W・ホーナングの「ラフルズ」もの――『素人強盗』(一八九九年)その他のパブリック・スクール出身でクリケットを愛好する紳士強盗ラフルズを主人公とするシリーズ――と、おなじくイギリスの作家ジェイムズ・ハドリー・チェイスの一連の犯罪小説――『ミス・ブランディッシュの蘭』(一九三九年)など――を比較検討して、両者の作品の「道徳的雰囲気」にいかに大きな差異があるか、それが世の中のものの見方や心理のちがいをどのように反映しているのかを考察したものである。簡単にいえば、ラフルズの行動原理の背後には確固とした社会的道徳規範が存在し、世の中に基準というものがあった時代の作品であることがうかがえる反面、チェイスの小説ではそうした基準は雲散霧消しており、残虐性が前面に押し出ていて、力の追求が唯一の動機になっている。「要するにその〔チェイスの『厄介ばらい』の〕主題は権力闘争であり、弱肉強食なのである。池の中のかいかますが小魚をごくりと呑みこむように、大物ギャングは小物を情容赦もなく抹殺してしまう。そして警察は、釣り人がかいかますを殺すように、犯人をあっさり殺してしまう。結局は警察の側についてギャングを敵にまわすとすれば、それは単に警察のほうがすぐれた組織をもち、強力だから、いや法のほうが犯罪よりも商売として儲《もう》かるからにすぎない。力は正義なり。征服されしものは哀れなるかな、というわけだ(26)」。このような「力は正義なり」という「現実主義《リアリズム》」を取り込んで人気を博した大衆作家のひとりがチェイスなのであり、「こういう大衆作家はアメリカにはたくさんいても、英国ではまだきわめて少ない。この「現実主義」の隆盛ぶりこそ、われわれの時代の精神史の大きな特徴なのだ。その原因は複雑である。サディズム、マゾヒズム、成功礼賛、権力崇拝、ナショナリズム、全体主義――これら相互のあいだの関連という問題はほとんど誰もとりあげていないし、こんなことを口にすれば、それだけでも顰蹙《ひんしゅく》を買う結果になる(27)」。『ミス・ブランディッシュの蘭』が最高の人気を博したのは一九四〇年、つまり「バトル・オヴ・ブリテン」と「ブリッツ」の時期だった。その成功は「戦争の倦怠と残虐性がからみあって生じた」特異な現象だったのかもしれないが、しかし「この種の本がアメリカものだろうくらいに思われているうちはいいけれども、決定的に英国に根づくことにでもなったら、これは大いに狼狽《ろうばい》しなくてはなるまい[28]」という憂慮をオーウェルは結びの段落で表明している。右で『ハイ・シェラ』の残虐性を指摘しているのも、このような懸念があったからだろう。そうした性質をもつアメリカ映画がイギリス国内で多く公開されているというのは彼には悪い徴候と思えたのだった。

　アメリカ映画に対するオーウェルの第二の批判点は、人物造形と物語の蓋然性の表出が不得手だという点である。『ダルシー』についての評(一九四一年二月一五日号)でオーウェルはこう述べている。

> このかなりおもしろい駄作は、アメリカ映画についてくりかえしコメントしなければならないことのもうひとつの例証である。すなわち、見事な技術としゃれた台詞にみあうだけの人物造形《キャラクター》や蓋然性《プロバビリティ》の感覚がまったく欠如しているということである。アメリカ映画の登場人物たちに想定されている行動の動機が概して心理学的に不合理なものであるという事実は、「リアリズム」の気どりを捨てれば問題にはならないだろう——カスタードパイの笑劇《ファルス》(つまり「パイ投げ」)のように。だがほとんどす

べてのアメリカ映画は知的な気どりを見せている。主人公たちはいつでも自分の心の奥底を語りはじめるきらいがあるし、アインシュタインだとかシュールレアリスムだとかをちょくちょく話題にして、観客にハイブラウな気分を与えようとする。報道関係者に手渡されるシノプシスは、あたかもそれがイプセンの作品であるかのごとく、そのたわけた主題を「分析」してみせている。その結果、いびつな映画が「人間の記録《ヒューマン・ドキュメント》」を気どり、メロドラマが悲劇を装うなどといったことがつねとなる。『ダルシー』の場合は、じつに下品な笑劇なのに軽喜劇を気どっている。(29)

さらに、『栄光への脱出』の評(一九四一年六月七日号)ではこう言う。

アメリカ映画は、明らかに、人物造形には秀でていない。この点にかぎってはイギリス映画のほうがすぐれている。見たところ、製作者たちはその点を自覚していて、アクションを中断して自分の身の上話をさせることによってそれを取り繕おうとしているという印象を受ける。これをやるとかならず気どりと不誠実さの効果をもたらすことになる。

とはいえ、技術的には『栄光への脱出』は生き生きとしていて十分見ごたえがある。(30)

最後のセンテンスで映画技術をほめているのはめずらしいことではなく、映画評全体をとおして、アメリカ映画の技術的卓越性への称賛をオーウェルはたびたび口にしている。台詞が概してあか抜けているという指摘もよくおこなっている。そうした長所があるにもかかわらず、登場人物の掘り下げ方が浅薄であること、さらに悪いことに、その浅さをごまかす手だてをさかんに使っていることを彼はよく皮肉っている。この両方の引用で製作者たちの知的な「気どり《プリテンス》」に言及しているが、これはアメリカ映画についてのオーウェルの批判点の第三番目、すなわち、彼らが観客の知性を低く見積もりすぎているという点と関連してくる。『問題の女性』の評(一九四〇年一一月三〇日号)で彼はこう指摘している。

この映画が失敗しているとするなら、それは、よくあるように、アメリカ映画の製作者たちが観客に対していだいていると見える知的な軽蔑心のせいである。思考を必要とすることはなんであれ、思考を示唆することでさえ、疫病のごとく避けなければならぬのだとつねに思い込んでいるのだ。アメリカ映画の役者が本を読む場面では、彼はいつでも読み書きのできぬ人間のように本をあつかっている。この映画では息子が天文学に夢中になるはなしが大いに利用されているが、その主題をめぐる会話は、一〇歳の子どもの精神レヴェルに抑えられている。[31]

以下は『運命とのデート』(一九四〇年一二月二八日号)の評から——

この映画もまた、アメリカの製作者たちが観客に対していだいている知的軽蔑心を示している。本質的にこれは危機一髪セーフというありふれたモチーフを使った殺人ものにすぎない。(たとえばヒロインの五パーセントが助からないということになれば、冒険映画がどれほどおもしろくなるだろう！　最後は勝利する定めだというのがわかっているのに、女性が「自分の名誉のために戦う」のを見てどうして興奮できるというのか)おまけに「心理学」めいた代物がはなしの凡庸さを取り繕うためにもりこまれている。けれども製作者たちはほんものの心理学的問題をあえて導入することはしない。それをやるとハイブラウになってしまうからだ。[32]〔強調は原文〕

一九四一年の七月一九日号でとりあげている映画『悪魔とミス・ジョーンズ』などはこの手の観客を愚弄する映画の最たるものなのだろう。評の全文を訳出しておく。

演技はほどよく、基本的アイデアも悪くはないのだが、この映画の感情《センティメント》の嘘っぽさは見え透いているので、大団円はほとんど耐えがたいほどのものだ。アメリカ人の百万長者で、金持ちすぎてどれが自分の財産なのかよく知らないほどの人物がいて、彼のデパートでストがあり——そこが彼の所有だということも急に知るのだが——またいろいろ騒動がもちあがったために悩む。実状を知るために、彼は騒動の調査に雇われた私立探偵の代わりをつとめて、自分自身の店に売り子としてつとめだす。就職するやいなや彼は不満をいだく従業員の側に荷担し、組合の組織化を主導したりもする。このすべては心理学的にはありうるはなしで、リアリスティックで感動的な物語に発展することもありえただろう。ところがこの映画は、その状況の経済的な意味合いは回避し、甘ったるい大団円にしてしまう。百万長者が身分を明かし、すべての不正をただし、全員の給料を上げ、ダンスパーティをし、数日前には彼の人形を焼いていた従業員たちが「あいつは楽しいやつだから」の曲にあわせて彼の健康を祝して乾杯するのである。エドマンド・グウェン、チャールズ・コバーン、それにジーン・アーサーが、このぐったりさせてくれるたわごとのためにあまたの才能を浪費している[33]。

明らかに怒っている。許しがたい映画だと思ったようである。こういう評を見ると、「一書評家の告白」での「両方の商売をやった自分の経験からいって、書評家のほうが映画評論家よりも恵まれている」という彼の言葉がなるほどと思えてくる。いわば民衆の「愚民化」に与《くみ》するようなこの種の映画を見せられるのは、いくら仕事とはいえ、耐えがたいことであったろう――たとえ「一杯の安いシェリー酒とひきかえに自分の名誉を売る」ことをせず、このように遠慮することなく批判することができたのであっても。

四　『キップス』と『独裁者』

それでも、オーウェルが見て論評した映画は「このぐったりさせてくれるたわごと」(this piece of enervating hooey) のようなものだけだというわけではなかった。たまに大いに感銘を受け、共感に満ちた評を書くこともあった。そうした場合に文章がいつになく生彩に富むのは当然のことである。とりわけキャロル・リードの『キップス』とチャップリンの『独裁者』がそうだった。ここでこのふたつの評を見ておこう。

まず『キップス』の評。これは一九四一年五月一七日号に出ている。冒頭にこうある。

うれしいことに、小説が映画化されて原形をとどめていると今度にかぎっては報告できる。この映画版はウェルズの原作に忠実である――原作から映画というよりはむしろ舞台劇をこしらえてしまっていると言ってもよいほど忠実だ。だが、もともと良質の物語であり、しかも時代色が色濃く出ている作品であるから、それも許されるものである[34]。

H・G・ウェルズの小説『キップス』は一九〇五年の刊行である。オーウェルは少年時代にウェルズの小説を愛読した。一一歳の頃に学友のシリル・コナリーとともに短編集『盲人国』(一九一一年)を夢中になって読んだという回想をしている[35]。『キップス』もおそらく少年時代に読んでいたと思われる。エッセイ「ウェルズ・ヒトラー・世界国家」(一九四一年)で明らかなように、オーウェルがウェルズを評価するのは第一次大戦以前の初期作品だった。「一九〇〇年から一九二〇年のあいだに少なくとも英語で本を書いた者のうちで、青少年にウェルズほどの影響を与えた作家はほかにいないだろうと思う。われわれすべてのものの考え方は――したがってこの現実世界も――ウェルズという人物がこの世に出現していなかったらいまとちがったものになっていただろう[36]」と、その影響力の重要性を強調する反面、大戦以後のウェルズ、とくにその「科学信仰」と現代政治への発言の無効性に批判的な目をむけた。度重なる批判にウェルズが怒って絶縁状を送りつけたエピソードもある[37]。そのエッセイの末尾のほうで「ウェルズの最大の業績である下層中流階級を描いた一連の小説群は、先の〔第一次〕大戦の時点で中断したままである[38]」と言っている。『トーノ・バンゲイ』『アン・ヴェロニカ』『ポリー氏の来歴』などとともにその小説群にふくまれるのがこの『キップス』なのである。

主演のマイケル・レッドグレイヴとダイアナ・ウィンヤードの好演を称え、物語の背景となる二〇世紀初頭のイギリスの社会風俗に言及したあと、オーウェルはさらにこうつづける。

ウェルズの初期の小説の特殊な雰囲気が映画のような異種のメディアにどの程度移し得るのかは疑問である。ウェルズ氏は、進歩と未来の使徒であるわりに、他のほとんどどの作家にもまして、前世紀と今世紀初めの眠りの時代を住み心地がよい時期に見せることができた。『キップス』『ポリー氏〔の来歴〕』『運命の車輪』などに備わっている独特の味わいは、どんなにうまく映画化してもおそらくは残せないものだろう。だがこれは勇敢な試みであり、『キップス』のこれ以上望むべくもない良質の映画版である。エドワード朝〔一九〇一―一〇年〕を背景にした映画がこのように多く出てくるのはうれしいものである。そろそろあの時代のことを笑うのはやめて、それなりによいところもあったということを認めてもよい頃だ。(39)

オーウェルが心の片隅に生涯いだいたエドワード朝期への郷愁の念にこの映画がふれるものであったことは想像に難くない。評の途中で時代考証にふれたなかで、当時の衣服がよく再現できているが、ただしひとつ誤りを見つけたと彼は言っている。それは女性のスカートの後部を張り広げるのに用いるバッスル(bustle)という道具が言及されていることであり、それはおかしいのだという。「私自身の幼年期の記憶(一九〇七年か八年)では、戸棚にバッスルがしまってあるのを見つけて、何に使うのかといろいろな大人に聞いたのだった。当時もすでにバッスルは骨董品になっていたと思われる[40]」。

つぎにチャップリンの『独裁者』の評を見たい。これは一九四〇年一二月二一日号に出ている。二欄組みの紙面一ページの四分の三ほどを占め、ひとつの作品をあつかった評としてはこれが最も長い文章(約一二〇〇語)である。まず三分の一ほどをあらすじの紹介にあててから、クライマックスの例の演説の場面についてこう言う。

そしてここでこの映画の偉大な瞬間が訪れる。チャーリーは彼に期待された(つまりファシストの)演説をおこなう代わりに、民主主義と寛容と人間の品位《コモン・ディーセンシー》を擁護する力強い戦闘的な演説をおこなうのである。それはほんとうにすばらしい演説である。リンカーンのゲッティスバーグ演説をハリウッド英語に直したようなもので、長年聞いてきたなかでは最も強力なプロパガンダ演説のひとつである[41]。

この映画には欠点もいろいろある。たとえばこの最後の演説の場面がそれまでの部分と調和しないなど、全体の統一感に欠ける。最初のほうは三〇年前の山高帽をかぶって例の歩き方をする昔のチャップリン映画だし、ゲットーの場面はファルスすれすれのセンティメンタルな喜劇で、ヒンケルとナパローニの掛け合いは低俗なスラップスティックで、そうしたすべてがきわめてまじめな政治的「メッセージ」と混合されている。チャップリンは映画技術の近年の進歩を活用していないらしく、そのため彼の映画は無理してひとくくりにしたような、ぎくしゃくしたものであるという印象を受ける。だがこの映画はそんな欠点などものともしない。オーウェルが行った報道関係者の試写会では、「冷静この上ない」批評家たちがほとんど笑いどおしで、最後の偉大な演説場面では明らかに感動していた――そう伝えて彼はこうつづける。

チャップリンの独特な才能とは何なのだろう。それは庶民というもののいわば凝縮したかたちのために――少なくとも西洋においては、ふつうの人の心に存在する品位《ディーセンシー》への抜きがたい信念のために――戦う力である。われわれが生きている時代というのは、民主主義がほとんどあらゆる場所で後退し、超人《スーパーマン》が世界の四分の三を支配し、舌先三寸の教授が自由は無用だというご高説をぶちあげ、ユダヤ人いじめを平和主義者が支援する時代である。だが、いたるところで、表面下で、庶民はキリスト教文化から引き出した信念をけっして捨て去ることなくもちつづけている。庶民のほうが知識人よりも賢いのだ。ちょうど動物が人間よりも賢いのとおなじように。どんな知識人でも、ドイツの労働組合の弾圧やユダヤ人への拷問を正当化するすぐれた「弁論」をこしらえることができるだろう。だが、知性を欠き、本能と伝統だけをもちあわせている庶民は、「そいつはよくない」ということを知っている。道義心を失っていない人ならだれでも――そしてマルクス主義や同種の信条における教育は道義心を破壊することを主眼としているのだが――無害なユダヤ人の小さな店に大挙して乗り込んで家具に火をつけるのは「よくない」ということを知っている。どんなにおかしなギャグのトリックよりも、チャップリンの魅力は、この事実を――つまり、ファシズムに押しつぶされ、まったく皮肉なことに社会主義によっても打倒されてしまった、「民の声は神の声」で、巨人は害獣なのだという事実を――重ねて主張する力にあるのだと私は思う。(42)

いわば庶民(common people)の「人間らしさ」への讃歌がチャップリンの映画にみなぎっているという読みである。これは『一九八四年』で、流行歌を歌いながら洗濯物を干している下町の女を見て、主人公のウィンストンがめぐらす想念(「もし希望があるとすれば、それはプロールのなかにこそある。……」)につながるものだと思える。(43)

ヒトラーが喜劇映画のチャップリンと瓜ふたつである(とくに「間の抜けた腕のふり方」がよく似ている)というのは、ファシズムの擁護者にとってはじつに具合の悪い偶然だ、とオーウェルはさらにつづける。そうした連中にしてみれば、両者が「分身」のようなものであるという事実はできれば闇に葬りたい。だが、それは不可能なのだ。「この映画を見たら、だれでも権力政治の魅力が薄れてしまうだろう」。そして最後の段落では、この映画を万人が見られるように政府は補助金を出すべきだと言い、またドイツ国内にこの映画を何本かもちこむ努力をすればよいという提言までしている。[44] つまりナチス・ドイツのお膝元で地下の上映会をおこなう戦略を提案しているわけである(「工夫すればできないことではないはずだ」と彼は言う)。これより少し前に発表したディケンズ論でオーウェルは「笑うに値する冗談には、かならずある思想がひそんでいる。それはたいてい破壊的な思想である」[45] と言ったが、『独裁者』におけるチャップリン＝ヒトラーという冗談にしても、大戦初期のこの危機的な状況にあって、ファシズムの土台を破壊する思想として大いに役立ちうる、そうオーウェルは読みとっているのである。以上のような評から、彼が『独裁者』を同時代の民衆文化の最も良質の産物のひとつとみなしていることが見てとれる。すでに見てきた映画評からもわかるように、映画というメディアそのものをオーウェルが好んでいたとはとうてい言えないが、『独裁者』のような作品が産出されるのを目にして、このメディアがもつポジティヴな可能性にも気づいていたと思える。

そこで、『タイム・アンド・タイド』の映画評をざっとながめてみたところで、つぎに目先を変えて、オーウェルのその他の著作での映画への言及を押さえて、彼の映画観にさらに迫ってみたい。

五　映画館の憂鬱

一九四〇年に書いた自己紹介の文のなかでオーウェルは自分の好き嫌いを述べており、好きなものとしては「イギリスの料理とイギリスのビール、フランスの赤葡萄酒にスペインの白葡萄酒、インド紅茶、強い煙草、石炭の火、ろうそくの明かり、心地よい椅子」をあげ、嫌いなものとしては、「大都市、騒音、自動車、ラジオ、缶詰食品、セントラル・ヒーティング、「モダン」な家具」を挙げている(「妻の好みも私とだいたいおなじである」と附言して)(46)。都会的なモダンなものは概して嫌っていたわけであり、このなかに自動車やラジオとならんで近代テクノロジーのひとつの産物たる映画を入れていても不思議ではなかったであろう。彼が映画を好まない理由のいくつかは、アメリカ映画についての見解を検討したところですでに見たが、それが趣味にあわないという次元にとどまらず、民衆の社会的政治的不満を吸収する緩衝装置という機能への批判意識ということがあったように思える。『ウィガン波止場への道』(一九三七年)の第五章でオーウェルは一九三〇年代に安価な贅沢品の消費が増大したことを指摘しているが、安価でしゃれた衣類の大量生産とならんで特筆しているのが映画である(記録によれば、一九三〇年代半ばにはイギリスでは毎週一八〇〇万人以上の人びとが映画を見たという)[47]。「ウィガンでとりわけ好まれている避難所は映画館であり、その地では驚くほど安価である。いつも四ペンスで席がとれるし、昼間の回なら二ペンスで入れる映画館もある。飢え死にしそうな人でさえ、冬の午後のひどい寒さから逃れるためなら、喜んで二ペンスを払うだろう。……ポケットに一ペンス半しかなくて、先行きも不安で、帰る場所は雨漏りする寝室の隅でしかないという人でも、新調の服を着て街角に立てば、自分がクラーク・ゲーブルかグレタ・ガルボにでもなったかのような白昼夢に一人でふけることができる。それはかなり気をまぎらわせてくれるものなのだ[48]」。商業映画の隆盛は支配階級が巧みにたくらんだ策謀である、という共産党系の見解をオーウェルがとっているわけではなく、製造業者たちの市場の必然性と安価な消費品を求める大衆の必要との偶然の一致がもたらしたものだとしてはいる。それでも「戦後(第一次大戦後)の安価な贅沢品の普及は、わが国の支配層にとっては非常に幸運なものであった」とオーウェルは言う。「フィッシュ・アンド・チップス、人絹《じんけん》のストッキング、鮭缶、特価のチョコレート(二オンスの板チョコ五個で六ペンス)、映画、ラジオ、濃い紅茶、サッカーくじ――これらがそれぞれに革命を回避する役割をはたしてきた可能性は高い」[49]。たしかに、イギリスで最も困窮した地域に映画館が密集し、映画館に通う人間がきわめて多かったという事実は、この皮肉な事実を裏書きするものと言える[50]。

『葉蘭をそよがせよ』(一九三六年)の主人公ゴードン・コムストックが映画を嫌いつつ、映画館にひかれるのも、そうした「避難所」としての性格ゆえである。金欠病に苦しむこの文学青年は、夕刻のロンドンをさまよっていたときに、とある映画館にぶつかる。

ゴードンはけばけばしい大きな映画館の前に立ち止まり……なにをやっているのか見た。グレタ・ガルボの『五彩のヴェール』だ。入ってみたいという気になったが、それはグレタのためではなく、まさしくビロードの座席のぬくもりとやわらかさのためだった。むろん彼は映画を毛嫌いしており、金があるときでもめったに見に行きはしなかった。文学に取って代わる定めになっている芸術にどうして肩入れする必要があろうか? それでも、それには一種ねっとりとした魅力があった。煙草の臭いがするあたたかい暗がりで、クッションのきいた座席に腰かけ、スクリーンに明滅するたわごとがしだいに自分を圧倒するのにまかせる——ろくでもないはなしの波が自分をつつみ、しまいにぼおっとして、そのねばねばする海のなかでおぼれてしまうような気になる——つまるところ、それはわれわれが必要とするたぐいの薬なのだ。寄る辺のない人間にはうってつけの薬だ(51)。

このように誘惑を感じはするが、しかし結局映画館に入りはせず、さらに町歩きをつづける。意志が強いからというのではなく、チケットを買う金をもちあわせていないためなのである。

そして「革命を回避する役割」が過度に強調されたときに、私たちは『一九八四年』における民衆支配の一手段としての映画を見ることになる。主人公のウィンストン・スミスがひそかにしたためる日記のなかには、つぎのような記載がある。イングソック支配下においては日記を書くという行為そのものが禁断の行為であるため、彼はおびえつつ筆をとっている。

一九八四年四月四日。昨夜、映画《フリックス》へ。すべて戦争映画。ひとつとてもよかったのは、避難民でいっぱいの船が地中海のどこかで爆撃されるところ。観客がひどくおもしろがったのは、太った大男がヘリコプターに追いかけられ、泳いで逃げようとする場面。まずその男がイルカのように水中をもがいて進むショット、つぎにヘリコプターの銃眼から狙いをつけ、それから男の全身が穴だらけとなり、あたりの海面が赤く染まる、それから突然、体の穴から浸水したかのように男は沈んでゆく。観客は男が沈む場面で爆笑。それから子どもで満員の救命ボートと、その頭上を旋回するヘリコプター。ユダヤ人とおぼしき中年女性が舳先《へさき》に座り、三歳くらいの男の子を抱いている。男の子は恐怖で泣き叫び、女の体内にこもろうとするかのように胸もとに頭を埋める。女は子どもを両手で抱きしめてあやすのだが、自分も恐怖で顔面蒼白だ。ずっと子どもの上に身をかがめ、まるで自分の両腕で銃弾を妨げると思っているかのよう。するとヘリコプターが二〇キロ爆弾を投下し、すさまじい閃光とともにボートは木端微塵となる。それから子どもの片腕が空中にぐんぐんぐんぐんぐん舞い上がる見事なショット、ヘリコプターの機首につけたカメラが追いかけていったにちがいないすると党員席から拍手大喝采しかしプロール席にいた一人の女が突然さわぎだし子どもの前でこんなの見せちゃいけないこどもの前で見せちゃいけないと叫ぶとまもなく警察が女をつまみだしたつまみだしたその女はなにもされはしなかったろうプロール(52)がなにを言おうがだれも相手にしない典型的なプロールの反応に連中はけっして……

ウィンストンは手がふるえてきてこれ以上書けなくなる。禁断の行為をしているという心の動揺が文章の乱れにあらわれでている。ここでの日記の記載から、『一九八四年』の物語世界ではきわめて残虐な映画が奨励されていることがわかる。「太った大男」がなぶり殺しにされる映像に観客が「爆笑」し、幼児殺しに党員が「拍手大喝采」するという記述にイングソックの住民のすさんだ心性が浮かび上がり、少しあとの「二分間憎悪」のヒステリックな描写の序曲の役割をはたしている(「プロール(労働者階級)」の女性がその残虐性に抗議するというまっとうさを見せるが、排除されるという書き込みも注目しておくべきだろう)。

とはいえ、このような映画は『一九八四年』の世界だけにかぎられるものではない。一九四〇、四一年のオーウェルの映画批評を概観した私たちは、右の日記の記述をながめて、両者の関連に気づかずにはいられない。すなわち、本稿の第三節で確認したように、オーウェルは当時封切られていたアメリカ映画の多くに見られる残虐性と暴力礼賛の傾向を指摘し、それを批判しているわけであるが、ウィンストンが記述する映画はそのような性質が色濃く出たものになっている。この点だけを見ても、『一九八四年』が「悪魔的光景」に満ちた未来図の「予言」と見る解釈は支持しがたいということがわかる。むしろそれは二〇世紀中葉の西欧世界が内包する諸問題を誇張をまじえて具体的に描出した物語なのであって、その「独創性も予言的あるいは空想的な思索から生じたものではなく、むしろ周知の題材を写実的に統合再編成したところから出てきている」(53)とするジェフリー・マイヤーズの見方が妥当であると思える。

六　「新しい言葉」としての映画

いま見た『一九八四年』での用例が典型的なものであるが、フィクションであれ、ルポルタージュであれ、オーウェルが自著で映画というメディアをあえてとりあげる場合、概してネガティヴな役柄を負わせていることが見てとれる。とはいえ、この新興芸術がもつ意義について彼が無自覚だったわけではないことは、第四節で紹介した『独裁者』の評を見れば明らかである。『独裁者』の場合は、ヒトラーを笑い飛ばすチャップリンの「破壊的な思想」と庶民への讃歌という「内容」への賛同が主たるものだった。じっさい、オーウェルの映画評論はその大半が映画のプロットや「メッセージ」、それに出演者の演技についての論評に費やされ、映画の技法の問題にふみこむことはあまりしていない。『キップス』を称賛しながら、監督のキャロル・リードの演出にまったく言及せず(リードの名前さえ出していない)「ウェルズの原作に忠実である」ということを評価の根拠にしているくだりなどを読むと、形式面への関心が薄いように思えてくる。とはいえ、後者への関心がまったくないというわけではない。『われらの夜はかくて終わりぬ』の評の最後の段落でオーウェルはこう書いている。

技法的にはこれはいささか変わった特徴がひとつある。……時々、登場人物がものを考えているときにその人物の声が——それにあわせたくちびるの動きを示さずに——独白のかたちで聞こえてくるという点である。これは思考を表現するかなり粗雑な手法であり、トーキーの導入によって映画が技術的に後退したことを実感させる。それは「フラッシュバック」が欠けてしまうためである。たとえばサイレント映画には、他のメディアではなしえないような仕方で夢を表現することに成功したものがある。『われらの夜はかくて終わりぬ』のインタールードで思考が声に出して語られるのを聞くと、映画が演劇の手法にしばられることはないのではないかという気がするし、トーキーが導入されたときに中断してしまった心理学的実験をいままたつづけてもよいのではないかという希望がわいてくる。[54]

その後映画の思考表現における常套手段のひとつとして定着した「ヴォイス・オーヴァー」(voice-over)の技法に難色を示しているわけであるが、それは「フラッシュバック」(flashback)——すなわち語りの基準時とは別の時間(おおむね過去)の情景や事件を瞬間的に挿入する手法——という映画ならではのテクニックを使用する機会を狭めるからであるとオーウェルは示唆しているのである。この問題をさらに敷衍《ふえん》したのが、エッセイ「新しい言葉」での記述である。これは生前未発表のエッセイで、正確な執筆年代は不明であるが、『オーウェル著作集』の編者は一九四〇年(すなわちオーウェルが映画評論を手がけた年)頃の執筆と推測している(55)。新語を主題とした長いエッセイの一部で映画に脱線したものにすぎないとはいえ、映画技法とその潜在能力についての言及としては、最も長く、かつ一定のまとまりをもったものである。その一部を以下に引用しておきたい。ここでも映画の「フラッシュ(バック)」の手法が特筆されている。

物の姿が直接伝わるのは映画である。映画のなかにひそんでいるあの驚くべき力——事物を変形させ、幻想を生み出し、全般的に言って、この物質世界の束縛からのがれ出させる力——にだれでも気づいているにちがいない。この映画が、本来舞台芝居などを越えたものに集中すべきであるのに、それをせず、もっぱら芝居の愚かしい模倣に用いられてきたのは、ただ営利上の必要からだろうと私は思う。うまく利用すれば、映画はさまざまな心理的作用を伝えるひとつの有力な手段ともなり得るものである。たとえば、夢というものは、先にもふれたように、言葉ではどうにも描写しえないものだが、スクリーン上なら十分表現することが可能である。何年か前、私はダグラス・フェアバンクスの映画を見たが、その一部は夢を表現したものだった。……そのなかで数分間ほんとうに夢らしく見え、言葉でも、あるいは絵でさえも、またたぶん音楽によっても表現できそうもないような場面があった。

他の映画でも瞬間場面《フラッシュ》でおなじようなものを見たことがある。たとえば『カリガリ博士』の場合がそうだった。……考えてみれば、われわれの心のなかには、映画のこの現実を変形して見せる不思議な力によって、どうにかして表現し得ないものはごくわずかしかないのである。……現在求められているのは、人間に共通してある、いまのところは名づけられていないいろいろな感情を発見することである。どうしても言葉にならず、言葉にするとつねに嘘と誤解を生み出してしまうようなあらゆる強い動機を追跡し、目に見えるかたちを与え、見解が一致したところで名前をつける、そういうことが可能であろう。私は映画の無限ともいうべき表出力をもってすれば、ふさわしい探求者の手でこれを成しとげることが可能であると確信する。[56]
(強調は原文)

民衆支配の装置として使われる側面への指摘・批判とうってかわって、「映画の無限ともいうべき表出力」というポジティヴな可能性への期待が語られている。「無限」とはいささか楽天的すぎる気がしないでもないが、既成の言語によっていまだ名づけられていない感情を映画メディアによって表現しうるという示唆を彼がおこなっているのは重要である。[57]糊口をしのぐため、戦時下の非常時に映画評論家として試写室や映画館で好きでもない映画を見せられていたオーウェルの顔は、おおよそ憂鬱に満ちたものであったにちがいないが、このような可能性に思いをめぐらせる機会をそれが与えたという意味では、映画館の憂鬱もかならずしも無意味なものではなかったようである。

七　映画的文体

以上、オーウェルの映画についてのさまざまな言及をながめた上で、彼の映画観の把握につとめてきたが、最後にどうしてもふれておかなければならないのが、映画というメディア本来の技法が作家オーウェルの文章におよぼした影響という問題である。好むと好まざるとにかかわらず、また程度の差はあれ、その著作が新興メディアの刻印を帯びているという点では、オーウェルも同時代の他の作家たち(たとえば、グレアム・グリーン、クリストファー・イシャウッドなど)と異なることはなかったように思える。「ドキュメンタリー」「モンタージュ」「メトニミー(換喩)」という三語を手がかりとしながら、以下、簡単にまとめてみたい。

まず、『ウィガン波止場への道』や『カタロニア讃歌』を書いたオーウェルが「ドキュメンタリー」作家と形容されるのはめずらしいことではないのだが[58]、注意しておくべきなのは、これが「記録映画」を意味する語として一九三〇年代に一般化した用法を文学に転用したものだということである。ラテン語の'documentum'(文書、証書)を語源と

する形容詞 'documentary' は、「文書、証書の（性格をもつ）」の意では一九世紀初頭にすでに用例が見られるが、「事実を記録」した作品の意で初めて用いたのは一九二六年、サモア島の住民のくらしを記録したロバート・フラハティ監督の映画『モアナ』を論じたジョン・グリアスンの論評においてだったとされる。[59] このグリアスンは、イギリスの映画文化の発展にきわめて重要な寄与をはたした映画監督・理論家であって、「イギリス・ドキュメンタリー映画運動」の創始者だった。[60] ロシア・アヴァンギャルドの映画作家ジガ・ヴェルトフの「キノ・グラス」(Kino Glaz) すなわち「映画眼《カメラ・アイ》」の理論[61]の影響を受けて一九二〇年代末に開始されたその運動は、グリアスンの指導のもとで、三〇年代に濃厚な社会的メッセージをもつ作品を多く産出した。たとえばイギリスの女性作家ストーム・ジェイムスンは、当時の雑誌『ファクト（事実）』の革命的な文学理論を特集した号のなかで、「必要とされるものに最も近い相当物はすでにドキュメンタリー映画のかたちで存在しているのではあるまいか」と示唆し、さらにつづけて、「映像作家がするのとおなじように、作家も映像から距離を保ちつつ、事実を印象的な（痛切な、アイロニックな、透徹した、意義深い）アングルから提示することに絶えずつとめなければならない」[62]（強調は原文）と述べ、ドキュメンタリー映画に学ぶように作家たちに勧めている。彼女や『ファクト』の他の協同者たちは、「事実《ファクト》」をリポートすることこそが社会意識の変化をうながし、ファシズムへの防衛策となりかつ社会主義的な変革を助長するような新しい文化を創出することにつながると信じた。じっさい、左翼の作家にかぎらず、一九三〇年代というのは、ドキュメンタリー的な映画技法が文学創作の新しい原理を示唆するものとして強く意識された時期なのだった(当時の作家たちを回想して、イーヴリン・ウォーは後年「映画こそが新しい語り《ナラティヴ》の習慣を教えてくれたのだった」[63]と述べている)。

図式的に言ってしまうと、三〇年代の作家たちは、それ以前のモダニスト、シンボリストの伝統に見られる秘教的、エリート主義的な難解さを批判し、明確な政治意識にもとづき、開かれたコミュニケーションを志向する文学実践をおこなったと見ることができる。つまり文学創作の方法論において「リアリズム」の側に天秤が傾いたわけである。たとえばスティーヴン・スペンダーは一九三九年に出したパンフレット『新しいリアリズム』で「今日の芸術家たちには現実《リアリティ》にむかう傾向がある。[64]なぜなら、形式における実験の局面は不毛であると証明されたからである」と言明している。一九三六年に設立の「レフト・ブック・クラブ」は「記録《ドキュメント》と、事実《ファクツ》こそが知識であるとする前提に基づいて」[65]創設されたものである(すでに見たようにオーウェルの『ウィガン波止場への道』はその叢書の一冊として刊行された)。また、同年に組織された「マス・オブザーヴェイション」(Mass Observation)すなわち「大衆観察」という名の世情調査では、イギリス全国の数千もの人びとが毎月一度、一日の日常生活で見聞きした経験を記録する試みがなされた。[66]「ドキュメンタリー映画運動」もこうしたリアリズム重視の時代精神のなかで迎え入れられ、かつそれをさらに強調するものともなったわけである。オーウェルは「レフト・ブック・クラブ」にも「マス・オブザーヴェイション」にも一定の留保をし、かならずしも歩調をあわせていたわけではなかったが、彼独特の個性があるにせよ（そしてそれが肝心なことではあるにせよ）、ドキュメンタリーを主要素《ドミナント》とする三〇年代の文化特有のスタイルを他の作家たちと分かちもっていたということは言える。

ジガ・ヴェルトフを筆頭とするロシア・アヴァンギャルドの映像作家たちは、モンタージュ技法を駆使して、混沌として見える現代生活から「一貫した秩序において諸事実を集成し提示する」[67]ことをはかった。イギリスのドキュメンタリー映画運動の担い手たちは、前述のように、ヴェルトフの「映画眼《キノ・グラス》」の理論と実践に大いに影響を受け、カメラがダイレクトにとらえる「事実」を編集・モンタージュすることから生まれるドキュメンタリーを新しい芸術形式として提示した。一九二九年グリアスンの『流し網漁船』（*Drifters*）はイギリスにおけるドキュメンタリーの基礎となったと評価される作品である。[68] ＥＭＢ（帝国通商局）をスポンサーとしたことによる間接的な検閲の介入によって、グリアスンの当初の構想にあったラディカルな可能性が相当に切りつめられてしまったのではあったが[69]、彼自身が残しているコメントによれば、スコットランドのニシン漁の仕事を記録したこの映画の制作意図は、散文的な商品の背後にある経済的・社会的構造を脱神秘化し、目に見えるものにすることだった。[70] 労働と消費との空間的・社会的距離を劇的に短縮してみせ、過酷な海上でのドラマと喧噪に満ちた魚市場のイメージを衝突させ、労働が交換価値に変えられる過程を強調することを狙ったのである。キース・ウィリアムズが指摘するように、『流し網漁船』はセルゲイ・トレチャコフの言う隠れた「事物の伝記」[71]をたどろうとしたものだった。ドキュメンタリーをグリアスンは「現実の創造的処理」[72]と定義し、モンタージュは日常の平凡な事物を社会生活の過程と関連づけるための「速記法」とみなした。[73]

オーウェルが一九三七年に刊行した『ウィガン波止場への道』は、以上のイギリス・ドキュメンタリー映画運動が提唱したモンタージュ手法と共通する要素を多分に有している。じっさい、これは注目すべき事実であるが、三〇年代中葉に、炭鉱をあつかったドキュメンタリー映画が少なからず制作されている。こうした作品群にオーウェルが影響を受けなかったとは考えにくい。[74] そしてオーウェルもこの著作によって彼なりの「事物の伝記」を試みている。ここでの「事物」とは石炭にほかならない。具体的に見てみよう。『ウィガン波止場への道』の第二章で、現代文明がいかに石炭に依存しているかを見るために、「石炭が掘り出される実際の過程を見る価値は十分にある」[75]と述べて炭鉱夫がおこなう坑内での採炭のありさまを記述してから、彼はこうつづける。

炭鉱夫の作業を見ると、ほかの人たちがなんとちがう世界に住んでいるかがすぐに実感される。石炭が掘られている地中深くは一種の別世界であり、ふつうの人はそれについて何も目にすることなくやりすごせる。たいていの人はそれについて聞きたくもないだろう。だがそこは地上の世界にとって不可欠の片割れなのだ。アイスを食べることから大西洋を横断することまで、パンを焼くことから小説を書くことまで、われわれがする事実上すべてのことがらが、直接間接に石炭の使用にかかわる。平時になすすべてのことがらのために石炭が必要なのだが、戦争になればさらにいっそう必要の度が増す。革命のときにも鉱夫は仕事をつづけなければならない。さもなくば革命は止まってしまう。革命にも反動とおなじくらい石炭がいるのだから。地上で何が起こっていようが、掘りくだき、すくいとる作業はつづけなければならない。……ヒトラーがガチョウ歩き〔上げ足歩調〕で行進できるように、教皇がボルシェヴィズムを非難できるように、クリケット試合の観客がロード競技場に集まれるように……石炭が産出されなければならない。だが概してわれわれはこれを自覚しない。「石炭が必要」だということはだれでも知っているが、石炭をとることにかかわることがらをわれわれはほとんど、あるいはまったく思い出さない。いま私は心地よい石炭の火の前に座ってこれを書いている。四月ではあるが、まだ火がいるのだ。二週間に一度、石炭運搬車が戸口に来て、革のチョッキを着た男たちが、タールの臭いのする丈夫な袋に入った石炭を室内に運び入れ、階段下の石炭置場に投げ込んでくれる。私がこの石炭をはるか遠くの炭鉱の労働と結びつけるのはごくたまになのであり、しかもしっかりと思い描く努力をしなければならない。私にとってなくてはならぬもの——それが石炭なのだ。金を払わねばならぬとはいえ、まるで神与の食物《マナ》のごとく、謎のようにどこからともなく到着する黒い物質。北部イングランドで車を走らせていて、自分が進んでいる道路の何百フィート下で炭鉱夫が石炭を掘りくずしていることにまったく考えがおよばない、ということはざらにある。だがある意味でその車を前進させているのは鉱夫たちなのである。ランプに照らされた彼らの地下世界は、陽の照った地上世界に欠かせぬものなのだ。花に根が欠かせぬように。(76)

これは文章上のモンタージュの使用例である。地下世界(土台)での鉱夫の仕事の価値が、地上での(「上部構造」における)多岐にわたる、一見たがいに矛盾する活動と並置されている。ウィリアムズの指摘するように、このテクストの戦略は、そうしたモンタージュによって、「地下世界と地上の特権的な領域、いわばウィガンとケンジントン(つまりロンドンの中流階級の居住地区)のあいだの弁証法的な結合」をはかることであり、「事態を変える財力と政治的影響力を有する南部の中流階級の人間が恩恵を受けている事実を強調することによって、伝統的な炭鉱地帯における大量失業と窮乏という悲劇的事実をそれだけいっそう不当なものとして示す」[77]ことだった。ストーム・ジェイムスンは、映画には現代の社会構造における隠れた因果関係を暴露するラディカルな力が備わっていると指摘し、その力を文学において利用することを提唱したのだったが、オーウェルがここで試みているのも、複合的な社会における経済的基礎が生産と消費の乖離《かいり》によってたやすく神秘化されてしまう状況を異化することなのである。そして、このモンタージュでは、「アイス」「大西洋の横断」「パン焼き」「小説書き」、「ガチョウ歩き」のヒトラー、「ボルシェヴィキを非難」する教皇、「クリケット試合」の観客と、たがいに異質と見えながらじつはそれぞれに「現代社会」の一部を構成しているアイテムが積み重ねられている。これらはいずれも「現代社会」の提喩《シネクドキ》もしくは換喩《メトニミー》なのであって、オーウエルの用いるモンタージュは、この例にもれず、基本的に隠喩的というよりは提喩・換喩的要素が濃厚である(以下、便宜上提喩を換喩の一種にふくめて論を進める)。ここで三つめのキーワード「換喩」が問題になる。

　伝統的な修辞学用語としての隠喩と換喩を言語のはたらきの両極をなすものとして(隠喩を言語の垂直的な「連合関係」もしくは「選択関係」、換喩を水平的な「統合関係」もしくは「結合関係」にかかわるものとして)二項対立的に再定義し、さらにこの対立原理によって言語芸術作品のスタイルを理解することを提唱したのは、周知のようにロマーン・ヤーコブソンであった。デイヴィッド・ロッジは『モダン・ライティングのモード――隠喩・換喩・現代文学の類型論』において、ヤーコブソンのこの理論を基礎にして、現代英語文学の類型論を試みた。ロッジの見取り図によれば、一九二〇年代のモダニズム的文章様式は隠喩への傾きが強い(つまり時空において大きな隔たりがある事物間の類似性に基づく)のに対して、三〇年代の様式はリアリズム、アンチモダニズムが支配的であり、それは基本的に換喩的な文章(すなわち、言語的素材が物理的・空間的な近接性、時間的な連鎖、論理的因果関係によって結合されている文章)なのだという。また文学以外の芸術ジャンルにおいても、ヤーコブソンはたとえば演劇と映画を前者が隠喩の極に位置するのに対して、映画は換喩の側にあるものとして、二項対立的に把握した。登場人物の外見、身体的所作、服装、所持品などの細部をシンボリックに用いる換喩的手法は、映画が生まれ出るよりもはるか以前に存在していたとはいえ、三〇年代の作家は映画のクローズ・アップ撮影を典型とする映画技法をとおして換喩的な文体の効果を再確認し、盛んにこれを用いたのだった。[78]前に『空気をもとめて』を論じた際に、主人公が少年時代の故郷の田舎町を回想する場面で、同一のコンテクストに属するさまざまなイメージを町の換喩として使っていること、それは映画で言えば、一連の小さなクローズ・アップ・シーンを連続させたものであると指摘した。[79]じっさい、そうした換喩が『空気をもとめて』の主要素なのである。以下は『葉蘭をそよがせよ』からの引用である。主人公のゴードン・コムストックが、勤務中の書店から戸外をながめると、べたべたと貼ってある宣伝広告が目に入り、それに嫌悪をもよおさずにはいられない。

　彼は非情な町を見つめた。この瞬間、こんな通りにいたら、こんな町にいたら、どんなくらしを送っていようがすべて無意味で耐えがたいに決まっているという気がした。われわれの時代に特有の崩壊感覚と衰退の感覚がどっと押し寄せてきた。なぜかそれがむかいの宣伝ポスターと混ざり合った。いまや彼はもっとはっきりとあのにたりと笑っている幅一ヤードの顔を見た。結局のところ、そこにあるのは、単なる愚かさや貪欲さ、俗悪さを超えたものだった。ローランド・ブッタがこちらにむかって笑いかけている——一見楽天的に、入れ歯をきらめかせて。だがその笑いの裏になにがあるか？　荒廃と空虚と破滅の予告だ。なぜなら、見方がわかれば、あの調子のいい自己満足と、忍び笑いをする腹の出た卑小さの裏にあるのは、恐ろしい空虚、ひそやかな絶望だけだということがわからないだろうか？　現代世界における大きな死の願望。心中。孤独なアパートでガスオーブンにつっこまれた頭。コンドームと避妊薬。そして未来の戦争の響き。ロンドン上空を飛ぶ敵機。プロペラの恐ろしいうなり。爆弾のドーンという炸裂音。それがみなローランド・ブッタの顔に書いてある[80]。

ここでもモンタージュは換喩的であって、現代における都市生活という同一のコンテクストに属するさまざまなアイテムが並置されている。「ローランド・ブックタ」の宣伝ポスター(これじたい、全身像ではなく、にやにやと笑った「幅一ヤードの顔」という換喩によって表現されていることに注意したい)が、コムストックの呪う金ずくの資本主義的階級社会の堕落した言説空間の総体を表象し、現代人の死(精神的な死と肉体的な死)という陰鬱なイメージのモンタージュを作り出すようにしむける。最後のほうでは、「未来の戦争の響き」と、その換喩としての敵の爆撃機、そのプロペラ音、それが投下する爆弾という、隣接する映像のフラッシュバックがはさみこまれている。ロッジが指摘するように、ここにはたしかに同時代のニュース映画を思わせる効果が生じている。[81]

このように、ルポルタージュにかぎらず、小説においても、オーウェルは映画的と形容して差し支えない手法をさかんに活用していることがわかる。映画を嫌ったというオーウェルではあったが、自分が嫌いなものから何も学ばないというものでもない。彼と映画との関係は、そういうわけで、生産的・創造的な側面も大いにあったというのが本稿の結論になる。

(1) Orwell, 'Confessions of a Book Reviewer,' *Tribune*, 3 May 1946; *The Complete Works of George Orwell*, 20 vols., edited by Peter Davison (London: Secker & Warburg, 1987-98) (以下、

CWあるいは『全集(版)』と略記する), vol. 18, no. 2992, p. 301.『象を撃つ——オーウェル評論集1』平凡社ライブラリー、一九九五年、一二五頁。

(2) *Ibid.*, p. 302. 同書、一二七頁。

(3) *The Collected Essays, Journalism and Letters of George Orwell*, eds. Sonia Orwell and Ian Angus, 4 vols. (Harmondsworth: Penguin Books, 1970) (以下『著作集』あるいは*CEJL*と略記する). 河合秀和はオーウェルの評伝のなかで「彼〔オーウェル〕が一八カ月間にわたって書いた五〇篇近い映画評で、著作集に選ばれたのはわずかに三篇」と述べているが(河合秀和『ジョージ・オーウェル』〔イギリス思想叢書12〕研究社、一九九七年、一九八頁)、ここで「五〇篇近い映画評」としているのは不正確である。オーウェルが一六カ月間にわたって書いた五〇篇あまりの劇評と映画評(正確には劇評が二五篇、映画評が二七篇)で、「著作集」に映画評はひとつも選ばれていない。劇評もそれは同様だが、ただし、一九四〇年九月七日号の劇評のうち、マックス・ミラーの寄席興業の評のほぼ全文が「ドナルド・マッギルの芸術」の編者による脚注として引用されている(*CEJL*, II, no. 27, p. 191.『ライオンと一角獣——オーウェル評論集4』平凡社ライブラリー、一九九五年、一四三—四五頁)。本書第3章の注(23)を参照。

(4)『タイム・アンド・タイド』(*Time and Tide*)は一九二〇年にロンダ子爵夫人マーガレット・ヘイグ・トマス(Viscountess Rhondda, Margaret Haig Thomas, 1883-1958)が創刊した無党派の雑誌。創刊時から一九七〇年までは週刊、その後一時月刊になったり隔週刊になったりし、一九七九年に廃刊。時事問題、詩、短編小説、文芸評論、各種芸術評論などを掲載。初期(一九二〇—二六年)には編集長ヘレン・アーチデイル(Helen Archdale, 1876-1949)のもとでフェミニズム的・左翼的傾向が強い記事を載せ、D・H・ロレンス、ヴァージニア・ウルフ、バーナード・ショーらが寄稿した。オーウェルが寄稿していた期間はロンダ子爵夫人が編集長だった。オーウェルは劇評、映画評、書評などあわせて九〇点近くにのぼる原稿を寄稿している。この雑誌の歴史については以下を参照。Alvin Sullivan, ed., *British Literary Magazines: The Modern Age, 1914-1984* (London: Greenwood Press, 1986), pp. 441-53.

(5) Bernard Crick, *George Orwell: A Life* (London: Secker & Warburg, 1980; Harmondsworth: Penguin Books, 1982), pp. 383-84. バーナード・クリック『ジョージ・オーウェル——ひとつの生き方』全二巻、河合秀和訳、岩波書店、一九八三年、下巻、九四頁。

(6) *Ibid.*, p. 384. 同書、九四―九五頁。

(7) Michael Shelden, *Orwell: The Authorized Biography* (New York: Harper Collins, 1991), pp. 323-24. マイクル・シェルダン『人間ジョージ・オーウェル』全二巻、新庄哲夫訳、河出書房新社、一九九七年、下巻、一七一―七二頁。

(8) *Ibid.*, pp. 324-25. 同書、下巻、一七〇―七二頁。

(9) 「これを書いている時点」というのは、一九九八年二月。オーウェル全集の第二期(第一〇―二〇巻)は、『オーウェルのマザー・グース』の初版(平凡社、一九九八年一二月刊)が校正段階に入っていた一九九八年七月に刊行され、これをもって全二〇巻がようやく完結した。

(10) ロンドン大学オーウェル文庫にマイクロフィッシュのかたちで保存されているものを利用した。分類記号 A/66/29-83 に収められている(以下の注では、本書執筆時に参照できなかった全集版の文献データを併記する)。

(11) 以下に『タイム・アンド・タイド』誌へのオーウェルの劇評二五回分の掲載日、対象となった作品名、劇団、劇場名などのリストを附す。便宜上通し番号をつけておく。

一九四〇年――

①五月一八日、『良きチャールズ王の黄金時代に』(*In Good King Charles's Golden Days*)、ジョージ・バーナード・ショー(George Bernard Shaw)作、ニュー劇場。(*CW*, vol. 12, no. 624, pp. 162-62)

②五月二五日、『恐るべき親たち』(*Les Parents Terribles*)、ジャン・コクトー(Jean Cocteau)作、キャサリン・フランク(Catherine Franke)脚色、ゲイト劇場。ヴァラエティ・ショー『ギャリソン劇場』(*Garrison Theatre*)、パレイディアム。(*CW*, vol. 12, no. 626, pp. 165-67)

③六月一日、レヴュー『スウィンギング・ザ・ゲイト』(*Swinging the Gate*)、アンバサダーズ劇場。(*CW*, vol. 12, no. 631, p. 174)

④六月八日、『あらし』(*Tempest*)、シェイクスピア作、オールド・ヴィック座。『やすらぎの宿』(*The Peaceful Inn*)デニス・オグデン(Denis Ogden)作、デューク・オヴ・ヨーク劇場。『ヘレンの肖像』(*Portrait of Helen*)、オードリー・ルーカス(Audrey Lucas)作、トーチ劇場。(*CW*, vol. 12, no. 636, pp. 179-81)

⑤六月一五日、『あなたまかせ』(*I'll Leave it to You*)、ノエル・カワード(Noel Coward)、

スレショールド・シアター・クラブ。(*CW*, vol. 12, no. 638, pp. 184–85)
⑥六月二二日、『ボーイズ・イン・ブラウン』(*Boys in Brown*)、レジナルド・ベックウィズ(Reginald Beckwith)作、ゲイト劇場。(*CW*, vol. 12, no. 643, pp. 194–95)
⑦六月二九日、『サンダー・ロック』(*Thunder Rock*)、ロバート・アードリー(Robert Ardrey)作、ネイバーフッド劇場。(*CW*, vol. 12, no. 645, pp. 221–22)
⑧七月一三日、『チュー・チン・チョウ』(*Chu Chin Chow*)、オスカー・アッシュ(Oscar Asche)作、フレデリック・ノートン(Frederic Norton)音楽、パレス劇場。『妻たちのための賃金』(*Wages for Wives*)、マーガレット・ブランフォード(Margaret Branford)作、トゥエンティース・センチュリー劇場。(*CW*, vol. 12, no. 656, pp. 215–16)
⑨七月二七日、『女は天使じゃない』(*Women Aren't Angels*)、ヴァーノン・シルヴェイン(Vernon Sylvaine)作、ストランド劇場。(*CW*, vol. 12, no. 661, pp. 221–22)
⑩八月三日、『悪魔の弟子』(*The Devil's Disciple*)、ジョージ・バーナード・ショー(George Bernard Shaw)作、ピカディリー劇場。(*CW*, vol. 12, no. 663, pp. 223–24)
⑪八月一〇日、『過失の限度』(*Margin for Error*)、クレア・ブース(Clare Boothe)作、アポロ劇場。(*CW*, vol. 12, no. 668, pp. 230–31)
⑫八月一七日、『私が死ぬ日まで』(*Till the Day I Die*)、クリフォード・オデッツ(Clifford Odets)作、スレショールド・シアター・クラブ。(*CW*, vol. 12, no. 672, pp. 235–36)
⑬八月二四日、『自由を取り返せ』(*Take Back Your Freedom*)、ウィニフレッド・ホルトビー(Winifred Holtby)作、ネイバーフッド劇場。

『栄養満点の体』(*The Body Was Well Nourished*)、フランク・ローンダー(Frank Launder)・シドニー・ジリアット(Sidney Gilliat)作、リリック劇場。(*CW*, vol. 12, no. 678, pp. 242–43)

⑭九月七日、『コーネリアス』(*Cornelius*)、J・B・プリーストリー(J. B. Priestley)作、ウエストミンスター劇場。

『アップルソース』(*Applesauce*)、ジョージ・ブラック(George Black)進行、ホウボーン・エンパイア劇場。

『外国行き』(*Outward Bound*)、サットン・ヴェイン(Sutton Vane)作、ニュー劇場。

(*CW*, vol. 12, no. 684, pp. 250–53)

一九四一年——

⑮一月四日、『ウィンザーの陽気な女房たち』(*The Merry Wives of Windsor*)、シェイクスピア作(短縮版)、ストランド劇場。

ヴォードヴィル『バークリー・スクエア』(*Berkeley Square*)、ジョン・L・ボルダーストン(John L. Balderston)、J・C・スクワイア(J. C. Squire)作。(*CW*, vol. 12, no. 742, pp. 360–62)

⑯一月一一日、『気晴らし2』(*Diversion 2*)、ハーバート・ファージョン(Herbert Farjeon)脚色、ウィンダム劇場。(*CW*, vol. 12, no. 744, pp. 365–66)

⑰二月一日、『青いガチョウ』(*The Blue Goose*)、ピーター・ブラックモア(Peter Blackmore)作、コメディ劇場。

『ブルータス殿』(*Dear Brutus*)、J・M・バリー(J. M. Barrie)作、グローブ劇場。(CW, vol. 12, no. 754, pp. 382–83)

⑱五月三日、レヴュー『黒い虚栄』(*Black Vanities*)、ヴィクトリア・パレス劇場。

『ひとつ屋根の下』(*Under One Roof*)、キム・ピーコック(Kim Peacock)作、セント・マーティン劇場。(CW, vol. 12, no. 795, pp. 488–89)

⑲五月一七日、『貸家』(*Cottage to Let*)、ジェフリー・カー(Geoffrey Kerr)作、ウィンダム劇場。(CW, vol. 12, no. 801, p. 499)

⑳六月一四日、『心のともしび』(*The Light of Heart*)、エムリン・ウィリアムズ(Emlyn Williams)作、グローブ劇場。(CW, vol. 12, no. 812, p. 511)

㉑六月二八日、『同盟国への讃歌』(*Hommage aux Alliés*)、フランス協会(Institut Français)。(CW, vol. 12, no. 822, pp. 519–20)

㉒七月一二日、『快活な精神』(*Blithe Spirit*)、ノエル・カワード(Noel Coward)作、ピカデイリー劇場。

『じゃじゃ馬ならし』(*The Taming of the Shrew*)、シェイクスピア作、ロバート・アトキンズ(Robert Atkins)制作。サザーク公園での野外公園。(CW, vol. 12, no. 830, pp. 525–27)

㉓七月一九日、『ジョン王』(*King John*)、シェイクスピア作、ニュー・シアター。(CW, vol. 12, no. 832, pp. 531–32)

㉔八月二日、ミュージカル・コメディ『レイディは行儀良く』(*Lady Behave*)、ヒズ・マジ

エスティ劇場。

『ニュー・アンバサダーズ・レヴュー』(*New Ambassadors Revue*)、アンバサダーズ劇場。

『王に統べられしこの島』(*This Sceptred Isle*)〔シェイクスピアの戯曲の抜粋をウィルスン・ナイト教授が朗読〕、ウェストミンスター劇場。(CW, vol. 12, no. 838, pp. 541–42)

㉕八月九日、『接近戦』(*Close Quarters*)、W・O・ソミン(W. O. Somin)作、アポロ劇場。(CW, vol. 12, no. 839, pp. 542–43)

(12) 以下にオーウェルの映画評二七回分の掲載日、評の対象となった作品名、制作の国名(といっても英国か米国かのいずれかで、ほとんどが米映画だが)と会社名、監督、主な出演者、およびロンドンの上映館(評に記してあるもの)のリストを附す。便宜上通し番号をつけておく。とくに断りのないかぎり白黒作品である。

一九四〇年——

①一〇月五日、『博士の嫁取り』(*The Doctor Takes a Wife*)、米、コロンビア映画、監督アレグザンダー・ホール、出演ロレッタ・ヤング、レイ・ミランド、リーガル館。(CW, vol. 12, no. 695, pp. 272–73)

②一一月二三日、『哀愁』(*Waterloo Bridge*)、米、MGM、監督マーヴィン・ルロイ、出演ヴィヴィアン・リー、ロバート・テイラー、エンパイア館。(CW, vol. 12, no. 707, pp. 287–88)

③一一月三〇日、『問題の女性』(*The Lady in Question*)、米、コロンビア映画、監督チャー

ルズ・ヴィダー、出演ブライアン・アハーン、リタ・ヘイワース。

（併映作品）『ブロンディの召使騒動』(*Blondie Has Servant Trouble*)、米、コロンビア映画、監督フランク・ストレイヤー、主演アーサー・レイク、ペニー・シングルトン、リーガル館。(*CW*, vol. 12, no. 709, pp. 290–91)

④一二月七日、『陽気なトレクシル夫人』(*The Gay Mrs Trexel*)、米、MGM(米でのタイトルは *Susan and God*)、監督ジョージ・キューカー、出演ジョーン・クロフォード、フレドリック・マーチ、エンパイア館。(*CW*, vol. 12, no. 719, pp. 304–5)

⑤一二月一四日、『アイ・ラヴ・ユー・アゲイン！』(*I Love You Again!*)、米、MGM、監督W・S・ヴァン・ダイクⅡ、出演ウィリアム・パウエル、マーナ・ロイ、エンパイア館。(*CW*, vol. 12, no. 722, pp. 307–8)

⑥一二月二一日、『チャップリンの独裁者』(*The Great Dictator*)、米、ユナイティッド・アーティスト、監督チャップリン、出演チャップリン、ポーレット・ゴダード、プリンス・オヴ・ウェイルズ、ゴーモント、ヘイマーケット、マーブル・アーチ・パヴィリオンの四館。(*CW*, vol. 12, no. 727, pp. 313–15)

⑦一二月二八日、『運命とのデート』(*The Date with Destiny*)、米、パラマウント(米でのタイトルは *The Mad Doctor*)、監督ティム・ウェラン、出演バジル・ラスボーン、エレン・ドルー。(*CW*, vol. 12, no. 728, p. 316)

⑧一月一一日、『彼らはおのが欲するところを知る』(*They Knew What They Wanted*)、米、RKO、監督ガースン・キャニン、出演チャールズ・ロートン、キャロル・ロンバード、

プラザ館。

『春のパレード』(*Spring Parade*)、米、ユニヴァーサル、監督ヘンリー・コスター、出演ディアンナ・ダービン、ロバート・カミングズ、ニュー・ギャラリー館。

『ゴールド・ラッシュ・メイジー』(*Gold Rush Maisie*)、米、MGM、監督エドウィン・マリン、出演アン・サザーン、リー・ボウマン(一九四〇年から四七年までに制作された一〇本の「メイジー」シリーズの第三作)、エンパイア館。(*CW*, vol. 12, no. 745, pp. 366-67)

一九四一年――

⑨一月一八日、『ブリガム・ヤング』(*Brigham Young*)、米、TCF、監督ヘンリー・ハサウェイ、出演ディーン・ジャガー、タイロン・パワー、リーガル館。

『魔法にかけられて』(*Spellbound*)、英、ピラミッド・アマルガメイティッド、監督ジョン・ハーロウ、出演デレック・ファー、ヴェラ・リンジー、ロンドン・パヴィリオン館。
(*CW*, vol. 12, no. 748, pp. 369-70)

⑩一月二五日、『逃亡』(*Escape*)、米、MGM、監督マーヴィン・ルロイ、出演ノーマ・シエアラー、ロバート・テイラー、エンパイア館。(*CW*, vol. 12, no. 751, pp. 374-75)

⑪二月八日、『静かな結婚式』(*Quiet Wedding*)、英、パラマウント／コンクァラー、監督アンソニー・アスキス、出演マーガレット・ロックウッド、デレック・ファー、プラザ館。
(*CW*, vol. 12, no. 759, pp. 385-86)

⑫二月一五日、『ダルシー』(*Dulcy*)、米、制作会社、監督シルヴァン・サイモン、出演ア

ン・サザーン、イアン・ハンター。（以下、併映の短編宣伝映画）『海軍の目』(*Eyes of the Navy*)米、『ブリテンの心』(*The Heart of Britain*)英、ＧＰＯ、『神聖ならざる戦争』(*Unholy War*)、英、ＭＯＩ〔情報省〕、エンパイア館。（*CW*, vol. 12, no. 762, pp. 389-90）

⑬二月二二日、『囁きの木陰』(*Arise, My Love*)、米、パラマウント、監督ミッチェル・レイゼン、出演クローデット・コルベール、レイ・ミランド、ウォルター・エイベル、カールトン館。

『薬指、左手』(*Third Finger, Left Hand*)、米、ＭＧＭ、監督ロバート・Ｚ・レナード、主演マーナ・ロイ、メルヴィン・ダグラス、エンパイア館。（*CW*, vol. 12, no. 766, pp. 438-39）

⑭四月二六日、『われらの夜はかくて終わりぬ』(*So Ends Our Night*)、米、ＵＡ、監督ジョン・クロムウェル、出演フレドリック・マーチ、マーガレット・サラヴァン、ゴーモント館。（*CW*, vol. 12, no. 789, pp. 482-83）

⑮五月一〇日、『リトル・メン』(*Little Men*)、米、ＲＫＯ、監督ノーマン・Ｋ・マクラウド、出演ジャック・オーキー、ジョージ・バンクロフト、ニュー・ギャラリー館。

『恋愛手帖』(*Kitty Foyle*)、米、ＲＫＯ、監督サム・ウッド、出演ジンジャー・ロジャーズ、デニス・モーガン、ゴーモント館。

『裏街』(*Back Street*)、米、ユニヴァーサル、監督ロバート・スティーヴンスン、出演マーガレット・サラヴァン、シャルル・ボワイエ、オデオン館。（*CW*, vol. 12, no. 798, pp. 494-95)

⑯五月一七日、『キップス』(*Kipps*)、英、TCF、監督キャロル・リード、出演マイケル・レッドグレイヴ、フィリス・コルヴァート、上映館不明。(*CW*, vol. 12, no. 802, pp. 499–500)

⑰五月二四日、『レイディ・イヴ』(*The Lady Eve*)、米、パラマウント、監督プレストン・スタージズ、出演バーバラ・スタンウィック、ヘンリー・フォンダ、プラザ館。

『三人のハネムーン』(*Honeymoon for Three*)、米、ワーナー、監督ロイド・ベイコン、主演ジョージ・ブレント、アン・シェリダン、ワーナー館。

『タグボート・アニーの新たな出航』(*Tugboat Annie Sails Again*)、米、ワーナー、監督ルイス・サイラー、出演マージョリー・ランボー、アラン・ヘイル、ワーナー館。(*CW*, vol. 12, no. 806, pp. 507–8)

⑱五月三一日、『このイングランド』(*This England*)、英、ブリティッシュ・ナショナル、監督デイヴィッド・マクドナルド、出演ジョン・クレメンツ、エムリン・ウィリアムズ、リーガル館。

『私は冒険と結婚した』(*I Married Adventure*)〔米、監督・主演オーサ・ジョンソン(評に「オーサ・ジョンソン制作のアフリカ・ジャングルの映画」とある)〕、パヴィリオン館。(*CW*, vol. 12, no. 808, pp. 508–9)

⑲六月七日、『栄光への脱出』(*Escape to Glory*)、米、コロンビア、監督ジョン・ブラーム、出演パット・オブライエン、コンスタンス・ベネット、リーガル館。(*CW*, vol. 12, no.

810, pp. 510–11)

⑳六月一四日、『ビター・スウィート』(*Bitter Sweet*)、米、ＭＧＭ、テクニカラー、監督Ｗ・Ｓ・ヴァン・ダイクⅡ、出演ジネット・マクドナルド、ネルソン・エディ、エンパイア館。(CW, vol. 12, no. 813, pp. 512–13)

㉑六月二一日、『ナイス・ガール？』(*Nice Girl?*)、米、ユニヴァーサル、監督ウィリアム・Ａ・サイター、出演ディアンナ・ダービン、ロバート・スタック、オデオン館。なお、見出しにはタイトルが記されていないが、評の末尾に「おなじプログラムでドナルド・ダックの併映も楽しめる」とある。
『あの不確かな気持ち』(*That Uncertain Feeling*)、米、ＵＡ／ゾル・レッサー、監督エルンスト・ルビッチ、出演マール・オベロン、メルヴィン・ダグラス、ゴーモント館。

『ビショップ先生に乾杯』(*Cheers for Miss Bishop*)、米、ＵＡ、監督テイ・ガーネット、出演マーサ・スコット、ウィリアム・ガーガン、リーガル館。(CW, vol. 12, no. 819, pp. 515–16)

㉒六月二八日、『アトランティック・フェリー』(*Atlantic Ferry*)、英、ワーナー、監督ウォルター・フォード、出演マイケル・レッドグレイヴ、ヴァレリー・ホブスン、ワーナー館。(CW, vol. 12, no. 823, p. 520)

㉓七月五日、『ウェスタン・ユニオン』(*Western Union*)、米、ＴＣＦ、テクニカラー、監督フリッツ・ラング、出演ランドルフ・スコット、ロバート・ヤング、ゴーモント館。
『ビルマの月』(*Moon over Burma*)、米、パラマウント、監督ルイス・キング、主演ドロ

シー・ラムール、ロバート・プレストン、上映館不明。(*CW*, vol. 12, no. 828, pp. 523–24)

㉔七月一九日、『悪魔とミス・ジョーンズ』(*The Devil and Miss Jones*)、米、RKO、監督サム・ウッド、出演ジーン・アーサー、チャールズ・コバーン、ゴーモント館。『炎の女』(*The Flame of New Orleans*)、米、ユニヴァーサル、監督ルネ・クレール、出演マレーネ・ディートリッヒ、ローランド・ヤング、レスター・スクエア館。(*CW*, vol. 12, no. 833, pp. 532–33)

㉕八月九日、『ハイ・シエラ』(*High Sierra*)、米、ワーナー、監督ラウール・ウォルシュ、出演ハンフリー・ボガート、アイ・ルビノ、ワーナー館。(*CW*, vol. 12, no. 840, pp. 643–44)

㉖八月一六日、『リスボンの一夜』(*One Night in Lisbon*)、米、パラマウント、監督エドワード・H・グリフィス、出演マデライン・キャロル、フレッド・マクマリー、カールトン館。『ジーニー』(*Jeannie*)、英、GFD／タンサ(米でのタイトルは*Girl in Distress*)、監督ハロルド・フレンチ、主演バーバラ・マレン、マイケル・レッドグレイヴ、レスター・スクエア館。(*CW*, vol. 12, no. 842, pp. 544–46)

㉗八月二三日、『スエズの南』(*South of Suez*)、米、ワーナー、監督ルイス・サイラー、出演ジョージ・ブレント、ブレンダ・マーシャル、ワーナー館。(*CW*, vol. 12, no. 848, p. 22)

(13) 一九四〇年一二月七日、一九四一年一月一一日、五月一七日、六月一四日、二八日、八月九日の各号。

(14) 一九四〇年五月二八日から四一年八月二八日までの「戦時日記(War-time Diary)」。全集版では第一二巻から第一三巻にかけて収録されている。以下も参照。George Orwell, *Diaries*, ed. Peter Davison (London: Harvill Secker, 2009), pp. 244-319. ピーター・デイヴィソン編『ジョージ・オーウェル日記』高儀進訳、白水社、二〇一〇年、二九五—三八七頁。

(15) 「このような明るいショーがこんな時節に(おそらく多大な犠牲を払って)上演されるのを見るのは結構なことだ。爆弾投下がなくなれば、ロングランは安泰である」(一九四〇年七月二七日号、ヴァーノン・シルヴェイン作『女は天使じゃない』の劇評。CW, vol. 12, no. 661, p. 222)。

「『イギリス兵士は何にでも耐えられる——イギリス陸軍省以外はね』というバーゴイン将軍の台詞は、軍服が点在する観客席から大いに拍手喝采を受けていた」(同年八月三日号、バーナード・ショー作『悪魔の弟子』の劇評。CW, vol. 12, no. 663, p. 224)。

「つぎに記すことは、直接劇にかかわる出来事ではないが、社会史の一こまとして記録に値するのではあるまいか。火曜日夜(二七日)の公演の半ば頃に空襲のサイレンが鳴った。コーネリアス役のスティーヴン・マリー氏が前に進み出て「外にお出になりたいお客様をご案内するために明かりをおつけします」と言った。退席したのは三、四人だけで、劇はいつもどおりに進んでいった。わずか一週間で、空襲は中断を強いる重大事ではなくなってしまったのだ。だから、ロンドンの劇場の先行きは、数週間前にくらべたらずっと明るくなっているのかもしれない」(同年九月七日号、プリーストリー作『コーネリアス』の劇評。CW, vol. 12, no. 684,

p. 252)。

「全体的にすぐれたショーであり、爆弾で中止にならぬことを祈る」(一九四一年一月一一日号、レヴュー『気晴らし2』の評。CW, vol. 12, no. 744, p. 366)。

(16)「長い演目をとおして目につく特徴は、戦争への言及が乏しいことである。全体的にぱっとしない上演だが、観客の拍手喝采ぶりをみると、ロングランしそうな気配である――ヒトラーが許すならのはなしだが」(一九四〇年六月一日号、レヴュー『スウィンギング・ザ・ゲイト』の評。CW, vol. 12, no. 631, p. 174)。

「一九四〇年に作られたというのに、この劇は直接にであれ間接的にであれ戦争にまったく言及していない。経済的な成功やら自動車やら離婚などといったことがらにしか関心がない連中の、平時のブルジョアのくらしが永遠につづくものとみなしているようである」(同年六月八日号、デニス・オグデン作『やすらぎの宿』の劇評。CW, vol. 12, no. 636, p. 180)。

「海岸保養地を風刺しているこの劇は、いま戦争がおこなわれているという事実を完全に無視している」(一九四一年二月一日号、ピーター・ブラックモア作の『青いガチョウ』の劇評。CW, vol. 12, no. 754, p. 382)。

(17) ウィニフレッド・ホルトビー作『自由を取り返せ』の劇評(CW, vol. 12, no. 678, pp. 242-43)。これはネイバーフッド(Neighbourhood)劇場の公演。この劇場と、トーチ(Torch)劇場、スレショールド・シアター・クラブ(Threshold Theatre Club)など、ウェスト・エンドの商業演劇から外れる実験的な劇団・劇場の活動をオーウェルはたびたび推奨している(一九四〇年六月一五日号、六月二九日号、八月一七日号)。

(18) CW, vol. 12, no. 832, pp. 165-67.

(19) CW, vol. 12, no. 668, pp. 230-31.

(20) CW, vol. 12, no. 751, pp. 374-75.

(21) CW, vol. 12, no. 762, p. 390.

(22) Orwell, 'As I Please,' *Tribune*, 7 July 1944; CW, 16, no. 2501, pp. 276-77. 『気の向くままに』(前掲)二四〇―四一頁。なお、第二次大戦下でのイギリスの対独宣伝映画については以下を参照。Anthony Aldgate & Jeffrey Richards, *Britain Can Take It: the British Cinema in the Second World War* (Basil Blackwell, 1986; 2nd edition, Edinburgh: Edinburgh University Press, 1994).

(23) 「この発言を耳にして、オーウェル氏は英語を語らせるのにいかなる代表を選ぶおつもりなのかという疑問がわきました。……BBCの語り手の声を批判することが多数の人びとを喜ばせるのは明らかですが、それに当惑を覚える者もいるのです。オーウェル氏のご批判は、もう少し磨きをかけていただいたほうがよろしいのではないでしょうか。このままでは、裏返しのスノビズムのように見えます。――南部の住人より」(*Time and Tide*, 1 March 1941; CW, vol. 12, no. 762, pp. 390-1)

(24) 少なくとも商業映画については、映画の草創期からイギリスはすでにアメリカ(ハリウッド)映画の後塵を拝していたのだが、一九二〇年代に(イギリスの映画産業界にとっての)状況がさらに悪化してくる。たとえば一九一四年にイギリス国内で公開された映画のうち国産映画が二五パーセントあったのが、一九二三年には一〇パーセント、そして一九二五年には五パーセントにまで落ち込んだ(一九二五年に国内で公開されたイギリス映画はわずか四五本)。そうした状況のなかで、一九二七年に映画条例(The Cinematograph Films Act)が制定された。これはアメリカ映画の勢力を抑制し、国内の映画産業を保護することを目的としてイギリス政府が介入した最初の試みだった。その際、国内で上映される国産映画の最低数を定める「クォータ制」が採用され(初年度の一九二八年に映画配給業者(renters)には七・五パーセント、映画館主(exhibitors)には五パーセントと定められ、それが漸次増加され、三六、七年には配給業者、映画館主とも二〇パーセントとなった)、その恩恵を受けてゴーモント社やアソシエイティッド・ブリティッシュ・ピクチュア社をはじめとする国内の会社が活発化した。上記条例の失効にともない、一九三八年に新しい映画条例が制定された際には、国産映画のクォータは、映画配給業者には一五パーセント、映画館主には一二・五パーセントと定められた。一九四〇、四一年もこの条例が生きていたわけであり、オーウェルがとりあげた映画の比率もほぼこれを反映しているわけである。以下を参照。Sarah Street, 'British Film and the National Interest, 1927–1939' in Robert Murphy(ed.), *The British Cinema Book*(London: British Film Institute, 1997), pp. 17–26.

なお、最初の映画条例がイギリス映画の量的増大に寄与したことは疑問の余地はないが、質的な面での評価については、研究者のあいだで意見の相違が見られる。浩瀚《こうかん》なイギリス映画史の著者であるレイチェル・ローは、「〔イギリス映画〕産業のすべての問題を解決することがはかられた一九二七年のクォータ制は失敗だった。三〇年代に映画制作は倍増したものの、その増加はほとんどすべて安手の劣悪な映画、有名な『クォータ・クィッキーズ』〔quota quickies

「クォータ制に乗じて即席で作られた映画」の意の蔑称〕や取るに足らぬその他の映画だった。それらは保護市場につけこんで、イギリスの製作物全体の名声を台無しにする作用をおよぼしてしまった」と言う(Rachael Low, *The History of the British Film, 1929–1939: Film Making in 1930s Britain*[London, George Allen & Unwin, 1985], p. xiv)。それに対してジョン・セジウィックやマーク・グランシーらはこの主張をクォータ制の欠点をことさらに強調しすぎたものであるとし、「クォータ・クィッキーズ」を十把一からげで粗悪な映画だとして切り捨てることは誤りであると批判する。John Sedgwick, 'Cinema-going Preferences in Britain in the 1930s', in Jeffrey Richards (ed.), *The Unknown 1930s: an Alternative Histroy of the British Cinema, 1929–1939* (London & New York: I. B. Tauris, 1998), pp. 1–21; H. Mark Glancy, 'Hollywood and Britain: MGM and the British "Quota" Legislation', *ibid*, pp. 57–72.

(25) *CW*, vol. 12, no. 840, pp. 543–44.

(26) Orwell, 'Raffles and Miss Blandish', *Horizon*, October 1944; *CW*, vol. 16, no. 2538, p. 351. 『オーウェル評論集』小野寺健編訳、岩波文庫、一九八二年、二四四頁。引用はこの小野寺訳を使用。

(27) *Ibid.*, p. 257. 同書、二五一頁。

(28) *Ibid.*, p. 356. 同書、二五五頁。

(29) *CW*, vol. 12, no. 762, p. 389.

(30) *CW*, vol. 12, no. 762, p. 389.

(31) 余談だが、この評であらすじを紹介したなかでオーウェルはこんなコメントをしている。

「ついでながら、美しい女性が飢えるのは映画のなかだけだということは注目に値する」(*ibid.*, p. 291)。

(32) *CW*, vol. 12, no. 728, p. 316.

(33) *CW*, vol. 12, no. 833, pp. 532-33.

(34) *CW*, vol. 12, no. 802, pp. 499-500.

(35) コナリーに宛てて一九三八年一二月一四日にマラケシュで書いた手紙のなかで、オーウェルはこう述懐している。「一九一四年頃、聖シプリアン校でわれわれのどちらかがH・G・ウェルズの『盲人国』を手に入れて、おたがいそれにあまりにも夢中になったのでしょっちゅう奪い合いをしたこと、覚えているでしょうか。夏の朝四時頃に廊下を忍び足で通ってあなたの寝ている寮に入り、枕元の本を奪ってきたのでしたが、そのことを私はとても鮮明に記憶しています」(*CW*, vol. 11, no. 512, pp. 253-54)。

(36) Orwell, 'Wells, Hitler and the World State', *Horizon*, August 1941; *CW*, vol. 12, no. 837, p. 539.『水晶の精神――オーウェル評論集2』平凡社ライブラリー、一九九五年、一二二頁。

(37) 「H・G・ウェルズから悪口雑言をきわめた手紙をもらった。私のことを「くそ野郎」なんて呼んでいる」(一九四二年三月二七日付のオーウェルの「戦時日記」*CW*, vol. 13, no. 1064, p. 249.『オーウェル著作集』全四巻、平凡社、一九七〇―七一年、第二巻、三九七頁)。

(38) Orwell, 'Wells, Hitler and the World State', *CW*, vol. 12, no. 837, p. 540.『水晶の精神』一二五頁。また『トリビューン』の連載コラム「気の向くままに」でオーウェルは、ウェルズを評価するのは『トーノ・バンゲイ』や『ポリー氏の来歴』や『タイム・マシン』といった初期の作品によってであり、一九二〇年に彼が筆を折っていたとしても文名はいまとまったく変わらないだろうが、逆に一九二〇年以後の彼の著作だけしかなかったとしたら、かなり低い評価をしていただろう、と述べている('As I Please,' *Tribune*, 6 December 1946; *CW*, vol. 18, no. 3131, p. 511.『気の向くままに』オーウェル会訳、彩流社、一九九七年、四六二頁)。

(39) *CW*, vol. 12, no. 802, p. 500.

(40) *Ibid.*, p. 500.

(41) *CW*, vol. 12, no. 727, p. 314.

(42) *Ibid.*, p. 315.

(43) 本書の第1章第四節五二頁以下を参照。

(44) *CW*, vol. 12, no. 727, p. 315.

(45) Orwell, 'Charles Dickens,' *CW*, vol. 12, no. 597, p. 54.『オーウェル評論集』小野寺健編訳、岩波文庫、一九八二年、一三九頁。『鯨の腹のなかで――オーウェル評論集3』平凡社ライブラリー、一九九五年、一八七頁。

(46) Orwell, 'Autobiographical Note,' *CW*, vol. 12, no. 613, p. 148.『著作集』第二巻、二四頁。

(47) Paul Rotha, *Documentary Film* (London: Faber, 1935; third edn., 1952), pp. 52-57. ポール・ローサ他『ドキュメンタリィ映画』厚木たか訳、未來社、一九九五年、三六頁。これは一九三四年九月の資料であり、その一五年後の一九四九年には週間の入場者は三〇〇〇万人を数えたという。

(48) *The Road to Wigan Pier* (1936; *CW*, vol. 5), pp. 74, 81-82. ジョージ・オーウェル『ウィ

ガン波止場への道』土屋宏之・上野勇訳、ちくま学芸文庫、一九九六年、一一〇、一二〇頁。

(49) *Ibid.*, p. 83. 同書、一二二—一二三頁。

(50) Cf. Keith Williams, *British Writers and the Media, 1930-45* (London: Macmillan, 1996), p. 84.

(51) Orwell, *Keep the Aspidistra Flying* (London: Victor Gollancz, 1936; *CW*, vol. 4), p. 78. ジョージ・オーウェル『葉蘭をそよがせよ』高山誠太郎訳、晶文社、一九八四年、九〇頁。引用文中に言及されるグレタ・ガルボ主演の『五彩のヴェール』(*The Painted Veil*)はサマセット・モームの小説を原作とする一九三四年公開のアメリカ映画で、MGM製作、リチャード・ボレスロースキー監督作品。

(52) Orwell, *Nineteen Eighty-Four* (London: Secker & Warburg, 1949; *CW*, vol. 9), pp. 10-11. オーウェル『一九八四年』高橋和久訳、ハヤカワepi文庫、二〇〇九年、一七—一八頁。

(53) Jeffrey Meyers, *A Reader's Guide to George Orwell* (London: Thames and Hudson, 1975). ジェフリー・メイヤーズ『オーウェル入門』大石健太郎・本多英明・吉岡栄一訳、彩流社、一九八七年、二三七頁。引用はこの訳書による。それにしても、オーウェルの没後七〇年以上をへた現在の尺度からすると、オーウェルが残虐だとして眉をひそめた『ハイ・シエラ』をはじめとする当時の映画は、昨今の暴力的映画と比べて、それほど残虐性の度が強いとは思えない。それほどまでに現代の映画は暴力描写の衝撃力を増し、私たちの感受性を麻痺させてしまっていると言えるのかもしれない。なお、『一九八四年』第一部第一章にはもうひとつ映画の描写がある。「二分間憎悪」の興奮と狂乱のなかで参加者たちがエマニュエル・ゴールドスタインへの憎悪とビッグ・ブラザーへの崇拝をいや増すように仕組まれたモンタージュ映像である。これも第二次世界大戦初期にオーウェルが映画評論家として集中して見た映画の記憶が作用している可能性がある。

(54) 『タイム・アンド・タイド』一九四一年四月二六日号。*CW*, vol. 12, no. 789, pp. 482-83. 同五月一〇日号の『恋愛手帖』の評でも、「出来事を説明しコメントする『オフ』の声がこの映画でも導入されている。永久にそうならないことを願いたい」(*CW*, vol. 12, no. 798, p. 495)と述べている。

(55) Orwell, 'New Words', *CEJL*, II, no. 1, p. 27. 『著作集』第二巻、一三頁(佐野晃訳)。ただし、『著作集』の編者の一人イアン・アンガスによれば、「新しい言葉」の執筆年を一九四〇年と推定したのは、『タイム・アンド・タイド』での映画評論の仕事とは無関係であるという。オーウェルの映画への関心は、一九四〇―四一年よりはむしろ三〇年代のほうが強かったと思われる。たとえば一九三四年八月にサウスウォルドからブレンダ・ソルケルドに宛てた手紙でジャック・ハルバート主演の『おーいジャック』(*Jack Ahoy!* 英国、ゴーモント社、一九三四年)を見たこと、その前には「かなりよくできたギャング映画」を見たと告げている(*CW*, vol. 10, no. 204, p. 346.『著作集』第一巻、一二四頁)。一九三五年一〇月にロンドンでレイナー・ヘッペンストールに宛てて書いた手紙では、友人のジェフリー・ゴーラーと一緒にグレタ・ガルボ主演の『アンナ・カレーニナ』(米、MGM、一九三五年)を見て、「それほど悪くなかった」と述べている(*CW*, vol. 10, no. 257, p. 399. 同書、第一巻、一三八頁)。一九三六年九月に発表したヘンリー・ミラーの『暗い春』の書評でも、映画技法へのオーウェルの関心が見てとれる

(CW, vol. 10, no. 257, p. 399. 同書、第一巻、二一二頁)。エッセイ「新しい言葉」の執筆時期は、最も早いものとしてその時期(すなわち一九三五―三六年)であった可能性もある。一九九八年刊行の『オーウェル全集』(第二期)では「一九四〇年二月―四月？」と記されたが、それは確たる根拠があるわけではなく、三〇年代後半から四〇年代初頭の数年間を見ると、その三カ月間はオーウェルが他に書くべき原稿がとくに少なく、したがってそれを書く余裕が最もあった時期にあたるからなのだという。以上は筆者の問い合わせに対して、一九九八年三月三日付のイアン・アンガスからの回答で述べられている。

(56)　Orwell, 'New Words,' CW, vol. 12, no. 605, pp. 133-34.『著作集』第二巻、一一頁(佐野晃訳)。引用はこの佐野訳を適宜修正して使用した。

(57)　「新しい言葉」でのオーウェルの映画への言及に見られる問題意識は、ヴァルター・ベンヤミンの「複製芸術の時代における芸術作品」(一九三六年)でのつぎの指摘と響きあうものである。「映画は、その財産目録ともいうべき全機能のなかから、クローズ・アップの手法をつかって日常われわれが馴れ親しんでいる小道具のかくれたディテールを強調し、対物レンズを自在に駆使して陳腐な環境を探求し、一方では、われわれの生活を支配している必然性の連鎖への洞察をふかめるとともに、他方では、予想もできない巨大な活動分野をわれわれに約束する。……クローズ・アップによって空間はひろがり、高速度撮影によって運動が幅をひろげた。物を拡大するということは、単に「これまで」ぼんやり見えていたものを明確にするというだけではない。むしろ物質のまったく新しい構造をあらわにするのである。同様に、高速度撮影も、単にみんなが知っている運動のモチーフをあらわにするだけではない。この既知のモチーフのなかに未知のモチーフを発見させるのである。……意識に浸透された空間のかわりに無意識に浸透された空間があらわれることによって、自然の相が異なってくるのである。……ここにカメラが、パン・アップ、パン・ダウン、カット・バック、フラッシュ・バック、高速度撮影と微速度撮影、アップとロングなど、さまざまな手段をつかって活動する舞台がある。われわれは、心理分析によってはじめて無意識的な衝動の世界を知ることができるように、映画によってはじめて無意識的な視覚の世界を知ることになるのである」(高木久雄・高原宏平訳、『複製技術時代の芸術　ヴァルター・ベンヤミン著作集2』晶文社、一九九九年、三九—四〇頁)。

(58)　たとえばクリックの伝記には、「ドキュメンタリー的作家にして飾り気のない『トリビューン』紙の執筆者というペルソナ」(The persona of the documentary writer and the forthright *Tribune* writer)という表現が見られる(Crick, *op. cit.*, p. 568. クリック、『ジョージ・オーウェル——ひとつの生き方』下巻、三四一頁)。

(59)　「『モアナ』は、ポリネシアの一青年とその家族の日常生活の出来事を視覚的に説明したものであり、ドキュメンタリー的な価値がある(Moana, being a visual account of events in the daily life of a Polynesian youth and his family, has documentary value.)」(*New York Sun*, 8 February 1926)。『オクスフォード英語辞典』(OED第二版)は形容詞「ドキュメンタリー」のうち「事実の、リアリスティックな。とくに映画や文学などで、じっさいの出来事や状況に基づき、おもに教示や記録を目的とした作品に適用される」(Factual, realistic; applied esp. to a film or literary work, etc., based on real events or circumstances, and intended primarily for instruction or record purposes)の定義にあたる用例の初出例(一九二六年)としてこれを挙

げている(*OED*^{2}, 'documentary' a4)。ＯＥＤがそれにつづけて挙げる一九三〇年代の六つの用例もすべて映画の形容として使われているものであり、一九四七年の用例においてようやく記録文学に適用された例が見られる。

(60)　この運動とグリアスンがはたした役割については以下を参照。Paul Swann, *The British Documentary Film Movement, 1926–1946* (Cambridge: Cambridge University Press, 1989); Ian Aitken, *Film and Reform: John Grierson and the Documentary Film Movement* (London: Routledge, 1990); Ian Aitken, 'The British Documentary Film Movement' in Robert Murphy (ed.), *The British Cinema Book* (London: British Film Institute, 1997), pp. 58-67. ポール・ローサ他『ドキュメンタリィ映画』厚木たか訳、未來社、一九七六年、新装版一九九五年、七一—七五頁ほか随所。

(61)　グリアスンの協同者であったポール・ローサはヴェルトフの「キノ・グラス」についてこう述べている。「キノ・アイ〔グラス〕は映画のもっているあらゆる特殊な資源を活用する。スロー・モーション、高速度、逆回転、静止画面、駒撮り、分割画面、顕微鏡レンズなど。それは、現代生活の混沌から一貫した秩序において諸事実を集成し提示するために、あらゆる種類のモンタージュを使った。……ヴェルトフの視覚理論全体は『カメラを持つ男』の中に要約されている。……われわれはある時はカメラであり、そしてまたカメラの見ているものを見る。そして、われわれが前に見たものを見ているカメラを見る」(ポール・ローサ他『ドキュメンタリィ映画』六四—六五頁)。

(62)　以下の本からの引用。David Lodge, *The Modes of Modern Writing*, (London: Edward

Arnold, 1977), p. 193. ストーム・ジェイムスンの引用につづけてロッジはこう言う。「クリストファー・イシャウッドが語り手としての自分のスタンスをカメラにたとえて「僕はシャッターを開いたカメラだ、きわめて受け身の姿勢で、記録をするが、思考はしないカメラ」と述べたとき、映画というよりもスナップショットを考えていたのかもしれないが、多少虚構をまじえた彼の自伝『ライオンと影』(一九三八年)のなかで、自分が作家としてどれほど映画に深く影響されたかをはっきりと示しており……また映画的リアリズムと文学的リアリズムの密接な類縁性を確証してもいる」(*ibid*)。ちなみに、雑誌『ファクト』はスペンダーがストーム・ジェイムスンやアーサー・コールダー゠マーシャルらとともに一九三七年に創刊した左翼の月刊誌。短命の雑誌だったとはいえ、三〇年代のインテリゲンチャの作家たちが全般的に経験的な事実を好み、依存していたことを徴候的に示す誌名である(*ibid*., p. 190)。

(63) Evelyn Waugh, 'Felix Culpa' in *The Essays, Articles and Reviews of Evelyn Waugh*, ed. Donat Gallagher (London: Methuen, 1983), p. 362. 「あたかも、延々と続く映画からシークエンスがカットされ、集められ、主人公たちの経験となんら対応することがない、読者だけのものである経験をなすかのようである。作家は監督・製作者になったのである。……彼はアクションをコントロールし、自在にそれをあやつるが、けっしてそのなかには入らない。彼のカメラは神の目のようなもので、すべてを見るのだが、判断は控えるのだ」(*ibid*)。

(64) Stephen Spender, *The New Realism*, 1939, p. 8. 以下に引用。Lodge, *op. cit*., p. 190. A・ツヴァードリングも以下のように述べている。「一九三八年スティーヴン・スペンダーは、その名もまさしく『事実』という雑誌のなかで、小説は「実際の題材を基盤にして生まれ、事実、それ自体を形成するようなものでなければ」もはや批評しないつもりである、と言明している。別の左翼雑誌の書評子が下した予言は正鵠を得たものであった。すなわち、「文学は次第に純然たる事実に基づくものと、純然たる想像力によるものとの両極端の範疇に、分化してゆくことになるだろう」というのである。純然たる事実に基づく文学は「ルポルタージュ」、「記録文学」、あるいは「記述文学」と呼ばれるようになり、モンタギュー・スレイターは『左翼評論』の誌上で、この種の文学は「科学的にも文学的にもひとつの訓練」になりうるし、同時に「敵の考えに変化をおよぼすもっとも効果的な方法のひとつ」にもなりうる、と読者にうけあったのである」(A・ツヴァードリング『オーウェルと社会主義』都留信夫・岡本昌雄訳、ありえす書房、一九八一年、二一三頁。強調は原文)。

(65) Lodge, *op. cit.*, p. 190.「レフト・ブック・クラブ」の創設について、より詳しくは以下を参照。Sheila Hodges, *Gollancz: The Story of a Publishing House 1928-1978* (London: Victor Gollancz, 1989), pp. 117ff. シーラ・ホッジズ『ゴランツ書店――ある出版社の物語 1928-1978』奥山康治・三澤佳子訳、晶文社、一九八五年、一六三頁以下。

(66) *Ibid.* ツヴァードリング、前掲書、二一四頁。

(67) 本章の注(61)を参照。

(68) ポール・ローサ他『ドキュメンタリィ映画』(前掲)、七三頁。

(69) 『流し網漁船』はＥＭＢ映画製作班《フィルム・ユニット》で作られた。その後のＧＰＯ(郵政局)映画製作班においてもやはり同種の間接的検閲は存在した。

(70) Forsyth Hardy (ed.), *Grierson on Documentary* (London: Faber, 1946; repr. 1966), p. 135.

以下に引用。Keith Williams, 'Post/Modern Documentary: Orwell, Agee and the New Reportage' in Keith Williams and Steven Matthews (eds.), *Rewriting the Thirties: Modernism and After* (London and New York: Longman, 1997), p. 166. 以下の私の議論はキース・ウィリアムズのこのエッセイによるところが大きい。

(71) 「事物の伝記」はセルゲイ・トレチャコフがロシア・アヴァンギャルド芸術の運動誌『新レフ』の一九二七年第七号に発表したエッセイ。そのなかで彼はこう主張した。

　われわれの経済的資源や、人々によって作られる事物、事物を作る人々などを取り上げた本が、われわれにはどうしても必要なのだ。われわれの政治は経済の幹の上に育つのであり、人間の一日のなかで経済を超越した時間、政治を超越した時間は一秒たりとてないのだから。

　『森』『パン』『石炭』『鉄』『亜麻』『綿花』『紙』『蒸気機関車』『工場』といった本はまだ書かれていない。そういった本がわれわれには必要なのであり、そうした本をこのうえなく満足に作り上げられるのは、「事物の伝記」の方法だけなのだ(松原明訳)。(桑野隆・松原明編『ロシア・アヴァンギャルド8　ファクト――事実の文学』国書刊行会、一九九三年、一一四頁)。

(72) ポール・ローサ他『ドキュメンタリィ映画』五〇頁他。

(73) Williams, 'Post/Modern Documentary', p. 166.

(74) 「三〇年代半ばに石炭をめぐるドキュメンタリーが小さななだれのように続々とリリースされたのであるが、オーウェルがこれらの影響を受けたことはほぼ確実である」(*ibid.*, p. 167)。そのうちの代表作と目されるのは『採炭切羽』(*Coal Face* 一九三六年)である。これは、GPOをスポンサーとし、グリアスン制作、アルベルト・カヴァルカンティ監督・脚本、音楽をべンジャミン・ブリテンが担当し、またW・H・オーデンが詩を供給した。炭鉱以外でも、『産業英国』(*Industrial Britain* 一九三三年)、『住宅問題』(*Housing Problems* 一九三五年)、『夜間郵便』(*Night Mail* 一九三六年)といった仕事とくらしを主題とした重要な映画がこの時期に集中して制作されている。ピーター・デイヴィソンの評伝にはつぎのような興味深い記述がある。

「オーウェルが北部を旅行したきっかけは明らかにゴランツの依頼によるものであったが、失業者の窮状についての全般的な関心のほかに、なにか特定のものがゴランツを駆り立てはし

図 5-1　労働者の住居の腐食した室内
ドキュメンタリー映画『住宅問題』(アーサー・エルトン，エドガー・アンスティ作，1935年)の一場面．住環境の問題に関して労働者階級の人びとが政府や都市計画の担当者に対して発言する機会をこの映画は与えた．

図 5-2　ウェールズ，ブライナ．スラム地区の住居の腐食した室内
『ウィガン波止場への道』の初版(1937年)に附された32点の写真図版のひとつ．

なかっただろうか？　アーサー・エルトンとエドガー・アンスティによって英国ガス産業協会のために作られたドキュメンタリー映画『住宅問題』(一九三五年、図5-1)がきっかけになってゴランツがそのアイデアを思いついた、という可能性がある。『ウィガン波止場への道』のイラストレーションは、あとから加えられたものとはいえ、エルトンとアンスティが明るみに出したものと驚くほど類似しているのである。たしかに、この時代とオーウェルの本を理解する糸口として、この映画以上にふさわしいものはない」(Peter Davison, *George Orwell: A Literary Life*[London: Macmillan, 1996], p. 72)。

補足しておくと、ここで「『ウィガン波止場への道』のイラストレーション」とあるのは、初版本に挿入された三二点の写真図版を指す(**図5-2**)。炭鉱夫とその家族の生活実態をとらえたスナップショットからなるそれらの図版は、セッカー・アンド・ウォーバーグ社の選集版をはじめ、その後のほとんどの版で省かれてしまっていたが、一九八六年刊行のデイヴィソン編の全集版で復元された。この写真図版の使用を発案したのがだれであったのかは不明だが、オーウェルがスペインに発つ直前の一九三六年一二月二一日にゴランツのオフィスで開かれた会議で、オーウェルも同席してこのプランが検討されたようである。その翌日にゴランツの部下(ノーマン・コリンズ)が書いた手紙には、「私たちはこの本〔『ウィガン波止場への道』〕を、本文と写真の両方に関して、完全にドキュメンタリー的なものにするつもりです」(We are going to make the book fully documentary, both as regards the text and as regards the pictures)という意図が記されている(*CW*, vol. 1, p. xxxiv)。写真と本文を並置する技法は、その数年後の一九四一年にアメリカの作家・映画評論家のジェイムズ・エイジー(James Agee 一九〇九—五五年)が写真家ウォーカー・エヴァンズ(Walker Evans 一九〇三—七五年)と組んで大不況時代のアラバマの小作人の実態を描いた『名高き人たちをほめたたえん』(*Let Us Now Praise Famous Men* 一九四一年)の手法を先取りする試みであった。全集版『ウィガン波止場への道』の編者注(*CW*, vol. 5, pp. 228–29)および全集第一巻の 'General Introduction to the First Nine Volumes', pp. xxxii–xxxv を見よ。またオーウェルとエイジーのそれぞれがおこなった「新しいルポルタージュ」の試みの類縁性についてはキース・ウィリアムズの前掲論文(Williams, 'The Post/Modern Documentary')を参照。

(75) Orwell, *The Road to Wigan Pier*, p. 18.『ウィガン波止場への道』(前掲)三〇頁。

(76) *Ibid.*, pp. 29–30. 同書、四五—四七頁。

(77) Williams, 'Post/Modern Documentary', p. 169.

(78) Lodge, *op. cit.*, pp. 73ff., 188ff.

(79) 本書の第3章第三節を参照。

(80) Orwell, *Keep the Aspidistra Flying*, p. 16. この引用文中の「ローランド・ブッタ」は一九三六年の初版およびデイヴィソン編の全集版以前の諸版では「コーナー・テーブル」となっている。「ローランド・ブッタ」が宣伝広告の人物名として実在していたため、版元のゴランツ社が名誉毀損で訴えられるのを恐れて、他の多くの人名や商品名とともに著者にそのように変更させたのだった。全集版の「校訂注」(*CW*, vol. 4, pp. 281–82)を見よ。

(81) Lodge, *op. cit.*, p. 191.

第6章　ブリンプ大佐の頭の固さ

――オーウェルの著作に見られる'Blimp'の使用例について

一　「ブリンプ大佐」と「保守反動の徒」

ホメロスの叙事詩、とりわけ『オデュッセイア』は私の偏愛する物語のひとつであり、おりにふれて味わい親しんでいる。私にとってこの叙事詩の魅力はいろいろあるが、その一要素となっているのが、「エピテトン」という物語中でくりかえし使われる形容語句(一種の枕詞)である。「脚の早いアキレウス」「知略に長けたオデュッセウス」「眼光輝く女神アテーネー」「中のうつろな船」「翼ある言葉」「葡萄酒色の海」などのように、キャラクターや事物につけられる。これが独特な雰囲気とリズムを作り出している。松平千秋によれば、ホメロスの近代語訳は、エピテトンを逐語訳するのと、意訳してしまうのと、ふたつの類型に分かれるのだそうである(1)。松平訳はもちろん前者のタイプであり、たとえば夜明けの表現としてくりかえし出てくる表現は「朝のまだきに生まれ、指薔薇色の曙の女神が姿を現わすと(2)」としている。ところが後者のタイプはこれを意訳して「朝になると」としてしまうわけである。私は断然前者の訳し方を支持する者である。たしかに夜が明けたという情報が第一なのであるし、翻訳を簡略にしてコンパクトな本にできるのは便利なのかもしれないが、それでも、薔薇色の指をした曙の女神が東の空にあらわれるというイメージをとばしてしまうと、ホメロスの詩の大事な部分が抜け落ちてしまうと思える。「朝になると」などと訳してしまったら、魅力が半減する。ひどく味気なくなる。

とはいえ、私自身が翻訳を手がける場合に、必要上後者の訳し方ですませてしまうことがたまにある。むろんそれは散文のテクスト、とくにエッセイの場合である。ジョージ・オーウェルのエッセイの翻訳で、私はいまでも心に引っかかっている例がある。以下がそうである。

国際旅団でいさましく戦死したこの若き共産主義者〔ジョン・コーンフォード〕は、骨の髄までパブリック・スクール的だった。忠誠をつくす相手は変えたが、感情は変えていなかったのだ。それでどういうことが証明されるのだろうか。たいしたことは言えないかもしれないが、こういうこと――つまり、こちこちの保守反動の徒を社会主義者に豹変させることは不可能ではない、ということ。忠誠心にはその対象をくるりと変える力が内在している、ということ。さらに、愛国心とか軍人にふさわしい徳性を人が精神的に必要としている、ということなのだ。こうしたものを左翼の腑抜けどもがどんなに嫌おうとも、それらに取って代わるものは、いまだに見つかってはいない(3)。

オーウェルの一九四〇年のエッセイ「右であれ左であれ、わが祖国」の拙訳の最終段落にふくまれるくだりである。このなかの「こちこちの保守反動の徒を社会主義者に豹変させることは不可能ではない、ということ」の部分が問題で、その原文は'the possibility of building a Socialist on the bones of a Blimp'となっている。直訳するなら「ブリンプの骨の上に〔ブリンプの骨格をもとにして〕社会主義者をつくる可能性」ということになる。単に「ブリンプ」としただけでは日本の読者にはほとんどわかってもらえないだろうという理由で「こちこちの保守反動の徒」と意訳したのだった。「ブリンプ」というのは当時人気があった風刺漫画《カートゥーン》のキャラクター「ブリンプ大佐」(Colonel Blimp)に由来する。そのキャラクターの性格を端的にいえばその意訳のとおりになるのだから、別段これは誤訳というものではない。とはいえ「ブリンプ」とそのまま訳語を当てておいて、注で説明を加える手を使ったほうがよかったのかもしれない。たとえば『ウィガン波止場への道』(一九三七年)の日本語訳はそのやり方を採用している。これはオーウェルが「ブリンプ(大佐)」という語を用いたおそらく最初の使用例である。

かりにブルジョア「知識人」相手に、愛国心や作法や出身校気質《かたぎ》やブリンプ大佐〔漫画家のデビッド・ロウが創作した保守派の権化〕といったもののことを笑えるようになると、自分は非ブルジョア化したと思い込みやすい。しかし少なくともブルジョア文化のまったく外部にあるプロレタリア出身の「知識人」の見地からすると、ブリンプ大佐とブルジョア「知識人」は、その違いよりも類似性の方が問題になるかもしれない。プロレタリア「知識人」が、ブルジョア「知識人」とブリンプ大佐とをじっさい同類の人間だと見なすことはおおいにありうる。「知識人」の方も大佐の方もそれを認めないであろうが、にもかかわらずそれはある意味で的を射ている。[4]

引用文中の〔　〕内の割注は訳者自身のものである。このように注記しておけば、「ブリンプ大佐」という語を翻訳で生かしておくことができるわけだ。

つぎはオーウェルが一九四一年に刊行したパンフレット『ライオンと一角獣』の既訳からのもの。

両次大戦間の大英帝国の沈滞はイギリスのすべての人々に作用したが、とくに中産階級のうちの二つの重要な階層に直接的影響を与えた。そのひとつは一般に「ブリンプ」と呼ばれている軍事的、帝国主義的中産階級であり、いまひとつは左翼インテリである。この一見相反する二つのタイプ、象徴的対立物――恐竜のように太い首と小さな脳をもった退役大佐と、円い額と鶴のような首をしたハイブラウ――は精神的に結びついていて、たえず互いに作用し合っている。いずれにせよ、両者はかなりの程度同じ家庭に生まれついている。(5)

この訳文では、注を附さずに「ブリンプ」としても文脈からかなり意味が通るようになっている。

ここで翻訳をめぐる些末な事柄にこだわっているように思われるかもしれないが、「右であれ左であれ、わが祖国」の拙訳は、「ブリンプ大佐」という具体的な漫画のイメージを捨象して「保守反動」という抽象語を当ててしまうことによって微妙な点で抜け落ちるものがあって、それがあとになって気になってきたのである。これはホメロスの詩の翻訳と比べればさほど重大なものではないだろうし、訳注で説明して「ブリンプ」としたとしても、漫画の具体的なイメージがなければ、そのニュアンスを日本語で十分に伝えるのはどだい無理であろう。しかし、そうであるにしても、やはり「ブリンプ」と「保守反動」では大いにニュアンスが異なる。「曙の女神」と「夜明け」のちがいのように。

というわけで、気になったものだから、抜け落ちたものの実質が何であるのか最近調べてみた。その結果、完璧に理解したとは言えないにせよ、前よりはずっとこの「恐竜のように太い首と小さな脳をもった退役大佐」の人柄がわかるようになった。本稿はそれについての一種の作業報告である。以下、「ブリンプ大佐」について、それがいかなるキャラクターであったのか、資料をもとに確認した上で、オーウェルがこの語を用いた意義が何であったのかを考察してみたい。(6)

二　デイヴィッド・ロウの造形

まず例によって『オクスフォード英語辞典』(OED、第二版)の定義と用例を見ておく(初版には'blimp'の項はなし)。'blimp'の項目はふたつに大別されている。ひとつめは「小型軟式飛行船」の意。(7)初出例は一九一八年のものが挙げられている。そこからの転義として「映画撮影機の防音カヴァー」を意味する業界用語が出てきたという説明も添えられている(初出は一九三六年)。ふたつめがここで問題になる「ブリンプ大佐」にかかわる用法である。こう説明されている。

プリンプ(大佐)――風刺漫画家《カートゥーニスト》・戯画作者《カリカチュアリスト》のデイヴィッド・ロウ(一八九一―一九六三年)によって創作された人物。でっぷりと太った退役将校として描かれ、新しい思想に根強い憎悪の念を表明する。ここからこのタイプの人物を示す語としてblimpが出た。形容詞的にも用いられる。(8)

それにつづけてあげられている初出例は、ロンドンの夕刊紙『イヴニング・スタンダード』からで、一九三四年五月二八日号の日付が記されている。その例文は以下のとおり。

総理大臣ブリンプ「むろん、君、航空同盟は正しい。軍事的飛行の廃止のためのあらゆる提議にわれわれわれは反対せねばならぬのじゃ。(9)」

「総理大臣」となっているが、これは仮の姿であって、「大佐《カーネル》」が本来の肩書きである。これからそれを具体的に見ていきたいのだが、その前に作者ロウ(図6-1)の経歴について簡単にふれておく。

デイヴィッド・ロウは一八九一年にニュージーランドのダニーディンに生まれた。少年時代にイギリスから輸入されたカートゥーンに刺激されて筆をとるようになり、一一歳で早くも最初のスケッチが地元の新聞に掲載された。二〇歳(一九一一年)のときには『シドニー・ブレティン』の常連になっていた。第一次世界大戦後の一九一九年にイギリスに移住、ロンドンに居をかまえる。すぐに夕刊紙『スター』に連載をもち、一九一九年から二七年まで同紙で漫画を描いた。そのあと『イヴニング・スタンダード』に移籍。社主のビーヴァーブルック卿（一八七九―一九六四年）は保守的な政治観の持ち主であり、急進派のロウとは意見を異にしていたのにもかかわらず、ロウに対しては思う存分好きなことを描いてよいという白紙委任状を与えたと言われる。(10)結局同紙に彼は一九二七年から一九四九年まで、二三年間という長期にわたって寄稿しつづけることになる。第二次世界大戦後の一九五〇年に（ビーヴァーブルック卿が悲しんだことに）労働党系の新聞『デイリー・ヘラルド』に発表の場を移し、一九五三年に今度は『マンチェスター・ガーディアン』に移り、そこに一〇年間執筆。一九六二年にナイト爵を授与され、一九六三年に没。(11)「二〇世紀前半にイギリスの新聞で活動した漫画家としてはおそらく最も重要で最大の人気を誇り、そして最も影響力があった人物(12)」だと評価されている。この長い活動期間にロウは多くの登場人物を創造したが、(13)なかでも最も重要なのがブリンプ大佐であることは、いまOEDの記載を見たように、'Blimp' が小文字の 'blimp' という普通名詞と化して英語の語彙に加わった事実を見れば明らかだろう。

さて、いま引いたOED第二版の '(Colonel) Blimp' の初出例は『イヴニング・スタンダード』の一九三四年五月二八日号の文であった。ところが、「ブリンプ大佐」の最初の登場はじつはこれよりひと月以上前の四月二一日号にさかのぼる。**図6-2**がその該当部分である。文章の部分を以下に訳出しておく。

図6-1　デイヴィッド・ロウ

In short, as Low's friend Colonel Blimp said in the Turkish Bath only yesterday, "Gad, sir, Lord Beaverbrook is right. Splendid Isolation is the policy for England. If we refuse to trade with the dashed foreigners in Ireland Wales and Scotland, and send the dashed Dominions about their business, the future
will be in sight"

図6-2　ブリンプ大佐の初登場

要するに、ロウの友人のブリンプ大佐がつい昨日サウナ風呂でこう述べたように――「むろん、君、ビーヴァーブルック卿は正しい。光栄ある孤立こそがイングランドにふさわしい政策なのだ。アイルランドやウェールズやスコットランドのいまいましい外国人どもと取引をするのをわれわれが拒み、いまいましい自治領を追い払ってしまえば、先行きは明るいのじゃ[14]」

たしかにここには'Colonel Blimp'の文字が見えるから、ＯＥＤがわざわざそれよりあとの'Prime Minister Blimp'という用例を出しているのは不適当であり、こちらに差しかえたほうがいいように思える。[15]

それはそれとして、**図6-2**は「ロウズ・トピカル・バジェット」('Low's Topical Budget'=「ロウの時事問題の束」の意)という連載欄の一部として見えるものである。これは毎週土曜日の号で一面全部を使ってその週に起こった出来事についてロウが絵と手書きの文章で風刺をおこなう連載であった(これ以外にもロウは同紙に週四日、半ページ分のカートゥーンを供給していた)。そのなかでブリンプ大佐は右下隅、全体の一割程度の小さなスペースに描かれている。一九三四年四月二一日号の初登場以来一九四〇年三月一六日号まで、ブリンプ大佐は主としてこのコーナーに登場したのである。[16]

第二次世界大戦がはじまり、紙不足のためにこの連載は打ち切られたが、その後もロウは半ページのカートゥーンでブリンプを用いつづけた。結局戦後の一九五〇年代までブリンプは随時登場してくる。とはいえ、「トピカル・バジェット」欄に出ていた一九三〇年代が「ブリンプの全盛期(そしておそらくロウの全盛期)」であったとある論者は断言している。[17]じっさい、一九三四年の発表直後にあっという間に人口に膾炙《かいしゃ》したキャラクターであるため、「ブリンプ大佐」は戦間期の末期に属する人物という印象が強く残っているように思われる。[18]

他の図を見る前に、**図6-2**だけで見てとれることをもう少し解説しておこう。以後の「ブリンプ」の漫画を貫く定型がここですでにあらかた示されている。気がついた順に箇条書きにすると以下のとおりである。

(1)トルコ風呂(Turkish Bath)に入っている。
(2)したがって裸である。
(3)肥満体で首が太い。髪は生えていないが、どじょうひげをたくわえている。
(4)「友人」のロウ(つまり作者の自画像)を相手に語っている。
(5)その発言は保守反動的である。
(6)しかも発言がいちいち時代錯誤的で愚かしい。

他にさまざまな運動にいそしんだり[19]、あるいは皿回しの曲芸をしたりする姿などで描かれることが多いが、ブリンプの基本的な持ち場はトルコ風呂《ターキッシュ・バス》すなわちサウナ風呂である。このトルコ風呂じたいが、一九三〇年代にはすでに流行遅れになっていた施設であり、それをブリンプが好んで利用しつづけていることに彼の旧弊さがあらわれている。入浴中なので当然裸であり、バスタオルを下半身に巻いているだけである(あと、スリッパをはいていることが多い)。だから「大佐」であることはキャプションからわかるだけであり、絵そのものからは職業は特定できない。作者ロウはブリンプ大佐の漫画によって(多くの人が解釈したように)退役将校という特定のグループの風刺を狙ったわけではなく、「愚かさ全般」[20]を批判しているのだと主張したのだが、こうした裸の匿名的な空間にブリンプを置いていることはその主張を裏書きするものである。

またブリンプは肥満体である。たいていの場合作者のロウ自身が一緒に登場している。ブリンプに比べるとロウは痩せている。ブリンプとちがって髪が後方にまだ残っていて、眉毛は濃い(図6-1と比べればたしかに自画像であるとわかる)。二人して共通の行動をしながらロウが聞き役にまわっている。ロウ自身の台詞はない。時事問題についてブリンプの発言を聞くロウの表情は、あきれているようにも困惑しているようにも見えるが、じっさいのロウはリベラルな左派の人間であり、それにもかかわらず漫画のなかで保守反動的なブリンプ大佐と仲良くつきあい、言いたい放題を言わせているという設定になっているのである。

その発言は保守反動的で頑迷であり、しかも時代錯誤的で愚かしい。図6-2の例で言うと、「むろん、君、ビーヴァーブルック卿は正しい。光栄ある孤立こそがイングランドにふさわしい政策なのだ」の「光栄ある孤立」(splendid isolation)はヴィクトリア朝末期によく使われたイギリス外交政策を示す語句であり、一九三四年にこれを持ち出すのは相当な時代錯誤である。(21)「むろん、君」にあたる'Gad, sir'も古めかしい。'(by) God'の婉曲語形で断言や感嘆の口調を示す語としての'Gad'の使用は、一九三〇年代にはとうに廃れていたのである。(22)

以下に典型的な発言をいくつか紹介する。図もすべて添えておく。

図6-3　サウナ室でのブリンプ

図6-4　水泳中のブリンプ

「むろん、君、ビーヴァーブルック卿は正しい！　平和に多額の金を使っていたりしたら、戦艦を買う余裕がなくなってしまうじゃないか[23]」（図6-3）

「むろん、君、ビーヴァーブルック卿は正しい。平和を確保する唯一の手だては、万人に多量の武器を与えて、とことん勝負をつけさせることなのじゃ[24]」（図6-4）

「むろん、君、フィーヴァーブルック卿は正しい。教育はやめるべきじゃ。民衆が文字を読めなければ、不況のことなど知らずにすむ。自信も取りもどせるというものじゃ[25]」(図6-5)

「むろん、君、リヴァービアー卿は正しい。インドの土人どもにわれわれは説明すべきなのじゃ。イギリス軍がそこにいるのはひとえにやつらが虐殺されぬよう保護してやるためなのじゃとな。それが受け容れられぬとあらば、やつらを皆殺しにし

図6-5　体重測定中のブリンプ

図6-6　足指の掃除をしてもらうブリンプ

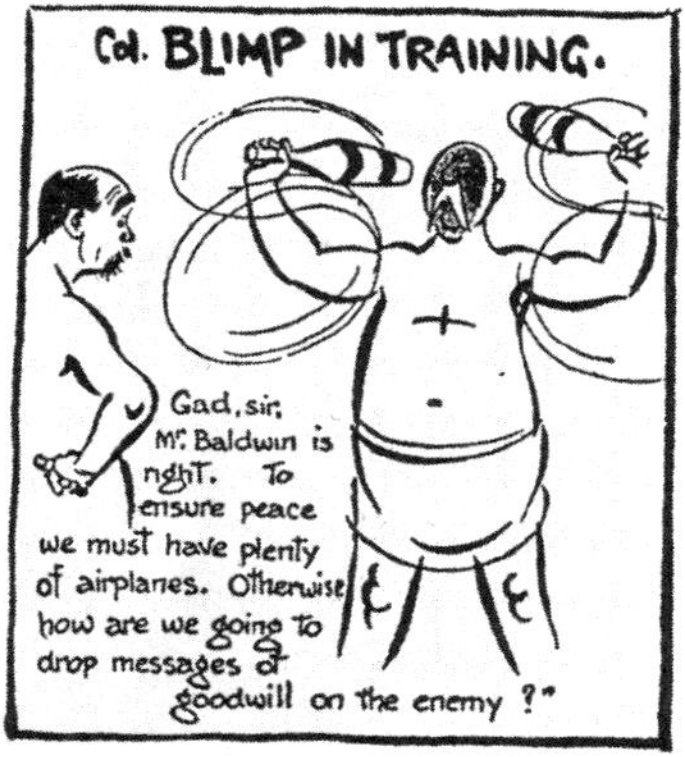

図 6-7　トレーニング中のブリンプ

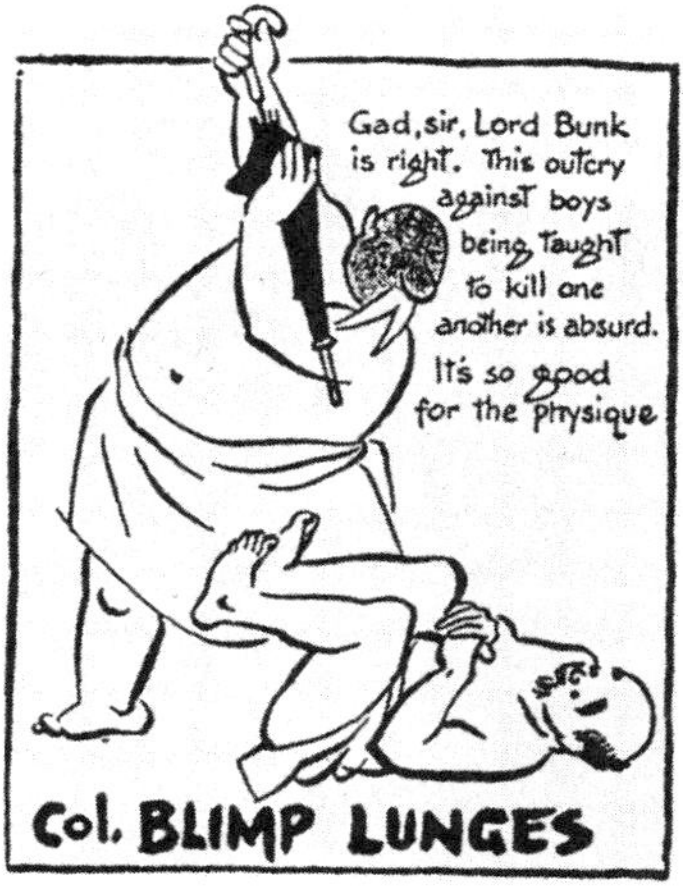

図 6-8　ブリンプ大佐の突き

てしまうがいい[26]」(図6-6)

「むろん、君、ボールドウィン氏は正しい。平和の確保のためにわれわれは多量の飛行機をもたねばならぬ。さもなかったら、どうやって敵に善意のメッセージを落とすというのじゃね？[27]」(図6-7)

「むろん、君、バンク卿は正しい。少年たちに殺し合いの仕方を教えるのがけしか

らんという声は馬鹿げておる。それはきわめて体によいことなのじゃ(28)」(図6-8)

「むろん、君、ウィンストンは正しい。われわれは軍備を拡張せねばならぬ。それは国際法を支持するためのみならず、われわれ自身を法と正義から守るためにじゃ(29)」(図6-9)

「むろん、君、ナッツ卿は正しい。労働者階級の連中は労働時間短縮を要求するな

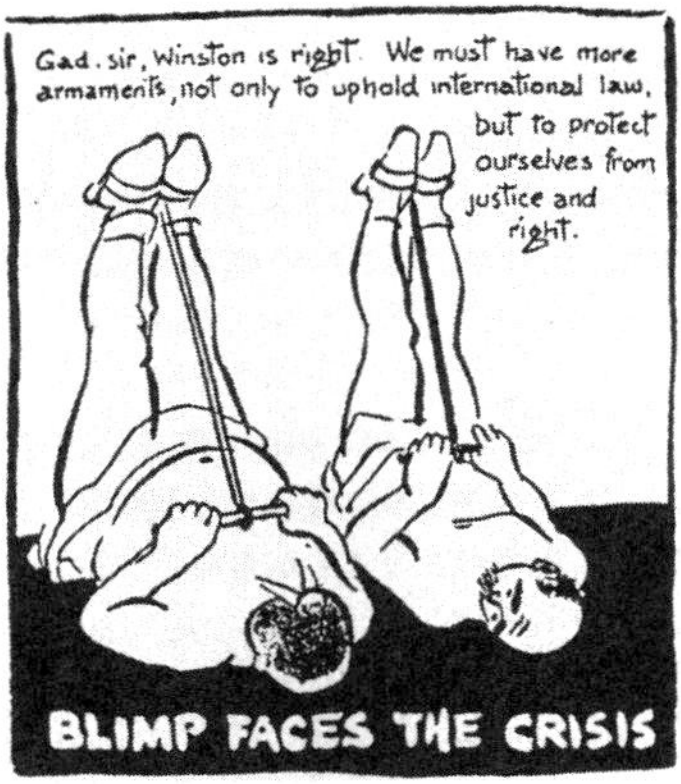
Gad. sir, Winston is right. We must have more armaments, not only to uphold international law,
but to protect ourselves from justice and right.
BLIMP FACES THE CRISIS

図6-9　ブリンプ，危機に直面

Gad, sir, Lord Nuts is right. The working classes should be ashamed to ask for shorter hours, when the uppah classes are slaving themselves to the bone at dinners and balls
COL. BLIMP: I LAP AHEAD

図6-10　ブリンプ大佐，一周リード

ど恥と思うべきじゃ。なにしろ上層階級の人間は身を粉にして晩餐会や舞踏会に出ておるのじゃからな」(30)(図6-10)

このように「むろん、君、〜は正しい」というのがブリンプ大佐が口火を切るときの決まり文句になっている。たまに「〜は間違っておる」('... is wrong')というのも見られるが、ほとんどが保守政治家や大実業家の実名やそれをもじった名を出して、現体制の見解を追認する発言になっている。ただし、そうした体制側の人物が内心思っていても注意して口にしない(口にしたら確実に失脚してしまう)本音や矛盾点を無邪気に暴露してしまうのがいかにもブリンプ大佐らしいところなのである。

三　漫画的思考

以上、ロウの造形した「ブリンプ大佐」の特徴を押さえたが、つぎにオーウェルの用例をさらに数カ所あげ、オーウェルが抽象的な名詞を用いる代わりにこの漫画の登場人物名を好んで使ったことの意義を考えてみたい。

オーウェルの文で'Blimp'を用いた最初の例と思われるのは『ウィガン波止場への道』(一九三七年刊、一九三六年執筆)の第一〇章においてであり、この部分は本稿の第一節ですでに引用した。つぎに引くのは論説文「スペインの内幕をあばく」(『ニュー・イングリッシュ・ウィークリー』の一九三七年七月二九日号、九月二日号)から。スペイン内戦をめぐっての左派系新聞の報道に見られる事実の歪曲を批判した一文で、その結論部分はこうなっている(以下、引用文中の「ブリンプ大佐」の用例は太字で強調する)。

もしイギリスの大衆がスペイン戦争について正しい説明を受けていたら、ファシズムとは何か、またそれにどう戦えばよいのかについて学ぶ機会をもったであろう。だがじっさいは、経済的な空隙のなかでぐだぐだ言っている**ブリンプ大佐**たちに特有の一種の殺人狂といった『ニューズ・クロニクル』(一九三〇年創刊の左派系新聞)的なファシズム観が、以前よりいっそうしっかりと確立されてしまったのである。(31)

『カタロニア讃歌』(一九三八年)でオーウェルが告白しているところによると、彼自身もスペイン内戦に参加する前にはそうした見方におちいっていたのだという。

私がスペインにやってきたとき、そしてそのあともしばらくのあいだ、私は政治情勢に無関心であっただけでなく、それに気がつかなかった。戦争が進んでいることはわかっていたが、どんな種類の戦争なのかまったくわからなかった。なぜ民兵部隊に加わったのかと聞かれたら、「ファシストと戦うため」と答えただろう。何のために戦っているのかと聞かれたら「ふつうの人間がもつ品位のため」と答えたことだろう。ヒトラーに雇われたブリンプ大佐たちの軍隊が狂気の沙汰の武装蜂起をしたので、文明をそれから守ってやる、という『ニューズ・クロニクル』や『ニュー・ステイツマン』(一九一三年創刊の左派系週刊誌)版の戦争観を受け入れていたのだ。バルセロナの革命的な雰囲気にはとても魅了されたが、それを理解しようとはまったくしなかった。(32)

だがスペインに滞在した数カ月のあいだに、「ブリンプ大佐」の旧弊な保守主義とは次元が異なる(そしてもはやそのようなカリカチュア的形象によっては表現しえぬような)この時代に特有の全体主義イデオロギーの作用に気づくことになる。

つぎもスペイン内戦関連。アトール公爵夫人の『スペインへの探照灯』をとりあげた書評(『ニュー・イングリッシュ・ウィークリー』一九三八年七月二一日号)から。最後の段落に「ブリンプ」の文字が見える。

平均的なイギリス左翼はいまはよき帝国主義者であるが、彼はいまなお理屈の上ではイギリスの支配層に敵対している。『ニュー・ステイツマン』を読む人びとはドイツとの戦争を夢見るが、ブリンプ大佐を笑う必要があると考えてもいる。しかしながら、戦争がはじまると、彼らはブリンプ大佐の泡立つ〔興奮した〕青い目のもとで営庭で四列縦隊を組むことになるのだろう。[33]

もうひとつは、マルコム・マガリッジの『一九三〇年代』の書評〔『ニュー・イングリッシュ・ウィークリー』一九四〇年四月二五日号〕の最後の段落から。

そして〔マガリッジの本の〕終わりの数章の底にひそんでいるものが私には大変よくわかる。それは軍人の伝統のなかで育った中流階級の人間の感情であり、危機の際には自分が結局愛国者であると悟るのだ。「進歩的」であったり「めざめて」いたりすること、ブリンプ大佐をせせら笑い、すべての伝統的な忠誠心から自分は解放されていると公言すること――いずれもすこぶるけっこうなことではあるが、砂漠の砂が赤く染まり、英国よ、わが英国よ、われは汝がために何をなせしか、と問うときが来るのだ。私自身がこの伝統のなかで育ってきたので、おかしな具合に装われてはいても〔マガリッジに〕それがあると気づくことができるし、また共感しもする。それがたとえどんなに愚かしく、感傷的なものであっても、左翼インテリの浅薄な自己正当化よりはよほど見苦しくないものなのだから。[34]

最後の引用は、第一節で引いた「右であれ左であれ、わが祖国」のくだりと論調が似ている。じっさい、両者はほぼ同時期に書かれたものである。第二次世界大戦の開戦直後の状況で'patriotism'を積極的な概念として用いている点は注目に値するところだが、(35)ここではなによりも「ブリンプ大佐」の使用法に焦点をあわせなければならない。この三つの例のいずれも「ブリンプ大佐」の主意はまさに「保守反動の徒」であり、'Conservative'という語で代用したとしても大きな相違は生じないであろう。しかし前者を抽象的な言い回しにパラフレーズすることによってある種のズレが生じることもたしかである。オーウェルの独特のものの見方を理解するヒントがここにひそんでいると私は見る。

これと関連するのが、「スペイン戦争回顧」(一九四三年)に記述されたウェスカの前線でのエピソードである。スペイン内戦でオーウェルはPOUM[マルクス主義統一労働者党]に所属した。おなじ部隊にいた戦友は、前線でオーウェルがはたした指揮者としての役割と危急の際に見せた勇敢な行動を回想している。たしかに彼はすぐれた指揮能力を発揮しただけでなく、勇敢で有能な戦士であったようだ。(36)オーウェル自身、敵の塹壕に夜襲をかけた際に逆襲を受け、危機一髪のところでみずから手榴弾を敵陣に命中させた話を『カタロニア讃歌(37)』で語っている。ところが「スペイン戦争回顧」のなかに、ずり落ちそうなズボンをたくしあげながら走るフランコ軍兵士をオーウェルが撃てなかったという話が出てくる。多少距離があったということもあるが、オーウェルが撃たなかった理由はむしろそのズボンにあったようである。彼はこう書いている。

私は「ファシスト」を撃ちに来たのだった。しかしズボンをたくし上げている人間は「ファシスト」ではない。それは明らかに私とおなじような一個の人間であって、どうしても撃つ気にはなれないのである。(38)

これが「ブリンプ」の使用法とどうつながるか。

オーウェルが「ブリンプ」という語を使う場合、たしかに彼とは敵対する、彼が有害とみなす固陋《ころう》で愚劣なイデオロギーの持ち主をあらわす語としてつねに用いている。その連中こそが戦間期にイギリス国内での民主化を阻害し、かつ国外でのヒトラーやムソリーニらの跳梁跋扈《ちょうりょうばっこ》を容認したのだった(ロウはブリンプ大佐に「むろん、君、ヒトラーは正しい」「むろん、君、ムソリーニは正しい」とまで言わせている)(39)。また第二次世界大戦中も彼らは効率性に欠ける旧弊な発想で「国防」を仕切ろうとしていた。それが目に余ると思ったオーウェルは、「ブリンプ大佐に国民防衛軍を台無しにさせるな」と題する論説文を書かずにはいられなかった(40)。このような点でまさしく「ブリンプ」は「頑迷な保守反動派」なのである。とはいえ、比喩の主意としてそれが正しいのであっても、それを乗せる媒体と重ね合わせることができなければ、これを十分に理解したとは言えない。カリカチュアのなかで友人「ロウ」を相手にいかに愚かしい時代錯誤の発言を重ねていようと、サウナ風呂で裸でいるこの退役将校(退役将校であるという事実もキャプションからしかわからない)は、「保守反動」という抽象語では表現しえぬ、かなり愛すべき道化的性格を有している。私が「微妙な点で抜け落ちるもの」というのはまずこの一点にある。

オーウェルは「ブリンプ」を同時代におけるイギリスの支配階級の代名詞のように使っているわけだが、「支配者」とか「保守反動」といった抽象的な語を避け、「ブリンプ」とするのには、いくつかの重層的な意図があると思える。ひとつには、エッセイ「政治と英語」(一九四六年)で説いた「相当する英語の日用語を思いつける場合には、外来の句や科学用語や専門語をけっして使うな」(41)という規則にみずから従ったということがあるだろう。当時の(そしていまにいたる)知識人たちの抽象語偏重の言語使用に見られる硬直性を打破しようとする姿勢がここにもうかがわれる。また、この道化的人物を用いることによって支配階級を笑いのめすこと、すなわち特権を享受する階層(ブリンプは上層中流階級であろうが)の「価値低下」をはたす意図もあるだろう。この点はロウ自身がおこなった風刺をそのまま借用しているわけである。エッセイ「チャールズ・ディケンズ」でオーウェルが指摘した「ディケンズはバーレスク〔まじめな主題をわざとふざけて描く手法。戯作調」への誘惑にどうしても抗うことができず、本来なら深刻であるはずのところでもかならずこれが出てしまう[42]」という特徴が自分自身にも当てはまることを明かした一例と見ることができる。さらに、これは重要なことだが、抽象語でなく生身の肉体を備えた(とイメージされる)具体的な人物像を使うことは、それを抹殺・殲滅《せんめつ》すべき反対勢力とみなすのでなく、一個の独立した人格として見る余地を残すことになる。オーウェルは当時の「平和主義者」たちとは一線を画し、暴力全般を否定したわけではけっしてなかった。ガンディー風の「非暴力主義」を唱えたことなど一度もなかった。しかしながら、頑迷で旧弊な国内の支配層への言及の仕方が、「殲滅の思想」の対極にあったということは強調しておきたい。ズボンがずり落ちそうな敵兵を殺せないと思ったオーウェルは、日常的に、極力他者をそのような「人間」として見ようとつとめたと言えないだろうか。

　オーウェルには「ドナルド・マッギルの芸術[43]」という先駆的な漫画論があるが、そのエッセイにかぎらず、著作の多くには「漫画的思考」と呼びたくなるような、読み手の精神のこわばりをときほぐすような性質が備わっていると私は思う。それについてはさらに詳細に検討する必要があるが、ロウが造形した「ブリンプ大佐」のイメージとオーウェルの使用法を確認したことで、本稿の目的はひとまずはたしたことになる。

　なお、オーウェルはロウとは面識はなかったようであるが、たがいの仕事に関心をもっていたことはたしかである。『動物農場』(一九四五年)刊行後まもなく、ロウがこれを読んで風刺の見事さに感銘を受け、挿絵を描く意向を表明した。オーウェルもそのプランを歓迎した。[44] だが結局、この当代きっての風刺漫画家《カートゥーニスト》・戯画作者《カリカチュアリスト》による当代きっての風刺作家の傑作の挿絵入り版の企画は実現しなかった。じつに残念なことである。

(1) 松平千秋『ホメロスとヘロドトス――ギリシア文学論考』筑摩書房、一九八五年。

(2) ホメロス『オデュッセイア』全二巻、松平千秋訳、岩波文庫、一九九四年。上巻、三五頁ほか随所に。

(3) オーウェル「右であれ左であれ、わが祖国」川端康雄訳、川端康雄編『象を撃つ――オーウェル評論集1』平凡社ライブラリー、一九九五年、五五―五六頁。Orwell, 'My Country Right or Left' in *Folios of New Writing*, Autumn 1940; *The Complete Works of George Orwell*, edited by Peter Davison, 20 vols. (London: Secker & Warburg, 1986-98. 以下*CW*と略記), vol. 12, no. 694, p. 272.

(4) オーウェル『ウィガン波止場への道』土屋宏之・上野勇訳(筑摩書房、一九九六年)二一九―二二〇頁。Orwell, *The Road to Wigan Pier* (London: Victor Gollancz, 1937), pp. 197-98; *CW*, vol. 5, pp. 153-54. ただし、引用文中の初めのセンテンスで「作法」とあるのは「イングランド国教会」に訂正すべきである。'the C of E' は 'the Church of England' の略。「かりにブルジョア「知識人」相手に」とあるのも不正確(原文は 'If you are a bourgeoir "intellectual"')。「ブルジョア「知識人」の場合は」ぐらいか。
(5) オーウェル「ライオンと一角獣――社会主義とイギリス精神」小野協一訳、川端康雄編『ライオンと一角獣――オーウェル評論集 4』平凡社ライブラリー、一九九五年、四三頁。Orwell, *The Lion and the Unicorn: Socialism and the English Genius* (London: Secker and Warburg, 1940), p. 44; CW, Vol. 12, no. 763, pp. 404-5.
(6) 「ブリンプ大佐」を知る参考資料としては、以下が有益である。Mark Bryant (ed.), *The Complete Colonel Blimp* (London: Bellew Publishing, 1991). これは二〇〇頁に満たない小冊子であるが、豊富な図版とテクストで構成されていてよくまとまっている。ロウの生涯と仕事全般を簡便に記述した著作としては以下がある。Colin Seymour-Ure & Jim Schoff, *David Low* (London: Secker & Warburg, 1985).
　また、カンタベリのケント大学の図書館にはイギリスのカートゥーンの豊富な資料を所蔵するアーカイヴがあり、デイヴィッド・ロウ関連の一次資料も多く所蔵している (British Cartoon Archive, University of Kent at Canterbury)。なかでも同機関で制作したカートゥーンのデータベースは有益であり、作者名、キャラクター名、掲載紙などのキーワード検索によって図像とテクストを確認することができるようになっている。これは現在ウェッブでも公開している。メインページのURLは以下のとおり。〈https://www.cartoons.ac.uk/〉.
(7) 「小型軟式飛行船。初めはガス袋の下に飛行機の胴体が吊られたものからなっていた。一九三九―四五年の戦争〔第二次世界大戦〕のあいだ、この名前が防空気球に応用されることがときどきあった」(*OED*, 2nd. ed. 'blimp, n.' 1. a.)。

（8） ＯＥＤ第三版(オンライン版、二〇一四年六月に更新)では、'blimp, n. 2' の定義は加筆修正されて以下のようになっている。(語義ａ)「古くさい、あるいは反動的な意見をもち、尊大で独断的な態度をとる、ブリンプ大佐(語源を見よ)というキャラクターに具現された人物タイプ。イギリスの政治と社会のなかのある独特な支配的集団を代表するとみなされる。ブリンプ大佐(語義ｂを参照)を想起させる人物や階層を指示するのにしばしば修飾的に使われる」。直後の語義ｂは「ブリンプ大佐に喩えられるような、古くさい、尊大な、あるいは反動的な人物。(もとは)とくにこのタイプの古参将校を指した」と定義されている(二〇二〇年一一月一日の検索)。

（9） 'Prime Minister Blimp: "Gad, sir, the Air League is right. We must oppose all proposals for the abolition of military aviation".' *Evening Standard*, 28 May 1934.

（10） David Low, *Low's Autobiography* (London: Michael Joseph, 1956; New York: Simon and Schuster, 1957), p. 182.

（11） 以上は Maurice Horn (ed.), *The World Encyclopedia of Cartoons* (New York & London: Chelsea House Publishers, 1980), pp. 364–65 の記載による。

（12） *Ibid.*, p. 364.

（13） たとえば一九一八—二〇年のロイド・ジョージの連立政権を風刺した双頭の「連立ロバ」(Coalition Ass)、第二次大戦後の英国労働党を象徴する「ＴＵＣ[労働組合会議]輓馬」(TUC Carthorse)などがある。

（14） *Evening Standard*, 21 April 1934.

(15) ＯＥＤ第三版でもこの初出例は変わっていない(二〇二〇年一一月一日に検索)。

(16) ロウのカートゥーンは新聞掲載分が一定量たまるとそこから選りすぐったものが単行本にまとめられた。一九三六年刊行の『ロウの政治パレード』は「ブリンプ大佐とともに」という副題がついており、偶数ページはすべて「ロウズ・トピカル・バジェット」に出たブリンプ大佐の漫画が採録されている(九九点ある)。奇数ページでもときどき顔を出している。David Low, *Low's Political Parade: With Colonel Blimp* (London: The Cresset Press, 1936). 続編の『ロウふたたび』でもブリンプ大佐が最も頻繁に登場する。David Low, *Low Again: A Pageant of Politics with Colonel Blimp, Hit and Muss and Muzzlet* (London: Cresset Press, 1938).

(17) *The Complete Colonel Blimp*, p. 18. Colin Seymour-Ure の 'Introduction' より。

(18) Ｃ・Ｓ・ルイスは一九四四年にこう書いている。「両大戦間におけるイギリス人の気質を示す最も特徴的な表現を示せと言われたら、未来の歴史学者は躊躇《ちゅうちょ》することなくこう答えるのではあるまいか。「ブリンプ大佐」、と」。C. S. Lewis, 'Blimpophobia,' *Time and Tide*, 9 September 1944; Mark Bryant (ed.), *The Complete Colonel Blimp*, p. 152.

また、第二次大戦中には「ブリンプ大佐」を主人公にした映画『ブリンプ大佐の生涯』がイギリスで制作され、一九四三年に公開され好評を得た(日本では『老兵は死なず』と題して一九五二年に短縮版で公開)。製作・シナリオ・監督をマイケル・パウエルとエメリク・プレスバーガーが共同で手がけ、主演はロジャー・リブシー。デボラ・カー(三役を演じていてじつに魅力的)、アントン・ウォルブルックらが共演。三つの戦争を経験し、三人の女性と恋愛するこの映画版の「ブリンプ」(クライヴ・キャンディという役名)は、哀愁に満ちたキャラクターであるという点でロウの漫画とは異質である。この映画によって、「ブリンプ」像の変容が生じたと言える(cf. Julia Cresswell, *Dictionary of Allusions*, Glasgow: Harper Collins, 1997, p. 33)。これは名作としてシナリオやＤＶＤが出ている。Powell & Pressburger, *The Life and Death of Colonel Blimp*, edited by Ian Christie (London: Faber and Faber, 1994); A. L. Kennedy, *The Life and Death of Colonel Blimp* (London: British Film Institute, 1997).

(19) ブリンプ大佐は体を鍛えることに熱心で、さまざまなスポーツをするが、逆に知性は軽視している。こんな台詞もある。「むろん、君、パンク卿は正しい。ボールドウィンは能無しかもしれぬが、本物のイギリス人なのじゃ(Gad, sir, Lord Punk is right. Baldwin may have no brains, but he's a true Englishman)」*Evening Standard*, 4 July 1936.

(20) 「ブリンプを最初に着想したのは、愚かさ全般の矯正手段としてだった」(*Low's Autobiography*, p. 273)。

(21) ほかでもブリンプは、この語をくりかえしている。「むろん、君、バンカム卿は正しい。光栄ある孤立じゃ、君！　われわれは干渉を受けることなくみずから各人と戦うことを主張せねばならぬ」(*Evening Standard*, 23 February 1935)。

(22) *The Complete Colonel Blimp*, p. 24. ＯＥＤ(第二版)の‘Gad’の項目では一八七五年までの用例(‘If either of the young dogs wants to quarrel, by gad, sir, he shall quarrel with me.’)があげられており、それ以後のものは出ていない。ただしすでに言及した‘Blimp’の項目には一九三四年の‘Colonel Blimp’の用例のなかに‘Gad, sir’が見える。一九三四年以降は、‘Gad, sir’といえば、即‘Colonel Blimp’の漫画がイギリス人には連想できたのであろうから。‘Gad’の項目にこれが出ていないのはひとつの遺漏ではあるまいか。比類のないすばらしい辞典であって文句を言うのは義理に反するとはいえ、「低級」なテクストに関して例文を拾いそこなっている例がＯＥＤにたまに見られるということは指摘しておかねばならない。（追記、ＯＥＤ第三版では、「いまでは古めかしい（しばしば滑稽味を出すため）」と説明した上で、一九四九年と一九九一年の用例を加えている。）

(23) *Evening Standard*, 28 April 1934.
(24) *Evening Standard*, 26 May 1934.
(25) *Evening Standard*, 2 Jun 1934.
(26) *Evening Standard*, 23 June 1934.
(27) *Evening Standard*, 4 August 1934.
(28) *Evening Standard*, 22 June 1935.
(29) *Evening Standard*, 5 October 1935.
(30) *Low Again*, p. 134. 初出は *Evening Standard*, 22 May 1937. ただし初出時は台詞中の 'The working classes should be' の部分が 'The busmen ought to be' になっていた。
(31) Orwell, 'Spilling the Spanish Beans,' *New English Weekly* (2 September 1937); *CW*, vol. 11, p. 46.
(32) Orwell, *Homage to Catalonia* (London: Secker & Warburg, 1938); *CW*, vol. 6, p. 188. オーウェル『カタロニア讃歌』都築忠七訳（岩波文庫、一九九二年）、二六四頁。
(33) Orwell, 'Review of *Searchlight on Spain* by the Duchess of Atholl,' *New English Weekly*,

21 July 1938; *CW*, vol. 11, no. 469, p. 184.

(34) Orwell, 'Review of *The Thirties* by Malcolm Muggeridge', *New English Weekly*, 25 April 1940; *CW*, vol. 12, no. 615, pp. 151-52.

(35) 本書第8章「オーウェル風のくらしむき」を参照されたい。

(36) Bernard Crick, *George Orwell: A Lif*, (Harmondsworth: Penguin Books, 1982), p. 324ff. バーナード・クリック『ジョージ・オーウェル——ひとつの生き方』全二巻(河合秀和訳、岩波書店、一九八三年)下巻、一六頁以下。

(37) *CW*, vol. 6, p. 74. オーウェル『カタロニア讃歌』(前掲)一一〇—一一一頁。

(38) Orwell, 'Looking Back on the Spanish War', *CW*, vol. 13, no. 1421, p. 501.『象を撃つ——オーウェル評論集1』六七頁。引用はこの小野協一訳を一部修正して使用した。

(39)「むろん、君、ヒトラーは正しい。各国が力をあわせるためには、どの国をむしり取るか彼に決めさせてやるしかないのじゃ」(*Evening Standard*, 4 April 1936)。「むろん、君、ムソリーニは正しい。ジュネーヴがどこかよそに移されるまでは、いかなる交渉もありえぬのじゃ」(*Evening Standard*, 18 April 1936)。

ついでながら、イギリスの漫画家でヒトラーとムソリーニの風刺画を最も多く描いたのがロウであったということもここで言い添えておきたい。注6に言及したデータベースを一九九九年九月に検索した際、ヒトラーを描いたイギリスのカートゥーンを数えたところ七七八点あったが、そのうちロウの作品が四一三点と半数以上を占めていた(二番目はシドニー・ストルビ[Sidney Strube, 1892-1956]で一一九点)。ムソリーニのカートゥーンは全部で三二六点。そのうちおよそ三分の二にあたる二二六点がロウ作だった。両者を初めて描いたのもロウだった（ヒトラーは『イヴニング・スタンダード』一九三〇年九月二七日号。ムソリーニは同紙の一九三四年六月六日号）。一九三九年八月（つまり第二次大戦勃発の直前）までの一〇年間のデータを見ると、イギリスで描かれたヒトラーのカートゥーンは二五五点、そのうちロウのが二六点と、圧倒的に多い。ヒトラー自身がロウの漫画に不快感を表明したと言われ、開戦まで宥和政策をとっていたイギリス政府にとってこれは歓迎できぬことだった。Cf. *Low's Autobiography*, pp. 277ff.

(40)　Orwell, 'Don't Let Colonel Blimp Ruin the Home Guard', *Evening Standard*, 8 January 1941; *CW*, vol. 12, no. 743, pp. 362–65. これはオーウェルの著作で唯一「ブリンプ」の語をタイトルにふくむ文章である。「ブリンプ大佐」風の退役将校がイニシアティヴをとる古い地域防衛軍的な流儀は戦術的にも思想的にもまったく現状にあわず、それに代えて厳格な上下関係がない民主的な組織にするべきであること、またドイツ軍のイギリス本土上陸を想定したゲリラ戦術など、現実的な武装と軍事訓練をすべきだと主張している。

(41)　Orwell, 'Politics and the English Language', *Horizon*, April 1946; *CW*, vol. 17, no. 2815, p. 430. 川端康雄編『水晶の精神――オーウェル評論集2』平凡社ライブラリー、一九九五年、三二二頁。

(42)　Orwell, 'Charles Dickens', *CW*, Vol. 12, no. 597, p. 50. 川端康雄編『鯨の腹のなかで――オーウェル評論集3』平凡社ライブラリー、一九九五年、一七六頁。オーウェル自身がこの特徴をもつことについては本書第1章の注(30)を参照。

(43) Orwell, 'The Art of Donald McGill', *Horizon*, September 1941; *CW*, vol. 13, no. 850, pp. 23-31. 『ライオンと一角獣——オーウェル評論集４』(前掲)一一九—四五頁。

(44) 『動物農場』の版元であるフレドリック・ウォーバーグ宛の一九四五年一〇月一七日付の手紙でオーウェルはこう書いている。「フランク・ホラビン[ジャーナリスト・挿絵画家]から聞いた話では、彼が『動物農場』をデイヴィッド・ロウに見せたところ、ロウはその挿絵を描きたいというようなことを言ったそうです。ほんとうに手がけてもらえるなら、大成功をおさめるでしょう。……問題は、私がロウを知らず、彼にどのように近づいたらいいかわからぬということです。彼をご存知ですか。ホラビンはこのアイデアをすでにあなたに伝えたと言っていました」('Orwell's Letter to Fredric Warburg', 17 October 1945; *CW*, vol. 17, no. 2766, p. 313)。ウォーバーグの翌日付の返信のなかに、ホラビン宛のロウの手紙が引用されている。ロウはこう書いている。「『動物農場』を楽しく拝読しました。素晴らしい風刺作品です。おっしゃるとおり、挿絵を入れたら申し分ないでしょう」(*ibid.*)。だがこのあとロウの挿絵版の企画は軌道には乗らず、まもなく立ち消えになってしまった。Cf. 'Orwell's Letter to Leonard Moore', 23 February 1946; *CW*, vol. 18, no. 2908, pp. 122f.

第7章　「一杯のおいしい紅茶」をめぐって

一　'a nice cup of tea' の出所

「ア・ナイス・カップ・オヴ・ティー」(a nice cup of tea)という英語表現をよく見かける。性格上、イギリスの文献に多く見られるが、日本で出される英国紅茶についての本などでもこの表現が時々使われている。特別なイディオムというほどのものではなくて、'That's another cup of tea'(「それは別問題だ」)や'not for all the tea in China'(「どんなことがあっても～しない」)などのような比喩的語句として一般の英語辞典にとりあげられるものでもない。文字どおり「一杯のおいしい紅茶」なわけだから。また、引用句辞典にも出ていない。しかし、それにしてはこの表現('nice'という形容詞が入っているのがミソなのだが)が目につく。オーウェルの民衆文化論とのかかわりで、その出所(それがあったらのはなしだが)が以前から私には気になっていて、折にふれて調べてきたのだが、いまだ解決に至ってはいない。あるいは特定の「出所」などなく、自然発生的に出てきて流布した慣用句にすぎないのかもしれない。引用句辞典に出てこないのは、これがあまりにありふれた表現であるためなのかもしれない。いずれにせよ、結論は出ていないが、その探求の過程でおもしろい発見もあった。まずはそれを紹介したい。

最初にこの語句が強く記憶に刻まれたのは、まさに「一杯のおいしい紅茶」と題するオーウェルのエッセイによってだった。ロンドンの夕刊紙『イヴニング・スタンダード』の一九四六年一月一二日号に掲載されたもので、その後ソニア・オーウェル、イアン・アンガス編のオーウェル著作集に収録された。これはオーウェル自身が考える「完全な紅茶の入れ方」を(「どれをとってもわたしが絶対譲れないもの」として)一一項目にわたって記述した一千語程度の軽い調子の文である。その第一項目はこう書かれている。

まず第一に、インド産かセイロン産の葉を使用することが肝心である。中国産にも、いまのように物のない時代にはバカにできない長所はある。経済的だし、ミルクなしでも飲めるから。しかし、これは刺激にとぼしい。飲んだからといって、頭がよくなったとか、元気が出た、人生が明るくなったといった気分にはならない。「一杯のおいしい紅茶」というあの心安らぐ言葉〔that comforting phrase 'a nice cup of tea'〕を口にするとき、だれもが考えているのは例外なくインド産の紅茶なのである。(1)

ここで「一杯のおいしい紅茶」というフレーズが引用符でくくられていることに注意したい。「あの心安らぐ言葉」とある。だがこれが私には一読してまったくぴんとこなかった。いまでも、そのニュアンスを十分に理解しているかというと、あまり自信はなかった。

い。

一九四一年刊行のパンフレット『ライオンと一角獣』のなかでもこのフレーズが出てくる。その第一部、イギリス人の生活の私的性格について指摘した以下のくだりである。

われわれは草花を愛する国民であるが、同時にまた、切手収集家、鳩飼育家、素人大工、クーポン収集家、ダーツプレイヤー、クロスワードパズル・ファンの国民でもある。真に土着の文化はすべて、たとえ公共的ではあっても官制的ではないもの――パブ、サッカー試合、裏庭の野菜畑、炉辺、「一杯のおいしい紅茶」(the 'nice cup of tea')――を中心として形作られている。(2)

ここでも 'nice cup of tea' が引用符でくくられているのに気づく。右の二箇所の用例を知って、私はこれにはある出典があって、そこからオーウェルは引いており、それで引用符を使っているのだと推測したのだった。そう思っていた折、あれは一九八四年だったと思うが、新宿の映画館(シネマスクエアとうきゅう)で『ドレッサー』というイギリス映画を見ていたところ、まさに 'a nice cup of tea' というフレーズがくりかえされる歌が突然出てきたのでびっくりした。それは、劇作家ロナルド・ハーウッドの舞台劇(一九八〇年にマンチェスターで初演)をピーター・イェイツ監督が一九八三年に映画化したもので、その背景はイギリスがドイツ軍の空襲に苦しんでいた一九四二年初頭の地方都市、劇団の座長で老いたシェイクスピア役者の世話をする付き人(ドレッサー)が、座長を元気づけようとして紅茶を入れてやる場面で出てきた(座長役はアルバート・フィニー、ドレッサーのノーマン役はトム・コートニーが演じていた)。その歌の出し方は、たとえば日本映画で「リンゴの唄」を使って終戦直後の日本の雰囲気を伝える手法とおなじものと思えたので、この歌はたぶん当時のイギリスの流行歌であり、それが「一杯のおいしい紅茶」というフレーズが広まる契機になったのだろうと思い込んだのだった。それでも、すぐにはその歌の詳細が判明しなかった。ハーウッドの原作の戯曲を見たけれども、とくにその歌には言及していない[3]。何人かの知人に尋ねもしたが、みな知らなかった。アメリカの曲ならマイナーなものでもわりと早くわかるのだけれど、イギリスの古い流行歌というのは日本にいてはなかなか調べがつかないのである。なにしろ手に入る情報の量がちがう。

それがわかったのは、平凡社ライブラリー版のオーウェル評論集(全四巻、一九九五年刊行)の編集をまかされて、巻末に個々のエッセイの初出誌その他の関連事項を記した解題を入れることにして、「一杯のおいしい紅茶」(『ライオンと一角獣――オーウェル評論集4』所収)についてもそのタイトルについて注記しようと集中的に調べたためである。その結果、その歌の作者等が判明した。それで、解題のために以下のような原稿を書いたのだった。

タイトルの「一杯のおいしい紅茶」(A Nice Cup of Tea)という表現は、いまではよく耳にする日常的な言いまわしとなっているが、これはあるいは流行歌に由来するのではないだろうか。一九三七年に興業主C・B・コクラン(Cochran 一八七二―一九五一年)がプロデュースしたレヴュー『美しき家庭』(*Home and Beauty*)のなかで女中役のビニー・ヘイル(Binnie Hale 一八九九―一九八四年)が歌う「一杯のおいしい紅茶」('A Nice Cup of Tea')(A・P・ハーバート[Herbert]作詞、ヘンリー・サリヴァン[Henry Sullivan]作曲)が、その後紅茶のコマーシャルに使われたこともあり、広く流行した。歌詞のリフレインをざっと訳すとこうである。

朝飲む一杯のおいしい紅茶が私は好き、　I like a nice cup of tea in the morning,
これで一日がはじまる。　For to start the day, you see,
そして一一時半、　And at half-past eleven
そう、一杯のおいしい紅茶で　Well, my idea of Heaven
私は天国にいる気分。　Is a nice cup of tea:
デイナーのときも一杯のおいしい紅茶。　I like a nice cup of tea with me dinner

お茶の時間にも一杯のおいしい紅茶。　And a nice cup of tea with me tea,
そして寝る前だって、　And when it's time for bed
一杯のおいしい紅茶が　There's a lot to be said(4)
なんといっても欠かせない。　For a nice cup of tea.

断定はできないが、オーウェルが「「一杯のおいしい紅茶」というあの心安らぐ言葉」と書いたとき、彼の頭のなかでこの流行歌が響いていたことは十分にありえると思う。『ライオンと一角獣』でもこの表現が引かれている。

以上の文は、私の作成した解題の初校ゲラでは生きていたのだが、結局削除した。うかつなはなしだが、念のためこの流行歌以前のオーウェルの著作を検索したところ、「一杯のおいしい紅茶」というフレーズが初期の作品に出ていることに気づいたのだった。小説『牧師の娘』(一九三五年)の第一章第四節にこれまた引用符つきで出てくるのである。主人公である牧師の娘のドロシー・ヘアが、教区の村を自転車で巡回し、主婦たちの相手をしてやる次第を述べたくだりである。

これまで彼女は、日曜以外は毎日、教区民の家《コテッジ》を六軒から一二軒は訪問した。彼女は狭苦しい室内に入り込み、ごつごつしていてほこりをかぶった椅子に座り、過労で疲れた赤ら顔のおかみさんたちとおしゃべりをした。……生気のない葉蘭について助言をしたり、赤ん坊の名前を考えてやったり、「一杯のおいしい紅茶」を数え切れぬほど飲んだりした(she...drank 'nice cups of tea' innumerable)――労働者階級の女たちはいつも、絶えず煮出しているティーポットから、彼女に「一杯のおいしい紅茶」(a 'nice cup of tea')をふるまいたがったからである。(5)

パイサー夫人は、夜であれ昼であれ、何時であろうと、いつでもすぐ「ちょっとしたお祈り」をしたがった。彼女にしてみれば、それは「一杯のおいしい紅茶」(a 'nice cup of tea')に相当するものだった。(6)

一九三五年刊行のこの小説に右の用例があったことに気づき、ビニー・ヘイルの流行歌「一杯のおいしい紅茶」がこのフレーズの起源であるという私の仮説は、あっけなく崩れてしまったのである。

また、これはさらにもっとうかつだったのだが、『オクスフォード英語辞典』(OED)の第二版において、形容詞'nice'の第一四項目(「食べ物について、おいしい、食欲をそそる」(7)の意で使われるケース)に第一版にはなかった'nice cup of tea'の用例が新たに六つ追加されていることに遅ればせながら気づいたのだった。思い込みとは恐ろしいもので、初版と同様に第二版でも用例は出ていないものと信じ込んでしまっていたのである。ところがこちらには、後述するオーウェルの『ウィガン波止場への道』(一九三七年刊行。執筆は三六年)の用例はもとより、このハーバート作詞の「一杯のおいしい紅茶」も用例として挙げられていたのである。そしてOED第二版に示されている初出例は作家R・ホワイティング(R. Whiteing 一八四〇―一九二八年)が一八九九年に発表した小説『ジョン街五番地』(*No. 5 John Street*)のなかの「女性の普遍的な強壮剤……「一杯のおいしい紅茶をごちそうしましょう」('You shall have a nice cup of tea')」となっている。(8) 初出例が流行歌よりも三六年も前のものなのである。断定はしていないとはいえ、「これはあるいは流行歌に由来するのではないだろうか」という憶測を解題に載せずにすんで、ほっと胸をなでおろしたのだった。それにしても、OEDでの初出例が確認できはしても、これまでに引いたオーウェルの用例において、いずれも引用符でくくられている点がそれで説明できたわけではない。ヴィクトリア朝末期のマイナーな作家ホワイティングの使用例をふまえていることはまず考えられないからである。いったい彼はどういう気持ちで括弧つきにしているのだろう。

『ウィガン波止場への道』にもこのフレーズが括弧つきで登場する。これはOED第二版が示す六つの用例のうちの第四のものとして挙げられているものであり、失業問題を論じた第一部第五章に出てくる。オーウェルによれば、労働者階級の人間は、中流階級の人間とちがって、貧困という重荷によって破綻をきたすことはない。貧困にもかかわらず、意外にくらしはまともであり、家族制度も崩壊してはいない。彼らはかならずしも贅沢品を切り詰めて必需品にまわすというやり方で生活水準を下げるわけではなく、その逆をゆく場合のほうが多い。不況の期間に安価な贅沢品の消費が増大し(たとえば映画がそれであり、また洒落た衣料品も大量生産されるようになった)、労働者階級の人びともそれを享受することが可能になった。

そして家庭でも、だいたいにおいて一杯の紅茶を——「一杯のおいしい紅茶」を——味わうことができるし(there is generally a cup of tea going—a 'nice cup of tea')、父親も、一九二九年からずっと失業中なのであっても、シザーレヴィッチ(英国ニューマーケットで毎年秋に開催の競馬)の大当たり確実の予想を手にしているあいだは、つかのまの幸福感にひたれるのである。(9)

引用符は使っていないが、おなじ本でもう一箇所このフレーズが出てくる。第一部第六章、イングランド北部炭鉱地帯における失業者の生活実態について調査した部分である。失業炭鉱夫の家計簿を分析したあと、オーウェルはこう指摘する。

失業している場合――それはつまり満足に食事がとれず、悩み、退屈し、打ちひしがれている場合ということだが――健康によくても味気がない食品など食べたいとは思わないものだ。少しは「うまい」ものが食いたい。安手の口に合う食べ物にどうしても手が伸びてしまうのである。チップス(フレンチ・ポテト)を三ペンス分食べよう！ ひとっ走り行って、二ペンスのアイスクリームを買ってきておくれ。やかんをかけておくれ、そしたらみんなで一杯のおいしい紅茶を飲もう！ そういうふうに、失業手当でくらしているときは考えるものなのである。[10] (強調は原文)

ここで「やかんをかけておくれ、そしたらみんなで一杯のおいしい紅茶を飲もう！」の原文は、'Put the kettle on and we'll all have a nice cup of tea!' となっている。これがイギリス伝承童謡(マザー・グース)のなかのよく親しまれている歌「ポリー、やかんをかけておくれ、みんなで紅茶を飲もう(Polly put the kettle on, we'll all have tea)[11]」のもじりであることは明白である。その 'we'll all have tea' にオーウェルはわざわざ 'a nice cup of' という語句を追加しているのである。

二 「紅茶を受皿で」

さて、「出所」が判明しないまでも、右に引いたいくつかの用例で、'a nice cup of tea'という表現には一定の気分が込められているということはわかる。これらはいずれも、イギリスの一九三〇年代のごくふつうの庶民が使う語として出てくる。『牧師の娘』の例ではドロシーが相手をする教区の女性、それも貧しい階層の女性が好んで使う語であることが示唆されている。『ウィガン波止場への道』の用例では、失業炭鉱夫が生きる元気を出すために飲むささやかな嗜好品という文脈でこれが出てくる。ほんのちょっぴり華やいだ気分はあるにせよ、お高くとまった表現でないのはたしかである。どう見ても、上層階級が使うものではないようだ。むしろそれは、下層中流階級および労働者階級の人間が好んで用いたフレーズであると思える。

これと関連してくるのが、最初に言及したオーウェルのエッセイ「一杯のおいしい紅茶」の最後の段落の括弧に入った一文である。こう書いてある。

このほかにもティー・ポットの周辺には不可解な社会的エチケットがある(たとえば、紅茶を受皿で飲むことは、どうして下品だとみなされているのだろう)(12)……。

これは小野二郎が「紅茶を受皿で」と題するエッセイで追究したテーマであった。おそらく一九七四年のことだと思うが、小野がアイルランドのスライゴー(W・B・イェイツゆかりの町)を訪れた折、スーパー・マーケットの近くの安食堂で、隣のテーブルに一人でいた小柄なおばあさんが、紅茶をカップから受皿にあけて、そこからすすったのを目撃したのだという。これを見て即座に彼はオーウェルがおなじ行為をしたはなしを想起する。オーウェルがBBCに勤務していたときに付き合いがあった放送記者のジョン・モリスが伝えるつぎのエピソードである。二人が知り合ってまもなくして、BBCの食堂に一緒に紅茶を飲みに行ったときのことだった。

オーウェルはすぐに紅茶を受皿にそそぎ、大きな音をたててすすりだした。彼は何も言わなかったが、私がふつうの仕方で飲みつづけていると、彼は少し挑発的な表情で私を見た。私たちのテーブルに相席になった二人の玄関番はいささか憮然として、数分後に席を立って出て行った。[13]

この書き方からすると、モリスはオーウェルが自分にいやがらせをするために紅茶を受皿で飲むという「不作法」な行為をしたと感じたようである。そのようなものとしてこのエピソードを覚えていた小野は、おばあさんがあまりにも自然に紅茶を受皿で飲んでいる様子に、一撃をくらったのだった。それはオーウェルの行為の再解釈を彼に強いるものだった。

あのオーウェルの振舞いは、単なる下品、不作法なものでなく、それ自体一個のいわば作法であり、思いつきの出鱈目というのではなく、あるひとびと、あるいはある階級にとっては正統な行動様式なのではなかろうかということである。それが今は何かによって圧しつぶされ、表にあらわれなくなってきているのに、あのおばあさんはその抑圧から自由に生きて、何気なく無心に行動してそれを表現したのだった。確信にみちて静かに受皿からお茶をすすっているおばあさんに、他の誰れも自分はそうしているわけではないけれど、特に注意を払わない。自分たちはカップで飲んでいるだけである。

ああオーウェルのあの行為にはこういう「伝統」があったのだ(などと他人様のテーブルをのぞいて一人サワイでいるのはコッケイだが事実だったからしかたない)。オーウェルはそれを素直に表現できなかった。できるわけがなかった。それが人に不作法に映ずること、不愉快に思われることはわかりきっているからだ。だからいやがらせになる。あてこすりになる。

しかしオーウェルが憧れているものには実体があった。それは心理的事件ではなく、いわば哲学的事件であった。しょせん身につけること、楽々と実現することのできない「伝統」へのこの憧れには、しかし、心理的なあせりと異なる何というかある積極的な光りのようなものがあるのを、このエピソードから感じとれなかった私自身の鈍さを恥じた。(14)

このあと、受皿というのが、元来はそこに移して冷まして飲むための独立した器具ではなかったかという仮説のもとに、茶器の歴史的探求にむかう興味深い記述がつづく。詳しくは小野の本にあたっていただきたいが、そこに言及されていない、紅茶を受皿で飲む行為についてのオーウェルの記述が他にもあるので、小野のエッセイの傍注の意味を込めて、以下にそれについて書く。

『ウィガン波止場への道』の第八章。前章までのイングランド北部炭鉱町のルポルタージュとはがらりとはなしが変わって、オーウェル自身の経歴と社会主義についての態度を述べた部分である。中流階級出身の社会主義者が労働者階級を理想化しながら、労働者階級の生活習慣を軽蔑することの矛盾を指摘したくだりである。

イギリス共産党員で『幼児のためのマルクス主義』の著者である同志X氏について

見てみよう。同志X氏はたまたまイートン校出身者である。彼は、とにかく理論の上では、バリケードで死ぬ覚悟ができているのだろうが、チョッキの一番下のボタンをいまだにはずしたままでいることに気づく。彼はプロレタリアートを理想化しているが、彼の習慣が彼らのそれとあまりにもかけ離れていて、驚くほどだ。一度ぐらいは、虚勢を張って、紙帯《バンド》をつけたままで葉巻をふかしたことがあるかもしれないが、ナイフの刃先にチーズを突きさして口に運んだり、帽子をかぶったまま室内に腰掛けたり、また紅茶を受皿で飲むことでさえも、彼の体が受けつけず、まずできないだろう。テーブルマナーは、人の言動が本物か偽物かを見分けるための、悪くはない試金石なのではあるまいか。私は多くのブルジョア社会主義者と知り合い、彼ら自身の階級を攻撃する長広舌を何時間も聴いたが、それでもけっして、一度たりとも、プロレタリアのテーブルマナーを身につけた人に出会ったことがない。(15)

ここでオーウェルは紅茶を受皿で飲む行為が労働者階級の「テーブルマナー」であることを自明のこととして書いている。さきほどのジョン・モリスが伝えるエピソードに関して見れば、紅茶を受皿で飲む行為は、たがいに反感をいだいている相手に対して、不愉快に思われることを承知の上でおこなった行為であったとは言えるのかもしれないが、相手次第でその行為の意味合いも異なったのである。一九七〇年代にジュラ島を訪れたオーウェル研究家の甲斐弦は、当地で知り合ったブーイーという名の電気工事人からオーウェルについてのこんな思い出を引き出している。

「オーウェルさんというのはいい人でしたなあ」ブーイーさんが車を走らせながら語り出した。「イートンを出ているというのにちっとも気取らないでね、いつも気さくにわし達と話してくれた。一緒に酒も飲むし、お茶も飲む。お茶を受け皿に流して、皿で飲むんだからなあ。相談事には気軽に乗ってくれるが、無用のおせっかいをやってプライヴァシーを侵すような事は決してしない。本当の紳士でしたな[16]」

「お茶を受け皿に流して、皿で飲むんだからなあ」という言葉には、驚きはあるにせよ、非難めいた調子はまったく感じられない。それが「本当の紳士」であることと矛盾しないというのも楽しい。そしてもちろんブーイーさんを相手にしてのオーウェルの行為は、いやがらせなどとは無縁なもので、相手方の「テーブルマナー」に従ってのことだったはずである。むしろジョン・モリスのタイプを相手にしたときが特別だったのであって、オーウェルは通常はこの所作をもう少し自然におこなえたのではないかと私は想像する。

この「マナー」もふくめて、紅茶を入れて飲むという、文字どおりの日常茶飯事が、オーウェルにとってはイギリスの民衆文化の大事なシンボルなのだった。『ウィガン波止場への道』のなかで、要所要所で紅茶の言及がなされているのは、それを証すものである。そのなかの典型的なふたつの用例を最後に見ておきたい。ひとつはオーウェルが浮浪者生活をはじめようとしていたときの回想である。ある土曜日の夜、ロンドン東部にある労働者が利用する簡易宿泊所を初めて利用する段になったとき、いまだにオーウェルは「労働者階級をなかば恐れていた。彼らと接触したかったし、彼らの一員になりたいとさえ思っていたが、いまだに彼らを異質で危険な者たちだと思っていた」。それでも、九ペンスの代金を払って、彼は意を決してなかに入る。地下のキッチンに下りると、沖仲士や土方や水夫がいて、チェッカーをしたり、紅茶を飲んだりしている。心配したようには、彼らにからまれたり、詮索《せんさく》されたりもしない。それでも、沖仲士の一人で、酔っぱらって、室内をふらふら歩いているのが彼に近づいてくる。赤ら顔を前に突き出し、目がどんよりとしている。オーウェルは危険を感じる。

私は体を硬くした。さあ、喧嘩になりそうだ！　つぎの瞬間、その沖仲士は私の胸に倒れ込み、両腕を私の首にまきつけた。「紅茶を一杯飲めや、相棒！」(‘Ave a cup of tea, chum!)と、涙を浮かべて叫んだ。「紅茶を一杯飲めや！」

私は紅茶を一杯飲んだ。それは一種の洗礼の儀式だった。そのあと、私の恐怖は消え去った。だれも私のことをとやかく詮索しなかったし、無礼な好奇心を示す者もいなかった。みんな礼儀正しく親切で、ごく自然に私を受け入れてくれたのだ。(17)

それから数日後に彼は放浪の旅に出ることができる。その次第は『パリ・ロンドン放浪記』(18)に出ているとおりである。イギリスの「最下層」の人びとの世界に、一時的にではあれ、参入するための「一種の洗礼の儀式」(a kind of baptism)として、あるいは通過儀礼として、紅茶を飲む行為が象徴的に用いられている。「私は紅茶を一杯飲んだ」(I had a cup of tea)。こうした場面では、さすがに 'I had a nice cup of tea' とは書けないのであろうが。

もう一箇所は、『ウィガン波止場への道』の第七章で、労働者階級の家庭の団欒《だんらん》の幸福なイメージを記述したくだりである。それは失業者の家庭ではなく、比較的ゆとりのある家庭を念頭に置いている。そうした家庭では、上層階級、あるいは、「教育を受けた」階層の家庭などでは味わうことができないような「暖かくて、まっとうで、人情味あふれた空気」(a warm, decent, deeply human atmosphere)を吸うことができる。こうした労働者の家庭生活は、おのずと健全で整ったかたちに収まることが多い。

最善の労働者家庭に見られる独特の気の置けない、充実した気分、いわば完璧な調和というものにしばしば私は胸を打たれた。とりわけ、冬の晩、お茶がすんで、暖炉の火が赤々と燃え、炎がゆらめき、スティールの炉格子に照らされている。父親はシャツ姿でくつろぎ、炉のかたわらで揺り椅子に座り、競馬の結果を新聞で読んでいて、母親はその反対側で針仕事をしている。子供たちは一ペンスのハッカ・キャンディーを口にして幸福で、犬はラグの上でごろごろとぬくもっている――こんな場所にいられたらいい、ただそのなかにいるというだけでなく、自然にその一員であるとして受け容れられていたらのはなしだが。(19)

「キッパーズ(燻製ニシン)を食べ、濃い紅茶を飲んだあと、石炭が燃える暖炉のまわりに集う」(20)一家団欒のイメージ。これはオーウェルの他のエッセイや小説(たとえば『空気をもとめて』での主人公の少年時代の追憶)にくりかえしあらわれる幸福なくらしの理想像である。さきほどの紅茶を受皿で飲んだエピソードを苦々しく伝えたジョン・モリスは、「どうくらそうとも、彼(オーウェル)が労働者階級と同化できはしないということが彼にはどうしても分からなかった。下層階級の家庭生活の貧相な細部への彼のこだわり(それは初期の小説に歴然としている)は、荒唐無稽《ロマンティック》な作り話だった」(21)と切り捨てている。オーウェルについての評価としては、これはめずらしくない。しかし私の見方は正反対である。たしかにそれはしょせん身につけること、楽々と実現することのできない「伝統」

への憧れだったとはいえ、「心理的なあせりと異なる何というかある積極的な光りのようなものがある」という小野の指摘に私は賛同する。[22] この点でのオーウェルへの理解、というか共感(オーウェルが共感したものへの共感)の念が欠けている論者が、あまりにも多いと私は思う。少なくとも私にとっては、そうした輝きが見られるからこそ、オーウェルの著作はかけがえのないものなのである。

ともあれ、「一杯のおいしい紅茶《ア・ナイス・カップ・オヴ・ティー》」の「出所」はいまだにわかっていない。ただし、一九四六年のエッセイ「一杯のおいしい紅茶」のなかでオーウェルがそのフレーズを「あの心安らぐ言葉」(that comforting phrase)と言ったのは、いま見たような平和で幸福なくらしの情景、「暖かくて、まっとうで《ディーセント》、人情味あふれた」庶民の家庭の雰囲気をそれが喚起するからであるということは確信をもって言える。そして初めに紹介したビニー・ヘイルの流行歌「一杯のおいしい紅茶」が、そのフレーズにさらにいっそう好ましい風味を添えたのではないだろうか。いまのところ、そんなふうに私は考えている。

（1） Orwell, 'A Nice Cup of Tea,' *Evening Standard*, 12 January 1946; *The Complete Works of George Orwell*, Ed. Peter Davison, 20 vols. (London, Secker & Warburg, 1986-1998)〔以下、CW と略記〕, vol. 18, no. 2857, p. 33. 「一杯のおいしい紅茶」小野寺健訳、『ライオンと一角獣——オーウェル評論集4』平凡社ライブラリー、一九九五年、二六六頁。オーウェル『一杯のお

いしい紅茶』小野寺健編訳、朔北社、一九九五年、一四頁。中公文庫、二〇二〇年、一四頁。引用は中公文庫の小野寺訳を使用した。

(2) Orwell, *The Lion and the Unicorn* (London: Secker & Warburg, 1941), *CW*, vol. 12, no. 763, p. 394. オーウェル「ライオンと一角獣」小野協一訳、『ライオンと一角獣――オーウェル評論集4』平凡社ライブラリー、一九九五年、一五頁。引用は小野訳を使用した。

(3) Ronald Harwood, *The Dresser* (London: Grove Press, 1981). ロナルド・ハーウッド『ドレッサー』松岡和子訳、劇書房、一九八八年。

(4) A. P. Herbert, *The Autobiography* (London: Heinemann, 1970), p. 116. この歌はおなじ1937年に当代の人気歌手グレイシー・フィールズ(本書第三章の第一節を参照)によるカヴァー・ヴァージョン(七八回転シングル盤)が早くも出されている(cf. David Bret, *Gracie Fields: The Authorized Biography* [London: Robson Books, 1995], p. 208)。それによってこの曲はさらにポピュラーになったのであろう。

(5) Orwell, *A Clergyman's Daughter* (London: Gollancz, 1935); *CW*, vol. 3, pp. 47-48. オーウェル『牧師の娘』三澤佳子訳、晶文社、一九八四年、六七頁。

(6) *Ibid.*, p. 53. 同書、七三頁。

(7) 'Of food: Dainty, appetizing', OED, 'nice' a 14. 第二版ではこれに「とくに一杯の紅茶について」(*spec.* of a cup of tea)という説明が付加されている。

(8) *OED*^{2}, 'nice' a 14. 第二版が出る以前に、一八七六年に刊行された『オクスフォード英語辞典への補遺第二巻H－N』(*A Supplement to the Oxford English Dictionary*, edited by R. W.

Burchfield, vol. 2, H-N, Oxford University Press, 1976)の段階ですでにこの用例の追加がなされていた。ただし、その後の改訂版(オンライン版)では、形容詞'nice'の第一三項目として「食べ物や飲み物について、おいしい、選りすぐりの。(後に弱められた意味で)風味のある、食欲をそそる。元気づける、回復させる」(Of food or drink: dainty, choice; (later in weakened sense) tasty, appetizing; refreshing, restorative)と定義を若干修正しており、一八九九年の初出例は変わらないものの、「とくに一杯の紅茶について」という注記は消えている。(オンライン版アクセス、二〇二〇年一〇月二八日)。

(9) Orwell, *The Road to Wigan Pier* (London: Gollancz, 1937; CW, vol. 5, p. 82. オーウェル『ウィガン波止場への道』土屋宏之・上野勇訳、ちくま学芸文庫、一九九六年、一二〇頁。

(10) *Ibid.*, pp. 88-89. 同書、一三〇―三一頁。

(11) Iona and Peter Opie (eds.), *The Oxford Dictionary of Nursery Rhymes* (Oxford: Oxford University Press, 1951), p. 353. 谷川俊太郎訳・和田誠絵・平野敬一監修『マザー・グース』講談社文庫、全四巻、一九八一年、第二巻、一二四頁。

(12) Orwell, 'A Nice Cup of Tea,' CW, vol. 18, no. 2857, p. 35. 『ライオンと一角獣――オーウェル評論集4』(前掲)二六九頁。『一杯のおいしい紅茶』(朔北社版)一六―一七頁、中公文庫版、一七頁。引用は小野寺訳を一部修正して使用。

(13) Audrey Coppard and Bernard Crick, *Orwell Remembered* (London: BBC, 1984), p. 173. オードリィ・コパード、バーナード・クリック編『思い出のオーウェル』オーウェル会訳、晶文社、一九八六年、二二二頁。

(14) 小野二郎『紅茶を受皿で——イギリス民衆芸術覚書』晶文社、一九八一年、一六頁。

(15) *The Road to Wigan Pier*, pp. 126-27. オーウェル『ウィガン波止場への道』(前掲)一八二—八三頁。ただし、この邦訳版で「ナイフの先にチーズを突きさし口に運んだり、帽子をかぶったまま部屋のなかに座ったりしたとしても、紅茶を受け皿に注いで飲むことは生理的にたえられないだろう」とあるのは誤訳(原文は 'it would be almost physically impossible for him to put pieces of cheese into his mouth on the point of his knife, or to sit indoors with his cap on, or even to drink his tea out of the saucer')。ナイフの先にチーズを突きさして口に運ぶのも、室内で帽子をかぶって座るのも、同志Xには抵抗があってできないはずだと言っている。こういう誤訳もあるが、ちくま学芸文庫の『ウィガン波止場への道』は旧版(ありえす書房、一九八二年)と比べると見ちがえるほど訳文が改善されていて感心させられる。

(16) 甲斐弦『オーウェル紀行——イギリス編』近代文藝社、一九八三年、一五二頁。

(17) Orwell, *The Road to Wigan Pier*, pp. 141-42. オーウェル『ウィガン波止場への道』(前掲)二〇二—三頁。

(18) Orwell, *Down and Out in Paris and London* (London: Gollancz: 1933, CW, vol. 1. オーウェル『パリ・ロンドン放浪記』小野寺健訳、岩波文庫、一九八九年。

(19) Orwell, *The Road to Wigan Pier*, p. 108. オーウェル『ウィガン波止場への道』(前掲)一五八—五九頁。

(20) *Ibid*. 同書、一五九頁。

(21) Coppard and Crick, *op. cit.*, p. 176.『思い出のオーウェル』(前掲)二二五頁。

(22)　小野二郎『紅茶を受皿で』(前掲)一六頁。ところで、小野は「紅茶を受皿で」の最後のほうで、「オーウェルは戦後一九四六年に、「一杯のおいしいお茶《ア・ナイス・カップ・オヴ・ティー》」という文章を書いた。この言葉のなつかしい響きについては今は語らない」と書いている(二〇頁)。その「なつかしい響き」がどのようなものなのか、できればそこで語ってもらいたかった。『紅茶を受皿で』の刊行後まもなく彼は急逝し、他の多くのことがらとともに、このささやかな語句について尋ねる機会も永久に失われてしまったからである。

第8章　「オーウェル風」のくらしむき

『ライオンと一角獣』(1)に収録された一連のエッセイを読んで、オーウェルに意外な面があると思う人もまだ多くいるのではないだろうか。『動物農場』(一九四五年)、それに『一九八四年』(一九四九年)が発表された直後にかたちづくられ、またあの「オーウェル年」(一九八四年はそう呼ばれた)に強化・再生産された「反ソ・反共イデオローグ」という浅薄なオーウェル像がわが国でもまだ根強く残っているように思えるからである。

すでに「オーウェル風(オーウェリアン)」という語そのものが英語辞典に見出し語として載っている。『オクスフォード英語辞典』(第二版)では「オーウェリアン」(Orwellian)は、「ジョージ・オーウェルの著作、とくに彼の風刺小説『一九八四年』(これは彼の時代の政治状況から自然に生じるものとして彼が理解した全体主義国家の一形態を描いた作品であるが)に特徴的・示唆的な」と定義されている。(2)『リーダーズ英和辞典』でも「オーウェル(風)の、《特に》『一九八四年』の世界風の《組織化され人間性を失った》」とあり、また「オーウェリズム(Orwellism)」は「《宣伝活動のために》事実を曲げたり操作したりすることと歪曲」と説明されている。これは『一九八四年』に描かれた全体主義の世界像の強烈さをよく示すものと言えるが、オーウェルのもつ表情の一面を強調して「オーウェル風の」としているものであり、冷戦初期の世界構造のなかで定着したこの陰鬱な顔つきが唯一のオーウェルの顔と決めつけられていたことに、「オーウェリアン」でありたいと願う私としては、かねがね不満に思っていた。

このイメージがかたちづくられた時期についてのエピソードをひとつ。オーウェルが死ぬ二、三週間前のこと、ジャーナリストのアイザック・ドイッチャーはニューヨークで新聞の売り子から「この本読んだかい？　読んどきなよ、だんな。ソ連の赤どもに原爆を落とさにゃならねえわけがわかるってもんだ」と、『一九八四年』を勧められたのだという。「かわいそうなオーウェル。自分の本が〈憎悪週間〉プログラムのとびきりの種になるなんて、創造できたろうか」とドイッチャーは言っている。(3)

日本では、一九四九年五月に『動物農場』が翻訳刊行されたことが一般の人びとへのオーウェルの最初の紹介であったが(『アニマル・ファーム』永島啓輔訳、大阪教育図書)、これはGHQ(連合国最高司令官総司令部)による「第一回翻訳許可書」の一冊として出されたもので、つまりは事実上アメリカ政府の占領政策の一環として、共産主義勢力の拡大を阻止する目的で翻訳が奨励されて世に出たのだった。『一九八四年』も、原書が出て一年とたたぬ一九五〇年四月に日本語版が刊行されたが(吉田健一・龍口直太郎訳、文藝春秋新社)、これも『動物農場』に引きつづいて反ソ・反共の宣伝という文脈で出されたのであり、この文脈が作品の読解を狭く限定し、ひいては作者を「反ソ・反共イデオローグ」という色眼鏡で見る結果になってしまった。そして、一度固定されたイメージを修正することが非常に困難であることは、「オーウェル年」と呼ばれた一九八四年にわが国で出てきたあまたの言説を見るとよくわかる。

しかしながら、『ライオンと一角獣』に収録されたエッセイ群には、そのような悲観的な表情とはまったく異なる、オーウェルの別の顔があらわれている。巻頭の長文の「ライオンと一角獣」(一九四一年にパンフレットとして刊行)に見られるのは、(書き出しに「私がこれを書いているいま、高度の文明人どもが私を殺そうとして頭上を飛んでいる」とあるとおり)ドイツ軍によるロンドン大空襲が最も激しかった時期に、民主的社会主義者として「イギリス革命」を説き、イギリスの将来について建設的な提言をおこなうオーウェルである。そしてこの革命的なオーウェルは、「愛国心」を積極的・肯定的な概念として用いている点で、当時の「正統」左翼とは相容れない別個の基盤に立っている。第三部「イギリス革命」にこうある。

愛国心は保守主義とはまったく関係がない。むしろ保守主義とは反対のものである。なぜなら、それはつねに変化しながら、しかもなんとなく同じものと感じられている何か、に対する献身なのだから。それは過去と未来とをつなぐ橋である。(4)

これとほぼおなじ言葉が一九四〇年のエッセイ「右であれ左であれ、わが祖国」でもくりかえされている。[5]「正統」左翼の知識人たちに対するオーウェルの批判は『ウィガン波止場への道』(一九三七年)などで展開されているが、彼がとりわけ批判した点は、彼らの内にひそむ権力志向、全体主義的性格、直裁簡明な英語の対極にある知識人特有の抽象的で不明瞭な言葉づかい、そして、自分を育んだイギリスの風土と伝統文化への敵意、あるいは「愛国心」の否定といったものだった。

さて、「愛国心」は「パトリオティズム」(patriotism)の訳語である。日本では「愛国心」はむしろ「保守主義」や「国家主義」と密接な関係をもって使われる語なものだから、これは誤解を招きやすく、いささか具合が悪い。オーウェルの用語法では、さらにこれは「ナショナリズム」とも対立する語とされている。「ナショナリズム覚え書き」(一九四五年)での説明によれば、オーウェルが「愛国心」という場合は、「自分では世界中でいちばんよいものだとは信じるが他人にまでは押しつけようとは思わない、特定の地域と特定の生活様式に対する献身」を意味する。それは「軍事的な意味でも文化的な意味でも本来防御的なもの」なのである。それに対して「ナショナリズム」はつねに権力欲と結びついた攻撃的な概念としてとらえている。「すべてのナショナリストの不断の目標は、より大きな勢力、より大きな威信を獲得すること、といってもそれは自己のためではなく、彼がそこに自己の存在を没入させることを誓った国なり何なりの単位のために獲得することである」[6]。

この点で、オーウェルに言わせれば「正統」左翼の「国際主義」も、ナチズムとならんで、「ナショナリズム」の一変種にほかならなかった。そして彼の言う「パトリオティズム」は、鶴見俊輔が指摘するように、日本語では「郷土愛」という言葉のほうが近いのかもしれない[7]。じっさい、「右であれ左であれ、わが祖国」という「祖国」は、「ネイション」ではなく「カントリー」なのであり、これはまさに「郷土」のニュアンスを帯びている。オーウェルの見るところでは、ある人物が具体的に何者であるのかということは、まずその人自身が生まれ育った郷土の固有性とその伝統文化(あるいは民衆文化)によって規定される(「この世にあるかぎり、君はそれが君に印した刻印を取り去ることはできない」[8])。進歩的知識人はそうしたものを時代遅れの概念として頭から否定するのだが(「ほんとうに愛国心を感じないのはヨーロッパ化されたインテリだけである」[9])、それに対して、オーウェルは、自分を生み育んだ土地と、そこでともにくらしてきた人びとに対する愛着の念を、ナチス・ドイツの空爆にさらされた危機的な状況下での社会改革運動を支えるよりどころにしたのだった。

コミンテルン型の左翼イデオロギーが「正統」とされた思想状況のなかではこれは特異な見方と受け取られたのであるが、しかしおそらくオーウェルはこれを新機軸として打ち出しているつもりではなかった。そもそもイギリス史において「パトリオティズム」という概念そのものが急進主義《ラディカリズム》に根源をもつものであったことをオーウェルは理解し、それをふまえていたのではないか。われわれ（貴族層や上層階級でなくふつうの人びと《コモン・ピープル》）がまさにわれわれ自身の手で築きあげた国であるからこそ「わが祖国」である――これが一七、一八世紀の急進派のスローガンだったのであり、彼らはむしろ貴族階級を「コスモポリタニズム」のために腐敗していると批判したのである。[10]そしてみずからを誇りをもって「愛国者《パトリオット》」と呼び、人間の友愛と平等の理念を説くこれら急進派は、古代ギリシア以来のすべての共和主義者の夢を共有している。『ライオンと一角獣』のオーウェルはこの伝統に連なっているのだ。

　そしてオーウェルの「愛国心」つまり「特定の地域と特定の生活様式に対する献身」は、オーウェル評論集のこの巻に収録されたエッセイに一貫して見られるイギリスの民衆文化への彼の持続的な関心の所以《ゆえん》を説明するものである。従来の社会主義運動はこの点の配慮がまったく欠けていたのだと彼は批判する。「ほんとうにイギリスの民衆の心に触れるようなものはひとつもなかったのだ。イギリスの社会主義運動の歴史を通してみてもひとつとしてみんなが口にするような歌――たとえばラ・マルセイエーズとかラ・クカラーチャ――は生み出されなかった」[11]。一方でオーウェルはT・S・エリオットの詩やジョイスの『ユリシーズ』などのモダンで洗練された作品を称賛し、またエズラ・パウンドの問題のように、政治的観点から芸術作品を裁断する過誤に警告を発しているが、他方、彼はむしろそうした高級文化よりも、その根もとにある民衆文化を大事に思い、その価値を説くことに力を注いだ。あえて彼が高踏的な文芸雑誌『ホライズン』に「低俗」きわまりないドナルド・マッギルの漫画絵葉書や少年週刊誌についてのエッセイを(しかも戦争中の危機的な時期に)発表しているのは意味深長である。(12) 知識層に冷笑されていたキプリングを「すぐれた通俗詩人(good bad poet)」として積極的に評価したエッセイをおなじくこの雑誌に発表したことも思い起こされる。(13)

社会主義運動に欠けているとオーウェルが言う「流行歌の味」とは、ドナルド・マッギルの絵葉書があらわす「サンチョ・パンサ的な人生観」、すなわち「地をはう虫の目で見た人生の仰観図」である。(14) あらゆる公的活動と同様、政治運動でもこれはつねに抑圧される傾向がある。だがオーウェルがこれを持ち出すのは、ヒロイズムや聖者指向を対象化し、ナショナリズムの属性である権力崇拝を批判する仕掛けということがひとつあるが、同時に、人間の根源的な平等性や自由といった価値意識が、そうした視点からはっきりと見えてくるものだからではなかったか。ドン・キホーテ的な「気高い愚かしさ」だけで人は生きてゆけない。サンチョ・パンサ的な「卑しい英知」も欠くことはできないのであって、その両方をあわせもって初めて人はほんとうに「人間らしい」(オーウェル自身が好んだ言葉を使えば「ディーセント」な)くらしを送れるである。さきほどの「流行歌の味」云々の言葉につづけて、ジョージ・ウドコックはこう言っている。

あるエッセイのなかで彼は、自分はロゼッティの「祝福された乙女」などよりは「安く飲めるよ、いらっしゃい」というような歌をむしろ書きたい、といっているが、これはかならずしもオーウェルの痩せ我慢だけではないのだ。寄席《ミュージック・ホール》でのはやり歌のほうは、オーウェルの心のなかで、普通一般の、単純で素朴な人々がもっている、手ごたえのある喜びと結びついているのに対し、ロゼッティの詩のほうは、芸術を実生活から(自分自身の実生活からさえも)ほとんど完全に切りはなしてしまった唯美主義者によってしか生みだせないものと感じられたからだった。(15)

ノンセンス詩、イギリス料理、紅茶、パブ、クリスマスの祝い方、ひきがえると春の到来への喜び、植樹の行為といった、日常生活における「瑣事」にこだわり、それらに見られる庶民の伝統的な生活の実質的で基本的な形式に分け入ってゆくのは、それらがマッギルの漫画絵葉書とおなじように「イギリスの民衆が知らず知らずに自己を記録してきた日記」だからである。「彼らの昔かたぎなものの見方、ピンからキリまであるその俗物根性、ひわいさと偽善性の混淆、極度の温和さ、人生に対する深い道徳的な態度――こうしたものがすべてここには映し出されている(16)」。

こうした小さきものへのオーウェルのこだわりは、『一九八四年』で主人公のウィンストンが古道具屋のがらくたのなかから見つけ出す珊瑚を埋め込んだガラスの文鎮や、伝承童謡の「オレンジやレモン」に執着する姿と重なり合う(『ライオンと一角獣』に収録した四つめの「おかしくても下品でなく」以下のエッセイが、いずれも『動物農場』を脱稿したあと、『一九八四年』の構想を進めている時期、あるいは執筆に入った時期に書かれていることは、注目に値する)。一見とるにたらぬものと見えるからこそ懐かしく、いとおしいもの、そして歴史の改変をめざす現代のナショナリストたち、全体主義者たちの目を逃れて残された歴史のひとかけ。それは祖先の記憶をとどめた「フォークロア」なのであり、「つねに変化しながら、しかもなんとなく同じものと感じられている何か」を表象するものだ。その「フォークロア」のかけらこそが息苦しい不自由な世界の閉じた円環に穴を穿ち、別の世界の新鮮な空気を吸わせてくれる。『一九八四年』の物語世界ではこうしたかけら断片さえも最後にはすべて収奪されてしまうけれども、われわれにはまだそうしたかけらが多く残されているではないか、と「一杯のおいしい紅茶」を飲んだばかりで、元気が出て人生が明るくなった気分でいるオーウェルは言う。ここに「オーウェル風」の未来への希望がある。「過去と未来をつなぐ橋」である庶民の伝統的な生活芸術への共感、これが作家オーウェルの背骨をかたちづくっている。

それで、辞書には出ていないが、「オーウェル風」という語には、さらに「ディーセント」と同義」という意味もあることを、覚えておきたいと私は思う。

（1）ジョージ・オーウェル『ライオンと一角獣――オーウェル評論集4』川端康雄編、平凡社ライブラリー、一九九五年)。同巻は表題作のほか「ドナルド・マッギルの芸術」「少年週刊誌」「一杯のおいしい紅茶」など、オーウェルの一連の民衆文化論を中心に選んで編成した。

（2）OED第三版(オンライン版)では'Orwellian'は「A、形容詞」として「ジョージ・オーウェルの著作、とくに彼が未来についてディストピア的に語った『一九八四年』(一九四九)で描かれた全体主義国家の特徴をもつ、あるいはそれを示唆する」と定義され、さらに「B、名詞」として、「オーウェルの作品と思想の称賛者」という定義も加えられている。

（3）Isaac Deutcher, *Russia in Transition and Other Essays* (New York: Coward McCann, 1957), p. 245.

（4）オーウェル『ライオンと一角獣――オーウェル評論集4』一〇五頁。

（5）「愛国心というのは保守主義とは何の関係もない。それは、変化しながらも不思議なままにもとのままだと感じられる何物かに身を捧げることである」オーウェル「右であれ左であれ、わが祖国」川端康雄訳、『象を撃つ――オーウェル評論集1』川端康雄編、平凡社ライブラリー、一九九五年、五四頁。

（6）オーウェル「ナショナリズム覚え書き」小野協一訳、『水晶の精神――オーウェル評論集2』川端康雄編、平凡社ライブラリー、一九九五年、三六頁。強調はオーウェル。

（7）「オーウェルがこのエッセイ(「右であれ左であれ、わが祖国」)で説いた祖国愛(パトリオテイズム)は、時の政府にたいする服従ということではない。日本語ではむしろ郷土愛という言葉のほうが、近い。おさない時からおなじ土地にそだち、そこでおなじ言葉をつかって一緒にくらしてきたものの間にうまれる親しみが、人間を底のほうから支えるという思想である」(G・オーウェル『右であれ左であれ、わが祖国』鶴見俊輔編、平凡社、一九七一年、「編者あとがき」二九八頁)。

(8) オーウェル『ライオンと一角獣』一二頁。

(9) 同書、二七頁。

(10) ペンギン版の『ライオンと一角獣』に寄せたバーナード・クリックの序文による。Orwell, with an Introduction by Bernard Crick (Harmondsworth: Penguin, 1982), p. 19.

(11) オーウェル『ライオンと一角獣』一〇一頁。本書第2章の第六節を参照。

(12) 「ドナルド・マッギルの芸術」は『ホライズン』一九四一年九月号に、「少年週刊誌」(短縮版)は同誌の一九四〇年三月号に掲載された。

(13) オーウェル「ラドヤード・キプリング」川端康雄訳、『鯨の腹のなかで――オーウェル評論集3』川端康雄編、平凡社ライブラリー、一九九五年、二二二頁以下を参照。

(14) オーウェル「ドナルド・マッギルの芸術」佐野晃訳、『ライオンと一角獣』一三七、一四一頁。

(15) ジョージ・ウドコック『オーウェルの全体像――水晶の精神』奥山康治訳、晶文社、一九七二年、七七―七八頁。引用は奥山訳による。

(16) オーウェル『ライオンと一角獣』一七頁。

平凡社選書版あとがき（一九九八年）

本書は民衆文化の視点からジョージ・オーウェルのテクストを読み直す試みである。米ソ冷戦がはじまってまもない特殊な状況下で『一九八四年』が刊行されてからほぼ半世紀が経過した。その政治的文脈が強いた逐語的な読みの対極に立って、またオーウェル論の常套である伝記的アプローチをも避けて、テクストの表層を形成する言語的素材（文体的細部、説話構造など）に即して彼の物語を読み直してゆくと何が見えてくるか。『一九八四年』『動物農場』『空気をもとめて』という三つの物語でそれを試みた。これらはたがいに異質のスタイルをもつテクストだが、フォークロア的な要素を濃厚にふくむ点で共通する。それは副次的なものではなくて物語作者オーウェルの構えをつくる本質的な要素となっているのである。ほかにオーウェルと映画の関連を論じたエッセイと、「一杯のおいしい紅茶」というフレーズをめぐる短文を加えた。なお、冒頭の『一九八四年』論ははじめ同人誌『ポイエーシス』（第七号、一九八五年一二月発行）に発表したもの。本書への収録にあたり、注の部分を大幅に加筆した。それ以外はすべて本書のための書き下ろしである。

オーウェル論を単行本としてまとめてみないか、というお誘いを平凡社から受けたのは、その『一九八四年』論を発表した直後だったから、たしか一九八六年の初頭のことだったと思う。きっかけは編集部の井上智充氏がたまたま『ポイエーシス』第七号を入手し、拙論を読んでくださったことである。たまたま、と言うのは、なにぶん一般の書店に出回ることのないマイナーな同人誌(明治大学大学院文学研究科の院生およびOBがメンバー)であり、同人の相互批評、あるいは身近な知人にあげて批評をもらう以上のことは期待していない雑誌であったのだが、例外的に駿河台の書店に数冊置いてもらってあったのを偶然井上氏が手にし、読んでくださったからである。そのあとすぐ連絡をいただいてお目にかかった。一度目は井上氏お一人で、二度目は龍沢武氏とお二人で会いに来られ、懇篤なお勧めをいただいた。喜んでお引き受けしたのは言うまでもない。

それにもかかわらずこうして刊行の運びとなるまでのあいだに干支が一回りしてしまった。この間、浅学非才を顧みずにオーウェル以外にも研究対象を広げ、同時並行的に複数の大風呂敷を広げているうちになにやら収拾がつかなくなってしまったのである。はなはだしい遅延をお詫びするとともに、この企画を生かしつづけてくださったお二人の忍耐力と雅量に敬意を表する。途中、「平凡社ライブラリー」の初代編集長の任につかれた井上氏は『オーウェル評論集』(全四巻、一九九五年刊)の企画立案を私にまかせてくださった。その機会にソニア・オーウェルとイアン・アンガスの編になる浩瀚な『オーウェル著作集』全四巻をあらためて精読することができ、それは本書の基礎として大いに役立った。そのご高配に感謝申し上げる。さらにその『オーウェル評論集』のときと同様に、本書の編集を担当してくださった竹内涼子さんにも、篤くお礼を申し上げる。

本書の執筆に際しては多くの方々にお世話になった。平野敬一先生には、イギリスの伝承童謡および歌謡曲の資料をご教示いただいた。『空気をもとめて』のエピグラフに使われている歌('He's dead, but he won't lie down')をふくむグレイシー・フィールズのレコードをお持ちだったのには助かった。ダビングしていただいたその歌を聞き、それに鼓舞されて『空気をもとめて』論を書き進めることができたのである。『一九八四年』論を書くときにも、まず平野先生からイギリスの学童が歌う「オレンジとレモン」のテープをいただいてからはじめたのだった。のみならず、拙稿を丹念に読まれて多くの有益な助言と激励をあたえてくださった。さらに、奥山康治先生(オーウェル会会長)と中里壽明氏からも本書の原稿を全部読んでくださった上で適切な批評と激励を頂戴した。『ポイエーシス』のかつての同人たち(中里氏もその一人だが)には同誌への『一九八四年』論の発表時にいろいろと有意義なご意見をいただいた。美術史家の高橋裕子さん、イギリス社会史専攻の佐藤清隆氏、映像学の江藤茂博氏からもそれぞれの専門ならではのご意見を頂戴し、また力づけてもいただいた。伝承バラッドの研究家である井川恵理さんには『一九八四年』論の初出時に「オレンジとレモン」の歌で遊ぶ子供たちのイラストを請うて描いていただいた。愛着のあるイラストでそれを本書でも使いたいと願い、快諾を得た。イラストと言えば、妻尚子は、豚や馬やロバの絵を筆者の細かい注文にしたがって(「豚の足に何の用があるの」と疑問を抱きつつも)描いてくれた。児童文化の研究同人誌『舞々《まいまい》』の会合に招かれて『動物農場』について報告した際(一九九五年一二月)には、会員の方々から貴重なご意見を賜った。その場を設定してくださったのは同誌編集人の皆川美恵子さんである。イアン・アンガス氏はオーウェルのテクストに関する細かい質問に懇切丁寧に答えてくださった。またロンドン大学ユニヴァーシティ・コレッジ図書館附属オーウェル文庫のスタッフは資料収集のための協力を惜しまなかった。とくに司書のリベカ・ヒギットさんは、帰国後も電子メールでのたびたびの質問と調査依頼でわずらわせたが、つねに快くかつ迅速に返事をくださった。以上の方々に衷心からの謝意を表したい。

終わりにあたって、本書を亡き小野二郎先生に捧げる。ウィリアム・モリス研究をライフワークとしながら、イギリス民衆文化の研究を並行して進めていらした先生が五二歳で急逝したのは、一九八二年の春のことである。文学研究および文化研究に関して、たくさんの課題をあたえられたまま突然逝かれてしまったという思いで、しばらく呆然としていたが、気を取り直してその年の夏にまず書いたのが『カタロニア讃歌』論だった。本書で提示したオーウェルについての、必ずしも一般的とは言えぬ見方と接近法は、生前の小野先生の示唆に負うところが大きい。課題のほんの一部を締め切り期限をとうにすぎてようやく指導教授に提出したものの、未提出の課題がたくさん残っていて、まだまだ修了どころではない――そういう気持ちで本書を上梓する。

一九九八年七月三〇日

川端康雄

岩波現代文庫版あとがき

本書は一九九八年に平凡社から刊行した『オーウェルのマザー・グース――歌の力、語りの力』(平凡社選書)の増補版である。表題作をふくむ平凡社選書版(以下「旧版」とも略記する)の五本の論考に、『葉蘭をめぐる冒険――イギリス文化・文学論』(みすず書房、二〇一三年)に収録したオーウェル関連の論考三本を加え、あわせて八章からなる本とした。第二、三、五、七章は旧版のための書き下ろしであった。そのうち第五章は旧版で「オーウェルと映画」としていたタイトルを本書への収録に際して「「昨夜、映画《フリックス》へ」――映画評論家としてのオーウェル」に解題した。他の四章の初出誌を以下に記しておく。

第一章「オーウェルのマザー・グース」『ポイエーシス』第七号、一九八五年一二月。

第四章「葉蘭をめぐる冒険」『英米文学研究』(日本女子大学文学部英文学科)第四一号、二〇〇六年三月。

第六章「ブリンプ大佐の頭の固さ」『社会情報論叢』(十文字学園女子大学社会情報学部)

第三号、一九九九年一二月。
第八章「「オーウェル風」のくらしむき」川端康雄編『ライオンと一角獣――オーウェル評論集4』編者解説、平凡社ライブラリー、一九九五年八月。

平凡社選書版の刊行は一九九八年一二月のことで、そのおよそ半年前にピーター・デイヴィソン編になる『ジョージ・オーウェル全集』全二〇巻が刊行されていたのだが、私の本の原稿はその前に入稿済みで、執筆段階では既刊であった第一―九巻(『一九八四年』ほかの小説とルポルタージュ作品を収録)は利用できたものの、第一〇―二〇巻に編年体で収録されたさまざまな新聞、雑誌に寄稿した評論、書評、書簡、日記、創作ノートはまだ利用できず、ソニア・オーウェル、イアン・アンガス共編の『オーウェル著作集』全四巻(一九六八年)に収録されているものであればそれを利用し、あとはロンドン大学ユニヴァーシティ・コレッジ図書館附属のオーウェル・アーカイヴに赴いて資料収集をおこなうしかなかった。とりわけ第五章で取り上げたオーウェルの映画評と劇評は『オーウェル著作集』に収録されておらず、初出誌の入手も困難だったので同アーカイヴでの調査は必須だった。

記憶の糸をたぐり寄せると、とくにその第五章のためにオーウェル・アーカイヴで集中して資料収集にあたった期間は一九九七年の八月終わりから九月にかけてのことである。それは八月三一日のダイアナ妃の事故死から葬儀までの異様な一週間をふくんでいたので、ケンジントン宮殿やバッキンガム宮殿前の広場にみるみる広がる献花を見たり、葬列とそれを見送る大群衆やウェストミンスター・アビーでの葬儀のパブリック・ヴューイング（於ハイド・パーク）に居合わせたりして、オーウェルの『ライオンと一角獣』や『イギリス人』での記述に照らして現代イギリス人の「国民性」について再考する機会にもなった。それから、当時はガウアー・ストリートにあったオーウェル・アーカイヴで調査に没入していたときに（『一九八四年』の創作ノートを見ていたときだったか）、声を掛けてこられたのがオーウェル研究の先達である奥山康治先生で、これが初対面であった。さっそく最寄りのパブで「意見交換会」となった。その数日後に奥山先生はイアン・アンガス氏に引き合わせてくださり、その縁で帰国後もアンガス氏に手紙で細かい質問をして丁寧に答えていただくことができたという点でも、調査は実りあるものだった。

それで言えば、第六章「ブリンプ大佐の頭の固さ」は、一九九八年夏にケント大学（英国ケント州カンタベリー）のカートゥーンズ・アンド・カリカチュア研究センターのアーカイヴでブリンプ大佐というキャラクターとその生みの親である漫画家デイヴィッド・ロウに関しておこなった調査が基礎となっている。同センターで収集されたイギリスの時事漫画《カートゥーン》の膨大な資料はそれからまもなくしてデジタル化されウェブサイトで公開されるようになったので、もう少し待てば英国南部までわざわざ足を運ぶほどのこともなかったと言えるのかもしれない。だがカンタベリー北郊の（大聖堂のある市街を一望できる）小高い丘の上のキャンパスの資料室で数日間集中して調査をしたときに得た、何というか、どうにもデジタル化しえぬ体感の記憶がこの章を書いていたときに作用していたように思われるのである。大したことではないのかもしれないが、その微妙な違いを意識するのは、新型コロナウイルス感染症の世界的流行がはじまってもう一年以上におよび、ある種の（心身両面の）幽閉を強いられていることにおそらくよるのだろう。

オーウェルの作品研究をテーマにした本の場合、初期作品から執筆順に取り上げて最後に『一九八四年』にむかうのが一般的だが、本書の場合はそれを逆にしている。平凡社選書版ですでに『一九八四年』（一九四九年）、『動物農場』（一九四五年）、『空気をもとめて』（一九三九年）の順にしてあったのを本書でも踏襲し、さらに第四章に『葉蘭をそよがせよ』（一九三六年）論を入れることでその「遡行」の方針をより明確にした。表題作の『一九八四年』論がメインであるからという理由がもちろんある。加えて、本書でしばしば指摘したように、『一九八四年』のなかにオーウェルの先行作品の諸要素が盛り込まれているのはたしかで、その点で主要作品を時系列で論じるやり方は正当ではあるのだが、初期、中期の作品が『一九八四年』の「準備的」なテクストであって、それらの「前段階」をへて『一九八四年』という頂点に至った、というような見方を避けたかったという理由もある。『空気をもとめて』も『葉蘭をそよがせよ』も、それぞれがもつ独特な味わいの所以がどこにあるか、後続の作品の「ため」ではない固有の価値について、説明を試みたものであった。『一九八四年』と比して一般にはほとんど知られていないオーウェルの小説二冊についての私なりのオマージュと解していただいてもよいかと思う。

一九八五年に執筆し同人誌『ポイエーシス』に載せた第一章は、「オーウェル年」と呼ばれた前年に出された『一九八四年』をめぐるさまざまな言説への私なりのひとつの応答として示した試論であるが、いまからふりかえると、一九八〇年代前半に参加していた民衆文化研究会で受けた刺激が深く作用していたことに思いあたる。卓越した編集者にして文化運動家であった久保覚氏が里見実氏、桑野隆氏、粉川哲夫氏らとともに一九八一年に立ちあげたその研究会で学ぶことは多かった(おもに東中野の新日本文学会本部を会場としていた)。そこに関曠野氏が参加されたのは『ハムレットの方へ――言葉・存在・権力についての省察』(北斗出版、一九八三年)の刊行の直後だったと記憶する。その本をはじめ、関氏の一連の著作、また直接伺った民衆文化をめぐる議論の反響が拙論に痕跡としてあることを認めておかなければならない。

平凡社選書版の執筆時の未紹介のエピソードをもうひとつだけ。第三章の『空気をもとめて』論で読解の糸口としたエピグラフ'He's dead, but he won't lie down / Popular Song'の出所がグレイシー・フィールズの歌で、その音源のレコード盤を平野敬一先生がお持ちで、それを「ダビング」したカセットテープ(もうこの語じたいが古めかしい)を提供いただいたことは旧版のあとがきで書いたとおりだが、そのコピーをイアン・アンガス氏に送り、私自身の苦心の歌詞の「テープ起こし」(これも古い)の添削までお願いしたところ、アンガス氏はそのテープをさらにコピーしてピーター・デイヴィソン教授に送られた。教授のお連れ合いのシーラ・デイヴィソンさん(オーウェル全集にアンガス氏とならんで編集協力者として名を連ねている)がフィールズと同郷でお国なまりもおなじなので彼女に訊かない手はないと言うのである。そういうわけで歌詞ひとつでも複数の方に見ていただいた。アンガス氏もデイヴィソン夫妻もくだんのエピグラフの出所がフィールズの歌であることをご存知でなかったと手紙に書いておられて、たいへん意外に思ったのだが、研究対象の時代でも、過去の「高級」ではない民衆文化的産物についてはそうした盲点があるということなのだろう。それを思い合わせると平野先生がそれをご存知なだけでなく現物もお持ちであったというのは、いまふりかえっても頭が下がる。その平野先生も、また奥山先生も、久保さんも、幽明境を異にしてすでに久しい。二十余年たつ、というのはそういうことだ。

先に述べたとおり、旧版ではデイヴィソン編の『オーウェル全集』(の第一〇―二〇巻)を参照できず、文献情報の注記の相当部分を四巻本の『オーウェル著作集』で示したのであるが、この増補版では全集版からの注記に改めた。また『一九八四年』および『動物農場』の既訳の注記もそれぞれ旧訳からハヤカワepi文庫版の高橋和久訳、また岩波文庫版の拙訳のページで示した。各章の実質は旧版と変わらないが、本文、注ともども、語句の訂正に加えて、ある程度の加除修正をほどこしたことをお断りしておく。

いま日本でもオーウェルへの注目度は非常に高い。二〇世紀半ばから数えて何度目かのブームにあるとさえ言える。だが七〇年前にできあがったある種の「色眼鏡」でオーウェルを見る傾向はいまも根強く残っていて、その著作をよく読まずに自身の党派的立場から価値判断をくだす傾向は他の作家に比べてあいかわらず強い。そうした傾向へのアンチテーゼとしてこの増補版を文庫で出す意義はそれなりにあると考えている。

最後に、岩波現代文庫版への再録を諒解してくださった平凡社編集部とみすず書房編集部に感謝申し上げる。井川恵理さんが一九八五年に描いてくれたペン画挿絵（図1-3）もお許しを得て再録できた。妻尚子の豚や馬の素描も健在である。昨年刊行した岩波新書版『ジョージ・オーウェル――「人間らしさ」への讃歌』に引きつづいて編集を担当してくださった石橋聖名さんにも深くお礼を申し上げる。

二〇二一年二月二七日

川端康雄

『オーウェルのマザー・グース――歌の力、語りの力』は、一九九八年一二月に平凡社選書として刊行された。岩波現代文庫への収録に際し、『葉蘭をめぐる冒険――イギリス文化・文学論』(みすず書房、二〇一三年)所収の論考三本を新たに加え、一部の章タイトルも含め、全体にわたって若干の加筆・修正を施し、書名に「増補」を付した。

索　引

＊数字のあとに f. または ff. とあるのは，それぞれ次頁，もしくは次頁以下複数頁にわたってその項目が出てくることを示す．

ア 行

カ 行

サ 行

タ 行

ナ 行

ハ 行

マ 行

ヤ 行

ラ 行

図版出典

目　次

「オレンジとレモン」の遊戯(*The Traditional Games of England, Scotland, and Ireland*, 2 vols., collected by Alice Bertha Gomme, London, 1894-98; reprinted by Dover Publication, New York, 1964, vol. 2, p. 32)

第1章

図1-1　Ben Weinreb and Christopher Hibbert, *The London Encyclopaedia*, London: Macmillan, 1983; revised ed., Papermac, 1993, p. 701.

図1-3　井川恵理画，1985年.

図1-4　William Harrison Ainsworth, *The Tower of London: a Historical Romance*, London, 1940, frontispiece. 〈"The Execution of Lady Jane Grey at Tower Green" — Cruikshank's frontispiece for Ainsworth's〈span class="book"〉The Tower of London〈/span〉(1840) (victorianweb.org)〉.

図1-5　*The Song of Sixpence: Toy Book*, with twenty-four pages of illustrations by Walter Crane, London: George Routledge and Sons, c. 1875.

図1-6　Bill Blackbeard and Martin Williams(eds.), *The Smithsonian Collection of Newspaper Comics*, Washington, D.C., Smithsonian Institution Press, 1977. King Features Syndicate, INC., 1933.

第2章

図2-1　Lewis Carroll, *The Annotated Alice*, Introduction and Notes by Martin Gardner, Harmondsworth, Penguin Books, 1965.

図 2-2　Dawn and Peter Cope, *Humpty Dumpty's Favorite Nursery Rhymes*, London: Treasure Press, 1983.

図 2-3　Beatrix Potter, *The Tailor of Gloucester*, London: Frederick Warne, 1903; rpt. 1995. P. 47.

図 2-4　川端尚子画，1998 年.

図 2-5　川端尚子画，1998 年.

図 2-6　三田雅彦・米倉久雄，佐藤安弘『図集 家畜飼育の基礎知識』農山漁村文化協会，1984 年，139 頁.

図 2-7　川端尚子画，1998 年.

図 2-8　Beatrix Potter, *The Tale of Pigling Bland*, London: Frederick Warne, 1913; rpt. 1987, p. 21.

図 2-9　*Tom Tom Was a Piper's Son*, illustrated by William Foster, London: Frederick Warne, c. 1890. facsimile edition reproduced from the Opie Collection by Holp Shuppan, 1996.

図 2-10　レズリー・ブルック文・画，瀬田貞二・松瀬七織訳『金のがちょうのほん』福音館書店，1980 年，55 頁.

図 2-11　川端尚子画，1998 年.

図 2-12　Raymond Briggs, *Ring-a-ring o' Roses*, London: Hamish Hamilton, 1962, p. 43.

図 2-13　Raymond Briggs, *When the Wind Blows*, London: Hamish Hamilton, 1982.

図 2-14　川端尚子画，1998 年.

図 2-15, 2-16　*Tom Tom Was a Piper's Son*, illustrated by William Foster, London & New York: Frederick Warne, c. 1890. facsimile edition reproduced from the Opie Collection by Holp Shuppan, 1996.

図 2-17　A. A. Milne, *Winnie-the-Pooh*, with line illustrations by Ernest H. Shepard, London: Methuen, 1926.

第 3 章

図 3-1　Peter Hudson, *Gracie Fields: Her Life in Pictures*, Lon-

don: Robson Books, 1989.

図 3-2　George Formby, *At the Flicks: Music from the Motion Pictures*, London: President Records, 1996 [President OPLCD 554].

図 3-3　Miriam Gross, ed., *The World of George Orwell*, London: Weidenfeld and Nicolson, 1971.

第 4 章

図 4-1　Neb [Ronald Niebour], 'Hardy things aren't they?' *Daily Mail* 7 May 1941.

第 5 章

図 5-1　Paul Swann, *The British Documentary Film Movement, 1926–1946*, Cambridge: Cambridge University Press, 1989, p. 100.

図 5-2　George Orwell, *The Road to Wigan Pier*, London: Victor Gollancz, 1936, pl. 11.

第 6 章

図 6-1　Mark Bryant, ed., *The Complete Colonel Blimp*, London: Bellew Publishing, 1991, back cover.

図 6-2　*Evening Standard*, 21 April 1934.

図 6-3　*Ibid.*, 28 April 1934.

図 6-4　*Ibid.*, 26 May 1934.

図 6-5　*Ibid.*, 2 Jun 1934.

図 6-6　*Ibid.*, 23 June 1934.

図 6-7　*Ibid.*, 4 August 1934.

図 6-8　*Ibid.*, 22 June 1935.

図 6-9　*Ibid.*, 5 October 1935.

図 6-10　*Ibid.*, 22 May 1937.

増補 オーウェルのマザー・グース――歌の力，語りの力

2021年4月15日　第1刷発行

著　者　川《かわ》端《ばた》康《やす》雄《お》

発行者　岡本　厚

発行所　株式会社　岩波書店
〒101-8002 東京都千代田区一ツ橋2-5-5
案内 03-5210-4000　営業部 03-5210-4111
https://www.iwanami.co.jp/

印刷・精興社　製本・中永製本

ISBN 978-4-00-602332-4　Printed in Japan

岩波現代文庫創刊二〇年に際して

二一世紀が始まってからすでに二〇年が経とうとしています。この間のグローバル化の急激な進行は世界のあり方を大きく変えました。世界規模で経済や情報の結びつきが強まるとともに、国境を越えた人の移動は日常の光景となり、今やどこに住んでいても、私たちの暮らしは世界中の様々な出来事と無関係ではいられません。しかし、グローバル化の中で否応なくもたらされる「他者」との出会いや交流は、新たな文化や価値観だけではなく、摩擦や衝突、そしてしばしば憎悪までをも生み出しています。グローバル化にともなう副作用は、その恩恵を遥かにこえていると言わざるを得ません。

今私たちに求められているのは、国内、国外にかかわらず、異なる歴史や経験、文化を持つ「他者」と向き合い、よりよい関係を結び直してゆくための想像力、構想力ではないでしょうか。

新世紀の到来を目前にした二〇〇〇年一月に創刊された岩波現代文庫は、この二〇年を通して、哲学や歴史、経済、自然科学から、小説やエッセイ、ルポルタージュにいたるまで幅広いジャンルの書目を刊行してきました。一〇〇〇点を超える書目には、人類が直面してきた様々な課題と、試行錯誤の営みが刻まれています。読書を通した過去の「他者」との出会いから得られる知識や経験は、私たちがよりよい社会を作り上げてゆくために大きな示唆を与えてくれるはずです。

一冊の本が世界を変える大きな力を持つことを信じ、岩波現代文庫はこれからもさらなるラインナップの充実をめざしてゆきます。

（二〇二〇年一月）